소설탄생 창작소설집 네 번째

바람 끝에서

소설탄생 창작소설집 네 번째

바람 끝에서

1판1쇄 인쇄 | 2015년 11월 25일
1판1쇄 발행 | 2015년 12월 10일
지은이 | 소설탄생
펴낸이 | 소준선
디자인 | 성혜경
펴낸곳 | 도서출판 세시
출판등록 | 3-553호
주소 | 서울 마포구 토정로 25길 9
전화 | (02) 715-0066
팩스 | (02) 715-0033
ISBN 978-89-98853-25-9 03810

* 이 책은 경기문화재단 '별별 예술 프로젝트' 일환의 문예진흥기금을 지원받아 발간했습니다.

소설탄생 창작소설집 네 번째

바람 끝에서

소설탄생 지음

고동현 | 김형진 | 남양숙 | 박금애 | 백도윤 | 신인하 | 안미아 | 양미경 | 엄규생 | 윤정임 | 윤희웅 | 이경희 | 이정희 | 정재경 | 조승호 | 조창아 | 최경숙

세시

1990년 계간 『문학과비평』 가을 호에 단편 『환(環)』으로 등단. 장편소설 『바다를 노래하고 싶을 때』, 중단편소설 『봄으로 가는 취주(吹奏)』, 장편 동화 『봉황에 숨겨진 발해의 비밀』, 창작이론서 『아이덴티티 이론의 구조』, 『글쓰기 왕』 등 출간.

소설 짓는 마음

소설을 짓는 마음은 새로 살아가려는 열망과 각오입니다.

첫 문장을 시작할 때면 언제나 우리의 가슴은 뜁니다. 첫울음을 울며 새 삶을 시작하는 갓난아이의 마음이 이러지 않을까요. 대개 절망 속을 허우적 대지만, 희망이라는 지팡이로 절망을 찍어 누르듯, 문장을 적어 나가다보면 우리는 살아 있는 것 같습니다.

아무리 우리 자신의 체험이라 해도 소설을 쓸 때는 누군가의 삶을 대신 살아가고 있다는 느낌이 짙습니다. 남의 삶에 간섭하려는 우리의 오지랖 버릇이 소설 쓰기에 도움이 되는 것도 같습니다. 소설을 쓰면 남의 삶도 자기 것이 되기에 신중해야 할 것입니다. 소설 속의 일들이 현실에서 일어나는 경우가 여러 번 있기 때문입니다.

이번 창작집 『바람 끝에서』에는 단편소설이 많습니다. 여러 삶이 편편이 들어 있습니다. 우리가 원하는 삶이거나 우리의 삶이거나 다른 누구의 삶이 있습니다. 잘 사는 삶보다 못 사는 삶에 대한 이야기가 많습니다. 우리가 잘 못된 삶에 애정이 많은 이유는 희망 때문이겠지요. 모두가 잘 사는 좋은 날이 있으리라는.

작품도 상품으로, 사용가치보다 교환가치에 무게를 두는 요즘 세태에 비껴나 있는 우리 모습이 좀 처량해 보이기도 합니다. 그래서 순수하고 소중하다는 생각도 해 봅니다.

참여한 작가들은 대부분 생업이 있고, 소설 쓰기와는 무관한 업으로 경제활동 중인 분들입니다. 학생들에게 글쓰기를 지도하는 분들도 있습니다. 등단한 회원도 있고, 등단 준비 중인 회원도 있습니다. 문예지에 발표하는 회원도 있고, 인터넷매체에서 활동하는 회원도 있습니다. 모두 소설이라는 장르를 향해 모여 좋은 삶에 대해 공부하고 있습니다.

삶을 대신 살아가는 작업을 할 때마다, 우리는 겪어왔던 일들을, 배경을 다시 떠올립니다. 그 체험을 힘껏 회상하면서 말을 적어나갑니다. 새로 살려는 시도는 어쩌면 말이 시키고 있는지도 모릅니다.

말이 우리의 삶을 추동하고 있더라도 우리는 진도가 잘 나가지 않을 때가 많습니다. 말이 스스로 멈추어 꼼짝달싹 않기 때문이지요. 체험 조각에 딱 맞는 말이 떠오르지 않을 때입니다. 쓰려는 말이 없는 것은 체험의 정합성이 낮다는 의미입니다. 간섭한 남의 인생에 확실한 책임을 져야 하는 부담 때문이기도 합니다.

오지랖의 정도를 조절하는 일이 정말 중요합니다. 남의 인생에 간섭하지 말아야 하는 것이 현명하고 괴로움 더는 일일진대 우리는 타인의 삶에 관여하면서 즐거움을 얻으려 하니까요.

소설은 언어로 이야기를 전하기에 다양한 의미를 지닌 방법을 구사하는 것이 좋습니다. 독자는 다른 여러 매체의 서사물보다 말을 통해 상상해서 더 넓고 깊은 체험을 얻으려 하니까요. 우리는 적확히 제시하면서 동시에 독자의 상상을 넓히는 말을 써야 합니다. 소설 쓰기는 하나의 언표가 다의적인 기능을 하게 하는 방법으로 적어나가는 예술이라 할 수 있습니다. 지구상 인류 모두 다른 태도로 삶을 살아간다고 볼 수 있습니다. 70억 가지의 삶이 있는 것입니다.

〈소설탄생 4집〉『바람 끝에서』에는 여러 삶의 모습이 담겨 있습니다. 우리도 잘 모르는 삶에 대해 잘 안다며 들이대는 만용을 이해해 주시기 바랍니다. 보다 정의로운 삶, 보다 좋은 삶을 찾으려는 우리의 무모함을 용서해 주십시오.

저기, 바람 끝나는 곳에 행복이 있으려나.

소설탄생 지도작가 / **김기우**

차례

5	**김 기 우**	|머리말| 소설 짓는 마음
11	**고 동 현**	무윤도(無潤島)
31	**김 형 진**	택시기사
49	**남 양 숙**	나 잡아 봐라
75	**박 금 애**	멀고 먼 귀향
93	**백 도 윤**	바람 끝에서
117	**신 인 하**	잃어버린 열쇠
141	**안 미 아**	나흘 째 미세먼지
163	**양 미 경**	사시(斜視)

술친구-그가 사는 법 **엄 규 생** 177

먼지 **윤 정 임** 201

조아무래, 그녀를 기억합니다 **윤 희 웅** 223

더블 설명서 **이 경 희** 245

숨은 상처 **이 정 희** 265

비에 붙잡히다 **정 재 경** 283

사이드 미러 **조 승 호** 303

은자 씨의 귀환 **조 창 아** 323

라라의 세기말 **최 경 숙** 347

무윤도(無潤島)

고 동 현

나는 고질적인 통증과 불안을 안고 사는 사람이다.
이 글을 쓸 당시 그러한 통증을 겪으며 사는 사람들의 삶은
그렇지 않은 사람들과 비교해 어떤 유형의 질을 이어가야하는지 궁금했다.
통증을 본질적으로 바라본다면, 객관적인 시각으로 바라본다면
그것도 하나의 에너지라 여길 수 있다. 에너지라면 물리적인 기반이 있어야 한다.
그러나 통증을 느끼는 사람들은 그런 식으로 바라볼 여유가 없다.
사람은 결국 여러 겹의 에너지로 구성된 존재일 텐데,
그 중 하나의 에너지를 걷어 내는 것은 어려운 일일까.
나는 그 에너지를 관념과 연관시키고 물리적 단위를 관념의 계층에서
해소할 수는 없는지 고민했다. 그러자 추상화 같은 작품이 탄생했고
어쩌면 약간의 실마리를 얻었는지도 모를 일이었다.

2013년 10월 철도 문학상
2013년 12월 대한민국 디지털 작가상
2014년 1월 전북일보 신춘문예
2014년 11월 해양 문학상

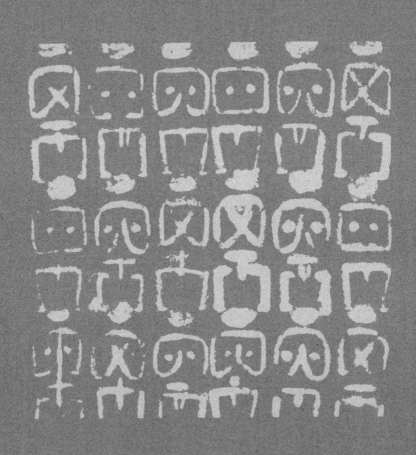

무 윤 도 (無 潤 島)

고동현

  섬은 한 눈에 보일 정도로 가까이 있었다. 사공의 삿대질은 거칠어졌다. 나는 뗏목에 모로 누운 채 사공을 바라보았다. 사공은 삿대로 강물을 묵묵히 찍어댔다. 마치 강물에 떠도는 햇살을 노리는 것 같았다. 삿대에 꿰인 햇살은 물 속 어디에 박히는 것일까.

  내리쬐는 오후의 햇빛은 사공의 팔을 벼리고 있었다. 코발트빛 하늘을 품은 강물은 잔잔했다. 차갑고 맑은 가을의 기운은 시간의 흐름마저 붙들어 맨 것 같았다. 가끔 모든 것이 부옇게 흐려지기도 했다. 그나마 다행이었다. 담당 의사가 말한 기한보다 열흘이 더 지났는데도 나는 아직 실명하지 않았다. 탁한 햇살마저 볼 수 없는 순간을 맞기 전에 이 섬에 온 것이다.

잊고 있던 통증이 솟구쳤다. 위장, 폐, 심장 등 장기 하나하나가 내가 상기해야 할 고통을 일깨웠다. 나는 그대로 혼절할 수도 있었다. 그러나 눈앞에 서 있는 섬이 내 의식의 끈을 놓아주지 않았다.

소나무 따위의 침엽수로 빽빽이 둘러싸인 곳이었다. 완만하고 길게 늘어진 언덕이 전부인 섬은 특이하다고 할 만한 게 없었다. 나는 부러 한숨을 내쉬었다. 실망했다는 감정을 사공에게 내보이고 싶었다. 사공은 섬을 바라보지도 않았다. 그는 그저 강물 속 깊은 곳에 묻어둔 침묵을 찍어 올리는 듯했다. 사공의 손등에 팬 깊은 주름처럼 물살에 결이 지기 시작했다.

바다와 강이 만나는 곳이라고 했어. 그 섬에 가면 귀를 먹고 말을 잊어버린대. 그러면 모든 고통이 한숨으로 빠져나와 바람 속에 증발되는 거지. 하루가 영원 같고, 과거도 미래도 없는 곳이래.

누이는 알 듯 모를 듯한 말을 남기고 사라졌다. 칠 년 전의 일이었다. 나는 누이의 말을 믿지 않았다. 그런데 끔찍한 고통 속에 죽음을 맞이한 아버지의 모습이 자꾸 떠올랐다. 누이 또한 그랬으리라. 아버지가 물려준 것은 몹쓸 유전병만이 아니었다. 아버지는 그것이 가져다 줄 섬뜩한 최후도 우리 남매의 머릿속에 새겨 놓았다.

갑자기 강물에 비친 하늘이 조각났다. 조각들 사이로 거뭇한 바위들이 물살을 가르고 있었다. 사공은 강물 속 깊이 삿대를 질러 넣고는 숨을 가다듬었다. 물살은 질서를 잃고 흩어졌다.

예서부터 여가 이어진 곳이오. 뗏목으로는 갈 수 없다오. 여를 따라 건너가시구려. 돌덩이가 징검다리처럼 박혀 있다오. 숲을 가로질러 언덕을 넘으면 사람들이 사는 곳이 나올 거요.

사공은 가픈 숨을 몰아쉬며 말했다. 나는 몸을 일으켜 사공에게 목례했다.

무윤도 〉 고동현

정말 가시려오? 섬에 발을 들여 놓은 사람이 되돌아 온 적은 없었다오.

나는 대답대신 미소를 짓고는 뗏목에서 발을 떼었다. 수면 아래로 살짝 잠긴 돌덩이들은 평평한 편이라 건널 만했다. 표면이 미끄러워 다리 힘을 빼야 했다. 물 위를 걷는 기분이었다. 촘촘한 간격으로 물 속에 잠겨 있는 바위는 사념(邪念)을 막기 위한 경계선 같았다.

기슭에 다다른 나는 가로로 누워 있는 나무에 걸터앉았다. 뗏목은 왔던 길을 거슬러 사라져 갔다. 해가 언덕 뒤로 넘어가자 섬 그림자가 강물을 검게 물들였다. 그림자는 차츰 강물에 기대기라도 하듯 길게 늘어졌다. 그 위로 적막이 쌓였다.

묵직한 기운이 가슴에 고였다. 내 삶의 종착지에 왔다는 생각에 얼굴이 굳기도 했다. 언덕 너머에서 사람들이 어떤 모습으로 살아가고 있는지는 알 수 없었다. 누이는 정말 이곳에 왔던 걸까.

배낭에서 약 통을 꺼냈다. 항생제가 들어 있는 통이었다. 항생제는 첫 증상이 생겼을 때부터 꼬박꼬박 챙겨야 했던 약이었다. 나는 손에 힘을 주어 약 통을 쥐었다. 가슴이 두근거렸다. 맥박이 전신을 훑기 전에 일어나야 했다. 약 병의 뚜껑을 열고 손을 기울였다. 물 속으로 한 알 한 알 약이 가라앉았다. 내게는 죽음을 의미하는 순간이었다.

항생제를 써야합니다. 우선은 염증을 가라앉혀야 하니까요. 내성이 생기면 더 강한 항생제를 쓰게 됩니다. 학계에 보고된 바에 따르면…….

의사는 내게 익숙한 설명을 했다. 칠 년 전 누이에게 했던 말과 다를 게 없었다. 원인이 알려져 있지 않다는 것, 유전의 영향일 가능성이 크다는 것, 면역력을 낮추고 항생제를 먹어야 한다는 것, 그러나 완치되지 않고 증상이 급속히 심해져 갈 뿐이라는 것. 그는 아이러니한 말로 마무리 지었다.

암이 세포들의 반란이라고 한다면, 이 병은 백혈구의 기억상실이라고 할까요.

백혈구가 자기세포를 적으로 오인해서 공격하는 병이었다. 그것이 만성 염증을 일으키니 끼니는 굶어도 항생제를 거를 수는 없게 된 셈이었다. 스테로이드제나 면역억제제도 줄곧 투약되었다. 스스로 면역력을 낮춰 약해진 몸으로 염증과 싸워야 하는 처지였다. 증상이 심해지자 종종 쓰러지기도 했고 병원에서 지내야 하는 날이 많아졌다. 염증이 위장과 폐를 거쳐 안구까지 퍼졌다는 말을 들었을 때 나는 치료를 그만두겠다고 결심했다.

빈 통을 강물에 던졌다. 의사가 처방해준 마지막 항생제는 물에 녹아 형체 없이 떠돌 터였다. 드문드문 떨어져 있는 작은 섬은 수면 위로 솟은 갈대로 자신의 존재를 알리고 있었다. 강은 흐른다. 내 몸을 순환하는 피처럼. 갈대가 서 있는 저 애매한 경계에서 매순간 강은 새로 태어나고 갈대는 썩어간다. 강물을 멈출 수 있다면 아마 저 갈대의 죽음도 멎을 것이다. 그러나 대신 강이 죽는다.

나는 일어섰다. 주위를 둘러보며 길을 찾아보았다. 길은커녕 사람이 다닌 흔적조차 없었다. 빈 공간을 따라 걷는 수밖에 없었다. 몇 걸음 걷지도 않았는데 가슴이 조여 왔다. 무시해라. 그나마 앞은 보이지 않는가. 적어도 저 언덕을 넘을 정도로는 심장이 쓸모 있어야 했다.

숲은 고요했다. 풀벌레 울음소리조차 나지 않았다. 굵은 노송들은 깊은 잠에 빠져 있었다. 내 발소리에 그것들이 깨어날까 싶어 걸음조차 조심스러워야 했다. 한 걸음씩 나아갈 때마다 팔다리에 통증이 번졌다. 그것은 몸속 깊은 어둠에서 깨어나 피부를 감쌌다. 통증과 함께 내 몸도 불어난 것인지 구불구불한 나뭇가지에 걸려 휘청거리곤 했다.

잡목이 자꾸 앞을 막았다. 우회하려면 다시 내려가 능선을 따라 걸어야 했다. 정상은 그리 멀리 있지 않았는데도 좀처럼 좁혀지지 않았다. 이제 통증은 몸과 분리되어 그림자처럼 나를 뒤따르는 것 같았다. 졸음이 쏟아지기 시작했다. 나는 아무 개연성 없는 곳을 따라 걸었다. 졸음이 이마까지 차오르는 순간, 정상에 위치한 야트막한 바위가 보였다. 바위에 기대 숨을 골랐다. 팔다리가 무거웠다. 강물처럼 고요히 밀려드는 잠에 몸을 맡겼다.

꿈, 또는 공상이 빚어낸 것일까? 낯선 풍경이 나를 감싼다. 해가 떠 있는데도 주위는 거뭇거뭇하다. 햇살 또한 옅은 회색이다. 그런데도 눈이 부시다. 마른 흙과 바위, 자갈과 모래가 이어진다. 바다와 하늘은 서로 뒤바뀐 듯하다. 멀리 펼쳐진 수평선은 경계가 모호하고 굴곡이 있다. 모든 것은 정지한 채 먹빛으로 물든다. 갈증으로 목이 타들어 간다. 햇살은 내 몸을 파고들어 남아 있는 통증을 긁어모은다. 그것은 아주 긴 호흡으로 고통을 사른다. 몸이 찢어질 듯 아프다. 비명을 내지르려하지만 소리가 나지 않는다. 뱉어지지 않은 비명은 머릿속에 남아 끝없이 울린다. 나는 머리카락을 쥐어뜯으며 구른다. 거대한 구름이 다가와 몸을 짓누른다.

이마에 닿는 차가운 기운을 느끼며 눈을 떴다. 가지런히 모은 손등이 흐릿하게 보였다. 그 뒤로 검게 탄 얼굴이 나를 바라보고 있었다. 손등 사이로 물이 조금씩 떨어져 내 이마에 부딪혔다. 몇 차례 눈을 깜빡이는 새에 눈의 초점이 잡혔다. 꼬마였다. 단발머리에 입술이 얇고 광대뼈가 낮은 여자 아이였다. 나는 몸을 일으켰다. 꼬마는 손에 남은 물을 내 옆에 부어버린 뒤 뒷짐을 졌다. 어딘지 모르게 낯이 익었다.

꼬마 뒤로는 여러 겹의 돌 판을 쌓아 놓은 듯한 절벽이 서 있었다. 내가 앉아 있는 곳은 자갈밭이었다. 등 뒤에서 밀려온 파도가 내 엉덩이를 적시고 있었다. 나는 차갑고 둥근 자갈을 만지작거리며 코에 갖다대었다. 짭조름한 냄새가 콧속을 조였다. 나는 일어나 수평선을 바라보았다. 주홍빛을 띤 해가 수평선에 걸쳐 있었다. 누이의 말이 맞았다. 내가 같은 섬에 있는 거라면 이곳은 바다와 강이 만나는 곳일 터였다. 절벽에서 굴러 떨어지기라도 한 걸까? 하지만 몸은 멀쩡했고, 어떻게 이곳으로 온 것인지는 기억나지 않았다.

나는 꼬마에게 다가가 눈을 들여다보았다. 꼬마는 말없이 내 눈길을 받아들였다. 검고 맑은 꼬마의 눈동자가 반짝거렸다. 막상 꼬마와 마주하자 무슨 말을 해야 할지 몰라 난감했다.

여기에 사는 거니?

꼬마는 대답을 않고 한참동안 나를 바라보더니 이를 드러내며 미소 지었다.

다른 사람들은 어디에 있니?

꼬마는 뒤짐을 풀고 두 손을 내밀었다. 나는 고개를 갸웃했다. 꼬마는 소리 없이 웃으며 뒤돌아 걷기 시작했다. 내가 그 모습을 지켜보고 있자 꼬마가 몸을 돌려 나를 바라보았다. 나는 꼬마를 따라 걸었다.

자갈밭이 끝나는 지점에서 시야를 가리고 있던 절벽을 벗어났다. 나는 해안을 따라 길게 뻗은 모래톱을 보았다. 해안에서 언덕까지는 완만한 경사로 이어져 있었다. 잡목 따위는 없었고, 붉고 검은 흙에 투박한 바위만 박혀 있어 작은 사막을 연상시켰다. 언덕 정상 부근에는 어렴풋이 나뭇가지가 튀어나와 있었다. 한 섬에 두 개의 세상이 공존하는 것 같았다. 수평선이 해를 삼키자 땅거미가 차올랐다. 가끔 귀가 먹먹했다. 파도 소리가 끊겼다가 다시 살아나곤 했다.

천천히 걷는 것도 아니었는데 꼬마와 간격이 차츰 벌어졌다. 꼬마는 어스름 속에서 작은 점이 되어 가고 있었다. 잠시 한 눈을 판 사이에 그 점마저도 사라져 버렸다. 나는 꼬마가 남긴 발자국을 따라 걸었다. 모래톱이 끝나는 지점에서 다시 자갈밭이 이어졌다. 꼬마의 발자국은 사라졌지만, 나는 어디로 가야할지 짐작할 수 있었다. 검고 육중한 것이 내 앞을 가로막은 것이다. 처음에는 그것이 절벽이겠거니 생각했다. 하지만 가까이서 본 모습은 고성(古城)을 연상시키는 건물이었다. 사발을 엎어 놓은 듯 둥근 것이 운동장만한 넓이를 차지하고 있었다. 높이는 어른 키의 세 배쯤 되어 보였다. 벽을 따라 돌았다. 크고 작은 돌들이 오밀조밀하게 아귀를 맞추고 있어 작은 틈조차 없었다.

해변 쪽을 향해 돌탑에 기대앉았다. 별 한 점 없는 밤이었다. 파도조차 잠잠해 모든 것을 망각케 하는 공간이었다. 나와 내가 아닌 것의 경계를 구분하기 어려웠다. 눈을 뜨고 있었지만 감은 것이나 다름없었다. 자라나는 어둠은 나를 무한한 허공 속에 부풀리는 것 같았다. 통증 또한 같이 늘어나 옅어지는 것이었다. 숨을 쉴 때마다 바다와 하늘이 함께 호흡하며 고통스러워했다. 그러나 모든 것은 점점 희미해져 갔고 시작과 끝을 알 수 없는 시간의 흐름이 공간을 메웠다. 그것이 죽음일까?

누이의 얼굴을 떠올려 보았다. 미간이 넓고 콧등에 점을 가진 얼굴이었다. 하지만 그 특징 외에 기억나는 건 없었다. 나는 그 얼굴에다 대고 말했던가.

아이는 낳아야 해. 그 다음은 어떻게 될지 아무도 모르는 거야. 아이가 컸을 때는 치료가 가능할 수도 있어. 살자. 사는 데까지 살아보자. 그게 사람의 본성이잖아.

누이에게 애원하다시피 던진 말은 나 스스로에 대한 설득이기도 했다. 누이는 신혼여행을 떠난 지 하루 만에 입원했다. 팔을 완전히 구부리지 못하고 다리가 부어 걷기도 힘든 상태였다. 그간 결혼 준비로 피로가 쌓인 것이겠거니 하고 지나친 것이 화를 불렀다. 혈관 곳곳에 염증이 퍼졌다는 진찰 결과가 나왔다. 누이와 나는 아버지가 남긴 무서운 유전 인자를 원망할 틈도 없었다. 누이는 곧 다가올 끔찍한 통증을 생각하느라 공황에 빠졌고, 나는 나대로 내 차례가 언제일지 가늠해보아야 했다. 이 병에 관한한 의학은 제자리걸음을 하고 있었다. 혼전에 이미 임신한 누이는 아이를 지우겠다고 했다. 아이가 물려받을 고통을 떠올릴 수 없다고 했다. 나는 반대했지만 나 또한 누군가와 결혼해서 아이를 낳을 자신은 없었다.

우리의 유전자는 어디에서 시작한 것일까. 죽음은 한 순간이지만, 단 한 명의 인간이 태어나기 위해서는 최초의 생명부터 부모까지 이어지는 수많은 생식에 성공해야 한다. 그 중 어느 가지에서 우리의 유전 인자가 갈라진 것일까. 어리석은 생각이다. 마치 저 끝을 알 수 없는 밤하늘에 하나의 점을 찍는다고 해도 애당초 그것이 점이 될 수 없는 것과 다름없다.

어렴풋한 빛과 함께 모든 것이 도로 내게 빨려들었다. 나는 피부를 경계로 한 내 자신을 의식했다. 그 과정은 순간이었다. 나는 잠든 기억조차 없었다. 주위는 안개로 자욱했다. 안개가 걷히자 거뭇한 윤곽이 드러나기 시작했다. 나는 내 앞에 서 있는 남자를 보았다.

여길 어떻게 왔소?

턱수염이 얼굴의 반을 가린 남자가 물었다. 남자는 두 눈이 흐렸고 동공이 몹시 작았다. 머리는 거의 벗겨졌고 그나마 남아 있는 머리칼은 희끗했다. 그의 시선이 정확히 나를 향하고 있지 않았기에 나는 그가 장님이라는 걸 알 수 있었다. 나는 사공의 뗏목을 타고 온 일이며, 절벽 아래서 정신을 잃었던 일, 꼬마를 따라 온 일을 말했다.

무엇하러 왔느냐는 말이오.

나는 그제야 남자의 질문을 이해했다. 고통 없이 죽기 위해 왔다고 대답했다.

허긴, 누구나 그렇게들 말하지.

남자는 중얼거리며 뒤돌아섰다. 나는 일어나 남자 곁에 다가갔다.

귀를 먹고 말을 잊는다고 들었습니다. 고통도 느끼지 못하는 곳이라고…….

　그렇긴 하오. 하지만 그게 삶이라고 할 수 있겠소.

　남자의 시선은 먼 바다를 향하고 있었다. 그의 마음속에 그리고 있는 풍
경이 무엇인지는 알 길이 없었다. 도대체 이 남자는 누구인가.

　내 얘기를 들어보겠소? 이제 이런 얘기를 하는 것도 마지막일지 모르겠
군. 난 이 섬을 떠날 테니까. 그런 뒤 이곳에 대한 기억을 깡그리 잊어버릴
셈이오.

　남자는 마치 수십 번 되풀이했던 이야기를 풀어 놓듯 막힘없이 말했다.
그의 말은 밀려왔다가 흐트러지는 파도와 리듬을 맞추고 있었다. 남자가 말
하는 동안 나는 먼 과거의 한 시점에 서 있다는 착각이 들었다.

　죽음을 결심하고 강에 뛰어든 그를 살린 것이 이 섬이었다. 그에게 삶은
심장만 남은 육체처럼 지치지 않는 것이어야 했다. 사랑도 일도 내일이 없을
것처럼 정열에 싸인 것이었고 타협은 없었다. 그에겐 항상 바라볼 수 있는
정상이 필요했고, 앞을 가로막은 것은 무엇이든 갈아엎었다. 언제나 일분일
초가 아쉬웠고, 더 깊고 확장된 시간을 보내지 않은 것을 후회했다. 그것은
너무 젊은 나이에 정상에 이르는 결과로 이어졌다. 정상에서 내려가야 하는
것이 슬프지는 않았다. 바닥으로 가면 다시 올라야 할 정상이 있을 것이라
생각했다. 그러나 한없이 가벼운 시간을 갈라야 하는 삶은 우울했다. 바닥
에 떨어져서도 더 높은 정상을 향할 용기가 없었다. 그 뒤에 이어질 쓸쓸한
시간이 보였기 때문이다. 정상을 넘는 것은 너무도 쉬워 보였다. 그에게 그
것은 삶이 아니었다. 그는 정상을 향하는 대신 더 깊은 나락으로 빠지고자
했다. 그럴수록 정상까지의 거리는 멀어질 것이었다. 절망의 강도가 커질수
록 무력함은 익숙해졌다. 그는 더 이상 떨어질 곳이 없었다. 남은 것은 죽음
뿐이었다.

의식을 찾았을 때, 그는 이곳이 무인도인줄 알았다. 주위엔 풀 한 포기조차 보이지 않았고 바다만 무겁게 출렁거릴 뿐이었다. 시간은 한없이 늘어져 있었고 생각 또한 잘게 분해되었다. 그는 그것이 죽음이라고 생각했다. 영원히 끝나지 않을 것 같은 낮 속에 누워 있는데 꼬마가 나타났다. 꼬마는 그에게 물을 먹이며 곁에 머물렀다.

사람들이 하나둘씩 찾아왔다. 그들을 통해 이 섬이 어떤 곳인지 알게 되었다. 그리고 성처럼 생긴 돌탑 속에 사람들이 살고 있다는 사실을 깨달았다. 밤이 지나면 섬에 온 사람들이 사라졌다. 그에게는 돌탑이 고래무덤처럼 보였다. 사람들의 발길은 맹목적이었고, 그들을 삼킨 돌탑은 침묵했다. 그곳에 들어간 사람이 다시 나오는 일은 없었다. 그가 돌탑에 들어갈 생각을 해보지 않은 것은 아니었다. 그러나 그에게 자극 없는 삶이란 죽음보다 못한 것이었다. 섬은 차츰 지옥으로 변하고 있었다. 삶과 죽음의 구분이 무의미했다. 그의 삶을 증명해주는 것이 있다면 자신의 눈을 부시게 하는 햇살뿐이었다. 그는 하루 종일 해를 바라보다가 눈이 멀었다. 그러자 더 이상 그를 자극할 수 있는 것은 없었다.

처음엔 나도 돌탑에 들어가야 한다고 생각했소.

남자는 한숨과 함께 말을 그쳤다. 나는 무엇이 그를 막았는지 물었다.

꼬마를 보지 않았소? 벙어리가 아니오. 태어났을 때부터 말을 배우지 않은 거요. 그게 무슨 뜻이겠소. 누군가, 이 섬에 죽기 위해 온 사람이 애를 낳은 거요. 그때 난 깨달았소. 단 하루를 살더라도 고통을 느끼고 싶었소. 진짜 삶이 아닌 것은 거부하고 싶었소.

남자는 목표를 이룰 수 없는 것은 불행한 일이 아니라며 이룰 수 없는 목표 자체가 없는 것이 진정한 불행이라고 덧붙였다. 그는 입을 굳게 다물고는 해변을 따라 걷기 시작했다. 앞이 보이지 않는 순간부터 그가 본 것은 무얼까. 남자는 흐물흐물한 실루엣으로 변하더니 시야에서 사라졌다. 나는 모래밭에 앉아 해가 머리 위로 떠오를 때까지 그대로 있었다.

남자가 사라진 쪽에서 꼬마가 걸어왔다. 꼬마는 내 정면에 멈춰 나를 바라보았다. 나는 꼬마의 얼굴을 살피며 나이를 가늠해 보았다. 예닐곱 살이라면 아마도 이 아이는……. 순간 내 눈의 초점이 풀렸다. 꼬마의 모습은 둘로 갈라졌다가 다시 하나가 되었다. 그 사이에 꼬마는 부쩍 다가와 있었다. 잘 편집된 사진처럼 또렷한 꼬마의 모습은 입체감이 없었다. 꼬마는 모은 두 손을 내게 내밀었다. 커다란 소라가 내 눈에 들어왔다. 나는 소라를 받아 속을 들여다보았다. 소라는 껍데기뿐이었고 맑은 물로 채워져 있었다. 그제야 나는 메말라 있는 목을 떠올렸다. 물을 조금 들이켜 보았다. 짜지 않았다. 나는 허겁지겁 물을 삼켰다.

순간, 나는 밋밋한 광대뼈와 얄팍한 입술을 가진 누이의 특징을 기억해냈다. 나는 꼬마의 팔을 잡고 물었다. 네 엄마가 누구니? 엄마는 어디 있니? 소용없는 짓이라는 것을 알고 있었지만 나는 몰아붙이듯이 꼬마를 노려보았다. 하지만 곧 손에 힘이 빠졌고 무릎을 꿇어야 했다. 삼킨 물은 내 몸의 감각기관을 하나씩 일깨웠다. 식도가 찢어질 듯했고 내장이 뒤섞이는 것 같았다. 나는 거의 숨도 쉬기 힘들었다. 이제껏 경험해보지 못한 통증이 온몸을 휘저었다. 손으로 모래를 퍼 입에 쑤셔 넣었다. 모래를 씹으며 참아보려했지만 통증은 좀처럼 가시지 않았다. 기다시피 파도가 있는 곳을 향했다. 파도가 서너 차례 얼굴을 적신 뒤에야 나는 겨우 일어날 수 있었다.

정신을 차리고 주위를 둘러보았다. 꼬마는 사라지고 없었다. 해는 여전히 머리 위에 있었고 바람은 멎어 있었다. 기운이 없었다. 몸을 일으킬 힘조차 나지 않았다. 나는 해를 바라보았다. 꼬마를 찾아야 한다는 생각을 잠시 떠올렸다가 까맣게 잊었다. 한없이 눈부신 햇살에 노출된 기억들이 희미해져

갔다. 이대로 죽어도 괜찮겠다고 생각했다. 하지만 해야 할 일이 남아 있었다. 이 섬에 오기로 결심했을 때부터 생각해 둔 것이었다. 나는 바다를 향해 모로 누웠다. 파도는 코앞까지 다가왔다가 물러가기를 반복했다. 파도 소리 외에 들리는 것은 없었다.

할 수 있을까……

병상에서 몇 번 시도해 본 적은 있지만 잘 되지는 않았다. 물론 병원은 그 작업을 하기엔 좁은 공간이었다. 하지만 바다와 모래가 끝없이 늘어져 있는 이 공간이라면 성공할 지도 모른다. 먼저 저 파도 소리부터 지워야 한다.

짧은 순간에 울리는 저 파도 소리는 무수한 물방울이 뒤섞이며 일으키는 마찰음의 합이다. 그것은 깊은 바다 속에서부터 이어지는 연속된 동작의 결과다. 저 바다를 반으로 나누고 그것을 또 반으로 나눈다. 공간은 무한이다. 항상 이 사실을 염두에 둬야 한다. 나뉜 바다가 시야를 채운다. 다시 그것을 나누며 시야에 채우는 작업을 반복한다. 끝없이 뻗은 공간으로 퍼져 납작해진 바다는 맑은 기운을 띤다. 이제 바다는 움직임이 없다. 나는 멈추지 않고 끈질기게 되풀이 한다. 바다는 형체를 잃고 사막과 같은 지평선을 드러낸다. 물방울은 모래와 모래 사이에 엉겨 있다. 그것의 간격을 늘리고 또 늘린다. 시야에 들어오는 것은 단 하나의 모래알이다. 그것은 커다란 바위처럼 결과 각을 지니고 있어 어떤 곳은 희기도 하고 어떤 곳은 구멍이 뚫려 시커멓다. 모래알을 감싼 물방울은 막 증발하려 하고 있다. 이제는 내 차례다.

인간의 몸은 겹겹이 엉킨 에너지들의 덩어리다. 그것들을 정신이라는 다른 차원의 에너지가 꿰고 있다. 한 풀 한 풀 그것을 벗겨 내야 한다. 피부를 헤치고 살을 바르듯 조심스럽게 들어낸다. 그것이 머금은 통증과 함께. 해부학적 이미지를 떠올려서는 안 된다. 물질이되 만질 수가 없는, 흐르는 물살과 같은 느낌만 있을 뿐이다. 그것은 빨갛거나 파란, 또는 어둡거나 밝은 시각적 이미지를 가지고 있다. 통증이 많이 남아 검은 것은 좀처럼 떨어지지 않는다. 경계를 구분하기도 어렵다. 이럴 때는 방법이 없다. 끈질기게 응시하라. 통증이 사라질 때까지. 그러다보면 통증은 처음부터 빈 공간에 불과했다는 것을 시인한다. 숙주 없는 바이러스처럼 자신의 의미조차 망각하고 허공의 일부가 되는 것이다. 마침내 마지막 꺼풀을 벗길 차례가 왔다. 집중해야 한다. 조금이라도 방심하면 존재조차 사라지고 만다. 남은 것은 완벽한 구(球)를 이룬 형체뿐이다. 얇고 투명한 막으로 둘러싸인 그것은 가장 작은 단위의 물질이자 모든 것을 흡수 할 수 있는 순도 높은 무(無)이다.

지상에 남은 것은 물방울 하나와 구로 변한 나뿐이다. 우리는 서로를 잡아당기는 인력을 느낀다. 물방울과 나는 하나로 겹친다. 안락하다. 뜨거운 햇빛 속에서 물방울은 점점 얇아진다. 그럴수록 물방울은 차가워진다. 물방울은 오래 버티지 못하고 모두 증발돼버린다.

나를 둘러싼 막은 하얗게 변해 딱딱해지더니 갈라터지고 만다. 에너지의 순수한 공백은 순식간에 태양을 삼킨다. 그 짧은 시간 동안 에너지들이 요동친다. 흩어졌던 바다와 산맥들이 남아 있는 공백을 채우려 몰려들었고, 수많은 번개와 비, 바람과 소음을 몰고 왔다. 퀴퀴하고 비릿한 냄새, 쓰고 짠 맛, 암석이 갈라지고 깨지는 소리, 액체가 출렁이거나 끓는 소리가 함께 뒤섞인다. 수십억 년 간 거쳐 온 진화의 과정이 한순간에 다시 반복된다.

나는 태양이다. 모든 것을 비추며 그 어떤 것도 볼 수 있다. 수많은 미생물들의 기억을 낱낱이 들여다보고 인간이 지닌 심오한 관념도 꿰뚫어 본다. 나 자신도 볼 수 있지만 그것은 너무 밝아 시각적 이미지를 초월한다. 나는 단 한 줄기의 빛을 내뿜어 모든 것을 태우기도 하고 증발시키기도 한다. 구석구석까지 숨어 있는 어둠을 찾아내 불사른다. 그것이 물질이든 관념이든, 아니 그 중간에 위치해 언어로는 표현 할 수 없는 그 무엇이라 할지라도……. 남은 것은 재가 될 때까지 스스로 타오르는 것뿐이다.

붉고 검은 기운과 함께 내 몸은 도로 형체를 찾았다. 눈부시게 빛나던 해는 바다에 몸을 담가 열기를 식히고 있었다. 나는 심연 밑바닥에 켜켜이 쌓여 있던 분노를 모두 토해낸 기분이었다. 조금은 허탈한 기분으로 사라져가는 해를 지켜보았다. 해가 가라앉자 사방에 어둠이 찼다. 그것은 갑작스러웠다. 낮과 밤은 겨우 종이 한 장의 두께로 경계를 이루었던가. 바다마저 숨죽인 적막한 밤이 다가왔다.

어둠은 무척 짙었다. 들리는 소리도 없었기에 나는 눈이 멀고 귀가 먹은 것이나 다름없었다. 내 몸의 경계를 구분할 수 없는 시간이었다. 나는 바다와 하늘의 부분이기도 했고 광활한 세계가 내게 속하기도 했다. 이제 이런 과정은 자연스러운 것이었다.

밤의 한가운데라고 했다. 그 시간이면 돌탑이 문을 열고 긴 숨을 쉰다는 것이다. 돌탑에 들어가야 할지를 두고 고민했다. 그러나 이제는 생각을 완성하는 것조차 쉽지 않았다. 조각난 생각들은 서로를 엮기엔 너무 먼 거리에 흩어져 있었다. 경계가 없었기에 어디까지가 내 생각인지도 알 수 없었다. 나는 가능한 밤이 길기를 바랐다. 시간이 필요했다.

갑자기 하늘에서 희미한 빛들이 하나둘씩 일기 시작했다. 열 개쯤 되려나. 그것이 별이든 아니든 대수롭지는 않았다. 나는 그것들 중 어떤 것은 그대로 두고 어떤 것은 획으로 연결해 글자를 완성했다.

決.

나는 '결'자와 관련된 낱말을 떠올려 보았다. 결정, 결론, 해결, 결단, 결말, 미결, 자결……. 각각의 낱말이 내 처지를 정의하고 있었고, 암흑의 공간을 표현하는 유일한 의미로 새겨졌다. 그것을 받아들이는 데는 아무런

무윤도 〉 고동현

논리가 필요 없었다. 낱말 스스로가 완벽한 인과를 이루고 있었고 그 자체로 나 자신이었기에 판단이라는 순차적 과정은 애초에 존재하지 않았다.

나는 처음으로 완전한 해방감에 빠졌고 그 무엇도 두렵지 않았다. 나도 모르게 발이 돌탑을 향하고 있었다. 돌탑 한가운데에는 시커먼 구멍이 뚫려 있었다. 구멍 옆에는 꼬마가 서 있었다. 구멍은 일정한 강도로 바람을 내뿜고 있었다. 꼬마를 바라보자 그 얼굴에서 누이의 모습이 떠올라 겹쳐졌다. 나는 꼬마를 향해 미소 지었다. 누이는 남았고 나는 들어간다. 어느 쪽이 옳은가에 대한 판단은 꼬마의 몫이다. 바람은 방향을 바꿔 구멍 속으로 밀려들었다. 나는 빨려가듯 돌탑 안에 들어섰다.

바람이 멈췄다. 뒤돌아보았지만 구멍은 이미 사라진 뒤였다. 몸이 가벼웠다. 공중에 떠오르거나 한 것도 아닌데 중력이 느껴지지 않았다. 보이는 것도 들리는 것도 없어 방향을 가늠하기 어려웠다. 한 발짝이라도 내딛으면 낭떠러지 속으로 떨어질 것 같았다.

길을 따라 걸으시오. 우물에 이를 때까지 천천히 향하시오. 하루를 영원처럼 여겨야 하오. 느리게 도착할수록 우물물은 달고 시원할 터이고 그렇지 않으면 쓰고 고통을 일깨울 것이오.

여러 사람이 동시에 말을 하듯 음성은 일정한 음색을 가지고 있지 않았다. 그것은 공간을 타고 흐르는 파장을 가진 것이 아니라, 내 고막 자체가 스스로 진동하며 자아낸 것이었다. 따라서 아무런 여운도 남기지 않았다. 나는 그것이 내가 들어야 할 마지막 소리이며, 앞으로는 아무것도 듣지 못할 것이라고 직감했다.

그렇다. 하루를 영원처럼 사는 방법이 있긴 하다. 끝도 없이 늘어진 시간의 흐름을 타면 된다. 유태인 천재 물리학자의 이론을 상기할 필요도 없다. 밀폐된 돌탑 안에서 사람들이 같은 속도의 시간을 유지해 나간다면 얼마든지 확장된 시간을 가질 수 있다. 누구 하나 말을 해서는 안 된다. 말은 과거나 미래의 표현을 담고 있기에 시간의 에너지를 급격히 요동치게 한다. 그러면 이 안의 모든 것은 모래처럼 허물어져 버릴 터다. 이곳 사람들은 말을 잊은 게 아니라 하지 않을 뿐이다. 이런 공간에서 고통은 그 자체로 무의미하다. 고통의 원인은 과거의 산물이고 그것이 요구하는 것은 미래의 변화다. 더구나 이곳에서는 고통이 시간의 느린 흐름을 버텨내지 못한다.

주위에 희뿌연 빛이 들어차기 시작했다. 빛은 구분 가능한 입자로 흩뿌려져 있었다. 거친 화질의 스크린을 보는 것 같았다. 도대체 이 빛은 어디에서 흘러드는 것일까. 탁한 공간 속에서 드러난 것은 원형 극장처럼 생긴 거대한 구덩이였다. 가장자리에는 나선을 그리며 길이 이어져 있었다. 그러나 두세 바퀴를 그린 뒤로는 안개에 잠겨 희미한 윤곽만 보였다. 띄엄띄엄 솟아 있는 검은 점은 어렴풋이 사람의 형체를 띠고 있었다. 아래로 향할수록 안개가 짙어 한 가운데는 아무 것도 보이지 않았다.

고통마저 느낄 수 없다면, 그걸 삶이라 할 수 있겠소?

돌탑 속의 흐름에 몸을 맡기고 있는데, 문득 남자의 말이 떠올랐다. 동시에 내 의식은 묵직하게 가라앉았다. 잠들기 직전, 또는 잠에서 막 깨어나려는 순간 같은 기분이었다. 눈앞에 선명한 이미지들이 그려지기 시작했다. 그것은 안개 위로 이어져 분절된 장면으로 흘렀다. 그것은 꿈이었다. 내 의식은 무기력하게 물러나 있었다. 아니, 그것은 환영이었다. 나는 미지근한 눈물방울이 뺨을 타고 흐르는 것을 느꼈던 것이다. 눈으로 직접 보는 것보다도 생생하기에 지금까지 내가 보아 온 것은 덧없어 보였다.

지친 몸으로 섬에 도착한 누이, 돌탑 앞에 서자 커져가는 갈등, 차마 지우지 못한 뱃속의 아기, 모든 통증을 비웃는 분만의 고통, 아이가 커갈 때마다 통증을 까맣게 잊고 누이는 미소 짓는다. 누이의 환한 얼굴이 아름답다.

누이는 아이에게 말을 하지도 가르치지도 않는다. 최후의 순간이 다가온 걸 깨달은 누이는 처음이자 마지막으로 속삭인다. 끔찍한 고통이 닥칠지도 몰라. 하지만 사는 데까지 살아 보는 거야. 그게 생명이거든. 아이는 마치 말을 알아들었다는 듯이 미소 짓는다.

누이와 꼬마의 모습은 사라지고 안개가 걷히기 시작했다. 사람들은 차츰 뚜렷한 모습을 드러냈다. 선 채로 고개를 숙인 사람, 한 발을 내딛고 있는 사람, 고개를 젖혀 두 손을 내민 사람, 몸을 웅크려 고개를 파묻은 사람, 무릎을 꿇고 두 손을 땅에 짚은 사람……. 모두가 박물관에 전시된 마네킹처럼 움직임이 없었다. 나는 더 이상 생각을 떠올리고 싶지 않았다. 단 하나의 문장을 떠올리려 해도 수많은 시간이 흘러야 했다. 눈앞이 다시 뿌예졌다. 안개가 아니었다. 실명의 순간이 다가왔을 뿐이었다. 빛은 사그라지더니 어둠만이 남았다. 나는 아무것도 볼 수 없었고, 어떤 이미지도 떠올릴 수 없었다. 생각이 멎기 전에 나는 마지막으로 내가 보았던 환영이 꼬마의 꿈속에 영원히 반복되기를 빌었다. 어쩌면 내가 기억하는 모든 것이 잠시 잠든 꼬마의 꿈에 불과할 지도 모른다. 이 길에 과연 끝은 있는 걸까. 언젠가 지긋지긋하던 통증이 그리워지는 때도 있겠지. 나는 나선형으로 뻗은 길에 발을 들여 놓았다.

택시기사

김형진

어느 날 새벽이었습니다. 요의를 느끼고 잠에서 깼습니다.
잠자리에서 일어나려는데 방문 밖에 누군가가 서 있는 것 같은 생각이 들었습니다.
갑자기 그런 느낌이 들어서 당혹스러웠습니다.
무섭고 두려워서 그 자리에서 움직이지도 못하고 가만히 있었습니다.
사물이 아무것도 보이지 않는 어두운 방에서 숨도 가만히 쉬었습니다.
이 집에는 나 혼자 있는 것이라고 저는 스스로에게 누누이 이야기를 했습니다.
실제로 방 밖에는 아무도 없었습니다. 그럼에도 저는 누군가가
방문 밖에 서 있을 거라는 생각을 지울 수가 없었습니다.
결국 날이 밝아졌을 때에야 방문을 열었습니다.
거실에는 사물들이 어젯밤에 놓인 그 자리 그대로 있었습니다.
실재하지 않는데 실재하는 것처럼 느끼는 사람의 이야기를 쓰고 싶었습니다.
그것이 존재하지 않음을 이성적으로 판단하면서도 한 번 받아들이면
쉽사리 떨쳐내지 못하는 게 사람이라는 생각이 듭니다.

제32회 근로자 문화 예술제 문학부문 대상 수상

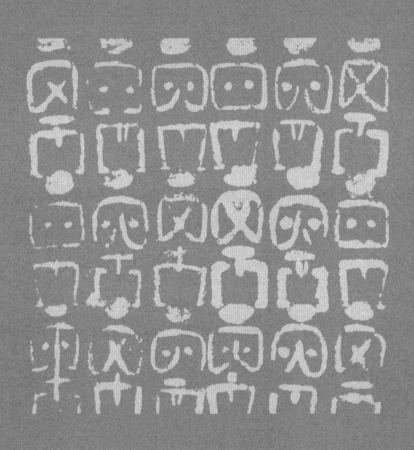

택 시 기 사

김형진

"장문리요."

사내가 말했다.

조금 내려진 창문 사이로 얼굴을 들이밀고 있는 사내 얼굴은 갸름해 보였다. 사내는 챙이 달린 검정색 스포츠 모자를 눌러쓰고 있었다. 일행으로 보이는 사람은 술에 만취했는지 사내 팔뚝에 위태롭게 매달려 흐느적거렸다. 사내가 숨을 내쉴 때마다 술 냄새가 안으로 끼쳐 들어왔다.

동우는 손님에게 선뜻 대답하지 못했다. 과속을 하더라도 이 정류장에서 장문리까지는 한 시간 삼십 분이 넘는 거리였다. 여느 때라면 장거리 손님이어서 좋아했지만 오늘은 마음이 내키지 않았다. 동료가 식당에서 한 말이 마음에서 떨쳐지지 않아 불편하던 참이었다. 디지털 시계를 봤다. 오전 두 시 이십 분. 궁색한 변명이나마 승차 거부할 핑계를 찾으려고 한순간 생각에 잠겼다.

'교대 시간이라고 말할까. 차고지로 들어가는 길이라고 말할까. 그냥 지나가버릴까.'

차문이 열리는 소리에 동우는 고개를 돌렸다. 사내가 일행을 구기다시피 해서 뒷좌석에 밀어 넣고 있었다. 차가운 새벽 바람과 술 냄새가 한데 뒤섞여 차 안으로 밀려들어왔다. 일행을 뒷좌석에 태운 사내는 조수석 문을 열고 앞자리에 올라탔다. 동우는 자동 변속기어 손잡이를 공연히 만지작거리면서 두 손님을 슬그머니 일별했다. 조수석에 승차한 사내는 무릎에 얹어놓은 가방을 손에 쥐고 있었고, 뒷좌석에 탄 손님은 자리에 널브러져 엉덩이만 보였다. 동우는 마른기침을 토해내며 얼굴을 일그러뜨렸다.

마음이 무거워진 동우는 손님에게 인사를 하지 않았다. 지난 십여 년 동안 운전을 하면서 손님에게 일일이 어서 오세요, 하고 부드러운 목소리로 말했다. 끼니를 거르는 일이 있어도 몸이 지독히 아플 때도 말치레일망정 손님에게 하는 인사는 잊어버리는 법이 없었다. 손님이 반응을 보이거나 말거나 아랑곳없이 꼬박꼬박 인사했다. 그렇지만 이번 손님들에게는 꺼림칙한 기운이 입을 막아 인사할 엄두도 내지 못했다. 어제 저녁 기사 식당에서 동료인 민수와 나눈 이야기가 머릿속에 뚜렷이 다시 떠올랐다.

조심하게.

비린내가 나지 않는 간고등어 구이를 먹으려던 민수가 말했다. 표정이 자못 심각했다. 동우는 그런 얼굴빛을 한 민수를 처음으로 보았다. 민수는 평소에 아무리 진지한 이야기도 일단 농담으로 받아들이고 대응했다. 농담에 익숙하지 않는 동료들에게서 싸늘한 눈총을 받아도 대수롭지 않게 받아들였다. 어떤 동료는 줏대 없는 사람이라고 민수에게 대놓고 핀잔을 놓기도 했다. 그럼에도 민수는 어느 상황에서도 장난을 잘 치고 시시덕거리기를 좋아했다.

동우는 민수가 연극하는 것으로 생각했다. 식사를 한 뒤에는 평소대로 밝은 표정으로 돌아오리라고 여겼다. 기대와 달리 민수는 밥그릇을 깨끗이 비운 뒤에도 굳어진 표정을 풀지 않았다. 무엇이 그토록 생기를 없애고 낯빛을 흐리게 했는지 궁금했다. 동우는 짐짓 심드렁하면서도 웃음기를 띠고 물었다.

조심하라니?

몰라서 묻나?

무슨 말인지 알면 왜 묻겠어.

입 안에 음식물을 넣은 동우는 과장되게 오물거렸다. 동우는 눈 한 번 깜박이지 않고 자신을 민수가 바라보는 것을 느꼈다. 음식을 목구멍으로 넘긴 동우는 유리컵에 담긴 미지근한 물을 단번에 들이마셨다. 동우는 민수가 젓가락을 들어 목덜미를 향해 찌르는 시늉을 해서 소스라치게 놀랐다. 목덜미를 손바닥으로 문지르고는 의아한 시선으로 민수를 바라보았다.

강도가 나올 때가 됐어.

강도?

최근에 택시기사들을 상대로 강도 사건이 빈번하게 발생하고 있다는 소식은 동우도 알고 있었다. 대부분 장거리 손님을 태운 기사들이 흉기를 든 강도한테 금품을 빼앗겼다. 강도를 당한 어떤 기사는 중태에 빠졌고 어떤 기사는 강도가 휘두른 칼에 맞아 병원 신세를 지고 있었다. 사건을 수사하고 있는 경찰은 아무 단서도 찾지 못하고 제자리에서만 맴돌았다. 경찰이 강도를 붙잡지 못하자 기사들은 늦은 밤에는 손님들을 골라서 태웠다. 심야에 기사와 손님들이 승차 문제로 말싸움이 일어나도 경찰은 수수방관했다. 기사들은 심야에 남자 손님들이 시내를 벗어나는 지역에 가자고 하면 겁에 질려서 기피했다. 총기를 휴대한 경찰이 순찰을 강화해도 기사들은 심야에 장거리 운행을 꺼렸다.

　심야에는 근거리에 가는 손님만 태울 생각이네.

　경찰이 순찰을 하니까 괜찮겠지.

　강도가 바보인가. 경찰이 보는 앞에서 강도짓을 하게.

　처음 뉴스를 통해서 사건을 접한 동우는 강도에 대해서 그다지 신경을 쓰지 않았다. 친구의 보증을 서서 빚을 짊어진 동우는 강도보다 재산이 압류되는 게 더 두려웠다. 거리가 멀거나 가까움에 관계없이 쉬지 않고 손님을 태우는 것이 중요했다. 빈 택시로 운행할 때는 손님을 태울 때까지 마음이 조급해졌다. 도로 옆에 서 있는 사람이 보이면 혹시 그 사람이 택시에 타지 않을까, 생각하면서 속도를 줄이기도 했다. 동우는 애초부터 택시에 타지 않을 사람이라는 것을 알면서도 그 사람 앞을 지나가는 순간에는 실망으로 마음을 주체하지 못했다.

　식당 앞에서 민수와 헤어진 동우는 주차장에서 서성거렸다. 오늘따라 민수 말이 사라지지 않고 가슴에 남아 마음이 편안하지 않았다. 금요일인 오늘은 다른 요일에 비해서 시외로 가는 장거리 손님이 많은 편이었다. 시내를 벗어나면 집이 드물었고 대부분 가로등 하나 없어 주변이 어두웠다. 인적이 없고 도로는 어두워도 길이 한적해서 달리는 동안 마음은 여유로웠다.

　주차장에서 마냥 있을 수 없어 불편함을 안은 채 차를 몰고 시내로 들어갔다. 두 사내를 태우기 전까지도 가까운 거리만 운행한다거나 오늘만이라도 장거리 손님은 피하겠다거나 하는 결정을 하지 못했다. 가슴 속에 남아 있는 불편한 응어리는 자정이 넘어서도 씻기지 않고 그대로 있었다. 오히려 그 응어리는 초저녁에 생긴 것보다 더 부풀어져 있는 듯했다.

　동우는 두 사내를 태우지 말아야 했다고 뒤늦게 판단했다. 이내 불길한 기운이 가슴 속에서 조금씩 피어오름을 느꼈다. 동우는 붉은 신호등을 보

택시기사 〉 김형진

며 입술을 깨물었다. 저녁 내내 신경을 쓴 결과가 쓸모가 없다고 생각하니 자신에게 화가 났다. 무슨 일이든지 곧바로 결정하지 못하는 자기 성격을 생각하자 동우는 부아가 더욱 치밀어 올랐다.

'바보 멍청이. 왜 남들처럼 손님을 무시하고 지나가지 못하지? 손님이 쫓아와 따지지도 않는데. 속없는 사람이라고 뒷말을 듣는 민수도 승차거부를 하고 있잖아. 목적지를 듣자마자 핑계거리를 찾을 필요도 없이 그냥 지나쳐야 했어. 만에 하나 내가 강도에게 다치면 무슨 소용이 있겠어. 내 몸이 온전해야 무엇이든지 할 수 있다고.'

새벽 거리는 한산했다. 이따금 승용차가 횡단보도에서 서행하다가 붉은 등인데도 빠른 속도로 질주했다. 신호등이 적색에서 녹색으로 바뀌었다. 직진 차로에 있던 동우는 차선을 바꿔 깜박이도 켜지 않은 채로 좌회전했다. 직진을 하면 신호등이 때맞춰 떨어지기 때문에 시외로 빠지는데 시간이 얼마 걸리지 않았다. 멀리 돌아가면서 다시 한 번 핑계거리를 찾아볼 심산이었다. 뒷자리에서 코를 고는 소리가 조그맣게 들렸다.

동우는 서두르지 않았다. 다른 날과 달리 붉은 신호등이면 횡단보도 앞 정지선에서 멈췄고, 앞 차가 느리게 가면 일정한 간격을 두고 그 차와 비슷한 속력으로 뒤를 따라갔다. 술에 취한 사람들이 무단횡단을 하면 그 취객들이 놀라지 않도록 전조등을 끄고 기다렸다가 출발했다.

삼십 분 뒤에는 이 도시와 대성군을 경계 짓는 한림대교가 나온다. 대교에서 가까운 곳에 지하철 종점이 있고 하나뿐인 출구로 나오면 바로 택시정류장이었다. 택시정류장에는 기사들이 밤늦도록 인근 지역으로 가는 손님을 태우려고 호객행위를 했다. 동우는 그 택시정류장에 두 손님을 떨어뜨려야겠다고 마음먹었다. 적어도 오늘은 가슴이 개운치 않은 상태로 먼 거리에 가고 싶은 마음이 없었다. 어떤 이유를 댈까. 손님이 납득할 만한 묘안은 떠오르지 않았다. 느린 속도로 달리는데도 한림대교는 점점 빠르게 다가왔다. 사정이 급박하면 아무 생각이 떠오르지 않는지 도시 무엇 하나도 생각나지 않았다. 마음이 다급해진 동우는 몸이 아프다고 둘러대야겠다고 생각했다.

어느 새 한림대교에 다다랐다. 동우는 택시들 맨 뒤에 차를 세웠다. 뒷좌석에서는 코를 고는 소리가 여전히 들렸고 조수석에 탄 손님은 움직임이 없이 앞에만 주시하고 있었다. 정류장에는 택시들이 길게 줄지어 서 있었다. 어림잡아 열 대 남짓해 보였다. 기사로 보이는 몇 사람은 보도에 쭈그리고 앉아 담배를 피우고 있었고 몇 사람은 손님을 기다리는지 지하철 출입구에서 서성이고 있었다. 택시정류장으로 사람이 걸어오거나 지하철 출입구에서 사람이 나오면 기사들이 재빨리 다가가 뭐라고 열심히 설명했다. 어떤 이는 손사래를 치며 기사들 앞을 지나가버렸고 어떤 이는 기사들을 따라가 택시에 올라탔다. 여기서 타는 손님들은 거의 장거리를 가는데 기사들은 강도 사건을 듣지 못했는지 아니면 아예 관심이 없는지 개의치 않는 것 같았다. 정류장은 예전이나 지금이나 다름없는 풍경이었다.

문득, 동우는 자신이 공연히 손님을 강도로 오인하고 있지 않나 하는 생각이 들었다. 시외로 가는 남자 손님들을 수없이 태웠지만 강도를 당하기는 커녕 손님과 문제가 발생한 경우도 없었다. 손님이 강도일지 모른다는 의심도 해본 적이 없었다. 오로지 손님을 목적지까지 안전하고 편안하게 모셔다 드려야 한다는 생각만 했다.

그 불길한 기운은 민수에게서 비롯된 거라고 생각했다. 강도는 십년 전에 동우가 택시를 몰기 시작했을 때도 있었다. 택시 기사들 사이에서 강도 이야기가 나오지 않은 때는 여태껏 한 번도 없었다. 동우는 지나치게 심리적으로 위축된 민수에게서 두려움을 옮았다고 간주했다.

'내가 꺼림칙했던 이유는 민수 때문이었어. 겁에 잔뜩 질려버린 민수 얼굴을 보고는 나도 덩달아 기겁을 해버린 거야. 내가 은연중에 기사들 분위기에 휩쓸려버린 부분도 있어. 줏대도 없이 말이야. 술에 취해서 코를 골며 잠을 자는 강도가 세상에 어디 있어? 조수석에 탄 사람이 강도라고 해도 그래. 어떤 바보가 술에 취한 사람을 데리고 강도짓을 하려고 나설까. 코를 고는 저 소리 좀 들어봐. 이제는 지나가는 차 소리보다 더 크게 들리잖아. 저 손님이 혼자라면 내가 주머니를 털고 아무데나 내려줘도 깨닫지 못할 걸. 강도가 아니야. 이 손님들은 강도일 리가 없어. 내가 어리석은 생각을 했어.'

지레 겁먹은 자신을 생각하자 동우는 쓴웃음이 나왔다. 무엇인가에 강렬하게 인상을 받으면 그 자체에만 생각이 몰입돼 다른 부분을 보지 못하는 성격이었다. 가슴을 짓눌렀던 막연한 두려움이 걷히자 마음이 가벼워지고 상쾌해졌다. 얼굴에는 안도하는 빛이 퍼져나갔다. 동우는 택시들 맨 뒤에서 벗어나 목적지를 향해 출발했다. 한림대교 양쪽으로는 일정한 간격으로 가로등이 켜져 있었다. 대교를 달리는 동우는 한없이 평온한 기분이 들었다.

백미러에 걸어놓은 가족사진을 보았다. 아들이 초등학교에 입학한 기념으로 일 년 전에 사진관에서 찍은 사진이었다. 어둠침침해서 아내와 아들 얼굴이 흐릿하게 보였다. 동우는 시계를 보았다.

'두 시 오십 분이 넘었군. 아들 녀석은 꿈나라를 여행하고 있겠지. 녀석하고 밥상에 둘러앉아 밥을 먹은 지도 오래됐어. 그래서일까. 녀석이 내게 잠을 함께 자고 싶다거나 밥을 먹고 싶다거나 하는 투정을 이제는 부리지 않아. 일하러 가기 전에 녀석을 안아줘도 표정이 무덤덤해. 녀석은 나를 아빠라고 생각하지 않는 것일까. 내게는 녀석이 전부인데. 몸이 아파도 쉬지 않는 이유는 녀석이 있어서인데. 아들과 함께 있는 시간을 가져야겠어.'

한림대교를 지나가자 도로 주변이 사뭇 어두웠다. 들판 저 멀리에 불빛이 한두 점 보였다. 엔진소리가 유난히 크게 들렸다. 조수석에 탄 손님은 고개한 번 돌리지 않고 전방만 바라보았다. 손님은 무릎 위에 있는 검정색 가방에서 손을 떼지 않았다.

택시 안은 침묵 속으로 가라앉았다. 동우는 무슨 말이라도 하고 싶었다. 입사하고 육개월까지는 지리에 익숙하지 않아서 손님과 이야기 할 여유가 없었다. 지리에 밝아질수록 동우는 손님과 이야기하는 시간이 늘어났다. 이야기는 대부분 손님이나 동우가 혼잣말로 가벼운 화두를 꺼내면서부터 시작되었다.

"날씨가 왜 이리 추워."

라디오를 켜며 동우가 중얼거렸다. 영화음악이 스피커에서 흘러나왔다. 시내를 배회하지 않을 때에는 택시정류소에서 손님을 기다리며 자주 즐겨 듣는 프로그램이었다. 영화음악이 끝나도록 손님은 아무런 반응이 없었다. 동우는 손님이 잠을 자는가 싶어서 라디오를 껐다.

전방을 바라보던 동우는 눈을 깜박였다. 왼쪽 눈동자에 이물질이 느껴졌다. 한동안 괜찮았던 각막염이 재발한 거라고 동우는 짐작했다. 염증이 도질 때마다 병원에 가서 치료를 받았다. 완치되지 않고 주기적으로 안과 병원을 찾는 일이 귀찮고 번거로웠다. 악화되기 전에 아침 일찍 안과에 가야겠다고 생각했다. 창문을 내렸다. 쌀쌀하고 세찬 들바람이 택시 안으로 들어왔다. 심호흡해서 차가운 대기를 가슴 가득히 들이마셨다. 한줄기 차가운 공기가 가슴 속으로 파고들어갔다.

시내에서 출발한 뒤로 말없이 조수석에 앉아 있던 사내가 입을 열었다. 잠기운이 조금도 묻어나지 않은 목소리였다.

"석수야, 이제 다 왔다. 그만 일어나라."

동우는 의아스럽게 생각했다. 일반적으로 손님이 잠자는 동행인을 깨울 때는 목적지에 도착하기 몇 분 전쯤이었다. 여기서 장문리까지는 아직도 사십

분은 더 가야 했다. 장문리에 가려면 태봉굴을 지나가야 했다. 장문리 근처에 가는 손님들은 대부분 그 태봉굴을 지나서야 일행을 깨웠다. 아무리 주변이 어두워도 손님들은 본능적으로 목적지까지 얼마나 남았는지 알기 마련이었다. 모자 쓴 사내도 태봉굴을 지나지 않았다는 사실은 알고 있을 거였다.

뒷좌석에서 코를 고는 소리가 금세 멈췄다. 등 뒤에서 숨을 길게 내쉬는 소리가 들렸다. 무심히 백미러를 본 동우는 하마터면 비명을 지를 뻔했다. 흐릿한 백미러 속에서 사내가 빤히 바라보고 있었다. 거울 속 사내 눈빛은 취한 사람의 눈빛이 아니었다.

'모자 쓴 사내는 왜 다 왔다고 말했을까. 사내가 착각했을까. 아니야. 그럴 리는 없어. 자기 집으로 가는 길이니 어두워도 이곳이 어디쯤인지 대충 알고 있을 거야. 왜 뒷좌석에서 자고 있는 사내를 벌써 깨웠을까. 코를 골며 자고 있던 사내는 말 한마디에 금방 잠에서 깼어. 어쩌면 뒷좌석에 탄 사내는 애당초 술에 취하지도 잠을 자고 있지도 않았을지 몰라. 눈빛이 풀린 눈빛이 아니야. 다 왔다는 이 말이 혹시 서로 약속한 어떤 신호일까. 두 사람은 정말 장문리에 사는 사람들일까. 이 두 사내는 경찰이 쫓고 있는 강도가 아닐까.'

동우는 불안에 휩싸였다. 얼굴 근육이 일시에 굳어지는 게 느껴졌다. 두 사내는 말이 없었다. 핸들을 잡지 않은 손바닥으로 볼과 이마, 목덜미를 문질렀다. 불안한 마음을 진정하려고 동우는 연방 헛기침을 하면서 라디오를 틀었다. 영화음악 프로그램을 진행하는 여자 아나운서가 애청자가 보낸 사연을 들려주고 있었다. 청아하고 침착한 목소리였다. 동우는 라디오 소리를 높이고는 채널을 돌렸다. 방송국에 따라서 잠깐씩 팝송이 나오기도 하고 열정적으로 설교하는 소리가 나오기도 하고 국악이 나오기도 하고 어느 채널에서는 방송이 끝났는지 뚜 하는 소리가 나왔다. 더는 채널이 돌아가지 않자 동우는 다시 채널을 더디게 되돌렸다. 조용한 영화 음악보다는 알아들을 수 없고 시끄러운 팝송을 듣고 싶었다.

왼쪽 눈동자가 더 불편해진 느낌이 들었다. 눈 부위를 손바닥으로 가벼이 비볐다. 염증이 심할 때는 의사가 눈을 마취하고 치료를 했다. 자꾸 염증이 재발하자 동우는 완치가 되지 않느냐고 물었다. 의사는 염증이 도질 때마다 치료하는 방법 외에는 방도가 없다고 말했다. 운전대를 잡지 않은 손으로 마른세수를 했다. 이미 굳어버린 얼굴 근육이 쉬이 풀어지지 않았다. 심장이 불규칙적으로 박동했다. 머릿속이 하얗게 비워지는 것 같았다. 머리카락과 온몸에 난 털들이 부스스 일어나 뻣뻣하게 곧추서는 듯했다.

이따끔 지나가던 차량이 이제는 한 대도 없었다. 차량이 옆을 지나가는 그 짧은 순간에 동우는 마음이 적이 안심이 되고는 했다. 긴장하고 있어서 그런지 뒷목이 뻐근했다. 눈에 이물질이 느껴질 때마다 동우는 눈을 깜박거렸다.

멀리 불빛이 보였다. 엘피지 주유소였다. 장거리를 뛰고 돌아오다 어쩌다 한 번씩 그 주유소에서 가스를 충전했다. 계기판에서 가스량을 표시하는 눈금을 보았다. 가스는 장문리에 다녀와도 될 만큼 충분히 있었다. 그럼에도 동우는 주유소에 들러서 가스를 조금 충전해야겠다고 마음을 먹었다. 직원이 가스를 충전하는 사이 초조한 마음을 진정할 생각이었다. 핸들을 잡은 손에 저절로 힘이 들어갔다. 동우는 가속 페달을 힘껏 밟았다. 충전소 불빛이 가까워질수록 단거리를 뛰는 사람처럼 숨을 헐떡였다.

"가스 좀 넣고 가겠습니다."

동우가 말했다.

택시는 이미 주유소에 들어선 뒤였다. 주유기 옆에 차를 세우고 엔진을 껐다. 새벽에는 택시에서 내리기 전에 직원을 부르기 위해서 경적을 두세 번 울렸다. 오늘은 경적을 울리지 않았다. 택시에서 내린 동우는 사무실로 곧바로 걸어갔다.

택시기사 〉 김형진

사무실은 따뜻했다. 텔레비전을 향하고 뚱뚱한 남자 직원이 의자에 앉은 채 잠들어 있었다. 텔레비전에서는 영국 프리미어리그가 방송되고 있었다. 남자 몸집에 비해서 의자가 너무 작아 남자가 조금만 움직여도 한쪽으로 기우뚱 쓰러질 것 같았다. 책상 위에는 우유가 담긴 유리컵과 절반 정도 먹다 만 빵이 있었다. 검정색 플라스틱 미니 금고 위에는 조그마한 과도가 하나 놓여 있었다. 출입문 옆에는 물이 없는 푸른 생수통이 옆으로 넘어져 있었다.

"여보세요."

동우는 남자를 깨웠다. 남자는 눈을 뜨지 않았다. 조금 더 큰 소리로 남자를 불러보았다. 잠에 빠진 남자는 미동도 하지 않았다. 이번에는 남자 어깨를 붙잡고 흔들어보았다. 남자는 얼마나 깊이 잠에 빠져버렸는지 아무런 반응이 없었다.

유리문을 밀고 나가려다가 동우는 뒤돌아보았다. 남자 얼굴이 그지없이 평화로워 보였다. 이 주유소에 오면 내색하지 않았지만 동우는 살이 찌고 행동이 굼뜬 이 남자를 마음속으로 비웃었다. 주유소에 들어설 때와 나갈 때 남자가 큰소리로 인사해도 동우는 무시해버렸다. 오늘은 입을 벌리고 곤히 잠에 곯아떨어진 남자가 뼈에 사무치게 부러웠다.

'내가 지금 이 남자라면 얼마나 좋을까. 돼지처럼 살찌고 뚱뚱해도 상관없어. 그저 이 순간 세상모르고 잠을 자고 있다면 정말 좋을 텐데. 세상에서 근심 하나 없는 가장 행복하고 평온한 얼굴이야. 어쩌면 잠을 자고 있는 저 시간이 욕망과 고뇌가 없는 유일한 영역이자 사람의 원래 모습일지도 몰라.'

동우는 사무실을 끼고 돌아 뒤편에 있는 화장실로 갔다. 화장실 바닥에는 하얀 타일이 떨어져 여기저기 널려 있었다. 유리 없는 작은 창틀에는 절반이 구겨진 맥주 캔이 놓여 있었다. 수도꼭지를 틀고 얼굴을 씻었다. 얼룩이 지고 모서리가 깨진 거울을 들여다보았다. 몹시 피곤하고 긴장한 얼굴이

거울 속에 비쳤다. 눈자위는 붉게 충혈이 되어 있었다. 안주머니에서 점안약을 꺼내 염증이 낀 눈에 한 방울 떨어뜨렸다. 눈이 따끔거렸다. 눈을 감았다가 뜨기를 반복했다. 안약이 볼을 타고 흘러내렸다. 동우는 손가락으로 볼에 묻은 액체를 닦아내며 화장실에서 나왔다.

목이 말랐다. 음료수 자동판매기가 있는 곳으로 걸어갔다. 얼핏 택시 안을 바라보았다. 앞자리에 탄 사내와 뒷자리에 탄 사내가 얼굴을 맞대고 무엇인가 이야기를 나누고 있는 게 보였다. 모자를 쓴 사내가 검은 가방을 열어 보이며 고개를 끄덕였다. 두 사람은 무슨 말인가를 더 나누고는 등받이에 등을 기대고 자세를 바로 했다. 동우는 지갑에서 지폐 한 장을 꺼내 자판기 속으로 넣었다. 자판기에 붉은 등이 일제히 들어왔다. 그 붉은등 가운데 버튼 하나를 눌렀지만 음료수 캔이 나오지 않았다. 두세 번 더 버튼을 눌러도 캔이 나오지 않자 주먹으로 소리가 크게 날 정도로 자판기를 세게 쳤다. 어쩔 수 없다는 듯 그제야 자판기는 마지못해 음료수 캔을 바닥에 떨어트렸다. 동우는 차가운 음료수를 쉬지 않고 마셔버렸다. 한 방울도 남김 없이 음료수를 마신 동우는 자기도 모르게 몸을 한차례 부르르 떨었다.

다시 사무실에 들어가 보았다. 남자 직원은 조금 전과 똑같은 자세로 아직도 잠에 빠져 있었다. 깊은 잠에 빠져 있는 직원을 깨우고 싶지 않았다. 지금 반드시 가스를 채워야 할 필요는 없었기 때문이다. 사무실에서 나가려던 동우는 디지털 미니 금고 위에 있는 과도에서 눈길을 멈췄다. 주변을 둘러보았다. 직원은 멀고 먼 꿈나라에 있었고 택시에 탄 손님들은 등을 보이고 앉아 있었다. 동우는 소리나지 않게 숨을 들이마셨다가 내쉬었다. 그러고는 과도를 집어 잠바 안주머니에 넣었다. 손님이 기다리는 택시를 향해 걸어가면서 동우는 생각했다.

'주유소에서 나가자마자 과속으로 달려야겠어. 삼거리만 지나가면 괜찮

을 거야. 거기에서 대성지구대가 가까우니까.'

안전벨트를 매고 나서 시동을 걸었다. 주유기 앞을 차가 지나갈 때 사무실을 힐끗 쳐다보았다. 남자는 조금 전 그 자세로 고개를 뒤로 젖히고 잠을 자고 있었다. 주유소를 벗어나기 무섭게 가속 페달을 힘껏 밟았다. 백미러 속에 비친 주유소 불빛이 빠른 속도로 멀어져갔다. 주유소 불빛이 거울 속에서 사라지자 주위는 다시 어둠 속에 잠겼다. 전조등이 어둠 속을 헤치며 택시는 내달렸다. 얼마나 달렸을까.

"차 좀 잠시만 세워주세요."

조수석에 앉아 있는 사내가 말했다.

동우는 못들은 척했다. 가속페달을 밟아 속도를 더 높였다. 전조등 끄트머리에서 희미하게 산모퉁이가 드러났다. 저

"기사님, 귀먹었어요?"

"무슨 말씀이세요?"

"차 좀 잠시 세워달라고요."

"왜 그러시죠?"

"소변이 마려워요."

"주유소에서 화장실을 다녀오시지 그랬어요."

"그때는 소변이 마렵지 않았어요."

"조금만 가면 장문리입니다. 참을 수 없겠습니까?"

"참을 수 없으니까 말씀을 드리잖아요."

모자를 쓴 사내가 역정을 냈다.

동우는 동료 기사가 한 말이 생각났다. 자정에 시내에서 두 청년을 태웠어. 한적한 길을 달리는데 청년 하나가 소변을 보고 싶다고 말했어. 나는 아무 생각없이 갓길에 차를 세웠지. 소변을 보고 온 남자가 차에 타자마자 내

목에 칼을 들이대더라고. 옆에 앉은 남자는 내 눈에 청 테이프를 붙이고 옷을 벗기고 손을 묶었어. 나를 뒷좌석에 누이고는 깔고 앉았어. 반항하는 내게 남자가 죽여 버리겠다고 내 목에 칼을 대더라고. 난 그날 번 돈과 추석이라 집에 가져가려고 은행에서 인출한 돈을 전부 털려버렸지. 야산에 나를 버리고 떠나면서 경찰에 신고하면 가족을 몰살하겠다고 협박하더군. 목소리가 얼마나 소름이 끼치던지. 결국 난 무서워서 경찰에 신고도 못했어. 한동안 남자손님들은 태우지 않았어. 어떤 때는 거리에서 남자만 봐도 두려워서 저절로 몸이 떨리더라고. 그 새벽을 잊을 수가 없어. 잊으려고 노력해도 잊어지지가 않아. 시간이 약이라고 말하지만 그것은 공포를 겪어보지 않은 사람들이 하는 이야기이지. 충격을 받은 그 동료는 한 달 동안 휴직을 했고 그 기간 내내 신경정신과에서 통원 치료를 받았다.

사내 말이 파편처럼 가슴에 깊숙이 꽂혔다. 차를 세워야 할지 말아야 할지 동우는 갈피를 잡지 못했다. 대성군 지구대는 아직도 멀리 떨어져 있었다. 만일 이들이 강도를 작심하고 택시를 탔다면 지구대까지 가도록 가만히 있지 않을 거라는 생각이 들었다.

"기사님."

사내가 재촉했다.

저만치 가로등 하나가 서 있었다. 동우는 차를 가로등 아래에 세웠다. 모자를 쓴 사내가 검은 가방을 들고 차에서 내렸다. 도로 옆에는 좁은 수로였고 수로 위에는 굵은 철사로 통나무를 엮어 만든 다리가 있었다. 다리를 건넌 사내는 논둑을 따라 걸어 들어갔다. 사내는 가로등이 희미하게 미치는 장소에서 걸음을 멈췄다.

'수로에 소변을 보면 되는데 왜 저렇게 어두운 곳까지 걸어갔지? 가방은 왜 가져갔을까. 친구가 여기에 있으니 구태여 가방을 가져갈 필요는 없을 텐데. 가방 속에 귀중한 거라도 들어 있나. 혹시 가방 속에 칼과 청 테이프가 들어 있는 게 아닐까. 소변을 보고 싶다는 말도 순전히 핑계일지도 몰라. 화를 내면서까지 소변을 보려고 차를 세울 필요까지는 없잖아. 두 사람은 정말 장문리에 사는 사람들일까.'

백미러를 보았다. 거울 속에 비친 사내는 눈을 감고 있었다. 가슴이 떨렸다. 소변을 보았는지 사내가 바지춤을 추스르는 모습이 보였다. 이윽고 택시를 향해 사내가 검은 가방을 들고 발걸음을 옮겼다. 사내 뒤로 보이는 하늘은 별 하나 없이 어두컴컴했다.

'저 사내가 차에 타자마자 내 목에 칼을 들이대면 어떡하지? 무지막지한 강도라면 나는 어떻게 해야 하지? 안돼. 아니, 아니야. 저 사내는 강도가 아닐지도 몰라. 난 지금 무슨 이유로 손님을 강도로 생각하고 있는 거지. 만일 손님을 가장한 진짜 강도라면?'

손이 떨리고 가슴이 뛰었다. 입술이 바싹바싹 타들어갔다. 무엇을 어떻게 해야 할지 판단은커녕 아무 생각이 나지 않았다. 차문이 열리는 소리에 동우는 반사적으로 운전석에서 내렸다. 잠바 안주머니에 있는 과도를 움켜쥐고 동우는 도로 반대쪽으로 걸어갔다. 등 뒤에서 차문이 닫히는 소리가 들렸다. 도로 가운데에서 어지러운 기운 때문에 동우는 걸음을 멈췄다. 의식이 조금씩 마비되어가는 것 같았다. 가물거리는 의식을 붙잡으려고 동우는 안간힘을 썼다. 식은땀이 흘러내려 등덜미가 축축했다.

"기사님, 괜찮으세요?"

사내가 말했다.

동우는 돌아서며 과도를 앞으로 내밀었다. 가로등 불빛을 받은 칼이 하얗게 빛났다. 잔뜩 겁을 집어먹은 사내가 주춤주춤 뒷걸음질하면서 물러났다. 사내는 놀란 눈으로 칼과 동우 얼굴을 번갈아 보았다. 정신이 흐리멍덩

한 상태에서 동우는 무엇에 홀린 듯 사내가 물러서는 대로 발걸음을 앞으로 옮겼다. 뒤로 물러서던 사내는 택시에 가로막혀 더는 움직이지 못했다. 사내를 따라 걸음을 옮기던 동우도 멈춰 섰다. 사내 등 뒤에서 차문이 조심스럽게 열리는 소리가 들리더니 곧이어 급하게 뛰어가는 발소리가 들렸다. 택시를 등진 사내는 두 손을 떨면서 바닥에 주저앉았다. 사내는 알아들을 수 없는 말을 중얼거리며 떨리는 손으로 가방을 뒤집어 털어내기 시작했다.

택시기사 〉 김형진

나 잡아 봐라

남양숙

오늘도
국방부의 시계는 가고 우리 집 시계도 갑니다.

1분이 10분처럼 느껴질 때도 가고
10분이 1분처럼 느껴질 때도 갑니다.

이 보다 더 정확하고
변함없는 일정함이 있을까요?

10년 전 에는 나이 먹는 것이 좋았습니다.
예전처럼 거울을 보면서 불평하지 않아도 되고
행복의 기준도 내가 정할 수 있으니까
대상과 상황에 '쫄지' 않을 수 있었습니다.

그런데 지금은 나이 먹는 것이 좋지 않습니다.
가장 큰 이유는 몸이 내 말을. 내 정신을
따르지 않기 때문입니다.

건물 하나에 하나씩 들어서는 노인 관련 시설이 눈길을 끌었습니다.
그곳은 원하건 그렇지 않건 내가 언젠가는 가야 할 곳입니다.
그곳의 생활이 궁금했습니다.

삶이 존엄하다면
생명의 마지막을 정리하는 그 곳은
존엄함의 가치가 가장 빛나고 존중받아야 할 시점이고 장소이니까요.

2011년 안산 전국여성 글짓기 대회 참방

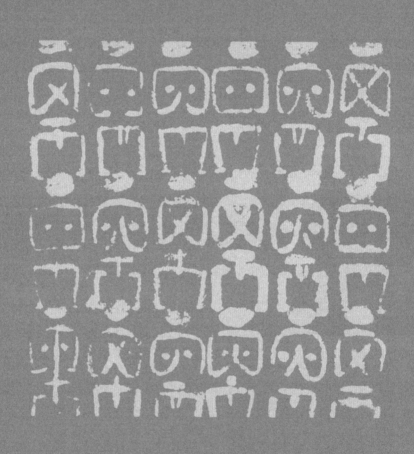

나 잡아 봐라

남양숙

　요양원 현관문 앞에서 지민은 긴 호흡을 했다. 어깨를 축 늘어트리고 가슴에 더 이상 공기가 들어가지 않을 때까지 숨을 마신 뒤 호흡을 멈췄다. 몸속에 공기가 들어가면서 어깨는 반듯하게 평행이 됐다. 갈비뼈가 팽창되고 심장 박동이 빨라졌다. 그리고 뒤통수의 찌릿한 감각이 이내 머리 전체로 퍼지면서 신경들이 일제히 늘어나기 시작했다. 바람 넣은 풍선처럼 머리통이 커지는 느낌과 함께 빈혈 증상이 왔다. 휘청하기 직전, 좁혔던 콧구멍을 서서히 넓히면서 눌렸던 혀를 살짝 들어줬다. 그리고 갈비뼈 사이사이까지 숨어 있던 공기를 가늘고 길게 뿜어냈다. 숨을 들여 마시고 토하기까지 걸리는 시간은 일 분 정도. 짧은 일 분의 행위는 일종의 의식이었다. 요양원에서 이십사 시간을 버티려면 뭔가를 해야 했다. 그곳을 준비 없이 들어갈 수는 없었기 때문이다. 언제부터 생긴 습관인지는 모른다.

벨을 눌렀다. 문은 열리지 않았다. 대신에 현관문 옆에 설치된 작은 큐피드 분수대에서 물 흐르는 소리가 났다. 이곳 요양원에서 큐피드는 더 이상 사랑의 전령사가 아니다. 박제된 화살, 부활된 생식기……. 속수무책의 큐피드는 아침 아홉 시부터 오후 아홉 시까지 생식기에서 끊임없이 물을 뿜었다. 지민은 손등을 물줄기에 갖다 댔다. 생각보다 물이 차가웠다. 몸이 움찔거리는데 문이 열렸다.

지민은 괜히 숨을 크게 쉬며 사무장과 간호사가 있는 데스크를 향해 걸었다. 홀에 나와 있는 노인들을 향해 인사를 하려고 하는데, 요양원에서 덩치가 가장 작은 시석 할아버지가 지민 앞을 가로막았다. 앞에 버티고 있는 할아버지를 피해 오른쪽으로 몸을 움직였다. 할아버지도 오른쪽으로 움직였다. 다시, 왼쪽으로 움직이며 지민은 할아버지의 행동에 짜증났다. 하지만 지금은 자신이 짜증을 낼 분위기가 아님을, 아니 여기서는 짜증을 낼 수 없음을 알기에 더 크게 걸음 폭을 왼쪽으로 옮겼다. 시석할아버지가 이번엔 지민의 어깨를 잡았다.

"아줌마. 문 열어줘."

지민은 노인네를 표 나지 않게 밀었다.

"출근해야 돼. 문 열어 줘."

"평생을 회사 다녔으면 지겹지도 않나. 치매에 걸렸으면서도 회사 간다고 하네."

휠체어에 앉아 있던 할머니가 한마디 던졌다.

어제 밤새 근무한 동료 요양사와 출근시간보다 일찍 나온 간호사와 사무장의 시선이 느껴졌다. 지민은 그들이 있는 프런트로 빠르게 향했다. 실습 일지에 사인을 하고 시간을 보니 십 분이 지나 있었다. 시계를 보고 있던 사무장과 지민의 시선이 공중에서 충돌했다.

"육 층 요양원에서 일이 생겼나봐. 엘리베이터가 안 내려 와서 걸어왔더니 힘드네."

누가 묻지도 않았는데 지민은 건조한 이마를 훔치며 혼자 중얼거렸다. 사무장에게 하는 말인지, 사무장 옆에 있는 간호사에게 하는 것인지, 간호사 앞에 있는 할머니에게 하는 소린지 본인도 몰랐다. 무심결에 육 층 요양원이 입에서 튀어나와 자신도 흠칫 놀라고 있는 중이었다. 얼마 전, 요양원의 할머니 한 명이 같은 건물에 있는 육 층 요양원으로 옮겨 사무장의 심기가 불편한 터였다. '오늘 제대로 입방정 떠는구나.' 하고 자책했지만 속절없었다. 삼십 대 중후반의 사무장은 나이게 비해 어려 보이는 사람이지만 무거운 입과 무표정으로 대하기가 쉽지 않았다. 특히, 맘에 들지 않은 상황에서 생기는 미간의 쌍 주름은 지민 외에 요양원 종사자 대부분을 주눅 들게 했다.

사무장과 공중 충돌로 놀란 눈동자를 황망히 거두고 탈의실에 온 지민은 요양보호사의 유니폼인 분홍 앞치마를 둘렀다. 사무장의 눈동자가 탈의실까지 따라온 기분이 들어 고개를 들었다. 병원 간호사실에 수간호사가 있듯이, 요양원에는 대표 요양보호사가 있다. 병원의 실질적 살림꾼이 간호사라면 요양원의 중요 일꾼은 요양보호사이다. 사무장의 미간 사이 쌍 주름을 복사한 듯 가지고 있는 대표 요양보호사가 앞치마 두르는 지민을 못마땅한 듯 보고 있었다.

그녀의 눈초리는 싸늘했다. 암투와 모략이 난무하는 공간에서 상전과 자신을 능수능란하게 지키는 상궁의 눈길 같았다. 다른 요양원에도 이런 직책이 있는지 모르겠지만, 요양보호사들은 그녀를 '수사님'이라고 불렀다. 수 요양보호사란 의미가 담겨있다. 병원의 '수간호사'와 같은 의미였다. 수사는 대부분 힘없는 사람이 '완장'을 채워주면 완장이 권력인 양 휘둘러 대듯 지민뿐 아니라 동료 요양보호사를 감시하고 훈계했다. 사무장, 원장, 이사장과는 질이 다르지만 실질적인 권력을 휘두르는 '수사'의 눈치를 더 봤다.

"지민 씨, 취직하고 싶지 않은가 봐?"

빈정거리는 말투였다. 지민은 수사의 빈정거림을 뒤로 하고 얼른 청소도구가 있는 창고로 들어갔다. '그래. 난 지금 실습기간이야. 실습 점수가 높아야 자격증도 따고 취직이 되는 것쯤은 잘 알아. 그런데도 지각을 했어. 남편이 아프다고 뒹구는데 어쩌라고……'

지민은 자기도 모르게 묻어 나오는 욕에 스스로 놀라 창고 문을 세차게 열었다. 케케묵은 냄새가 몰려왔다. 창고는 아무리 환기를 잘 해도 창고 본연의 냄새가 있고, 주방은 아무리 청결해도 주방 나름의 냄새가 있다. 남편은 병에 걸리기 전에도 냄새가 났다. 병에 걸리자 냄새가 더 독해졌다. 곁에 가기 힘들 정도로 남편의 냄새가 역겨울 때면 지민은 아프기 전의 남편 냄새를 기억하려고 애를 썼지만 기억이 나지 않았다. 불과 몇 개월의 냄새가 이십 년의 냄새를 완전히 먹어 버린 것이다.

지민은 세 대의 청소기 중 늘 그랬던 것처럼 가장 성능 좋고 큰 소리를 내는 청소기를 잡았다. 크기도 제일 컸다. 가정용 청소기와 달리 긴 원통형으로 생긴 업소용 청소기는 오늘 지민의 심란한 마음을 가려 줄 수 있다. 요양원이 떠나가도록 소리 나는 청소기를 밀며, 쓰레기와 먼지와 노인네들의 냄새와 드세지는 자신의 모습을 통속에 넣었다. 요란한 청소기 소리는 사무장과 수사에게 자신의 출근을 알리는 출근부 역할도 했다.

처음 요양원에 실습 왔을 때, 사무장은 지민을 방마다 데리고 다니면서 시설 견학을 시켰다. 가장 먼저 들어선 방이 모란 방이었다. 사무장 뒤에 서 있던 지민은 열려진 문을 통해 보이는 생경한 모습에 당황했다. 긴 직사각형 방의 가장 넓은 두 쪽 면이 적색 모란꽃 벽지로 가득 도배가 돼 있었다. 게다가 꽃 크기가 현실에서는 도무지 있을 수 없을 정도로 컸다. 꽃잎 하나가 성인 손바닥만 했다. 벽지의 모란은 줄기와 가지도 없이 꽃만 공간에 떠 있는 형상이었다. 현실성이 제거된 꽃은 더 이상 꽃이 아니었다. 그냥 공포였다. 그래서 꽃이 무서웠다. 제한된 공간에, 크기의 현실성은 결여되고 묘사의 디테일만 살아있는 모란은 방에서 출렁 거리고 있었다. 출렁거리는 커다란 꽃 아래 할머니들은 작게 웅크리고 있었다. 화려하게 핀 모란 밑에서 마른 장작처럼 누워 있었다.

모란 방에서 느낀 공포는 진달래 방, 해바라기 방, 개나리 방, 장미 방 등에서 겪은 공포 중에서 가장 컸다. 솔직히 말하면 방을 돌면 돌수록 웃음이 삐져나왔다. 개나리 방엔 개나리꽃이 가득, 진달래 방에는 진한 분홍의 진달래가 가득, 장미 방에는 장미가 넘쳤다. 자기 나름대로 방 이름의 콘셉트를 살린 인테리어였지만, 뭐든 지나치면 웃긴 법이다. 모란 방이 가장 강렬했던 이유는 처음 들어선 방이기도 했고, 빨갛고 큰 꽃이 주는 위압감도 있었지만, 가장 놀랐던 것은 이글이글 불타는 김 할머니와 마주쳤기 때문이다. 주눅 들어 쭈뼛거리며 인사를 하는 지민에게 다짜고짜 손가락을 세운 할머니가 "당장 나가! 이년." 하고 소리를 지르면서 지민에게 달려들었다. 일어선 김 할머니의 상체는 큰 각도를 이루지 못했다. 침대 가드에 묶인 끈이 상체의 작용을 막았기 때문이다. 할머니의 팔은 침대 가드에 묶여져 있었다. 분을 이기지 못한 할머니는 침대 가드를 팔꿈치로 퍽퍽 쳤다. 쇠로 된 가드가 삐걱거렸다.

"김 할머니 컨디션 안 좋네."

사무장이 미간을 찌푸리면서 말했다. 그리고 고개를 돌려 프런트 쪽에 소리를 질렀다.

"김 간. 이리 좀 와봐."

분홍 스웨터를 입은 간호사가 뛰어 와 할머니의 손을 꽉 잡았다. 가늘고 마른 할머니의 팔은 의외의 완력으로 김 간호사의 힘을 거부했다. 김 간호사는 팔에 묶인 헐렁해 진 끈을 가드에 좀 더 가깝게 묶었다.

사무장이 발길을 돌려 지민도 문 바깥쪽으로 향했다. 김 할머니와 김 간호사의 소란을 들으며 사무장을 따라 나가는데, 들릴 듯 말 듯한 노래 소리가 들렸다.

엄마가 섬 그늘에…….

지민은 순간, 자신의 휴대폰 벨소리인 줄 알고 주머니 속으로 손을 넣었다. 무기물의 진동이 느껴지지 않았다. 하지만 자신도 모르게 휴대폰을 움켜쥐었다. 노래 소리는 지민이 문을 열고 나오는데도 멈추지 않았다.

팔 베고 스르르르 잠이 듭니다.

모란 방의 문을 열자 밤새도록 네 명의 할머니가 뿜어 낸 냄새가 지민을 향해 달려들었다. 실습 기간 동안 맡았지만 익숙해질 수 없는 냄새였다. 바닥에는 거칠고 희끗희끗한 노인들의 머리카락이 스산하게 떨어져 있다. 청소기의 세기를 한 단계 높였다. 소리가 더욱 커졌다. 창고와 가장 가까워서 일까? 모란 방은 늘 닫혀 있는 창고 냄새가 났다.

냄새는 방마다 달랐다. 다 늙고 아픈 노인네들이었지만 방마다 확연히 다른 냄새. 어떤 방은 똥 지린 냄새, 다른 방은 사춘기 아들놈의 신발냄새, 고무 타는 것 같은 냄새……, 그리고 표현할 수 없는 미묘한 차이의 냄새. 지민은 숨을 꾹 참고 창가로 잽싸게 달려갔다. 그리고 문을 열었다. 살 것 같았다. 삼월의 바깥은 겨울의 끝과 봄의 시작이 묘하게 혼재되어 있었다. 나무는 부지런히 제 몸을 가동시켜 여린 싹을 세상 밖으로 밀어내고 있었다.

　많은 날을, 지민은 이 시간이면 남편과 아이들을 학교에 보내고 커피를 마시며 아침 프로그램을 시청했다. 평온한 일상과 향긋한 커피 향은 현실이었고 불륜은 드라마 속의 일이므로 재미있게 봤다. 가끔은 교육방송을 보며 아이들의 교육을 고민하는 자신을 괜찮은 부모라고 생각했다. 남들은 커리어우먼이니 어쩌니 하지만 지민은 미혼 때부터 회사를 다니고 싶지 않았다. 상고 졸업 후 어쩌다보니 입사를 했고, 배운 것이기에 흠 잡히지 않고 일을 했다. 따라서 결혼을 하면 깨끗이 회사를 정리하고 싶었다. 집에서 살림하고 아이 키우고 남편 내조를 하고 싶었다. 크게 잘 살고 싶은 욕심도 없었다. 남편이 벌어다 주는 월급을 아끼고 쪼개며 살고 싶었다. 다행히 남편도 그녀에게 일할 것을 종용하지 않았다. 집에 있는 다른 아줌마들처럼 집을 오가며 교류하지 않았지만 심심한 줄 몰랐다. 갑자기, 이십여 년 동안 누렸던 여유로움이 그리워 눈물이 왈칵 나왔다.

　"이봐. 여기도 치워 줘."

　상념을 깨우는 소리에 고개를 돌아보니, 하루에 절반은 화가 나 있는 옥련 할머니였다. 할머니 손끝을 보니 이불 위에 가래 섞인 침이 있었다.

　휴지를 둘둘 말아 할머니에게 간 지민은 거칠게 할머니를 쨰려봤다.

　"할머니는 왜 매일 화가 나 있어요? 여기가 싫으면 치매 걸리지 말았어야죠."

　지민은 가래침을 쓱쓱 닦으며 말했다. 우리가 흔히 말하는 알츠하이머, 치매는 명료하게 정의 내릴 수 없는 병임을 실습기간을 통해 절실히 배웠다. 성격이 얌전해지는 치매는 그나마 다행이었다. 화를 내는 치매, 화내면서 소리 지르는 치매, 벽을 하루 종일 치는 치매, 문만 열리면 나가려는 치매,

하루 종일 누군가와 대화를 나누는 치매, 그리고 대부분 남자 치매 환자인, 여색을 밝히는 치매.

　"나가. 이 년아."
　"청소하고 나갈게요."
　"네가 뭘 안다고 씨부렁거려?"
　"청소해야 한다는 것을 알아요."
　김 할머니와 지민의 소란이 반갑다는 듯 문 앞에서 노래가 들려왔다. 엄마가 섬 그늘에 굴 따러 가면 아기가 혼자남아, 엄마가 섬 그늘에 굴 따러 가면, 엄마가 굴 따러 가면…….
　노래는 다음 가사를 진행하지 못하고 있었다. 실습 첫날에는 노래의 마지막 소절을 들은 것 같기도 했다. 하지만 그것이 실습과 무슨 관계가 있으랴. 무엇을 할 수 있으랴 라는 생각이 든 순간, 지민은 요양원의 변화를 인식하고 싶지 않았다. 개입하고 싶지 않았다. 처음 빼곡히 쓰던 실습일지도 구색을 갖출 만큼만 쓰고 있었다. 지민은 실습기간이 진행 될수록 자기가 노인네들에게 담담해져간다는 것을 깨달았다. 아니, 오히려 무심해진다는 표현이 맞을 것 같다.

　지민은 얼른 청소기 버튼을 눌렀다. 업소용 청소기는 모든 잡소리를 다 삼켜 버리겠다는 듯이 엄청난 소리를 냈다. 노래는 청소기로 빨려 들어갔고 김 할머니는 청소기 소리가 클수록 더 크게 "시끄러, 이년아." 소리를 질렀다.
　앞으로 열한개의 방을 더 돌아야 했다. 실내는 아직 썰렁한데, 아직 하나의 방만 돌았을 뿐인데 등에서 땀이 흘러 내렸다. 브래지어 앞섶이 축축했다. 방을 돌 때마다 청소기는 과격하게 밀어질 것이고, 방에서 지체하는 시간은 더욱 짧아질 것이다. 문득, 집에 쌓여있는 먼지가 생각났다. 모란 방을 나오자 시석 할아버지와 사무장이 문 앞에서 실랑이를 벌이고 있었다. 누군가 들어오고 나가기만 하면 문을 향해 돌진하며 '출근' 해야 한다는 할아버지를 잡아야 했다. 현관문과 신발장을 지나면 바로 앞이 엘리베이터이기 때문에 '탈출 치매'에 걸린 시석 할아버지는 요주의 인물이었다. 그가 자동문 앞에서 늘 서성거리는 것은 탈출 기회를 잡기 위함이었다. 음식물 납품업체 직원 뒤를 몰래 따라 나가 엘리베이터를 타는 시석 할아버지를 용하게도 사무장이 발견했다. 사무장은 '오늘은 출근 안하는 일요일'이라고 시석 할아버지를 설득했다. 바쁠 때는 일요일도 일을 해야 한다며 시석 할아버지가 사무장을 설득하고 있었다. 지민은 청소기를 돌리며 '시석 할아버지가 또 시작하셨군.' 생각했다.

　남편 회사는 복지가 그런 대로 괜찮은 편이었다. 남편은 일 년에 일 회, 배우자는 이 년에 일 회 무료 건강검진을 해 줬다. 물론, 대장이나 초음파 등 선택 진료는 개인 부담이었지만 어쨌든 기본진료는 회사가 부담해 줬다. 작년은 남편 혼자 건강검진을 하는 해였다. 부쩍 출근을 힘들어하는 남편이 걱정돼 지민은 남편에게 쓴 소리를 했다. 술도 담배도 과해서 지민이 걱정을 하면 남편은 "처칠도 골초인데 장수했어. 걱정 마." 하며 자신의 건강에 대해 호언장담했다. "처칠은 위인이니까 장수했지만 당신은 평범하니까 관리해야 됩니다. 올해는 아무리 경제적으로 부담되어도 선택 진료 다 해!" 라고 했다. 결과는 대단했다. 폐의 구멍은 애교였다. 위염인지 위암 초기인지 세포 검사를 해야 한다고 했다. 담석 증상으로 황달기가 있다고 했다. 그리고 치매 초기 증상이 의심된다고 했다. 암도 암이려니와 치매라는 말에 지민은 땅이 꺼지는 기분이었다. 평소에도 자기 물건 잘 챙기지 못했지만 나이 탓으로 생각했다. 지민 자신도 식용유를 냉장고에 넣고 한 시간 이상을 찾지 않았던가! 그랬는데, 생각하지도 않은 치매라니……, 낼 모레 팔순이 되는 시어머니도 멀쩡한 정신을 가지고 있는데 이제 겨우 오십 살 중반인 남편이 치매라니. 일단 급한 불은 꺼야 했다. 세포 검사다 뭐다 해서 정신없는 시간을 보냈다. 폐에 찬 물을 빼내고 나자 현실이 눈에 보이기 시작했다. 남편은 불과 한 달여 만에 다른 사람으로 변해 있었다. 일단 바람 빠진 풍선인형처럼 외형이 변했다. 급격한 체중감소는 신체 밸런스의 파괴와 정신의 흔들림을 가져왔다. 남편은 어느 순간부터 지민에게 지나치게 의존했다. 전체적으로 병약해지기는 했지만 기본 생활이 가능한데도 지민이 모든 것을 해결해 주기를 원했다. 처음에는 지민도 나름대로 남편의 요구를 받아줬다. 아픈 사람이니까 남편의 욕구를 해결해 줘야 한다고 생각했다. 그러나 지민의 마음은 변하고 있었다. 남편의 요구에 반응하는 시간이 점점 길어졌다. 남편의 부름에 답을 하지 않는 경우가 많아졌다. 병가를 내긴 했지만 남편의 직장도 오래 기다려 주지는 못할 것이다. 언제 날아올지 모르는 명예퇴직 권유서가 현실에서 뿐만 아니라 꿈에서도 펄럭거리고 날아다녔다. 걱정은 길지 않았다. 걱정 다음에 화가 기다리고 있었기 때문이었다. 남편이 차려 준 밥을 푹푹 퍼 먹지 못하면 연민이 아니라 분노가 일었다. '이제 겨우 오십 살이 지난 사람이 얼마나 자기 관리 못하면 암도 모자라, 치매까지 걸리느냔 말이야. 난 할 줄 아는 게 밥하고 청소하는 것 밖에 모르는데, 세상 돌아가는 것도 모르고 엑셀, 한글 뭐 그런 것도 모르는데 어쩌라고……' 말미에 육두문자를 썼던 그날, 지민은 목 놓아 펑펑 울었다.

'어쩌라고 시발, 어쩌라고 시발' 욕하면서 눈물이 말라 더 이상 나오지 않을 때까지 울었다. 울고 나니 현실이 정확히 인식되고 보였다. 암과 치매에 대한 공부를 하고 케어 방법에 대한 책을 읽었다. 암에 좋은 음식을 냉장고에 붙여두고 치매 전개를 늦추기 위한 치료법을 익혔다. 그렇게 몇 개월을 허둥대자 아이들의 피부는 거칠어졌고 집안의 먼지는 쌓여갔다.

대나무 방은 들어가기 싫은 방이다. 실습 초기, 성기 할아버지 기저귀를 갈아주기 위해 기저귀를 벗겼다. 그런데 할아버지 거기가 바짝 서 있었다. 소리를 지르자 옆에 있던 선배 요양사가 키득거리며 지민 옆으로 왔다.

"몰랐어? 할아버지 이름이 '성기'잖아. 이름대로 치매가 왔어."

"치매가 성기로도 와요?"

"지민 씨 요양보호사 공부 안했어? 백 명당 한두 명은 치매가 '성'으로 온다고 해."……

지민은 바짝 섰다가 금세 고개 숙인 성기 할아버지의 성기를 보면서 기분이 묘해졌다. 성기 할아버지는 정신이 오락가락하는 정도의 치매였다. 그런데 선배 요양사의 말을 빌리자면 '여자를 밝힐 때는 백 프로 정신이 온전해진다'는 것이었다. 그래서인지 할아버지는 지민을 보고 멋쩍게 웃었다. 지민은 징그러운 마음에 기저귀를 대충 갈고 밖으로 나왔다. 그런데 문제는 성기 할아버지가 지민을 보는 시선이 예사롭지 않다는 것이다. 선배 요양보호사뿐 아니라 간호사, 사무장, 심지어 원장까지 알게 됐다. 재미없는 요양원에 재미있는 소스가 생긴 것이다. 요양원 사람들은 지민을 놀렸다. 지민은 자존심이 구겨졌다. 뭐 하나 잘난 구석이 없는 자신이 여기까지 와서도 놀림을 받는다는 사실이 싫었다. 그리고 하고 많은 남자 중에 겨우 치매 할아버지에게 관심을 받다니. 쪼그라져가는 자신의 인생을 성기 할아버지가 확인시켜주는 것 같아 불쾌하기만 했다. 하지만 지민의 신분이 정식 직원도 아니고 실습생이라 강력하게 어필하기엔 좀 애매했다. 게다가 실습 평가점수는 자격증 취득에 중요한 요건이었다. 성기 할아버지는 사람들의 치켜세우기에 신이 난 듯 "예쁜이, 지민이 좋아." 하고 떠들었다. 심지어는 기저귀 채우기 외에 목욕 시중, 간식 배달 등등의 개인 시중에 지민의 케어만 받으려 했다. 다른 요양보호사가 지저귀라도 갈아주려 하면 엉덩이를 침대에 바짝 붙이고는 앙탈을 부렸다. 혼자 밥을 먹을 수 있는데도 지민을 잡아 두기 위해 손이 떨려 숟가락을 잡을 수 없다고 했다. 더 이상 안 되겠다 싶어 지민은 성기 할아버지의 개인 케어를 거부했다. 치매 노인에게 식사는 중요하다. 일상의 작은 스트레스와 식사, 영양은 치매 속도를 좌우하는 중요한 요소이다. 지민의 거부와 성기 할아버지의 식사 거부로 애가 탄 것은 요양원을 실질적으로 관리하는 사무장이었다. 그렇잖아도 얼마 전, 요양원에 불만을 품은 한 할머니가 육 층 다른 요양원으로 옮긴 일이 있어 사무장의 신경이 예민한 상황이었다.

요양원에서 노인 한 명은 중요한 수입원이다. 성기 할아버지의 건강은 급격히 나빠졌고, 지민은 요양원 사람들의 눈초리를 견디며 거의 막바지에 닿은 실습을 중간에 그만둬야 하나, 계속 해야 하나로 스트레스가 쌓여갔다. 프런트에 서서 생각을 정리하는 지민에게 시석 할아버지가 와서 속삭였다.

"아줌마, 문 좀 열어 달래두……, 중요한 회의가 있어."

"아, 진짜……."

지민은 터져 나오는 화를 자근자근 누르며 말했다.

"오늘 계약서 도장 찍는 날인데 왜 문을 안 열어 줘. 회사 손해나면 아줌마가 책임져."

지민은 옆에 보자기까지 끼고 구시렁거리는 '탈출 치매 노인네'를 보면서 실습을 중단하리라 다짐했다.

불안은 언제나 생각보다 빨리 왔다. 남편 회사에서 온 우편물을 떨리는 손으로 개봉해 보니 '명퇴종용서'는 아니었다. '사직 권유서'였다. 두 어감이 주는 차이는 모르겠지만 그 말이 그 말이었다. 그만 두라는 얘기였다. 올 게 왔지만 지민은 덜덜 떨었다. 남편은 아무 말도 없었다. 얼마 후, 상여금을 포함한 급여와 퇴직 위로금이 통장으로 입금됐다. 남편은 생각보다 많이 입금됐다면서 정말, 이제는 쉬고 싶다고 했다.

하는 일 없이 부부가 집에 있다는 것은 생각보다 어려운 일이었다. 두 달 정도를 같이 시간을 축내고 있자, 지민은 점점 미쳐가기 시작했다. 남편이 아프다는 사실도 망각한 채 쓴 소리, 잔소리가 나왔다.

통장의 잔고가 적어질수록 나가는 말도 거칠어졌다. 얼마 지나지 않아 퇴직 위로금까지 위협하는 상황이 되었다. 짧은 팬츠 밑으로 새는 방귀처럼 소리 없이 통장 잔고는 줄어만 갔다. 생활비도 생활비지만 치료비도 만만치 않았다. 돈은 절대로 벌기 위해 버는 것이 아니었다. 쓰기 위해 버는 것이었다. 쓰기도 모자란 것이 돈이었다. 시가가 얼마 되지도 않은 콧구멍만한 집을 내놔야 한다는 초조함이 지민을 궁지로 몰았다.

타 지역에 사는 친구를 오랜만에 만난 건 다행이었다. 지민의 사정을 대략 알고 있는 친구는 푸석해진 지민의 얼굴을 보며 그간의 사정을 물었다. 눈물, 콧물로 범벅이 된 지민은 말했다.

"내 사정이 이래."

"그럼, 너는 지금 아무것도 안하는 거야?"

"남편도 돌봐야 하고, 애들도……, 그런데 뭔가 해야 하긴 하는데……, 모르겠다."

"남편의 상태는 점점 나빠져?"

"생각보다 안 좋아. 가끔 아프다고 뒹굴고, 뭐 매일, 예전에도 뭘 잘 흘리고 다니긴 했지만 치매기도……, 점점 안 좋아. 그래서 일도 못하겠어."

"요양보호사 해 봐, 우리 엄마가 암으로 돌아가셨잖니. 우리 큰언니가 엄마 돌보겠다고 그걸 땄는데……, 적지만 돈도 나오고, 이십사 시간 근무라 애들이나 남편 돌보기에도 다른 일 보다 좀 수월하지 않을까. 네 남편이 아직은, 애들 어느 정도는 케어 가능하잖아? 요양보호사는 하루 만땅으로 근무하고 이틀 쉰다고 하는데."

"하루 근무하고, 이틀 쉰대?"

"그래."

"남편 돌보는데 돈도 나온대?"

"뭔 등급을 받아야 하나 봐……. 암튼, 나와. 할래?"

"할래. 할 수 있어. 사람일이 힘들어 봤자……, 다른 사람들도 하는데……, 나라고 못할까. 뭐……."

"그래. 돈도 받고, 돈도 벌고. 이거야말로 일타이피다."

그런데 자격증을 따기도 전에 실습에서 꼬꾸라지게 생겼다.

매번 초인종을 누르기가 번거로워 선배 요양사에게 현관문 비밀번호를 알아 놓은 지민은 까치발을 하며 유리창 안의 요양원 상황을 살폈다. 탈출 치매 시석 할아버지가 현관문 근처에 있을 때 들어가면 상황이 복잡해진다. 평소에는 약 먹은 병아리 같던 할아버지는 문만 열리면 전혀 다른 사람으로 돌변한다. 헐크가 된다.

시석 할아버지가 없음을 확인한 지민은 번호를 누르고 얼른 요양원으로 들어갔다. 다행히, 아홉 시가 되지 않았다. 요양원까지 오면서 지민은 억울해 숨을 쉴 수가 없었다. 이곳에서 보낸 실습시간이 너무 아까웠다. 어젯밤, 네이버 지식인의 답을 살펴 본 결과에 따르면, 실습을 중도에 포기해도 이론 팔십 시간과 실기 팔십 시간은 유지된다고 했다. 하지만, 실습 중도 하차에 대해서는 실습기간 인정이 된다와 그렇지 않다는 의견이 있었다. 점심시간에 교육원에 전화해서 유지 여부를 물어 볼 생각이었다. 요양보호사는 합격률이 거의 구십 퍼센트 이상이라는데…… 아! 그리고 사무장에게 실습 그만하겠다는 말을 어떻게 시작할까를 생각하자 지민은 머리가 지근거렸다. 청소기를 들고 멍하니 서 있는데, 시석 할아버지가 의기양양하게 지민 앞에 섰다.

"아줌마, 우리 회사 손해 본 거 책임져. 책임져!"

핏기 하나 없는 손바닥이 지민의 코앞에서 두둥실 떠 있었다. 지민은 핏기 없는 손바닥이 살얼음 같다고 생각했다. 지민은 그대로 깨져 버렸으면 하는 심정으로 할아버지의 손바닥을 탁 쳤다. 할아버지가 휘청거렸다.

사무장은 화를 내지는 않았다. 어이없다는 듯, 목소리가 느려졌을 뿐이었다.

"그만한다고요?"

"……."

"얼마 남지 않았는데…… 왜요?"

"특정인의 개인 시중을 전담하기 싫습니다."

"아, 성기 할아버지……."

사무장은 다 알겠다는 표정을 지으면서 눈을 지그시 감았다가 떴다.

"지민 씨, 전담이라고 생각했습니까? 식사와 기저귀 케어는 요양사의 기본 업무입니다. 실습 기간도 얼마 남지 않았고, 그리고 지민 씨에게 제의할 것도 있는데……."

"제의요?"

사무장은 사무실 테이블을 가리키며 지민에게 앉으라는 시늉을 했다. 이야기가 길어질 모양이었다. 자리에 앉자 사무장의 머리통이 갑자기 가까이 다가왔다. 놀란 지민은 몸을 뒤로 뺐다. 사무장의 목소리가 작아졌다. '이 인간이 왜 이러지?' 생각이 들었다.

"지민 씨 사정 내가 다 알잖아요. 그 동안 성실하게 실습했고, 어른들이 좋아하고……, 원장님과 상의했는데, 실습 끝나면 지민 씨 우리 요양원에서 일해 볼 생각 없어요? 지민 씨도 취직하고 싶죠?"

어안이 벙벙했다. 하지만 나쁘지 않은 제안이다. 이 요양원의 원장은 예전에 요식업으로 돈을 번 '알부자'였다. 그렇다면 갑자기 시설을 닫을 확률도 적다. 건물 하나에 요양원이 하나 꼴로 생기는 요즘 추세를 생각한다면, 경영주의 돈줄은 매우 중요하다. 요식업을 한 덕분인지 식사도 나쁘지 않다. 아니, 먹는 것만큼은 확실하게 준다. 하루 종일 근무하는 곳에서는 세 끼를 먹는다. 먹는 것이 중요하지 않을 수 없다. 게다가 이곳은 근방에서 규모도 제법 커서 그만큼 요양보호사 숫자도 많다. 근무자 수가 많다는 것은 일의 분배를 뜻한다. 컨디션이 좋지 않을 때는 서로 편의를 봐줄 수도 있다. 시설이 작은 곳은 요양보호사 수가 너무 적어 일의 강도가 세다고 들었다.

"그리고."

사무장의 말소리가 잘 들리지 않아 지민은 자기도 모르게 몸을 앞으로 가져갔다.

"그리고, 기분 나쁘게 듣지 말아요. 어제 성기 할아버지 아들이 왔었잖아. 성기 할아버지가 아들한테 지민 씨 자랑을 했나 봐. 그래선지. 이걸 주고 갔네."

"……."

"그래서 말인데, 지민 씨가 할아버지 시중을 좀 들어주면 어떨까? 할아버지가 지민 씨를 좋아하네. 아들도 그걸 알고 어렵게 말하더군……."

"……."

"어렵지 않잖아. 다른 할아버지에게 하듯 손도 잡아주고……."

지민은 기분이 상했다. 사무장의 이런 제의가 기분이 나쁜 것인지, 갑자기 반말하는 것이 불쾌한지 알 수가 없었다.

"그러면, 아들은 매월 사례를 한다고 해. 자, 여기."

사무장이 흰 봉투를 테이블 위에 얹어 지민 가까이 놓았다. 지민이 가만히 앉아 있으니까 사무장은 의자에서 일어서더니 봉투를 지민의 주머니에 넣어주며 등을 밀었다. 명치끝이 아려왔지만 지민의 손은 어느덧, 주머니 속의 흰 봉투를 만지작거리고 있었다.

근로계약서를 작성하고 지민은 요양원의 직원이 되었다. 삼 개월 동안 '인턴' 과정이 있었지만 그녀에게만은 그 과정이 생략됐다. 일 년 후에는 정규직 보장도 약속 받았다. 고정적인 수입은 안정적으로 돈을 지출할 수 있다는 것을 의미한다. 지민은 여유가 생겼다. 남편이 병가를 신청하고, 해고가 되고, 그녀가 시험 준비를 하면서 보낸 시간이 벌써 오 개월이 넘었다. 오 개월의 시간은 수입 없는 지출의 악몽을 깨닫기에 충분한 시간이었다. 수입이 있을 때의 마이너스는 다음 달 수입으로 보전이 가능하고, 완전한 보전이 안 되는 경우에는 그 폭을 줄일 수 있다. 하지만 수입이 없는 경우의 지출은 회복 불가능한 재정과 끝없는 나락을 의미했다. 아픈 사람의 숨통을 먼저 조여 오는 것은 병이 아니라 돈이었다.

하지만, 이십사 시간 일을 하는 것은 생각보다 힘들었다. 아침 아홉 시에 출근해 다음날 아홉 시까지의 노동 중 가장 힘든 것은 '잠'이었다. 낮에 잤지만, 오십여 년 간 익숙해진 생체리듬은 쉽게 바뀔 수가 없었다. 밤 열두 시까지는 그런대로 버틸 수 있었다. 밤 열두 시를 기점으로 파고드는 잠은 지민의 몸과 영혼을 아프게 했다. 수시로 내려앉는 눈꺼풀은 곳곳에 설치된 CCTV를 의식하지 않았다. 아래턱이 빠질 정도로 나오는 하품은 팔자 주름을 더 깊게 파 놓았다. 밤새도록 커피를 입에 달고 다녔지만 소용이 없었다. 만화영화 '뮬란'처럼 눈이 찢어진 수사는 그녀와 근무를 같이 하는 날이면 기분 나쁜 감시의 눈길을 보냈다. 서서도 졸고, 기저귀를 채우면서도 뇌세포의 반은 잠을 자고 있었다. 눈길을 피해 잠깐 눈을 붙여보지만, 피곤은 사라지지 않았다. 몽롱한 상태로 앉아 있다가 잠 안 자고 돌아다니는 성기 할아버지에게 손을 잠시 빌려주고, 가끔 툭툭 치게 엉덩이도 빌려 주었다. 세상에 공짜는 없는 법이라고 지민은 자위했다. 겪어 본 성기 할아버지는 생각보다 '여자 밝힘'의 강도가 크지는 않았다. 오히려 귀여울 정도였다. 가끔 손을 만지거나 지저귀를 갈 때 가슴을 툭 만지는 것이 대부분이었다. 그리고는 처음 여자 친구 가슴을 만져 본 사춘기 사내아이처럼 부끄러워했다. 기저귀를 갈아 줄 때 벌떡 서는 것은 인간의 의지로 어찌하기 힘든 것이니 봐 주기로 했다. 이성을 처음 알게 된 사춘기 남자아이 같았다. 고등학교에 다니고 있는 아들놈도 이럴까? 하는 생각이 들었다. 그러면서 겨우 잠이 깼다.

지민이 할아버지의 기분과 욕구를 잘 받아주자 할아버지는 가족이 놓고 간 먹거리를 몰래 지민에게 주기도 했다. 그런데 지민의 밤 근무를 힘들게 하는 것은 성기 할아버지가 아니라 국화 방 욕 할머니였다. 할머니의 원래 성은 '육' 씨였다. 그런데 어찌나 욕을 차지게 하는지 모두들 욕 할머니라고 부르게 됐다. 국화 방에서 소리가 나면 지민은 빠르게 가서 앉아 있는 욕 할머니를 강제로 눕혔다. 눕히면 앉아있을 때보다 소리가 작아진다는 것을 경험으로 알게 되었다. 낮에는 조용한 국화 방. 하지만 밤만 되면 일촉즉발이 된다. 국화 방에 있는 욕 할머니는 낮에는 조용하다가 밤 되면 소리를 지르고 욕을 쏟아낸다. 욕 할머니의 욕 상대는 남편이었다. 남편에게 욕을 다하고 나면, 옆 침대에 있는 할머니에게 욕을 퍼부었다. 이상한 것은 남편을 욕할 때보다, 다른 여자를 욕할 때가 더 거칠고 길다는 것이다. 사용하는 단어의 팔십 퍼센트 이상이 욕이었다. 그 상태로 삼십 분을 넘게 쉬지 않고 말한다는 것이 신기하기만 했다. 요지는 자기 남편과 옆 침대 할머니가 바람을 피웠다는 것이다. 처음엔, 입에 담을 수 없는 욕에 지민은 화가 났다. 그러나 그것도 들으면 재미가 있었다. 밤마다 바람피우는 주인공은 똑같은데, 스토리는 늘 달랐기 때문에 말리면서 들었다. 들으며 웃었다. 옆 침대 할머니는 '나는 바람 안 피웠어!' 하며 울었다. 욕하는 시간이 길어지고 소리가 커지는 시점이면 간호사가 와서 욕 할머니에게 주사를 놓고 갔다. 그러면 이내 조용히 잠이 들었다. 이유도 잘못도 없이 매일 밤 욕을 들어야 하는 할머니는 아침이면 어제 밤일을 까마득히 잊고 욕 할머니와 다정스럽게 이야기하는 신기를 보여주었다. 그러면 지민은 요양원 냄새를 털기 위해 샤워코롱을 온몸에 뿌린 후, 문을 향해 돌진하는 시석 할아버지를 따돌리고 그곳을 빠져 나왔다.

남편은 수술한 곳의 상태를 검진하고 다른 곳으로 전이가 됐는지 체크하기 위해, 또한 치매 치료를 위해 매월 한두 번의 병원 외출을 제외하고는 늘 집에 있었다. 병원을 갔다 온 날은 가족 모두가 긴장 상태였다. 이날은 아픔도 고통도 혼자 감당하려 애쓰던 평소의 남편은 사라지고 예리하고 신경질적인 모습만 남았다. 자신의 아픔을 숨기려 하지도 않았다. 자학으로 자신을 학대했고 겨우 버티고 있는 가족과 지민에게 상처의 문신을 남겼다. 정점을 찍은 것이 바로 어제였다. 병원에서부터 남다르게 행동해 지민을 불안하게 한 남편은 버스에서 내리자마자 뛰듯이 걸었다. 남편이 갑자기 방향을 휙 바꾼 것은 순식간이었다. 별로 다닐 일이 없는 좁은 길을 향해 냅다 달리는 남편을 겨우 따라 잡을 수 있었다. 남편은 숨을 헉헉거리며 주저앉았다. 지민이 남편 어깨에 손을 얹었다. 그의 눈동자가 텅 비어 있었다. 말하지 않아도 알 수 있었다. 요양원에서 기억이 왔다 갔다 하는 노인들에게서 흔히 보는 눈동자였다. 총기가 사라진 눈동자는 텅 비어 있었다. '남편이 지금 나를 기억하지 못할까?' 순간적으로 그런 생각이 들었으나 그걸 확인하기 싫어 지민은 남편의 어깨를 부축해 일으켰다. 가족을 부양한 단단한 어깨가 서서히 내려앉고 있었다. 날렵했던 걸음은 느리고 힘이 없어 흐느적거렸다. 회사 다닐 때 입었던 옷은 누구에게 빌려 입은 듯 형태를 잃어버렸다. 윤기 흐르던 머리카락은 스산하게 부석거렸다. 힘없이 매달린 머리카락을 보면서 지민은 남편의 증상이 진행되고 있음을 알 수 있었다. 어떻게 어디로 진행되는지 모르지만 한 방향으로 가고 있는 것만은 확실했다.

출근을 하니 요양원 엘리베이터 앞에 사람들이 몰려 있었다. 머리를 포니데일로 묶은 대장 요양보호사, '수사님'의 표정이 특히 일그러져 있었다. 영문을 몰라 엉거주춤 서 있던 지민은 안으로 들어왔다. 동료 요양사가 와서 소곤거렸다.

"평기 할아버지가 나갔어. 탈출!"

"응? 시석 할아버지가 드디어?"

"아니, 평기 할아버지라니까. 사무장님 경찰서에서 온 전화 받고 방금 나갔어."

"응?"

문이 열릴 때마다 돌진하던 시석 할아버지는, 중요한 거래 계약을 위해 꼭 나가야 한다던 할아버지는, 지민에게 손해를 배상하라고 핏기 없는 손바닥을 들이대던 시석 할아버지는 빨간 의자에 얌전히 앉아 윗옷의 단추만

만지작거리고 있었다. 우리가 사는 곳엔 언제 어디서나 다크호스가 있는 법이었다.

'나갔어야 할 사람이, 탈출해야 할 사람이 아닌 다른 사람이 나갈 수도 있구나.'라고 지민은 생각했다. 평기 할아버지는 평소 말도 없고, 다른 노인들과 교류도 없는 얌전한 할아버지였다. 침대에 누워 텔레비전을 보거나, 어슬렁거리며 프런트 앞을 지나는 경우가 가끔 있었다. 그런 할아버지가 기회를 놓치지 않고 탈출에 성공한 것이다. 할아버지가 탈출할 당시 근무했던 근무자들은 사무장과 원장의 후폭풍과, 할아버지에 대한 걱정으로 수군거리고 있었다. 지민은 요양원 분위기를 전혀 알지 못하고 단추를 만지고 있는 시석 할아버지 옆에 가서 앉았다. 옆에 누가 온 줄도 모르는 할아버지를 툭 치고 지민은 말했다. 소리 나지 않게 입술만 움직이고 말했다. 바보.

삼십여 분 후 사무장이 평기 할아버지를 데리고 요양원으로 들어왔다. 싸늘한 기운이 돌았다. 사무장은 화를 꾹꾹 누르고 있었고, 할아버지는 초췌한 모습이었다. 수사가 평기 할아버지를 거칠게 다루며 방으로 데리고 갔다. 수사를 비롯한 근무자는 사무장에게 혼쭐이 났다. 사무장이 성질을 내자 욕 할머니도 욕을 하며 소리를 질렀다. 동료 요양보호사는 재수가 없다고 투덜거렸다. 전날 근무자 전원에게 감봉이 있을 것이라고 했다. 사무장 사무실에 들어가 남들보다 더 혼쭐이 난 수사는 옆에 있는 지민을 쏘아봤다. 그냥 봐도 남을 쏘아보는 눈을 가진 수사가 오늘은 불쌍해 보였다. 오늘 같은 날은 축 처진 눈으로 반성해도 성이 차지 않을 텐데 저렇게 모든 사람을 쏘아보고 있는 자신이 얼마나 싫을까? 지민은 수사의 눈길을 무시하고 오늘의 '영웅'인 평기 할아버지 침대 옆으로 갔다. 방금 전에 소란을 일으킨 장본인답지 않게 얌전히 누워 텔레비전을 보고 있었다. 지민이 말을 걸었다.

"고향에 갔다 왔어요?"

"택시 기사 새끼가 고향에 가자니까 경찰서에 나를 데리고 갔어."

"왜요?"

"돈이 없어 카드를 냈는데, 카드를 안 받아."

"카드요?"

"여기……."

할아버지가 준 카드 한 면에는 한복을 입은 여자들이 강강술래를 하고 있었다. 뒷면은 지역의 전화국 주소가 적혀 있었다.

"할아버지, 전화 카드로 고향 가려고 했어요?"

"그 기사새끼는 카드를 안 받아."

지민은 입술을 동그랗게 모은 후 말했다. 바보.

평기 할아버지의 탈출 소식을 들은 원장은 생각보다 잠잠했다. 왜냐하면, 오늘 입소자가 둘이 들어왔기 때문이다. 요양원에 잘 오지도 않는 원장은 가끔 와서 빈 방, 빈 침대에 누워 링거를 맞으며 서너 시간 자다가 배터지게 밥을 먹었다. 불룩한 배가 요동치고 요양원이 떠나 갈 만큼 웃고 떠나는 것이 그의 역할이었다. 두 명의 입소자가 들어왔는데도 원장은 빈 침대의 숫자를 세면서 입맛을 쩝쩝 다셨다.

"사무장. 이번 달 원비 안 낸 노인네 보호자에게 전화 돌렸어? 원비는 한 달 밀리면 계속 밀리게 돼 있다구!" 원장은 오늘은 무슨 바람이 불었는지 점심을 먹고도 요양원을 어슬렁거리면서 돌아다녔다. 그러다 지민과 딱 마주쳤다.

"할 만합니까?"

하나의 목소리에서 이렇게 많은 파열음이 나는 경우는 처음이었다. 그냥 말하는데도 요양원의 공기가 출렁거릴 만큼 목소리가 컸다. 하지만 경영주였다. 지민은 겸손하게 고개를 조아리며 인사를 했다.

"네에."

"저 좀 볼까요?"

원장이 링거 맞던 방으로 따라갔다. 지민은 원장의 출렁이는 엉덩이를 보고 웃었다. 침대에 걸터앉은 원장은 지민을 봤다.

"성기 할아버지 잘 해줘요. 그 아들이 요양병원 행정부장이잖아. 어제 만났는데, 아버지가 지낸 요양원 중에 우리 요양원이 제일 좋대. 지민 씨 덕분이야. 그 아들이 오늘 온 두 명 소개해 준 거 알죠? 부탁해요. 그리고 조금 기다리면 내가 '수사' 시켜 줄게."

"수사님 있잖아요."

"걔는 일도 못해. 노인네가 도망가는 것도 모르고 자빠져 자고. 지민 씨가 적격이야."

이게 무슨 상황이지 싶었지만 지민은 시도 때도 없이 눈초리를 굴리는 수사를 생각하자 그 자리가 탐났다. 급여도 상당히 올라갈 것이다. '남편 치매 케어로 국가에서 돈 받고, 엉덩이 빌려준 값 받고, 봉급 받고, 수사 수당받으면, 내 노동도 치사하지만 저렴하지는 않다.'라는 생각이 들었다.

'그런데 이 돼지는 적격이면 적격이지 왜 내 엉덩이를 만져. 문 앞에 있는 큐피드 성기나 고쳐 돼지야.'

멀고 먼 귀향

박 금 애

문학은 언제나 제 꿈이었습니다.
저의 꿈을 많은 사람들이 대신 이뤄주고 있었습니다.
소설을 만나게 되었습니다. 소설을 공부하면서
나의 일과 소설 쓰는 일이 크게 다르지 않다고 생각하게 됐습니다.
꿈과 일이 하나가 되는 삶, 그것을 이루는 순간이 바로
소설을 쓰고 다듬는 시간들입니다.
저는 시보다 소설이 쉽다고 생각해왔습니다.
그러나 둘 다 어렵습니다.
여러 회원들의 평처럼 문장을 시처럼 쓰지 않으리라,
노력해도 잘 안 됩니다. 더 노력 하겠습니다.
소설도 더 열심히 다듬어 독자에게 좋은 평가를 받고 싶습니다.

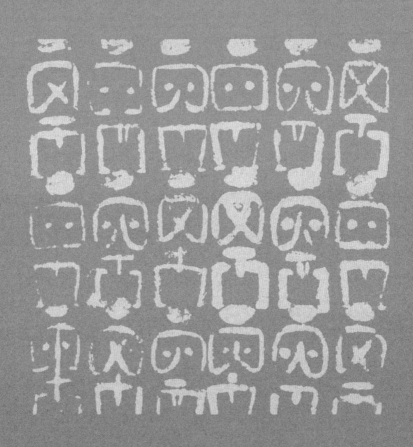

멀 고 먼 귀 향

박금애

　이 바닥에서 몇 년간 굴러다니다보니 나는 사람이 지나다니는 발자국만 들어도 그의 체형이 어떤지 알 수 있다. 하다못해 그 사람의 성격도 읽을 수 있다. 하이힐을 신고 무겁게 걷는 것이 포식자의 급한 성격일 것이다. 욕심 많아 보이는 뚱뚱한 젊은 여자겠지? 생각하고 슬그머니 눈을 떴다. 여자는 내 상상과 같았다.

　귀를 바닥에 기울이면 무거운 발자국소리가 가슴을 울린다. 가까이 오기를 기다리다 손을 보면 여지없이 그의 손에는 신문이 있다. 그가 신문을 던져주고 간다.

　이 지역은 노숙자들의 쉼터다. 아침이면 빠져나가 비어 있고 밤이면 바글

바글하다. 집 찾아오듯 그 자리를 차지하는 것이다. 한 노숙자가 밤새 쉬지 않고 기침을 한다. 여기서는 오래 기침을 하게 되면 감기 바이러스를 옮긴다 해서 그 사람을 쫓아버린다. 의리도 있다. 감기약 값이 없으면 다른 노숙자가 길거리 동냥 한 돈으로 감기약을 사다 준다. 약으로도 안 되면 보건소에서 주사를 맞힌다. 서로를 지켜주는 배려도 있다.

그는 한 달 전 이 구역을 돌아다니다 내 옆자리가 비어 있는 것을 보고 보금자리를 틀었다. 능숙한 솜씨로 신문지 뭉치를 바닥에 깔고 나머지로 몸을 덮고 잔다. 이곳에 자리를 잡기까지 무척이나 오랜 시간이 걸렸을 것이다. 여기는 다른 곳보다 노숙자에게는 좋은 쉼터다. 지하 통로가 깊고 에스자형 계단이어서 바람을 막아준다. 이 사람은 이곳을 잘 알거나 다른 노숙인의 말을 듣고 여기에 왔을 것이다. 전에는 젊은 남자가 몇 달간 있었는데 어디로 갔는지 아무도 모른다. 이 노인은 며칠 동안 기침을 하다가 언제부터인지 기침소리가 없다. 남들은 코골며 자는 시간에 바닥에 신문을 깔고 있다.

발소리만 들어도 누구인지 아는데 노인은 다가오는 움직임이 없다. 전철이 끊긴 늦은 밤이면 바스락거리는 것도 진동처럼 울리는 곳이다. 나는 신문을 바닥에 깔고 있는 그의 모습을 살짝 봤다. 할아버지라고도 할 수 없을 정도로 꼿꼿하다. 노숙자들은 한 가지씩은 잠버릇이 있다. 그런데 그는 한 번 누우면 일어날 때까지 반듯한 모습 그대로다. 그리고 새벽 네 시면 여지없이 일어난다.

나는 그가 궁금해서 따라가 보기로 했다. 그의 뒤를 거리를 두고 따라갔다. 그는 화장실에 들어갔다. 조금 후에 씻는 소리가 들린다. 밖으로 나와 옷을 벗어 털고 다시 입는다. 운동화를 신은 걸음은 빠르면서 가볍다. 그는 잠시 멈추어 서더니 카드를 꺼내 전철 입구에 올려 통과한다. 여기까지 따라 왔는데 돌아설 수 없어 나는 입구를 뛰어넘었다. 전철이 들어온다. 전철 안에는 빈 의자가 많다.

노인은 역에서 사람들이 내리자 다음 칸으로 이동하며 의자에 놓여 있는 신문을 줍는다. 칸칸을 돌아다니며 신문을 모았다. 종점에서 사람들이 다 내린 후 주머니에서 끈을 꺼내 신문을 묶는다.

묶어놓은 신문은 소복이 쌓여 배낭 정도 뭉치다. 사람들이 신문을 다 보면 들고 다니지 않는다는 것도 알고 있었다. 탔던 역으로 되돌아오자 노인은 두 뭉치 신문을 들고 내린다. 양 손에 든 신문은 무거울 텐데 한참을 걸어도 쉬지 않는다. 노인은 고물상으로 들어간다. 신문을 팔았는지 나올 때 천 원짜리를 세 장 주머니에 넣는다. 그리고는 빠른 걸음으로 골목길을 지나 분식점에서 라면을 시켜 먹는다. 조금 후 삼천 원을 탁자에 올려놓고 나온다.

그는 공원으로 들어가 정자에 누워 바로 잠이 든다. 나도 옆 벤치에서 졸다가 잠이 들었다. 한 시간정도 자고 일어나보니 정자에서 자던 노인이 없다.

육교를 올라갈 무렵, 어디서 많이 본 사람이 구걸을 한다. 자세히 보니 노인이 육교 중간에 엎드려 있다. 바구니 곁에 껌이 있다. 나는 멀찌감치 서서 그를 지켜보았다. 세 시간 남짓을 움직이지 않는다. 그는 굳어진 몸을 이리저리 비틀어 스트레칭을 하고 바로 앉는다. 바구니에 담긴 돈을 주섬주섬 챙겨 넣고 어디론가 걸어간다.

해가 저물 무렵이다. 그는 요양원으로 들어간다. 한 시간이 지나서 요양원을 나와 다시 한참을 걷더니 가든 식당으로 들어간다. 배가 고파 식당에 가서 밥을 먹으려나 하고 지켜보는데, 어느새 작업복 차림이다. 그는 숯불 피우는 창고로 들어간다. 숯불 작업을 하는 모양이다. 임시직인지 직원인지 모르지만 밤 늦게까지 일을 하는 듯 싶다. 나는 더 있을 필요가 없어 노숙자들이 있는 곳으로 돌아왔다.

노인은 밤 열두시가 넘어서야 왔다. 그는 여지없이 바닥에 신문지를 깔고 누워 잔다. 이렇게 저렇게 봐도 노숙자가 맞는데 하는 것을 보면 노숙자라고 할 수도 없다.

다음날도 그는 화장실에 가서 몸을 씻고 옷을 벗어 털어 입고 지하철을 탄다. 다시 목적하는 역에 도착하자 양손에 신문을 들고 고물상으로 들어간다. 그리고 분식집으로 들어간다. 잠시 후 다시 나와 나를 부른다.

"어제부터 나를 따라 다닌 것 알고 있으니 와서 라면 먹읍시다."

"알고 있었군요."

"내 옆에서 자는 분 맞죠?"

"네."

우선 배고플 테니 얘기는 나중에 하고 라면부터 먹으라고 한다. 난 어제도 아무 것도 먹지 못해 배가 고파 허겁지겁 먹었다.

"어제처럼 하루 종일 따라 다닐 거요?"

"딱히 할 일이 없는데 같이 다니면 안 되겠습니까?"

"그럼 새벽부터 할 수 있나요?"

"네."

다음 날 새벽, 그는 누운 자리에 있는 신문부터 정리 한 후 화장실에 들어간다. 나는 옆에서 고양이 세수를 한다. 그가 화장실 천장을 슥 밀자 구멍이 있다. 그 안에 손을 넣어 조그만 가방을 꺼낸다. 가방에는 칫솔, 면도기, 비누 등 세면도구가 갖추어져 있다. 씻은 후 세면도구는 제자리에 두고 열었던 천장을 막아놓는다. 그리고 빠른 걸음으로 전철 입구로 들어간다. 난 뛰어넘으려고 하는데 전철카드를 주면서 검색대 위에 올리라고 한다. 전철에는 사람이 없다가 몇 역을 지나자 차츰 사람이 들어온다.

말끔히 차려입은 신사가 신문을 보고 있다. 노인은 전철 안을 돌아다니면서 신문을 줍는다. 신문이 어디 놓여 있는지 그는 정확히 알고 있다. 그의 몸놀림은 민첩하다. 노인은 내게 한동안 그 모습을 보여주더니 다섯 칸만 맡아 신문을 수거하라고 한다.

나는 시키는대로 전철 안을 돌아본다. 한 여자 승객이 신문을 살짝 깔고 앉아 있다. 슥 잡아 뺄까? 아니면 다음 칸에 갔다 올까 망설이다 내가 신문을 뺀다는 것이 손가락 끝으로 살짝 여자 엉덩이를 건드렸다. 여자는 깜짝 놀라 일어서며 소리를 지른다.

"뭐예요?"

"아 신문을 보려고요."

여자는 어이가 없는지, 아니면 아무리 봐도 신문 볼 사람이 아닌지, 얼굴이 붉어지면서 자리에서 일어나 다른 칸으로 가 버린다. 신문은 손에 들어왔지만 사람들 시선이 전부 나에게로 쏠린다. 내가 슬그머니 다른 칸으로 이동하는데 바닥에 신문이 떨어져 있다. 그걸 주워 잡는 순간 남자 구두가 손가락을 짓누른다. 남자는 오히려 화를 낸다. "뭐야!" 그 말뿐, 귀찮다는 표정이다.

이 시간에 전철을 타는 사람들은 언제나 이 전철을 타기 때문에 신문을 수거한다는 것도 잘 알고 있다. 손가락이 아파도 미안하다는 말은 못 들어도 괜찮으세요? 할 줄 알았다. 이렇게 신문을 줍는 것은 안 된다는 생각이 들었다. 노인은 어떻게 신문을 수거하는지 궁금했다. 다시 가까이 다가가 그의 행동을 자세히 살펴보았다. 그는 남자 승객 옆에 신문이 있으면 남자에게 공손히 인사를 하고 "신문 가져가도 될까요?" 웃으면서 말을 하고 있다.

승객이 신문을 보고 있으면 "좋은 하루 되세요."라고 말한다. 그 사람은 내리면서 한 쪽으로 신문을 놓는다. 그는 전철 안에서는 완전히 다른 얼굴이다. 생글생글 웃는 표정, 사람들에게 공손히 인사하는 습관이 배어 있다. 신문을 들고 내리는 사람 앞에서는 "행복한 날 되세요." 하고 인사를 한다. 그러면 승객은 "아차" 하면서 손에 든 신문을 준다.

난 맡은 일은 해야겠다는 생각이 든다. 뒤돌아서 맡은 칸으로 가면서 억지로라도 웃어보려고 애를 쓰지만 이미 굳어버린 얼굴은 무뚝뚝한 표정이다. 처음 탔던 역에 이르자 노인은 신문 뭉치를 들고 내린다. 내 손을 먼저 보면서 "처음치곤 많이 했네." 한 장도 못 갖고 내릴 거라고 생각한 것 같다. 늘 그랬던 것처럼 라면을 먹은 후 공원 정자에 그와 함께 누웠다.

"남의 손에 든 신문을 얻으려면 그 얼굴부터 좋은 인상으로 만들어야 하지 않겠나?"

"어찌 하면 되는데요?"

"내가 두어 시간 자는 동안 얼굴 근육을 풀어주게나. 주먹을 쥐고 얼굴을 문지르게."

나는 전철 창문에 비친 내 얼굴을 보았기 때문에 시키는 대로 주먹을 쥐고 얼굴 근육을 풀었다. 단단히 굳어 있는 얼굴을 문지르자 소리가 저절로 나올 정도로 아프다.

한동안 문지르는데 졸음이 오면서 하품이 나온다. 잠깐 잠들었는지 노인은 툭 치면서 일어나라고 한다. 빠른 걸음으로 걷더니 어제의 그 육교 중간쯤에서 무얼 찾는다. 보따리에 든 물건을 꺼내 너덜거리는 천을 몸에 걸치고 방석을 깔고 납작 엎드린다.

"머 혀, 엎드리지 않고."

그러면서 방석 하나를 빼준다. 노인과 같이 엎드려 있는데 이상하게 돈은 노인 바구니에만 들어가지 내 바구니에는 들어오지 않는다. 난 슬며시 고개를 들고 노인을 지켜봤다. 나와는 비교가 되지 않았다. 흰 머리가 방석에 닿았다. 뻗은 두 손바닥이 떨고 있다. 거기에 비하면 난 풋감과 같다. 노인 모습은 완벽한 연기였다.

얼마나 지났을까? 손발이 저려온다. 결국 먼저 그 자리를 벗어나 육교 반대편에서 기다렸다. 노인은 세 시간을 움직임 없이 엎드려 있다가 바구니에 든 돈을 주머니에 넣는다. 그는 보따리를 주섬주섬 싸서 육교 밑 구석에 놓고 굳어 있는 몸을 풀더니 어디론가 간다.

"같이 가요."

"그렇게 인내력이 없어서 앞으로 어찌 살겠는가?"

"그래도 이렇게 살아 왔구먼요."

"내일부터 안 따라다녀도 되네."

더 이상 말을 하면 따라다닐 수 없을 것 같은 생각이 들었다. 노인은 노점상에서 귤을 한 봉지 사더니 품에 넣는다. 얼마를 걷자 '희망 요양원' 간판이 보인다. 난 들어가야 하나 망설였다.

"뭐 하나?"

"예, 갑니다."

아담한 요양원이다. 어떤 분은 침실에 누워 있고 어떤 분은 휠체어에 앉아 밖을 보고 있다. 노인은 침실 방으로 들어가 누워 있는 할머니의 다리와 손을 주무르며 오늘 하루 잘 지냈느냐 묻는다. 누워 있는 할머니가 듣고 있는지 아무 말이 없는데도 혼자서 중얼거린다. 품에 있는 귤을 꺼내 하나 까서 할머니의 입에 넣어준다. 할머니는 입으로 귤이 들어가자 오물오물 씹는다. 먹는 것을 바라보는 노인은 활짝 웃는다. 눈에는 누워 있는 할머니가 가득하다. 귤도 두 쪽 먹더니 나중에는 뱉는다. 노인은 할머니의 잠든 모습을 본 후 밖으로 나온다. 요양원이 눈에서 멀어지자 노인 얼굴은 다시 굳어 있다. 누구냐고 묻지도 못할 정도로 싸늘함이 감돈다. 앞서 가던 노인이 갑자기 서더니 뒤를 돌아본다.

"일을 해야 하는데, 여기서 헤어지세."

"아, 네."

식당 숯불 일 때문에 가는 것을 알기 때문에 난 기다리겠다고 마음먹고 멀리서 지켜본다. 손님이 많은 것 같다. 노인은 바삐 움직인다. 숯불을 피워 탁자에 넣고 손님이 다 먹은 후 탁자가 비어 있으면 숯불을 뺀다. 조금도 쉬는 시간이 없이 자정까지 일 하다가 시간이 지나자 작업복을 벗고 식당을 나온다.

"나오시게."

"안 가고 있었다는 걸 알고 있었네요."

"자네는 내가 궁금해서 따라다니지. 그럼 바싹 따라와야지, 그렇게 걸음이 느려서 밥이라도 얻어먹을 수 있겠나?"

노인은 장애인 구두수선 집 앞에 멈추더니 구석진 곳에 손을 쓱 넣는다. 신문이 나온다.

"이 친구는 꼽추야. 알고 지낸 지 삼십 년이 넘었네. 신문을 본 후 가져가라고 언제나 이곳에 둔다네. 덕분에 오늘 저녁도 따뜻하게 잘 수 있다네."

도대체 아무리 봐도 노인은 노숙자는 아닌 것 같은데 노숙자를 자처하고 있지 않나. 머릿속이 혼란스럽다.

다음 날, 노인보다 일찍 일어나 공동 화장실에서 오랫동안 씻지 않았던 몸을 씻고 있는데, 노인이 언제 왔는지 비누를 꺼내준다.

"몸은 가장 귀한 걸세. 비록 차가운 바닥에서 굴리지만 하루에 한 번이라도 몸을 씻겨주면 몸도 보답하지 않겠나."

거울을 보는 순간 저 구석에 있던 무언가가 밀려오듯 나에게 속삭인다.

"너 누구였니?"

그렇게 나 자신에게 빠져 있는데 노인은 저만치 가고 있다. 오늘도 다섯 칸을 맡으라면서 자기 자리로 간다. 사건이 터졌는지 오늘은 신문을 많이 보고 있다. 아니, 언제나 이렇게 신문을 봤을 것이다. 내가 그걸 알지 못했을 것이고 크게 마음먹고 오늘은 기필코 하겠다는 오기가 발동해 그것들이 눈에 잘 보인다. 어제와 같은 일들이 반복되지만 이젠 다르다. 의자에 신문이 있으면 공손히 인사부터 하고 신문을 집었다. 내가 이렇게 신문을 수거하자 사람들은 신문을 주고 내린다. 자리에 놓고 내리는 사람도 있다. 며칠 전만 해도 노인을 따라 전철을 타고 내리는 것이 지루했다. 사람들과 마주치는 것이 싫었지만 노인을 향한 호기심이 나를 변화시키고 있었다. 다시 전철 타는 곳에 이르자 노인이 멍하니 서 있다.

"왜 그러세요?"

"자네가 그 신문 수거한 건가?"

"네."

"오늘은 각자 라면 한 그릇 먹겠구먼."

라면을 먹은 후 나와 다시 걷는다. 노인이 갑자기 멈춘다. 나에게 공원 정자에 먼저 가 있으라고 한다. 그리고는 빠른 걸음으로 요양원 방향으로 간다. 왜 갑자기 가는지는 모르겠다. 무언가에 이끌리듯 가고 있다.

몇 시간을 기다려도 그는 오지 않는다. 혹시 육교에 있을 것 같아 가 보았지만 없다. 노인은 먼저 가 있으라는 말 뿐이었다. 이상하게 뭔가 잊어버렸다는 느낌이 든다.

요즘은 내 인생이 깨어나는 중이었다. 그런데 깨어나지도 못하고 다시 밟혀 사라지지 않을까?

나는 육교 밑을 서성거리다 노인의 보자기를 꺼내 풀었다. 노인이 앉던 자리에 방석을 깔고 누더기를 걸치고 노인과 똑같은 자세로 엎드렸다. 오래 그 자세로 있으려니 온몸이 틀어진 느낌이다. 일어날 수가 없어 견디다보니 바구니에 돈이 들어온다. 얼마나 엎드려 있었는지 몸에 감각이 없다.

날이 저물 무렵, 나는 일어나 바구니를 보았다. 놀라지 않을 수가 없다. 상상도 못했던 돈이 바구니에 들어 있다. 몸을 세워 혈액순환을 한 다음 주변 정리를 했다.

노인이 식당에 있나 입구에서 오래 찾아보았다. 없다. 숯불은 웬 여자가 하고 있다. 더 이상은 궁금해 있을 수만 없어 여자에게 물었다. 여자는 오늘 오전에 요양원에 있던 부인이 죽었다는 전화가 왔었다고 한다. 뭘 알고 갔는지, 진정으로 사랑하면 느낌이 있는지…….

식당주인에게 걸인이 쉬는 동안 숯불 피우는 것을 대신하겠다고 했다. 주인은 마침 사람도 없는데 잘 됐다면서 방법을 알려준다. 노인의 부인이 이 세상을 떠난 지도 열흘이 지났다. 그런데도 노인은 나타나지 않는다. 새벽 전철에도, 공원에도 육교와 식당에도, 노인은 보이지 않는다. 언젠가는 오겠지……, 기다려도 한 달이 넘도록 보이지 않는다. 그 날도 라면을 먹고 공원 정자에 누워 막 잠이 들려고 하는데 저만치 사람들이 모여 있다. 궁금해서 다가가는데 어디서 많이 본 모습이다. 자세히 보니 노인이 웬 남자한테 구타당하고 있다. 나는 화가 치밀어 남자를 밀어버리고 노인을 일으켜 세웠다.

"당신하고 아는 사이요?"

"그런데요."

"이 사람이 우리 마트에서 우유를 주머니에 넣었어요. 벌써 여러 날 됐어요."

"증거가 있나요?"

"주머니에 우유가 들어 있을 겁니다."

나는 주인에게 우유 값을 주면서 미안하다고 했다. 깔끔하던 노인은 알아볼 수 없을 정도로 바싹 마른 상태다. 그동안 한 번도 씻지 않았는지 몸에서는 냄새가 난다. 어떻게 됐는지 물어보고 싶었으나 물어도 대답을 안 할 것 같다. 이미 모든 것을 포기한 것 같다.

흐느적거리는 몸, 다물어버린 입, 그래도 나를 알고 있다는 느낌이 들었다. 나는 손을 잡고 "나 따라 오세요" 했다. 식당으로 가 설렁탕을 먹으려는데 직원이 노숙자로 보이는지 돈 있냐고 묻는다. 아무 말 없이 삼만 원을 탁자 위에 올려놓았다. 노인은 배가 고팠는지 정신없이 먹는다. 부인이 요양원에라도 있었기 때문에 의지하며 일을 했고 육교에서 구걸했었지만, 부인이 없어지자 삶의 의미도 없어진 것 같았다. 노인은 아무 생각이 없이 여기저기 방황했던 모양이다. 그래도 희미하게나마 공원은 떠올랐던 것인가.

전에는 내가 노인을 따라갔지만 지금은 반대가 되어 노인이 나를 따라온다. 내가 육교 밑에서 보따리를 꺼내 방석을 깔고 누더기 옷을 입는데도 아무 표정 없이 앉아 있다. 아무 말 없이 엎드려 있는데 자리에서 일어나 어디론가 간다. 화장실에 가겠지 생각했는데 올 시간이 지나도 그는 나타나지 않는다. 주위를 정리하고 찾아 나서는데 저만치 노인이 경찰과 가고 있다. 나는 급히 뛰어가 경찰을 세웠다.

"이 분이 잘못한 것 있나요?"

"우유를 훔쳤습니다."

"훔친 우유 값 드리겠습니다. 이 분 보내주십시오."

"일단 신고가 들어왔으니 경찰서까지는 가셔야 합니다."

경찰은 알고 있는 사람이면 같이 가자고 한다. 경찰서에 들어가 노인에게 이름이 무엇이냐고 묻는다. 노인은 말이 없다. 반복해서 다시 묻는다. 그래도 말을 안 한다. 경찰은 나에게 이 사람 이름이 무엇이냐고 묻는다. 나 또한 노인의 이름을 알지 못한다.

경찰은 노인의 몸을 더듬는다. 옷 안쪽 주머니에서 너덜거리는 지갑이 나온다. 지갑 속에서 주민증을 꺼낸다. 주민증을 보면서 컴퓨터에 이름을 넣고 깜짝 놀라 입을 벌린다. 학벌도 높고 군수까지 지냈던 사람이다. 경찰은 노인을 아무 말 하지 않고 모시고 가라고 한다. 그가 무슨 사정이 있어 노숙자가 되었는지 모르지만 우선은 기억을 찾는 것이 먼저였다. 그와 함께 부인이 있던 요양원으로 향했다. 요양원에 들어서자 발걸음을 멈추고 한 동안 서 있다. 기억을 아주 잃은 것은 아니구나. 그는 뒤돌아 뛰어간다. 마트에 들어가더니 우유를 주머니에 넣는다. 마트 주인의 얼굴빛이 달라진다.

"돈 여기 있습니다."

"같이 오셨군요."

마트를 나서는 노인을 나는 조금 떨어져 따라갔다. 골목길 모퉁이를 돌아갈 무렵 그는 갑자기 주머니에서 우유를 꺼내 길 바닥에 붓는다. 그런 후 주저앉아 무릎에 얼굴을 묻는다. 우는 것이다.

도대체 내가 알던 노인은 찾을 수가 없었다. 다가가 노인의 팔을 잡는 순간 그는 나를 뿌리치며 빠른 걸음으로 차도로 들어간다. 뛰어가 잡으려고 했으나 도로 한복판을 걷고 있다. 차들이 브레이크를 밟으며 욕설을 퍼붓는데도 그는 차도에 누워버린다.

"야! 거지야. 죽으려면 곱게 죽지 차도에서 무슨 짓이야!"

그때서야 노인을 알 것 같다. 기억을 잃은 것도 아니고 정신이 나간 것도 아니다. 이젠 혼자만 이 세상에 남았다는 외로움을 견디지 못해 죽으려고 한 것이다. 노인을 붙잡고 나오려는데 일어나질 않는다.

"경찰이 와야 일어나시게요?"

그 말을 듣자 노인은 벌떡 일어나 인도로 나와 주저앉아 버린다.

"왜? 그러셨어요?"

"자네는 내가 왜 이러는지 알겠나. 혼자라는 것이 거지 생활보다 더 힘들다네."

"그래도 죽는 것 보다 낫지 않을까요?"

"사람에 따라 그럴 수도 있지. 그렇지만 나는 살 만큼 살았어. 여기는 아무도 없지만 저 세상에는 아내와 아들이 있지. 아들은 장애를 가지고 태어나 열다섯 살에 차에 치어 죽었네. 그날따라 우유가 먹고 싶다면서 마트에 혼자 간다고 따라 오지 말라고 그러더니만……. 그 날로 떠났네. 교통사고 후 집사람도 기력이 떨어져 앓고 있었는데……."

노인은 먼 곳을 응시하다가 다시 입을 열었다.

"재앙이라는 것이, 갑자기 소낙비 쏟아져 홍수가 되듯 내가 하지도 않은 일들이 연이어 터지더군. 통장엔 나도 모르는 큰돈이 들어와 있었지. 교도소에서 이 년을 살고 집에 왔더니 집사람은 치매에 걸려 요양원에 들어앉았네. 요양원으로 달려갔더니 집사람은 말을 잊어버리고 나를 아는지 모르는지 소리 없이 눈물만 흘리더군. 더 이상 이곳에 있을 이유가 없어 집사람을 데리고 시설 좋은 요양원에 넣었지. 그때부터 노숙자 생활이었네."

노인의 말들이 내 마음을 송곳으로 찌르듯 한다. 그러면 난 왜 걸인이 되었나. 모든 것을 피하고 싶었다. 구조조정으로 집에서도 이혼을 요구했다. 모든 걸 버리고 나왔으나 막상 갈 곳이 없어 지하도로 들어오게 됐다. 이렇게 몇 해가 되었다. 노인을 만나기 전까지는 나라는 존재 자체를 스스로 지워나갔다. 낮에는 사람들 많은데 앉아 엎드려 구걸을 하면 하루 끼니가 생겼다.

이곳에도 규칙이 있고 다들 머리들이 좋다. 눈치도 빠르다. 누구 하나 말을 건네지 않고 서로의 사생활은 절대로 묻지 않는다. 얼굴을 마주쳐도 아는 척을 하지 않는 것이 배려해 주는 것이다. 그런데 노인만은 관심이 가는 상대이기에 쫓아다니면서 과거까지 알게 된 것이다.

노인을 일으켜 손목을 붙잡고 식당으로 들어가 갈비탕을 시켰다. 밥이 목으로 안 넘어가는지 억지로 먹으면서 손을 휘휘 젓는다.

"왜 그러세요?"

"어제부터 이 놈의 파리 한 마리가 계속 따라다녀. 내 몸에서 냄새가 나겠지."

"파리 없는데요?"

"아니, 여기 날고 있잖아."

노인은 식당에서 나와 "이젠 우리 보금자리로 가세나." 하며 오랜만에 미소를 짓는다.

그는 구두수선 집에 멈추어 신문을 꺼내고 주머니에서 볼펜을 꺼낸다. 구두수선 문짝에 '따뜻한 이불이었네'라는 메모를 붙인다.

"이 친구는 언제나 내게 신문을 주고 비가 오면 비닐봉지에 넣어 이곳에 놓는다네."

그는 긴 한숨을 내쉰다. 오랜만에 바닥에 신문을 깔아주는데 노인은 "자네는 젊네." 이 말을 하고 눈을 감아 버린다. 새벽에 기척이 들려 나는 벌떡 일어났다. 노인은 몸을 깨끗이 씻었나 보다. 말끔하다. 새벽 첫 전철이 들어올 무렵 노인은 또다시 손을 휘휘 젓는다.

"아, 이놈의 파리."

그는 전철이 들어오는데 파리를 잡는다며 갑자기 뛰어내린다.

노인 몸은 볼 수가 없을 정도로 뭉개졌다. 나는 아, 소리를 지르고 싶은데도 한 마디 말도 나오지 않고 몸도 옴쭉달싹못한다. 그 자리에서 몇 시간을 있었다.

무엇을 어떻게 해야 할지 아무 것도 기억이 나질 않는다. 이미 노인은 죽어 이 세상엔 없다. 떨려 걸음이 안 떨어지지만 이것은 아니야! 하면서 노인의 무엇이라도 있겠지 여기며 화장실 천장에 있는 유품부터 찾았다.

치약과 칫솔, 비누, 수건 한 장과 조그만 노트가 있었다. 노트에는 나날의 메모가 있고 신문에 실린 중요한 정보는 오려 노트에 붙여 있다. 그리고 마지막 한 장은 나에게 쓴 글 같다.

〈여보게 잠시나마 자네를 알게 된 것 참 좋았네, 먼저 내가 자리를 비운 사이 나대신 맡은 일을 하는 것을 보고 자네는 노숙자 생활을 떠날 수가 있겠구나, 알았네, 끝까지 자네 앞에 나타나지 않고 가려고 했으나 마음이란 그렇더군, 자넬 보길 잘 한 것 같네. 비록 기억을 잃은 것으로 연기는 했지만 그것마저 들켜버렸어. 아무튼 고맙고 미안했네. 그리고 이 지도에 표시되어 있는 곳을 잘 보겠나. 그 곳은 나의 고향이지. 공기 맑은 아침이면 새들이 노래하고 저녁이면 뒷산에서 부엉이가 새끼 교육을 시키지. 그곳에 가면 돌과 잡초가 무성한 황무지가 있네. 군수 시절부터 그곳을 개간하는 것이 내 꿈이었으나 이루지 못했네. 이곳을 자네가 할 수 있다고 보네, 그 젊음을 이곳에 써보게나.〉

노인은 고향을 가고 싶어도 결국 가지 못했다. 나는 그동안 노인에게 주려고 모아둔 돈을 꺼냈다. 많지 않은 돈이지만 챙겨 넣고 숯불 노임도 챙겼다. 먼저 목욕탕에 가서 목욕을 한 후 거울을 본다. 거울에 비치는 인간 삶이 뚜렷하게 보인다. 앞으로의 내 길도 보인다.

나는 노인의 수첩에 적혀 있는 주소를 들고 터미널에서 버스를 타고 주소지에 도착했다. 시골버스가 내려 준 곳은 산골마을이다. 나를 먼저 반겨주는 것은 시냇물 소리다. 심장이 두근거린다. 지도가 적혀 있는 곳에 가까이 다가가자 짙은 풀냄새가 바람에 살랑거린다.

나는 풀숲으로 들어가 누워 하늘을 본다. 이렇게 하늘이 아름답다고 느껴본 것은 처음이다. 노인 말대로 저만치 산에서 새들이 노래를 부르듯 서로의 위치를 알려주는 것 같다. 수첩을 꺼내 다시 자세히 살펴본다. 오려 놓은 정보는 영농에 대한 것만 있다.

나는 벌떡 일어나 지도를 다시 골똘히 바라보았다. 노인의 멀고 먼 귀향지가 나의 새로운 고향이 되었다.

바람 끝에서

백 도 윤

그림 1

방 한가운데 여자 아이가 앉아 흑백텔레비전 화면에 집중하고 있다. 바닷가 돌무덤 앞에서 소박한 한복차림의 여인이 서글프게 우는 모습이 화면에 꽉 차있고 세계의 특이한 장례문화에 대해 설명하는 내셔널 지오그래픽이라는 프로의 내레이션이 흘러나오고 있다.

그 때 이미 우리나라에서도 거의 사라진 어느 섬의 장례문화를 그들의 시선으로 촬영하고, 아직도 흔하게 행해지는 장례풍습이라고 설명하는 내레이션이 낯설었다. 몇 십 년이 흐른 후 중년이 된 여자아이는 그 내레이션에 자유의 냄새가 묻어있었음을 어렴풋이 깨달았다.

그림 2

그해의 마지막 태풍이 우리나라를 약하게 스쳐 지나간 어느 해 가을 저녁. 서녘에 타는 듯한 노을이 깔렸다. 한 여인이 베란다 창에 붙어 노을을 바라보고 있다. 무거운 먹구름 사이로 보이는 강렬한 노을은 묘하게 공포스러웠다. 사람들은 왜 노을을 아름답다고만 말할까. 여인은 의아했다.

그 날 베란다 밖에 내 놓은 허브 화분에는 티끌보다 조금 더 큰 거미가 강렬한 노을 아래서 밤이 되기 전에 끝내야 한다는 듯 열심히 집을 짓고 있었고, 이제 막 불을 켠 거실 창으로 새어나간 불빛은 거미의 움직임을 처연하게 했다.

그리고……

숙제를 하듯이 글을 썼다. 아프지만 아프지 않게, 슬프지만 슬프지 않게, 무섭지만 무섭지 않게 그리고자 했다. 그럼에도 내 감상을 누군가에게 전달하고 공감을 끌어내는 데 얼마나 미력한지 알게 되는 계기가 되었다.

어느 순간 절대 담담할 수 없는 아픔을 담게 된 바다와 사람들……,

아픔을 담고 있는 바다에는 아름다운 노을이 드리워졌으면 좋겠고, 사람들의 아픔은 부드러운 바람이 어루만져주었으면 좋겠다는 생각을 했다.

많이 부족하지만 이렇게 끝낸 숙제를 함께 공감할 수 있는 사람들이 있다면 좋겠다.

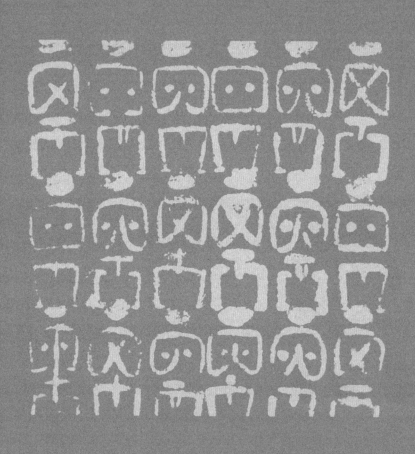

바 람 끝 에 서

백도윤

바람은 발끝을 간질이고
허공에 몸을 맡긴 작은 거미는
공간을 휘저으며
쉼 없이 자신의 성을 짓는다
누구도 그 성은 찾지 않으리

애써 지은 성은 폐가로 남고
틈마다 스미는 바람을 타고
작은 거미 안으로 안으로
깊숙한 뼈마디에
또 다른 성을 짓는다

엄마, 오늘도 바람이 돌 틈으로 들어와 내 주변을 한 번씩 휘돌고 지나가네요. 엊그제 내린 비는 참으로 많은 것을 씻어주었어요. 돌조각과 흐트러진 뼛조각들 사이에서 팔락거리던 낡은 삼베 조각은 틈새로 흘러내린 빗물에 바닥으로 깔려 버렸죠. 덕분에 나의 몸은 훨씬 더 홀가분해졌어요. 너풀거리는 실오라기들이 간질여도 긁지 못하던 나의 몸은 이제 시원한 바람을 그대로 맞을 수 있게 되었어요.

자세를 조금 바꾸고 싶었는데 엊그제의 비바람은 너무 약했나요. 이미 많이 낡아 있던 초가지붕은 지난 번 태풍에 더 흩어지고, 그 아래 돌집마저 무너져, 바다를 볼 수 있게 엄마가 열어준 창을 가려버렸어요. 얼마나 큰지 알 수 없지만 바로 눈앞에 돌이 하나 놓여 있으니 청록 빛의 바다가 조금도 보이지 않네요. 바다를 보려면 또 얼마나 많은 시간을 기다려야 할까요. 얼마나 큰 태풍이 휘몰아쳐야 눈앞의 돌이 자리를 바꿀까요.

시원한 바람이 아이들의 웃음소리를 실어 날라요. 볼 수는 없지만 청록의 바다 바위틈에서 무언가를 잡고 있는 그들을 그릴 수 있어요. 아이들의 웃음소리도 바다처럼 푸르네요. 나의 아이도 있었다면 그 아이도 푸른 웃음을 허공에 뿌렸을까요? 끝내 어디로 보냈는지 말해 주지 않은 나의 아이, 그 아이⋯⋯.

며칠 동안 비가 왔었죠. 모처럼 맑은 날 저녁이었어요. 해 지는 서쪽 하늘은 타는 듯한 노을을 만들어냈어요. 붉은 빛은 너무 강렬하여 아름답다기보다는 무서웠지요. 서쪽으로 난 길을 따라 노을을 향해 걷고 있었죠. 그 길 끝에 엄마와 나의 보금자리가 있었으므로. 너무도 붉어 무섭기까지 한 노을에 기가 눌려 걷던 그 날, 오랜만에 공기조차 청명하던 그 날, 산 위에 해가 아직은 걸쳐 있던 그때, 왜 길에는 오가는 사람들이 없었을까요. 그

길 위에서 나처럼 노을을 보는 사람이 왜 한 명도 없었을까요. 석양을 마주하고 걷는 내 그림자는 왜 그리도 길게 내 뒤에 깔렸을까요. 아무도 없던 그 길에서 만난 단 한 사람이 왜 하필이면 그 사람이었을까요.

그와 살짝 스친 내 어깨를 그가 쳐다봤지요. 그의 눈빛이 싫어 어깨를 잠깐 움츠렸던 것 같아요. 고개를 숙여 미안하다는 표시를 하고 되돌아 집을 향해 다시 발을 옮겼어요. 그가 멈추어 선 채 계속 나를 쳐다보고 있다는 느낌이 들었죠. 적막한 골목에 내 발걸음 소리만 울렸기 때문이에요. 그러나 뒤를 돌아볼 수는 없었어요. 나도 모르게 걸음이 빨라지고 있었죠. 내딛는 발걸음은 허공에서 자꾸만 바닥을 찾아 헤매었지요. 아……, 그러다 그만 내 오른쪽 발목에 왼쪽 발끝이 걸려버렸어요. 자리에 주저앉아 고개를 들어보니, 열심히 걸었다고 생각했는데 집은 아직도 멀기만 했어요. 길 끝의 우리 집 파란 대문이 선명하게 눈에 들어왔는데 갈 수가 없었어요. 주저앉은 채로도 뒤를 돌아보지 못했어요. 여전히 그가 거기에 서 있을 거라는 느낌 때문에.

엄마, 노을은 오늘도 아름답겠죠.

이 곳의 노을은 그 날, 그 곳의 노을처럼 강렬하지는 않겠지요. 처음 이 섬에 들어오던 날 보았던 노을처럼 그렇게 평화로운 빛깔이겠지요.

섬의 노을은 그때의 노을과는 많이 달랐어요. 도심보다 자주 나타나는 노을은 그 날의 노을처럼 무섭지 않아 참 좋았어요. 수평선의 물결이 옅은 오렌지 빛으로 물들어 잔잔하게 흔들리면, 그때의 기억으로 끓어오르던 내 감정은 오히려 차분하게 가라앉았죠.

마루 끝에 앉아 노을을 보고 있는 나를 엄마는 안쓰러운 눈빛으로 바라보고는 했지요. 그날의 노을을 떠올릴까 봐 걱정하신 건가요. 그러나 엄마,

걱정하지 않아도 되었을 텐데요. 바다 위의 노을은 들끓는 분노로 어긋난 나의 감정을 가라앉혀 주었으니까요. 엄마는 나의 그날을 하나만 기억하고 있었지요. 막다른 골목 끝에 주저앉아 있던 나는 엄마를 보자마자 흐르는 눈물을 닦지도 못하고 한 가지 말만 되풀이하고 있었다고 했어요. '노을이……, 노을이……, 엄마……, 무서운 노을이…….'라고.

엄마는 그 날 막다른 골목 끝의 나를 어떻게 찾았을까요.

창문이 층층이 쌓여 있는 삼, 사 층 건물 지붕 끝에 보이던 그 노을이 내게 통증으로 다가오던 날, 그날…….

주저앉아 잔뜩 움츠리고 있는 내 겨드랑이 사이로 무언가 불쑥 들어왔어요. 버티고자 했으나 저항할 수 없는 힘이 나의 몸뚱이를 위로 끌어올려 세웠지요. 그것이 조금 전 부딪힌 그의 손임을 알아채는 데는 그리 긴 시간이 걸리지 않았어요. 무릎을 굽히지도 펴지도 못하고 나는 그의 손에 끌려갔어요. 그의 얼굴을 제대로 볼 수도 그의 힘을 이겨낼 수도 없었어요. 소리를 질러보았으나, 그 날 그 골목의 짙은 그림자 때문이었을까요, 내 소리는 퍼지지도 못하고 공기 중에 그대로 숨어드는 것 같았어요. 나는 보이지 않는 누군가 들어줄 거라 생각했는데, 비명은 공기 틈으로 점점이 박히고 짙은 그림자에 깔려 있는 창문들은 굳게 닫혀 있었죠. 높은 축대 아래에서 나의 저항은 미약했고 강렬한 노을빛을 받아 얼굴이 붉게 물든 짐승은 내 앞에서 포효하고 있었어요. 맞은 편 벽에 그와 내가 얽혀 있는 그림자는 그의 포효에 맞춰 격렬하게 움직이고 있었습니다. 일렁일렁 움직이는 그림자는 실제의 그보다 훨씬 크고 공포스러웠습니다.

그 날 그 시각 그 골목은 포효하는 짐승과 공포에 떨고 있는 내 그림자만이 살아있었을 뿐 모두가 죽어있는 허허로운 공간이었습니다.

바람 끝에서 〉 백도윤

나를 엄습했던 공포의 시간, 엄마가 상상했던 공포의 시간이 지나고 붉디 붉은 석양보다 더 붉은 낯빛의 짐승은 내가 흩뿌려 놓은 비명이 박혀있는 골목길을 유유히 헤엄쳐 빠져나갔습니다.

　얼마만큼의 시간을 나는 그 높은 축대에 기대어 앉아있었던 걸까요. 골목 초입 가로등에 흐릿한 빛이 서리고, 그 빛 아래로 누군가 급히 스며드는 걸 보면서 나는 정신을 놓았던 것 같아요. 빛 아래 스며든 사람이 엄마라는 걸 후에 알았어요. 정작 나는 '노을이……'라는 말만을 되풀이하며 엄마의 품에 안겨있던 상황을 기억조차 못하고 있었던 거지요.

　세월은 강물 같은 건가 봐요. 그토록 날카롭던 상처들이 어느 새 둥글둥글해진 것 같아요. 새삼스레 기억을 끄집어내도 이젠 아프지 않아요. 흐르는 시간이 내 기억 속의 모난 돌들을 몽돌로 만들어놨네요.

　무슨 재미난 일이 있는 것일까요. 바닷가 아이들 사이에서 웃음소리가 활짝 펼쳐지네요. 눈앞에 놓인 돌 때문에 그들이 재미나게 깔깔대는 모습을 볼 수가 없어서 조금 안타까워요. 어쩌면 그들은 바닷가에 깔려있는 몽돌들 사이로 스미는 하얀 파도 거품을 재미있어하는 지도 모르겠어요. 그 몽돌들이 내 기억 속의 상처만큼이나 모난 돌이었다는 것을 그들은 알까요. 그들도 자라면서 모난 돌들을 수없이 만들어 품을 수도 있겠죠. 하나씩 잊고 포기하고 갈아내서 예쁜 몽돌로 만들어가겠죠. 엄마, 내 아이도 어디에선가 마음속의 모서리들을 시간이라는 물결로 씻어내고 있겠지요. 아이의 기억 속에 자기를 지켜주지 못한 나는 얼마나 뾰족한 상처로 자리하고 있을까요. 지금쯤은 얼마만큼 닳아서 둥글게 변했을까요.

　나는 그의 얼굴을 기억해 낼 수 없었어요. 그와 나의 그림자가 얽혀 일렁이던 벽과, 타들어가는 석양에 의해 붉은 빛이 명멸하던 그의 얼굴이 내 기억 안에 공포로 남아 있을 뿐이었어요. 공포를 억누르고 그를 기억해 내야 한다는 주변의 다그침과 설득에도 나는 끝내 그의 얼굴을 기억해 내지 못했습니다.

그에 대한 기억을 되살려 보라는 주변의 성화에 내 정신은 만신창이가 된 몸보다 더 심하게 황폐화되어가고 있었습니다. 황무지가 된 마음을 옥토로 바꿔보겠다고 수많은 사람들이 상담 상대로 나섰습니다. 그러나 끝내 마음의 문을 열지 못한 나는 그저 그들에게 실험 대상이었을 뿐이고, 그들의 상담학습 경력에 필요한 교구였을 뿐입니다. 그들을 연결시켜주는 상담소 책임자조차 피상담자인 내 상황은 안중에도 없었고, 상담자인 그들의 경력이나 실습에 내가 얼마나 도움이 되었고 얼마나 멋진 실험대상이 될 수 있는지에만 관심이 있었어요.

새로운 상담자가 다녀갈 때마다 내 상처는 깊어지고 있었습니다. 내가 품고 있는 상처는 그들이 일으키는 바람에 더욱 날카롭게 벼려지고 있었습니다.

몸과 마음이 온통 피폐해가던 어느 날부터 내 몸은 나른하게 늘어졌고, 눈꺼풀은 자꾸만 감겼으며 가슴속 상처 사이로 휑한 바람이 돌다 나가고는 했지요. 이유 모를 나른함 사이에 억울함이 뒤섞여 울컥하는 감정을 추스르지 못해 힘겨워하던 내 손에 엄마는 무언가를 쥐여 주었지요. 아무런 설명도 하지 않았어요. 한 손에 쏙 들어오는 작은 상자 안에는 스틱형 시약이 들어있었습니다. 나는 진단 결과를 보고 좀 놀랐을까요. 잘 기억나지 않네요. 그러나 엄마는 많이 놀랐죠. 어느 정도 예상을 하였을 것임에도 그 상황을 받아들이기 힘들었겠지요. 내 마음속에 나른한 불안이 자리하는 동안 엄마는 끓어오르는 화를 다스리고자 애쓰고 있었겠지요. 상처 위에 덧씌워진 나른함은 나를 무기력하게 만들었고 나는 그 무기력이 평화라고 생각했습니다. 아무것도 생각하지 않아도 될 것 같고 주변의 변화에 민감하지 않아도 될 것 같은 그런 시간들이 나는 좋았습니다. 엄마는 그걸 체념이라고 했어요. 어떻게든 내게서 무기력의 원인을 걷어내고자 뛰어다니던 엄마에게는 전쟁의 나날이었음을 나는 알고 있었습니다. 그러나 거의 매일, 매시간을 밖에서 헤매었을 엄마를 나는 애써 모른 척 하고 있었지요. 엄마의 그 전쟁이 어떻게든 나를 구해보고자 하는 몸부림이었고 그 또한 나로 인해 상처받은 엄마의 치유방법이었던 것을요. 그를 찾아내는 게 나를 구원할 수 있는 유일한 방법이라 생각한 엄마의 처절함은 끝내 보상받지 못했습니다.

그는 우리 앞에 나타나지 않았고, 내 안에 자리 잡은 생명은 떠나보낼 시기를 이미 놓쳐 버렸습니다. 주변에서도 내 몸의 변화를 알아채기 시작했을 즈음 경찰들도 더 이상 엄마를 상대해주지 않았습니다. 붉은 노을이 무섭던 그 동네에서 살 수도 없게 되었습니다. 이웃의 수군거림이 폭포수처럼 쏟아지고 있었으니까요.

그리고 우리는 이 곳 남도 섬으로 내려왔지요. 어떻게 여기까지 오게 되었냐고 엄마에게 묻지 않았어요. 배를 타고 섬에 들어오는 동안 출렁이는 물결에 내 맘도 속도 함께 출렁여서 묻고 싶어도 묻지 못했죠. 나는 배에서 내리자마자 배를 정박시키기 위해 세워 둔 선착장의 말뚝 위에 걸터앉았고 곧 속엣것을 다 비워 냈죠. 그때 누군가 우리에게 다가와 엄마 손을 부여잡고 잘 왔다며 반갑게 인사했어요. 엄마도 반가운 얼굴로 순임 언니라고 부르며 그의 손을 맞잡았고, 내게는 이모라고 하라 했었지요.

이월에 부는 섬의 바람은 차갑지 않았어요. 섬은 온통 초록으로 넘실거렸죠. 들 가운데에 있는 사람들은 한 줄로 서서 웃음소리를 허공으로 날리고 있었죠. 난 그들이 무엇을 하는지 몰랐어요. 엄마가 이끄는 대로 따라가다가 그들의 웃음소리에 멈추어 서서 한참 동안 그들을 지켜봤지요. 그렇게 우리의 섬 생활은 시작되었어요. 내 마음속의 괴로움도 이 섬에서 치유되기 시작했던 것 같아요.

엄마, 내가 등지고 누워 있는 언덕 너머에는 누렇게 물들기 시작한 보리들이 물결치겠지요. 갯바위 사이 물속을 휘젓고 다니며 웃음을 날리는 저 아이들은 자신들의 놀이에 싫증이 나면 옷 끝에 매달린 바닷내음을 툭툭 털어내고 언덕 너머 마을로 가버리겠지요. 그들은 보리밭 사이를 내달으며 바람을 느끼겠지요. 어쩌면 덜 여문 보리를 한 움큼 뽑아 집으로 돌아가면 마당 한 켠 솥을 걸어 둔 화덕에 그을려 먹을지도 모르겠네요. 누군가의 집 마당은 입가에 검은 재가 묻은 하얀 이를 드러내고 한바탕 웃어대는 아이들의 소란으로 가득 차겠죠. 갯가에서 젖은 아이들의 바짓가랑이는 보리가 그을며 타오르는 불꽃에 하얀 소금기를 드러내며 말라가겠죠.

투명한 햇살에 마당을 덮은 시멘트조차 눈부시게 빛나던 날, 아이들은 웃음소리와 함께 마당으로 들어섰어요. 깜부기로 얼마나 장난을 쳤는지 아이들 얼굴은 온통 검정 칠이 되어 있었고, 치아는 사이사이에 검은 깜부기 가루가 콕콕 박혀 있어 더욱 희게 보였죠. 그들은 아직 푸른 기가 가시지 않은 보리 이삭들을 한 줌씩 쥐고 있었죠. 보리 이삭들 사이에 숨어있는 깜부기를 찾으려 넓은 보리밭을 헤치고 다닌 것을 너도나도 자랑 삼아 떠들었고, 나는 아이들의 이야기를 들으며 드럼통을 반 잘라 만든 화덕에 불을 지펴 주었지요. 걸쳐 놓은 양은솥에는 물 한 바가지 부어 넣고 감자 몇 알을 씻어 넣었죠. 아이들은 화덕 주위로 모여들었어요. 젖은 바짓가랑이가 무거워 질질 끌던 준호도, 입에 물고 있던 깜부기 때문에 검은 침이 입가에 말라붙은 윤수도, 윤수 동생, 눈이 맑은 윤아도 저마다 손에 들고 있던 보리를 내 옆에 놓아두었죠. 잘 마른 장작은 타닥타닥 소리를 내며 타들어갔고, 불길은 보리를 익히기에는 너무 강했죠. 윤아는 보리가 익을 정도로 적당한 불길이 되기를 기다리다 평상에서 내 무릎을 베고 잠이 들었죠. 나는 윤아의 소금기 머금은 머리카락을 매만지며 뱃속에 있는 나의 아이를 생각했어요. 자신의 존재에 대해 내가 놀랐던 것은 기억하지 말았으면, 모든 이들이 사랑스러운 눈으로 바라보는 윤아처럼 눈이 맑은 아이로 태어났으면, 내가 윤아를 보고 미소 짓듯이 다른 이들도 우리 아이를 바라보며 미소를 지었으면 하고 기도했지요.

화덕의 불길은 어느덧 잦아들었고, 숯으로 변한 장작이 품은 불씨만 살 듯 죽을 듯 가물거리고 있었죠. 아이들은 다시 불가로 모여들었고, 자신들이 뽑아온 보리 이삭을 흔들리는 불씨 위에 살며시 올려놓았죠. 보리 끝의 까실한 수염은 불꽃을 피우며 포르르 타올랐고 아직 푸른 기가 남아 있는 이삭은 톡토독 튀며 검게 그을어갔지요. 아이들은 이삭 튀는 소리에 집중하고 있었고, 나는 줄무늬 길게 늘어진 새털구름이 높게 깔린 푸른 하늘에 집중하고 있었던 것 같아요. 새털구름이 하늘에 깔리는 건 비가 오기 전후라고 어디선가 들은 적이 있던 것 같아, 아직 비가 오지 않았으니 곧 비가 올지도 모른다고 무심하게 생각만 하고 있었던 것 같아요. 저 얇은 구름층 어디에 비를 숨겼을까 궁금해 했을지도 모르지요.

아이들은 그을린 보리이삭으로 그들의 잔치에 열중했지요. 나는 잠들어 있던 윤아도 깨워 놓고 감자를 꺼내어 평상 위에 올려 주었죠. 아이들은 잘 구워진 보리로도 채워지지 않은 허기를 감자로 마저 채웠죠. 이미 옛 이야기가 되어버린 보롯고개였지만, 섬에도 군것질거리는 넘쳐났지만, 물질하는 엄마를 둔, 섬 아이들은 함께 어울려 먹을 것을 찾아내는 것도 그저 재미난 놀이였지요.

몸을 스치는 바람 끝이 차분하네요. 청록이 펼쳐진 고요한 바다 위, 한없이 깊고 푸른 하늘에 그 날처럼 새털구름이 융단처럼 깔려 있을 것 같아요. 바다보다 깊고 푸른 하늘에 융단 같은 구름 속 그 어디에 비가 숨어 있을까요. 과연 비는 내릴까요. 바람에 거짓이 없다면 지금, 바닷물에 발을 적시며 노는 아이들은 조금 후에 비가 내릴 수도 있다는 것을 알고 있을까요. 짙푸른 하늘 바로 아래로 높이 떠 있는 새털구름이 비를 숨기고 있다는 것을 아이들은 알까요. 관심이나 있을까요. 어쩌면 아이들은 신경 쓸 일이 아닌지도 모르지요.

오월의 새털구름은 참 낯선 풍경이에요. 가을 하늘 높푸를 때, 가을 비 오기 전이나 지나간 후 떠 있는 구름이 새털구름이라잖아요. 오늘은 하늘도 가을처럼 높푸르다고 바람이 알려주네요. 하늘에도 가을처럼 새털구름이 잔잔하게 깔려 있을 거예요.

엄마, 나를 감싼 돌 틈으로 스미는 차분한 바람에 짭조름한 바닷내음이 숨어있네요. 그 내음 안에 눅눅한 비 냄새도 섞여있어요.

섬에 들어온 지 얼마나 되었을까요. 제법 배가 불러온 나를 섬 아이들은 잘 따라주었어요. 내 허리춤까지 자란 청보리들 사이를 그들의 웃음소리를 들으며 돌아다닐 수 있었죠. 아이들은 보리밭 안으로 스며들어 숨바꼭질을 하다가 보리밭 옆 길가에 앉아있는 나를 보며 한 번씩 웃어주었고, 나도 그들의 웃음에 동화되어 웃을 수 있었죠.

바람 끝에서 〉 백도윤

아이들이 갯바위 틈에서 자신들의 놀이 겸 하루 찬거리를 구할 수 있는 시기가 되자 보리가 누렇게 물들기 시작했어요. 나는 섬 아이들과도 많이 친해져 그들의 놀이에 동참하고는 했지요. 그들처럼 온몸이 젖도록 찰방거리지는 못했어도 아이들 덕분에 늘 즐거웠죠. 아이들은 놀이 삼아 거둔 소라며 고둥들을 내게도 나누어 주었지요.

섬사람들은 이곳 바람만큼이나 따뜻했어요. 어린 나이에 배가 불러오는 나에게 그 누구도 왜? 라고 묻지 않았어요. 내가 섬에 들어왔을 무렵, 그 시기에만 먹을 수 있다는 보리의 어린 순과 바닷가에서 캔 조개를 넣고 끓인 된장국들을 가끔 가져다주기도 했지요. 여기 섬에서는 애 배면 보릿국으로 영양보충을 해. 좀 낯설겠지만 먹어봐. 라는 말과 함께 허옇게 변색된 낡은 양은 냄비를 툇마루에 놓아 주고는 했지요. 그들이 가져다 준 보릿국은 조개의 비릿한 향과 어우러진 달큰함이 있었어요. 난 금방 보릿국 맛에 빠졌죠.

순임 이모는 내게 안타까운 눈길을 보내며, 무엇 하나라도 더 챙겨주려고 했죠. 이 작은 섬에 어린애가 갇혀서 얼마나 답답하겠어. 세상 소식도 궁금할 텐데 그래도 잘 참고 있네. 순임 이모의 남편인 이 섬의 이장이 바다에서 돌아오면 제법 씨알 굵은 물고기를 마당 수돗가에 놓고 가기도 했죠. 그러나 엄마는 언제부턴가 이모를 멀리하는 것 같았어요. 물질하러 가는 길이나 일을 끝내고 돌아오는 길에 이모는 자주 우리 집을 들여다보고 갔지요. 예전에 순임 이모와 기숙사에서 함께 생활했다고 엄마가 지나가듯이 말을 했기에 난 그저 그런 인연으로, 또 우리 집이 이모 집으로 가는 길목에 있어서라고 간단하게 생각했는데, 엄마는 아니었나 봐요. 순임 이모는 지날 때마다 인심 좋은 목소리로 집에 있어? 하고 말끝을 길게 빼며 마당으로 들어섰지요. 엄마가 집에 있을 때면 왜 그리 허둥지둥 이모를 대문 밖으로 몰아내듯 끌고 나갔는지…….

　조금 주책없고 오지랖이 넓기는 해도 본성이 나쁜 사람은 아니라고 생각했는데, 엄마는 그렇지 않았나 봐요. 생각 없이 내뱉는 그의 말에 내가 상처를 입을까봐 염려했던 것이겠지요. 특히나 내 배를 쳐다보며 해산달을 묻거나 기억도 나지 않는 아기 아빠에 대해 책임 없는 말을 던질 때 엄마의 얼굴색은 허옇게 변해버리고는 했지요. 어쩌면 엄마는 내가 없는 곳에서 나에 대해 떠도는 섬 안의 이런 저런 이야기를 이미 많이 듣고 있었는지도 모르지요. 그러나 엄마는 내게 한 번도 전해주지 않았어요.

　눅진 바람이 내 뼈와 돌들이 엉켜있는 공간으로 훅 끼치네요. 청아하게 쨍쨍거리던 아이들의 웃음소리가 갑자기 무겁게 가라앉았어요. 비가 내리려나 봐요. 융단처럼 깔려 있던 새털구름이 어두운 먹장구름으로 바뀌는 모습이 그려져요.

　여기에 누운 얼마 후에 그런 구름의 변화를 본 적 있지요. 수평선 너머까지 높고 넓게 깔려 있던 새털구름이 한 순간에 무거운 먹빛으로 변하면서, 그래요, 그 구름은 달려왔어요. 새털구름을 순식간에 먹어치우며 달려오는 먹장구름은 주변을 한순간 어둠으로 감싸 안았죠. 구름이 몰려오는 걸 본 바닷가 아이들은 까르륵 웃어대며 갯바위 틈으로 나무 아래로 스며들었죠. 바로 전까지만 해도 아이들이 두런거리던 갯바위 주변엔 아이들의 흔적이 보이지 않았어요.

　아무도 없이 텅 빈 그 골목, 붉게 물든 골목과, 깔깔거리던 아이들이 사라져 버린 갯가, 텅 빈 바닷가에 갑자기 다가선 무거운 어둠. 떠올리고 싶지 않은 기억이 뇌 속에서 요동 칠 때, 몰려올 비를 피해 숨어 있던 아이들의 키득거리는 소리만 간간이 낮게 깔려 들려왔어요. 나는 아이들의 키득거림에 안정을 찾았지요. 보이지 않아도 아무도 없는 건 아니구나. 그때처럼 텅 빈 것은 아니었구나. 땅을, 갯바위를, 나뭇잎을 때리던 소나기가 지나고 파란 하늘이 나타나자 아이들도 다시 나타났지요.

아이들의 웃음소리는 무거운 먹장구름에 눌려 높이 피어오르지 못하는 것 같네요. 한동안 숨죽이고 있던 거미의 움직임이 부지런해졌어요. 내가 누워 있는 이곳으로 무엇인가 비를 피해 찾아들기를 바라는 움직임이겠지요. 뼈와 돌과, 뼈와 헤진 삼베 조각과, 돌과 헤진 삼베 조각 사이를 부지런히 오가며 돌과 뼈와 삼베 조각을 기둥 삼아 그의 궁전을 짓고 있네요.

엄마가 이곳에 나를 누일 때, 내 위에 돌을 쌓고 돌 틈으로 창구멍을 내고 초분을 씌우면서 말했지요. 아이들 떠들며 노는 소리라도 들어라, 아이들이 갯바위 사이에서 노는 모습이라도 보거라, 네가 보는 곳에서 뛰노는 아이들이 네가 어쩔 수 없이 잡아야 했지만 그래도 맑은 아이로 태어나길 기원했던 생명이라고 생각하고 웃어라, 마냥 미안해하며 슬퍼하지만 말고. 엄마가 너를 그리 만든 사람을 원망하며 헤맬 때도 너는 네 안에서 아이가 곰지락거리는 것을 느낀 후부터는 아이만을 생각하지 않니. 행여나 내가 너에게 나쁜 소리할까봐 늘 네 배를 품고 뒤돌아 앉지 않니. 너처럼 체념해버린 엄마의 모습을 볼 때까지 너는 그랬지 않니. 너는 체념이 아니라고 했지만 엄마는 아직도 그때의 네 모습은 체념에서 온 것이라는 생각을 떨칠 수가 없구나. 그리고 나는 체념 후에야 내 딸을 온전히 품을 준비를 할 수 있었는데……. 그러면서 내가 밖을 볼 수 있도록 돌 틈으로 작은 창구멍을 내주었지요.

그 이후로 한동안 엄마는 자주 찾아왔지요. 내가 엄마에게 말을 건넬 수 있다면 이제 그만 오라고 했을 거예요. 엄마의 넋두리는 아렸고, 엄마의 한숨은 먹먹했으니까요. 그 날 이후, 내가 엄마와 함께했던 시간이 엄마에게는 단 한순간도 행복하지 않았다는 걸 아는 것, 나를 찾을 때마다 초췌해 가는 엄마의 모습을 볼 수밖에 없다는 것, 그것은 이미 내가 초라한 집에 홀로 누워있는 당시의 상황에도 끝 모를 괴로움으로 각인되었으니까요. 각인이 깊어지기 전에 엄마가 오는 것을 막고 싶었으니까요.

섬사람들과 어울려 살면서 나는 생각했죠. 따뜻한 사람들이구나, 편견 없는 사람들이구나……

그러나 내가 가지고 있던 생각이 한 순간에 무너지는 사건이 터져 버렸죠.

보리가 누렇게 물결치면서 수확을 기다리던 계절, 꽉 차게 여물어 푸른 기가 사라진 보리 이삭을 한 움큼 쥐고 온 아이들에게 그 날도 난 불을 지피고 감자를 삶아주고 있었죠. 내 배는 산달이 두 달 정도 남아 있어 박처럼 부풀어 있었어요. 아이들이 몰려와 떠들며 놀면 뱃속의 아이도 덩달아 부산스러워지곤 했지요. 내 아이도 이곳 아이들을 좋아하는 것 같았어요. 그렇게 아이들과 웃고 있을 때 순임 이모가 씩씩거리며 마당으로 들어섰어요. 너 엄마 어딨니? 어디 갔어? 몹시 화가 난 이모를 피해 아이들은 슬금슬금 마당을 빠져 나갔어요. 난 영문을 몰라 멍하니 이모만 쳐다 볼 뿐이었죠. 느 엄마 어디 갔냐고?

순임 이모의 화가 어디에서 비롯된 것인지 모르는 나는 어떻게 대해야 할지 알 수가 없었어요. 그토록 화내는 모습을 섬에 들어온 이후로 처음 봤거든요. 이모는 나의 답을 기다리지 않고, 자신이 답을 내 놓으며 내게 맞는가를 또 물어왔어요. 폭풍우 같은 질문이었죠. 느 엄마 배 타고 밖에 나갔지? 몇 시에 나갔어? 대답은 필요 없었어요. 질문 끝에 집에 없는 엄마에 대해 온갖 나쁜 말을 쏟아내기 시작했으므로.

시집도 안 간 년이 애 낳고 살다 딸년까지 똑같이 애를 배고는 갈 데 없어 고민이라고 해서 여기로 오라며 받아줬더니 화냥질을 하느냐며, 콧구멍만 한 섬에서 얼마나 흘리고 다녔으면 동네 남자들이 서로 못 도와줘서 난리라며, 처음에 들어와 얌전한 척은 혼자 다 하면서 사람들하고 눈도 제대로 못 마주치던 것을 데리고 다니면서 어울리도록 해줬더니 이렇게 뒤통수를 치냐며, 세상 망할 년이 따로 없다며 엄마를 겨냥한 말을 쏟아내다가 갑자기 나를 향해서도 쏟아내기 시작했습니다.

애비가 누군지도 모르는 애를 배 가지고 들어와서는 말간 얼굴로 돌아다니면 누가 너를 순진하게 봐 줄지 아느냐며, 지 에미하고 똑같은 짓을 해서 애를 뱄으면 얌전히 있다가 애나 낳고 조용히 떠날 것이지 온 동네 애들은 다 꼬여 내 데리고 다니면서 물이나 들이냐며, 그게 할 짓이냐며, 두 모녀가 본 데 없이 살아온 걸 광고를 하고 다닌다며……

사람들이 우리 집 앞으로 모여들었습니다. 준호 엄마는 참으라며 이모를 말렸고, 윤수 엄마는 내 어깨를 감싸듯 안고 등을 토닥이며 진정시켜 주었습니다. 준호 엄마와 윤수 엄마는 내게 늘 아이들을 잘 돌봐 주어서 고맙다고 하는 사람들이었습니다. 준호 엄마는 이모의 등을 떠밀 듯이 마당을 벗어났습니다. 정신없이 당한 까닭에 멍해진 나를 윤수 엄마는 부축해서 평상 위에 앉혔습니다. 문 밖 사람들이 안을 살피며 속닥속닥 주고받던 말은 서서히 증폭되어 웅성거림으로 바뀌어 있었습니다.

나는 멀미가 나는 것처럼 어지럽고 속이 메스꺼웠습니다. 곁을 지키던 윤수 엄마는 수돗가에서 물을 받아다 주었습니다. 물을 목으로 넘기던 나는 그조차도 버거웠나 봅니다. 그 물 한 모금은 마중물이 되어 내 속에서 응어리처럼 뭉쳐있던 것들을 다 불러냈습니다.

엄마, 이 작은 섬에서 떠도는 내 이야기를 얼마나 안간힘을 쓰며 막아주었나요. 겨울바람에도 싹을 틔우는 청보리처럼 불쑥불쑥 솟는 이야기들을 내가 들으면 어떻게 하나 염려하며 얼마나 많이 밟아대고 있었나요. 무딘 나는 어쩜 그렇게 아무것도 모르고 있었을까요. 내 의사와는 상관없이 윤색되어 떠도는 내 행실 때문에 엄마는 또 얼마나 손가락질을 당하고 있었던 가요. 엄마는, 엄마가 말했던 내 체념의 크기보다 훨씬 더 큰 체념을 하고 살았었네요. 내가 엄마의 아픔을 조금 더 알았더라면, 엄마의 속내를 알았더라면, 나는 이 섬이 싫다고 했을 거예요. 그래도 엄마, 난 이 섬이 좋았네요. 지난날의 그 골목처럼 타들어가는 석양이 아닌, 서쪽 하늘을 은은하게 물들이는 차분한 석양이 좋았네요. 그 날의 타는 듯 붉은 석양에 대한 기억을 지우고 은은하게 물드는 석양의 기억을 아이에게 주고 싶었어요. 아이의 존재를 인정하고 받아들이기까지의 힘겨움이 미안했던 나는 나름의 선물을 주고 싶어서 그렇게 나를 가라앉히며 시간을 흘려보내고 있었죠.

해 질 녘 막배를 타고 돌아온 엄마, 차마 자세히 전하지 못하고 대충 이야기하는 윤수 엄마의 말만으로도 모든 정황을 안다는 듯 주저앉았지요. 말 끝에 윤수 엄마는 엄마에게 물었죠. 들어올 때도 이장님하고 같은 배로 오셨어요? 뱃속 저 밑바닥부터 끌어올려진 엄마의 통곡소리는 밤이 깊어갈수록 더 커지는 파도소리를 삼키고 온 섬을 덮을 정도로 깊고 높게 요동쳤어요. 한 번도 자신의 삶을 후회하듯 말한 적 없던 엄마는 그 날 통곡과 함께 많은 이야기를 쏟아놓았지요.

너는, 너만은 나와 같은 삶을 살지 않기를 바랐는데, 아무도 없이 홀로 아이를 키우는 게 단지 키우는 것만으로 힘든 것이 아니라는 걸 내가 알고 있어서, 너만은 그렇게 만들고 싶지 않았는데, 너는 어떻게 해서 엄마 삶을 닮으려 하는 거니. 나야, 그래도 네 아빠가 누군지 알고나 있지, 너는 대체 아빠가 누군지도 모르는 아이를 어떻게 하려고……. 내 죄다. 내 죄가 크구나……, 내가 처음부터 내 이야기를 하지만 않았어도, 갈 데가 없다고 하소연하지만 않았어도, 지금 이런 상황이 벌어지지는 않았을 텐데, 미안하다, 얘야, 미안하구나…….

엄마, 엄마는 그때 처음으로 나의 아빠 이야기를 했지요. 말하는 중간중간 꺽꺽거리듯 울음을 쏟아내며 아빠 이야기를 했지요. 그러면서도 엄마는 끝까지 나의 아빠가 누구인지, 어디에 있는지는 말해주지 않았어요. 그때까지 사는 동안 나는 온전히 엄마의 책임으로 키워낸 딸이었음을 엄마는 스스로 인정받고 싶었던가요. 그러면서 엄마는 너에게 얽매이는 삶이 때로는 너무 힘들었고, 너무 불편했다고도 했지요. 어린 내가 칭얼거리고 보챌 때 이미 많이 지쳐있던 엄마는 나를 두고 어디론가 훌쩍 사라져버리고 싶었노라고, 아직 어린 엄마가 감당하기엔 내가 너무 큰 짐이었노라고 쏟아내듯 말했지요. 엄마의 삶이 그러했는데, 딸인 내가 그대로 따라가는 것 같아서 답답했다고 했지요. 서로 이해가 이루어진 관계에서 잉태한 것도 아닌 한쪽의 일방적인 공격으로 잉태된 아이를 끌어안고 있는 나를 어찌 할 방법이 없어 속이 탔다고 했지요. 그래도 당신 딸이라, 온전하게 혼자 키워 온 딸이 처한 상황이라 인정할 수밖에 없었노라고 꺽꺽거리며 말을 토해 냈지요.

엄마, 이 음습한 어둠 속에 과연 거미가 일용할 양식은 있는 걸까요. 내 살은 흘러 내려 토양에 녹아들었고 내 뼈는 풍화되어 가는데 무엇이 미끼가 되어 거미의 그물에 걸려들까요. 풍화되어 해체된 뼛조각들이 뿜어낸 인이 어둠 깊은 밤에 날려 반짝이면 그것들이 미끼가 되어 반딧불이가 친구인 줄 알고 혹시 찾아올까요. 나를 의지해 궁전을 짓고 있는 거미는 그 반딧불이를 낚아챌 수 있을까요?

내 곁에 집을 짓는 거미는 땅 밖으로 나갈 용기가 없는 거겠죠. 바깥의 눈부신 햇빛이 자신의 그물을 얼마나 아름답게 비춰 줄 지 모르는 거겠죠. 그래서 거미는, 내가 있는 굴속에 도시를 이루고 사는 개미만을 기다리는 존재가 되죠. 어둠 속에서 듬성듬성 성긴 그물을 치고 언제 올지 모르는 한 마리 개미를 마냥 기다리는 거미.

엄마, 나는 나와 공생하는 거미처럼은 되고 싶지 않았어요. 나를 데리고 세상 속에서 당당하게 살아가던 엄마처럼 나도 내 아이를 데리고 당당하게 세상에 맞서고 싶었어요. 처음부터 그런 꿈을 꾸었던 건 아니었지만, 이 섬에서 아이들을 보고 어른들을 보고 하늘과 바다를 보며 그런 꿈을 꾸었죠. 아이를 낳으면 난 당연히 섬을 떠날 거라 생각했어요. 내가 이 섬을 좋아하는 것과 별개로 나는 어두운 땅속의 거미가 아니니까요. 여기에 늙기 전부터 가졌던 생각인지, 아니면 여기서 거미를 보면서 그랬을 거라고 생각한 것인지는 잘 모르겠네요. 하지만 섬을 떠나야 한다는 생각은 분명했어요.

그날 밤 엄마와 나란히 잠자리에 든 나는 엄마의 손을 꼭 잡았지요. 난 엄마에게 말했어요. 엄마, 난 이 곳이 좋아요, 겨울에도 차갑지 않은 이곳의 바람이 좋고, 돌담 사이를 거침없이 뛰어다니는 아이들의 자유로움이 좋고, 날씨가 풀리면, 파도로 몰려와 갯바위 틈새에 갇혀 나가지 못한 짭짤한 바닷물에 발을 담그고 하늘을 바라보며 까르륵 대는 아이들이 좋고, 영글어가는 보리가 바람 사이에서 흔들리는 게 좋고, 아침 일찍 호탕한 수다와 함께 물질을 나가는 아주머니들의 걸진 목소리가 좋아요. 이제 곧 닥쳐올 여름이 되면 여기는 또 얼마나 더 좋은 게 보일까요. 우리가 경험해보지 않은 이곳의 여름은 우리 아이와 함께 맞을 수 있을 거예요, 라고 말했어요. 어찌할 도리가 없어 인정해 버리고 만 아이, 기쁨의 존재가 될 수 없었던 나의 아이……. 그 날의 아픈 사정에도 불구하고 쨍한 햇빛에 타들어가는 피부를 간간이 불어오는 바람이 달래 주는 여름을 기대하고 있었어요. 나는 엄마에게 말했죠, 그렇게 두어 번의 여름만 지나면 섬을 떠날 거라고, 아이가 자라서 이곳을 기억하지는 못하겠지만, 잠재의 어느 한 구석에 본능처럼 이곳에 대한 이야기가 새겨지는 시기가 되면, 그래서 아이가 이곳의 바람처럼 온순하고, 이곳의 석양처럼 차분하여, 이곳 아이들의 웃음처럼 맑은 아이가 될 수 있는 바탕이 마련되었다면, 혹시나 유전되었을 아빠의 흔적을 아이가 이어가지 않을 거라는 믿음이 생기면 이곳을 떠날 거라고 엄마에게 말했지요. 엄마는 그저 내 손을 마주 잡고 손등을 토닥여 주기만 했지요.

　하지만 그건 그냥 꿈일 뿐이었나요. 그 날 밤 깜빡 잠이 들었던 나는, 실타래가 엉키는 것처럼 배가 뒤틀리는 고통에 눈을 떴지요. 어딘가는 묶이고, 어딘가는 흐트러지는 고통, 꼬였다 풀림이 반복되는 고통, 아이는 돌처럼 굳어 배 아래쪽에 웅크리듯 자리하고 꼼짝하지 않았지요. 아이는 꼼짝 않는데 배는 왜 그리 끊어질 듯한 고통으로 휘감기는지요. 나중에는 너무 아파 숨조차 쉬기가 힘들어졌어요. 엄마는 내 신음 소리를 듣고 벌떡 일어났어요. 아직 달수를 채우지 못한 아이는 나올 준비가 되어있지 않아 깊이 깊이 숨어드는데, 배는 뒤틀리면서 의식적으로 아이를 밀어내려 했어요. 다리 사이로 누런 머리받이물이 흐르고, 요는 젖어 들고, 엄마의 눈빛은 허둥대듯 흔들리고, 결국 엄마는 낮에 찾아와 그토록 소란을 피웠던 순임 이모네로 뛰어갔지요. 이 섬에서 작은 배 한 척 없는 우리가 무엇이든 도움을 받으려면 이모의 남편인 이장을 거쳐야만 했으니까요. 엄마가 나간 사이 방은 왜 그리 광활하고, 시간은 또 왜 그리 길었는지요. 붙잡고 매달려 고통을 이겨낼 만한 그 어느 것도 주변에는 보이지 않았죠. 이미 누런 물로 축축해져 버린 요의 귀퉁이만이 그 시간 내가 의지할 수 있는 유일한 것이었어요.

그러다 정신을 잃었을까요. 주변의 웅성거림에 정신을 차렸을까요. 심한 흔들림 때문에 눈을 떴을까요. 걱정스레 나를 내려다보는 엄마와 먼저 눈이 마주쳤어요. 나는 이미 누군가의 고깃배 위에서 흔들리고 있었지요. 좁은 선원실에 누워있는 나를 내려다보는 꽤 많은 눈빛들은 걱정으로 반들거렸어요. 여전히 배의 어느 부분은 끊어질 듯이 아팠지만 혼미해지는 정신을 잡을 수 있을 만큼은 아니었던 모양이에요. 나는 다시 정신이 멀어져갔고 그 끝에서 메아리처럼 순임 이모의 목소리가 들렸어요. 내가 미안하다, 내가 잘못했으니 얼른 정신 차려라. 응? 내가 정말 미안해. 잘못했어…….

엄마, 나는 힘겹게 받아들인 아이를 잃었습니다. 엄마의 외손자를 잃었습니다. 그리고 엄마는, 나의 엄마는 딸도 잃었습니다. 온전히 엄마의 힘으로만 키워낸 딸을 잃었습니다. 그러나 엄마는 내가 이 섬을 좋아한다는 것을 잊지 않았습니다. 내가 가졌던 꿈도 잊지 않았습니다. 엄마는 삼베옷 정갈하게 입고 반듯이 누워있는 내 몸에 작은 돌들을 하나하나 놓아주며 주문을 외듯 말했죠. 바람이 되거라, 바람이 되거라. 훨훨 날거라, 멀리 멀리 가거라. 돌아보지 말거라, 후회하지 말거라, 내가 너를 키우며 기쁨이 더 많았듯이 너도 네가 좋아하는 것들을 기억하며 즐거움이 더 많거라.

그 후에도 엄마는 나의 아이를 어디로 보냈는지 말해주지 않았어요. 그러나 짐작은 하지요. 나를 찾은 엄마가 내 곁에 앉아서 오랜 시간 시선을 두었던, 엄마의 시선 따라 나도 바라보았던, 지금은 작은 돌이 앞을 가려 볼 수 없는 내 시선이 닿았던 어딘가에 뿌려주지 않았을까 짐작은 하지요.

돌무덤을 덮고 있던 쇠락한 초분이 비바람에 쓸려 돌 틈을 헤집고 들어와 거미의 궁궐을 망쳐 놓았네요. 거미는 굴하지 않고 또 다시 자신의 궁궐을 지을 거예요.

바람 끝에서 〉 백도윤

엄마, 엄마와 나와 나의 아이를 이어 줄 그 무엇이 세상에는 아직 있겠지요. 바람으로 나타나는 것일지도 모르겠네요. 그 이야기를 들려주고자 내 뼛조각과 함께 엉켜있는 돌 틈을 헤집는 것인지도 모르겠네요.

새로 초분은 덮지 마세요. 남아있는 초분까지 없어진다면 나는 바람이 되어 훨훨 날 수 있을 거예요.

엄마…….

잃어버린 열쇠

신인하

　상처받기 싫어서 뭐든 '그럴 수도 있지 뭐' 하며 쿨한 척 했던 적이 있었다. 초라한 나를 보여주기가 창피해 강한 척 했던 적도 많았고. 아니 지금도 쿨한 척, 강한 척하는 버릇. 버리지 못했다. 이러다 정말 쿨하고 강해지면 좋겠다 싶기도 하다.

　어느 날 이렇게 '척' 하며 지내다보니 제 마음이 아픈 것도 모른 채 살고 있다는 것을 알았다. 다짐했다. 이제 쿨한 척, 강한 척 하면서 문제를 회피하고 나를 합리화 하는 짓 따위 하지 않으리라 하고. 내 안에 있던 상처를 찾아내 다 위로했다고 생각했다. 그런데 소설을 쓰며 잊고 있던 상처들이 불쑥불쑥 튀어나왔다. 당황했다. 내가 이런 기억들을 품고 있었다니. 쓰다 말고 그냥 소리 내어 꺽꺽 울어버렸다. 그래, 아프면 울면 되는 것이지. 소설쓰기가 오랜 꿈이었으면서 지금껏 쓰지 못했던 건 어쩌면 나를 들여다보는 것을 피하고 싶었던 것이었는지도 모른다. 소설 속에서 솔직해지고, 좀 더 발칙해지고 싶어졌다.

　사랑이야기를 통해 관계의 이야기를 하고 싶었다. 사람들은 말한다. 적당한 거리를 잘 두는 것이 현명한 인간관계라고. 그러나 이 문제는 여전히 나에게 어렵다. 적당한 거리란 것이 얼마만큼을 말하는 것일까. 누구도 이만큼이야 하고 속 시원히 말해 주는 사람이 없다.

　적당한 거리에 대한 지금의 내 답은 이렇다. 적당한 거리를 찾는 일 자체를 하지 않겠다는 것. 그냥 다가가 아파할거고 소리 내 울어버릴 것이다. 그리고 나면 마음이 가라앉으면서 따뜻해지기도 한다는 것을 이제 알았으니까. 내가 소설을 쓰며 좀 더 따뜻한 사람이 되었으면 좋겠다. 나의 첫 소설 속 R도 그렇게 되기를 바란다.

늘 차선책으로 삶에 떠밀려왔다.
이제 내 의지대로 선택한 삶을 살아보려 준비 중이다.
지리산에 자리 잡고 소설 쓰는 나를, 다음 약력에
올릴 수 있기를 꿈꿔본다.

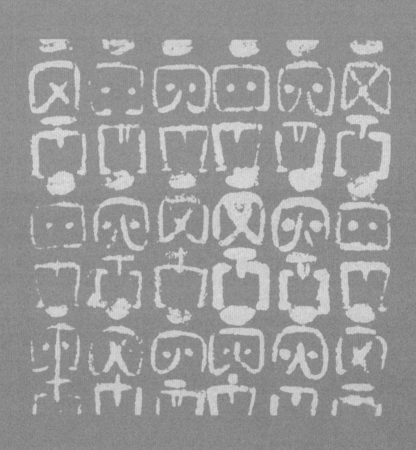

잃어버린 열쇠

신인하

열쇠를 잃어버렸다. 우리는 동해로 가고 있는 중이었다. 커피를 마시고 싶었다. 그가 운전 중 뜨거운 커피는 위험하다며 텀블러를 뺏었다. 그런 그가 유난스럽다고 생각했다. 커피를 뺏은 게 마음에 걸렸을 것이다. 휴게소가 보이자마자 그는 화장실 핑계를 대며 들르자고 했다. 핑계임을 알았지만 나를 배려하는 그가 싫지 않았다. 휴게소를 들러 커피를 마셨고 화장실도 다녀왔다. 다시 출발하려는데 자동차 키가 없었다. 내가 운전을 했으니 키는 내가 갖고 있어야 했다. 주머니를 뒤지고 지나온 길도 다시 가 보았지만 키는 없었다. 오랜만의 여행에 들떴던 기분이 당혹스러움에서 짜증으로 변하는가 싶더니 후회가 밀려왔다.

휴게소를 들르지 않았다면, 커피를 마시겠다는 내게 운전하면서는 위험하다고 그가 말리지만 않았더라면, 그가 위험한 상황들에 대한 두려움이 덜한 성격이었다면……. 아니 커피 때문이 아닐지도 모른다. 애초에 이 여행을 계획하지 않았더라면, 그를 만나지 않고 그를 사랑하지 않았더라면, 내가 같은 패턴의 사랑을 계속하지 않을 만큼 상처가 많지 않았다면…….

N에게서 메일이 왔다. 스팸 메일을 지우다 그의 이름을 본 순간 내 몸 안의 모든 세포들이 일시에 그 이름을 향해 달려드는 것 같았다. 그와 헤어진 건 십오 년 전, 내가 스물다섯 살 때였다. 그를 만나러 나가기 십오 분 전처럼 나는 가슴이 뛰기 시작했다. 그에게서 연락을 받으면 내가 지금 누구와 있든 시간이 몇 시든 상관없었다. 그때 그랬던 것처럼 메일을 열면 그를 향해 달려 나갈 것 같았다.

패스를 할 땐 망설이면 안 돼요. 공을 줄 때를 정확히 알고 망설임 없이 넘겨야 패스미스가 안 생기거든요, 라고 N은 말했다. 우리는 대학 운동장 스탠드에 앉아 축구를 하는 남학생들을 보고 있었다. 나는 패스에 대하여 말하고 있는 N에게서 눈을 돌려 운동장을 바라보았다. 공은 패스할 때마다 엉뚱한 곳으로 흘러갔고 남학생들은 공을 쫓아가기에 급급했다. N과 내가 헤어져야 하는 순간은 언제일까. N과 나도 그 순간을 정확히 알고 망설임 없이 헤어질 수 있을까. 헤어짐을 기다리며 만나는 사랑이란 모든 순간에 이별의 상황을 대입시키게 된다. 그때 우린 슬픈 사랑만을 연기하는 배우처럼 언제나 슬플 준비를 하고 있었다.

메일을 열기 전 그의 아이디를 다시 바라보았다. 이번엔 내 몸의 모든 수분이 눈으로 몰려오는 것 같았다. 떨어지려던 눈물을 어금니로 치밀어 올려 한숨으로 내보냈다. 전자 메일이 생겼을 때 N은 이제 하고 싶은 말을 서로에게 바로 전해 줄 수 있다며 흥분했다. 그리고 함께 서로의 아이디와 비밀번호를 만들었다. 십오 년의 시간이 흐른 지금. 그가 나에게 전하고 싶었던 말은 무엇일까. 한 번 더 숨을 몰아쉬고 메일을 열었다.

R. 잘 지내나요?
난 지금 한국에 없어요. 하지만 R. 당신을 잊지는 못하겠죠. 인연은 소중하다고 생각해요. 당신 모습이 궁금합니다.

읽고 나니 의외로 마음이 덤덤했다. 그와 마지막 통화를 할 때도 그랬다. N은 미국으로 가는 비행기를 타기 전에 내게 전화를 걸었다. 그를 만나는 동안은 그와의 헤어짐을 생각하며 눈물 속에 보냈건만 정작 마지막 순간이 오자 눈물이 나오지 않았다. 연극이 끝나서일까.

K와 결혼사진을 찍기 위해 스튜디오를 다녀왔다. N의 메일에는 답을 보내지 않았다. 어떤 답장이든 그에게 신호를 보내는 것이 될 것이다.

결혼사진—식을 올리기 전 행복한 한 때를 연출하기 위해 억지웃음을 짓고, 은밀한 척 입맞춤을 하고, 그윽한 눈으로 상대를 바라보며 강렬한 조명으로 눈부신 미래를 연출하는—을 찍었다. 스튜디오에서 연출된 결혼사진을 찍는 사람들을 비난했었지만 K가 찍자고 했을 때 두말없이 그러자고 했다. 그는 친절하고 배려가 많았고 유년시절을 행복하게 기억하는 남자였다. 현모양처가 이상형인 그는 나를 보고 첫눈에 반했다고 했다. 그와의 결혼은 누가 봐도 그럴듯해 보였다. 그의 아버지는 일 년 전에 돌아가셨다. 그는 그때 물려받은 서점을 운영하고 있었는데 소도시이긴 해도 이 도시에서 가장 큰 서점이었다. 나를 처음 만났을 때 그는 학원가에 문제집을 대주는 영업부 일을 배우고 있었다. 나는 작은 학원에서 국어 강사로 일하며 중간관리자를 맡고 있었고 교재 재고 정리와 대금 관리는 내 업무 중 하나였다. 다른 학원과는 달리, 필요한 만큼의 수량을 정확히 파악해, 재고도 없고 대금처리까지 깔끔하게 해주었던 나를 K는 눈여겨 본 듯했다. 그가 나에게 첫눈에 반한 결정적인 이유는 공강에 책을 읽고 있는 내 모습이었다고 했다. 교재 재고와 대금처리 방식은 원장이 원하던 대로 한 것뿐이고, 책은 다른 선생님들과 불필요하게 한담을 나누고 싶지 않아 읽었던 것뿐이었다.

K는 결혼의 모든 과정을 완벽하게 준비해 주었다. 그에게 완벽하다는 건 가족친지를 비롯한 주변 동료, 친구들, 심지어 결혼 과정을 도와준다는 드레스 숍, 스튜디오, 메이크업 따위의 모든 사람들에게까지 그럴듯하게 느껴져야 하는 과정이었다. K는 마치 그 과정 중 하나라도 갖추지 않으면 이 결혼이 문제 있는 결혼이라는 낙인이 찍혀 사람들에게 손가락질 받으며 식장에 들어갈까 두려워하는 것 같았다.

─드레스는 엠파이어 라인이라는 게 좋겠어. 이 드레스가 여신 같은 모습을 느끼게 한다잖아. 난 늘 여신 같은 여자와 결혼하고 싶었다고. 내가 당신을 여신으로 만들어 줄게.

그는 샘플 사진첩을 넘겨보며 나를 완벽한 신부로 만들기 위해 매니저의 설명을 열심히 들었다. 내 눈동자가 초점 없이 과거를 헤매고 있는 것을 K는 알지 못하는 것 같았다.

N의 집을 처음 간 날. 테이블 위에 결혼사진 액자가 놓여 있었다. 내 시선이 그리 가 닿자 N은 말했다. 결혼식 날이 잘 기억나지 않아요. 아내는 독실한 천주교 신자였어요. 그녀가 임신을 하자 모든 일들이 일사천리로 치러졌지요. 아내도 알고 있어요. 내가 결혼이 어울리지 않는 사람인 걸요. 사진 속의 N과 그의 아내를 보는 순간 미켈란젤로의 〈피에타〉가 떠올랐다. N이 아내의 무릎을 베고 누워 있는 사진이었다. 가슴 아래로 풍성하게 퍼져 내

린 하얀 드레스 자락이 그를 폭 감싸고 있었다. 그의 아내는 성모 마리아처럼 깊은 눈으로 그를 바라보고 있었다. 그는 조금 지쳐보였던가.

─어머, 신부님은 좋으시겠어요. 남편 되실 분이 이렇게 하나하나 다 챙겨 주시고 여신처럼 만들어 주시기까지 하시니 얼마나 좋아요.

극존칭을 써가며 호들갑을 떠는 매니저의 말이 싫지 않은지 K는 행복해 보였다.

K는 나를 여신처럼 만들어 줄 것이다. 나의 결점을 잘 보듬어 주는 사람이었고 사랑 표현에도 인색하지 않은 사람이었으니까. 지나치게 모든 사람들에게 친절한 것, 이 점이 그의 단점이라고 말할 수 있을지 모르지만, 이것만 빼면 그는 나에겐 미안할 정도로 완벽한 남자였다.

N에게서 두 번째 메일이 왔다.

['아프리카 바늘 두더지의 딜레마' 란 얘기 아니? 바늘 두더지의 경우, 상대에게 자신의 온기를 전하려고 해도 몸을 대면 댈수록 온몸의 바늘로 서로를 상처 입혀 버리지. 인간에게도 같은 소릴 할 수 있어. 지금의 신지 군은 아픔이 두려워 겁이 많아진 거겠지. 그러다 알게 될 거야. 어른이 된다는 건 다가가든가 멀어지든가 하는 걸 반복해서 서로가 그다지 상처 입지 않고 사는 거리를 찾아내는 것이라는 걸…….]

〈신세기 에반게리온〉 기억나나요? 미사토가 신지에게 한 말이었죠.

R. 당신은 상처입지 않고 사는 적당한 거리를 찾았나요?

〈신세기 에반게리온〉. 내가 어떻게 이 만화 영화를 잊을 수 있겠는가. 거창하게 들리겠지만 이 만화 영화를 보기 전과 본 후로 내 인생은 달라졌다고 말할 수 있다. N과 카풀을 하며 좋아하는 영화이야기를 나눌 만큼 가까워졌던가. 차 안이라는 공간이 두 사람에게 대화의 밀도를 높아지게 했을 것이다. 그는 비디오를 빌려 주며, 보고 난 후 함께 이야기하고 싶다고 했다. 만화 영화가 뭐 그리 대화 나눌 게 있을까 싶어 기대는 없었다. 26편까지 이어지는 만화영화를 다 보았을 때, 아니 보는 내내 스물다섯의 나는 꼬리를 무는 의문에 혼란스러웠다. 상처를 안고 사는 주인공들. 질투, 애증, 의존 등의 감정과 관계의 문제, 존재의 이유, 무의식, 억압, 망각, 그리고 모성애와 구원의 문제까지 종교적, 철학적 문제들에 대한 끊임없는 질문. 내가 막연하게 느꼈던 인생의 의문들이 구체적으로 가슴에 파고들어 마음이 아팠다.

〈신세기 에반게리온〉은 최근 저명한 학자가 《에바 오디세이》라는 해석본 책을 낼 정도로 무거운 주제가 여러 가지 담긴 만화 영화였다. 예전의 나였다면 이 만화 영화가 2000년 지구에 있었던 재앙으로 2015년 살아남은 주인공들이 지구를 지키는 이야기라는 사실을 의미심장하게 생각했을 것이다. 2000년은 그와 헤어졌던 해이고, 2015년에 그가 나에게 메일을 다시 보냈으니까. 하지만 이런 숫자 따위가 무슨 상관이겠는가. 우연한 일에 의미부여를 하는 따위의 일은 이제 하지 않는다.

N에게 이 비디오를 왜 빌려주었냐고 물었을 때 내가 이야기 속 신지나 레이 같았다고 했다. 무표정한 모습으로 출퇴근 하던 그때의 내가.

그렇게 우린 영화에서 얘기하던 존재의 의미, 관계의 아픔, 상처의 근원 따위를 함께 대화하는 사이가 되었다. 자연스레 서로의 상처를 내보였고 서로에 대한 연민은 사랑이 되었다.

그의 두 번째 메일은 십오 년 전, N이 나에게 애니메이션으로 다가왔듯 다시 내게로 오겠다는 신호인 것일까. 나에게 적당한 거리를 찾았냐고 묻고 있지만 '나는 아직 상처입고 살고 있어요. 나를 안아 보듬어 주세요.' 하는 외침처럼 들렸다. 십오 년간 잘 다져놓은 내 마음이 만화영화를 보던 그날처럼 다시 흔들리고 있었다.

라디오를 듣다 보면 사는 게 다 비슷하구나 하고 느껴질 때가 있다. 삶에도 패턴이 있는 것일까. N과 헤어진 후 내가 사랑했던 사람들을 떠올려 보면 난 늘 그들에게서 연민을 느꼈던 것 같다. N의 메일 하나로도 그의 아픔이 내 안에 전해져와 가슴이 타들어 가는 것 같았다. 십오 년이 지난 지금, N은 나에게 또 묻고 있었다. 관계의 적당한 거리를. 그러나 답을 열기 위한 열쇠는 어디서 찾아야 한단 말인가.

N을 사랑하며 가슴 아팠던 것은 그가 결혼한 사람이기 때문이 아니었다. N은 사랑을 끊임없이 갈구하는 사람이었다. 연민이 느껴지는 여자를 결국 사랑하는 남자. 그는 일생 동안 한 사람을 사랑할 수 없는 사람이었다. 그런 그에게 갑작스러운 결혼은 좌절이었을 것이다. 나와의 만남이 깊어지고 있을 때 그는 미국 유학을 준비 중이었다. 지금 생각해보면 그의 미국행은 회피였을지도 모른다. 사귀던 여자의 임신으로 대학 4학년에 가정을 꾸린 남자. 그 가정을 책임지기 위해 아르바이트처럼 했던 학원 강사 일. 그것이 회피였든 아니든 원하던 미국 유학을 떠났던 그가 다시 나에게 손짓을 하고 있다.

N과 헤어지고 난 후, 누구에게도 가까이 다가가 상처받는 일은 하지 않으리라 다짐했다. 가족, 친구, 동료와의 관계 뿐 아니라 만나는 남자와도 마찬가지였다. 상대가 내 안으로 다가오려 하면 나는 도망갔다. 내가 내보이고 싶은 것 이상을 원하면 그와 더는 만나지 않았다. 상처를 받지 않기 위해 가까이 다가가지 않는 것. 이것이 내가 찾은 답이었다.

N의 메일로 마음이 어수선했다. D와 저녁 식사를 함께 하기로 했는데 아무것도 준비를 못한 채 그가 올 시간이 다 돼 가고 있었다. D는 2년째 만나고 있는 이혼남이다. K와의 결혼 준비로 D와의 만남을 미루는 전화가 잦아졌다. 그럴 때마다 D는 나를 보지 못해 속상해 했지만 결혼 준비로 바쁜 나를 이해해 주었다. 뿐인가. 결혼 준비에 필요한 정보를 결혼 선배라며 농담처럼 알려주기도 했다.

D. 내가 원하는 만큼만의 거리로 내 곁에 있는 남자. K가 D를 소개하던 날은 내 생일이었다. K는 내 생일 선물을 헬스장 라커에 두고 왔다며 함께 가지러 가자고 했다. 마침 D는 운동을 끝내고 나가는 중이었고 K는 좋아하는 형님이라며 나에게 D를 소개했다. D는 키는 작지만 갈색 피부에 근육이 다부져 보였다. 그래서인지 몸놀림이 가볍고 경쾌한 인상을 주었다. 내 생일을 빌미로 우리 셋은 술을 마시러 갔다. 서너 잔 술잔이 오고갔을 쯤 K에게 전화가 왔다. K의 어머니였다. 그의 어머니는 남편과 사별한 후, 잘 지내다가도 한 번씩 혼자 있는 것을 극도로 무서워한다고 했다. K는 망설임 없이 일어났다. K는 같이 일어서려는 D와 나에게,

— 에이, 이러면 내가 둘에게 너무 미안하지. 형님, 괜찮으면 우리 R 생일인데 마저 술동무라도 해주고 가주세요.

K다웠다. 자기가 믿는 대로 세상을 보고, 사람을 믿었다.

갑자기 D와 둘만 남게 되자 어색한 웃음을 지으며 D가 먼저 말을 꺼냈다.

— K가 사람이 너무 좋은 게 탈이죠? 가족이든 동료든 주변 사람 챙기고 배려하는 게 몸에 밴 친구예요.

— 네. 그래서 저도 좋아하죠. 때론 그게 날 외롭게 하지만요. 그렇지만 외로움을 느낄 겨를이 없어요. 어느새 절 챙겨주고 있거든요. 아마 오늘도 저렇게 가족에게 달려갔지만 내내 우리 둘에게 미안해 할 거예요. 우리 내기

해 볼까요? 우리가 집에 가기 전 K가 전화와 문자를 몇 번이나 할지.

웃으며 가볍게 이야기하려 애썼다. 그러나 가벼운 웃음소리와는 달리 눈빛은 공허했다고, D는 훗날 얘기했다.

그날 나는 폭음을 했다. K에 대해 몇 마디 더 오갔던 것 같기도 하고 D가 행복하냐고 물었던 것 같기도 했다. 무슨 얘기로 가지가 뻗었는지 대학 때 했던 연애 이야기, 첫사랑 이야기, 어린 시절 이야기, 끝없이 이야기가 이어졌다. 이야기 중간 중간 K의 전화가 여러 번 왔었고 그때마다 내 웃음소리는 더 높아졌다. 술잔을 빠르게 비웠지만 술에 취했다는 생각은 하지 못했다. 취해서였을까 서로의 상처가 된 사랑 이야기도 주고받았던 것 같다. 그는 이혼한 아내 이야기를, 난 N의 이야기를. 뒤죽박죽 기억도 나지 않는 많은 이야기들 중 지금도 선명하게 기억나는 그 질문. D가 나에게 꿈이 뭐였냐고 물었다. 대답을 했는지, 웃고 말았는지, 대충 둘러댔는지, 없다고 했는지, 있다고 했는지, 그 중 무엇이었을까. 기억이 나지 않았다. 다음날 새벽, 목이 말라 잠이 깼을 때 D는 내 곁에서 자고 있었다. 그의 얼굴을 보는 순간, 다시 한 번 꿈이 뭐였냐는 그의 질문이 떠올랐다. 그리고 그와의 관계가 앞으로 무거워지지 않길 바라며 가볍게 고개를 흔들어 질문을 날려버렸다.

이런 저런 생각에 휘둘리고 있는데 초인종이 울렸다. D였다. D는 현관문을 열자마자 나를 끌어안았다. 언제나 감정 표현에 솔직한 D. D와의 섹스는 길지 않았지만 강렬했다.

—너무 오랜만이라 나 너무 흥분했던 거 알아요?

샤워를 마치고 배달음식을 주문했다. 술을 마시며 너스레를 떠는 D에게 웃어주려 했는데 나도 모르게 한숨을 내뱉었다.

—결혼 준비에 문제라도 생긴 거예요? 이제 보니 힘들어 보이네요.

—아시잖아요. K가 결혼 준비에 문제가 생기게 할 사람이 아닌 거. 실은

오늘, 내가 당신을 사랑하게 된 이유를 알아낸 것 같아요.

나는 어수선한 마음을 들키지 않으려 말을 돌렸다.

─알아낸 것 같다? 흥미진진하군요. 얘기해 봐요.

D 특유의 가벼운 말투는 나의 무거움을 가볍게 만드는 여과장치 같았다.

─당신이 나에게 꿈이 뭐냐고 물었기 때문이었어요. 꿈같은 거 잊고 산 지 십오 년이 지났는데……. 십오 년 전에 똑같은 질문을 한 사람이 있었어요.

─아, 알아요. 내 라이벌. N 맞죠? 당신이 유일하게 진심으로 사랑한 남자. 영화와 책에 대한 대화를 통해 서로 지적 유희를 펼치기도 했던?

D와 처음 만난 날 술에 취해 내가 했던 말을 그대로 흉내 내며 나를 놀렸다. 나는 웃었다. 그가 신파 같은 내 이야기에 균형을 잡아 주고 있었다.

─그런데 꿈이 뭔지 그날 얘기하지 않았어요. 도대체 꿈이 뭐였기에 사랑의 이유가 되고, 또 십오 년이나 잊고 지낸 건데요?

─소설가가 되고 싶었어요. 사춘기 때부터 글을 쓰면 내 마음이 위로받고 있는 느낌이었거든요. 그리고 소설을 읽을 때마다 소설가는 헤매고 있는 사람 같았어요. 헤매면서 아프다고 투정부리는 사람. 그 모습이 꼭 내가 일기 따위를 쓰면서 아프다고 투정부리는 것과 같다고 생각했지요. N은 그런 나에게 글을 쓰게 했어요. 여러 편의 편지를 주고받았거든요. 그 편지들이 나에겐 습작이 되었던 것 같아요. N에게는 보여주지 않았지만 소설을 쓰기 시작 했죠. N과 헤어진 후 쓰는 걸 멈추었지만.

─오늘은 심하게 질투심이 발동하네요. N이라는 녀석, 지금 내 앞에 있으면 주먹이 날라 갔다고요.

D의 감정 회피용 농담엔 더 진지하게 묻는 게 상책이었다.

─그런데 그날 왜 나에게 꿈이 뭐냐고 물었던 거예요?

─겉으로 보기엔 결혼을 앞둔 부족함 없는 아가씨 같은데 술 마시며 내내

현실을 불만스러워 하더라고요. 자꾸 과거이야기만 하고.

　─아, 그랬군요. 당신은 그럼 왜 나를 사랑하게 된 거예요?

　D의 표정이 갑자기 진지해졌다. 때론 농담으로 진심을 위장하지만 아픔까지 웃음으로 넘기려는 위악은 자신을 더 아프게 한다는 걸 D는 알고 있었다.

　─잘은 모르지만 당신이 한 남자를 오래도록 잊지 못하는 모습에 아팠어요. 내 모습 같았거든요.

　D는 첫사랑이었던 아내와 결혼했다. 그의 아내는 결혼 3년 만에 다른 사람을 사랑하게 됐고 그걸 안 그는 아내를 되돌리려 2년 동안 아내를 설득했다고 했다. 마음을 돌리려 했던 설득이지만 사실 아내를 그런 방식으로 괴롭혔던 것이라고. 결국 둘은 지칠 대로 지쳐 서로를 죽도록 원망하며 헤어졌다고 했다. 그 후로 누구에게도 자신의 사랑을 강요하지 않으려 노력한다는 D.

　그러고 보니 D는 N과 여러 면에서 닮았다. 사랑이 하나뿐이라 생각하지 않았고, 또 그것을 나에게도 강요하지 않았다. 그러나 누구를 만나든 그 순간은 진심을 다했다. 그리고 나로 하여금 이야기를 하게 만든다는 것. 다른 점이 있다면 N과의 만남은 늘 슬픔으로 무거웠지만 D와는 가벼울 수 있다는 것. 그러니 D와는 헤어짐도 가벼울 수 있을 것이다. D와 헤어지는 순간은 언제가 될 것인가. 아마도 K와의 결혼 이후가 되어야겠지. 난 K와 행복하게 살 것이다. 현모양처가 되어.

　일어나고 싶었다. 나는 철창에 갇혀 있었다. 너른 들판 한 가운데 나를 가둔 철창만이 덩그러니 놓여 있었다. 손을 뻗었지만 모두 내게서 멀어져 간다. 나는 울었던가. 무서운 것도 애타는 것도 외로운 것도 아닌 나는, 멀어져 가는 사람들에게 내 모습이 어떻게 보일까 생각했던 것 같다. 울지 않고 소동도 부리지 않고 소리도 지르지 않으면 그들이 다시 올 거야. 그녀도 다시 올 거야. 얌전히 있으면, 착하게 있으면, 그래, 그러면······.

—애가 왜이래? 일어나고 싶으면 벌떡 일어나!

할머니는 꿈속에서 헤매며 내젓고 있는 나의 팔을 손으로 뿌리쳤다. 잠결에 놀라 일어나 앉았다.

—이것도 엄마라고···. 보고 싶냐? 저까짓 년을 삼 년씩이나. 쯧쯧.

할머니는 그녀에게 눈꼬리를 매섭게 내던져 휘저었다. 그러고는 입이 더러워졌다는 듯 손으로 입을 야무지게 씻어 허공에 털었다.

—그러니 말입니다. 아이들에겐 엄마가 필요하지요. 이렇게 죽을죄를 지었다고 사죄드리지 않습니까? 애들을 생각해서라도 받아주세요.

그녀가 이부자리가 널려 있는 방 한 쪽에 이모와 함께 고개를 숙이고 앉아 있었다. 이모라는 사람이 그녀의 마음을 대신 전해 주고 있었다. 스무 살에 결혼한 엄마는 무서운 시어머니와 무심한 남편을 견디지 못했는지 집을 나갔다.

나는 울었던가. 엄마에게 달려들어 안겼을까. 그녀의 빈자리에 다른 여자가 왔을 때처럼 낯설기만 했다. 이럴 때 나는 어떻게 행동해야 하는 걸까. 엄마와 이모, 할머니, 그리고 또 다른 식구들. 잠결에 일어나 앉은 나를 그들이 바라본다. 삼 년 만에 돌아온 엄마에게 어떤 행동을 하는 것이 옳은 것일까를 생각하던 일곱 살의 나.

할머니는 엄마와 이모를 단죄하듯 두 눈에 힘을 주고 노려보고 있었다. 그런데 그 자리에 아빠는 있었던가. 결정권은 할머니에게만 쥐어져 있었던 걸까? 아빠는 분명 그 자리에 없었다. 물론 기억이란 게 나 중심으로 편집된 가짜 영상임을 알고 있다. 그러나 중요한 건 내가 그렇게 기억하고 있다는 것이다. 기억은 잘못될 수는 있지만 잘못 기억되는 이유는 있지 않을까.

분명히 없었다. 엄마가 다시 집에 온 그날, 그 자리에. 아빠라는 사람은.

다시 철창에 갇힌다. 이번엔 무섭고 애타고 외로웠다. 크게 부르고 싶은데 목소리가 나오지 않는다. 엄마를 부르고 싶은 것일까. 엄마를 부르면, 엄마가 보고 싶어 울면, 모두 내 곁에서 사라질 것 같다. 팔을 뻗는다. 팔이 빠질 것 같이 아프도록 팔을 뻗는다. 으악.

D가 놀라 나를 깨웠다. D의 품에 안겨 울었다. D의 품은 따뜻했다. K는 내가 자란 가정과는 다른 가정을 만들어 줄 것이다. D에게 미안했다. D와 헤어질 때가 다가온 것일까. 그의 온기가 가슴을 찔렀다. 너무 가까이 왔다.

한적한 고속도로를 달릴 때, 어느 순간 차가 속도감도 없이 너무 잘 달리고 있어 깜짝 놀랄 때가 있다. 계기판에 올라가고 있는 속도에 놀란 순간, 횡 느껴지는 현기증. 반사적으로 브레이크를 밟아 휘청거리며 옆 도로로 튕겨나갈 것 같은 공포에 핸들을 꼭 잡고 앞을 똑바로 바라본다.

N의 메일이 브레이크가 된 것일까. 두 번째 메일을 받고 난 뒤, 문제없이 달리던 내 삶이 휘청거리기 시작했다. D가 우리집에 와서 자고 간 며칠 후, D에게서 다급하게 전화가 왔다.

─R. 잘 들어요. 지금 K가 당신 집으로 가고 있을 거예요. 조금 전 K가 나를 찾아 왔어요. 어제 헬스장에서 K와 운동을 마치고 같이 술 한 잔 하기로 했었어요. 그런데 샤워하고 나와 보니 갑자기 일이 있다고 가기에 급한 일이 생겼나보다 했지요. 워낙 K에겐 자주 있는 일이잖아요. 그런데 오늘 찾아와서는 당신과의 관계를 묻더라고요. 샤워를 먼저 마치고 나와 내 휴대폰을 봤대요. 내가 깜박하고 거울 앞에 휴대폰을 놓고 샤워하러 들어갔거든요. 문자를 보자마자 믿고 싶지 않아 지워버렸대요. 무슨 내용이었나요?

어제 보낸 문자가 떠올랐다.

'당신을 사랑하게 된 두 번째 이유. 연민. 무슨 말인지 궁금하다면 날 만나러 와요.'

문자 내용을 대답하기도 전에 D는 다급하게 말을 이었다.

─아무튼 곧 도착할 거예요. 당신이 일단 알고 있어야 할 것 같아서 전화했어요. 내가 혼자 당신을 좋아한 것뿐이라고 둘러댔는데 아무 말 없이 일어나더니 당신에게 가서 직접 묻겠다고 하더군요. R. 미안해요. 당신을 곤란하게 만들었어요.

전화를 끊고 생각했다. K에게 가장 상처 주지 않는 방법을. 그러나 어떤 방법이든 K에겐 아픔이 될 것이다. 나도 그랬으니까.

N은 헤어지는 순간조차 너무 솔직했다. N과 헤어진 진짜 이유는 그의 미국행이 아니었다. 미국행이 이유였다면 미국에 있는 그와 메일로라도 연락하며 지낼 수도 있었을 것이다. 그의 미국행 날짜가 정해지기 하루 전, 나는 그의 또 다른 여자를 만나고 있었다.

나를 대하는 그가 뭔가 달라졌다고 느낀 건 내가 남달리 감이 발달해서가 아니었다. N은 자신의 감정을 속이지 못하는 사람이었다. 〈에반게리온〉의 신지처럼 마음이 유리같이 섬세해 아픔을 잘 느끼는 사람. 그즈음 N은 나를 만날 때마다 뭔가 고통스러워하면서도 나에게 말을 못하고 있었다. 그가 아파하고 있다는 건 또 다른 누굴 사랑하게 되었다는 것이 아닐까, 라는 생각과 함께 그의 메일이 떠올랐다. 함께 만든 아이디와 비밀번호. 혹시나 하는 마음으로 열어 보았는데 비밀번호를 그대로 쓰고 있었다.

지금의 나라면 그렇게 할 수 있었을까. 만나자고 하는 나의 메일에 그녀는 왜 그러겠다고 했을까. 나는 늘 말했다. 상대에게 다른 사랑이 생기면 보내줄 거라고. 그런 말은 달콤한 연애소설에나 나오는 말이었다. 나는 내 감정을 주체할 수 없었다. 바람난 남편의 내연녀를 만나는 심정처럼 그녀보다 내가 N에 대한 우선권이라도 있다고 생각한 것이었을까? 그의 아내도 아니면서 도대체 그녀를 만나 무엇을 할 수 있다고 생각한 것일까? 그는 항상 말하지 않았던가. 자신에게 사랑은 하나일 수 없다고. 그러나 우리 둘이 함께 만든 메일 계정이었다. 어떻게 그 메일로 다른 여자와 메일을 주고받을 수 있단 말인가. 애절함이 넘쳐흐르는 사랑이야기를. 나와 그랬듯이……. 아무 생각도 나지 않았다. 그녀가 어떤 사람인지 만나보고 싶다는 생각 밖에는.

호기롭게 그녀를 만나러 갔지만 그녀를 만나던 날, 그날의 기억 속 나는 초라한 모습이다. 그녀는 자신도 곧 다른 남자와 결혼할 거라고 했다. N과의 만남은 어차피 오래가지 못할 테니 걱정 말라며 오히려 나를 위로했다. 그녀에게 내가 무슨 말을 했는지 생각나지 않는다. 지금 생각해보면 그녀 또한 위로가 필요한 사람이었던 것 같다. 그녀의 무엇이, 어떤 상처가 사랑이라는 이름으로 사람 사이를 떠다니게 하고 있었던 것일까. 이해는 내가 경험한 세계 안에서 이루어지는 아주 편협한 감정이었다.

N은 내가 메일 속 그녀와 만나기 전 나에게 전화했다. 꼭 만나야겠냐며. 나는 그에게 화가 났다. 당신은 아내도 있으면서 어떻게 나를, 그리고 또 다른 여자를 그렇게 만날 수 있냐고, 처음으로 그에게 화를 냈다. 당신 아내에게 미안하지도 않냐며 염치없이 다그쳤다. 그는 그런 나에게 미안하다며 옆에 아내도 같이 있고 이 상황을 다 알고 있다고 했다. 더 이상 할 말이 없었다. 그의 아내가 용인한 일을 내가 어떻게 따질 수 있단 말인가.

그의 아내. 지친 N을 깊은 눈으로 바라보던 결혼사진 속의 그녀. 미켈란젤로의 피에타 속 마리아 같았던 그녀. 사랑이라는 감정의 씨앗은 연민이 아닐까. 그녀는 정말 N의 모든 모습을 끌어안을 수 있는 사람이란 말인가.

나는 K에게 어디까지 진실을 얘기해야 할까. K는 나를 이해할 수 있을까.

K와의 결혼을 결심하고 일을 그만두었다. 어차피 차선책으로 해왔던 일. 학원 국어 강사는 IMF 때 졸업하며 일자리가 없을 때 아르바이트나 해보자는 생각으로 시작한 일이었다. 특별히 유명한 강사는 아니었지만 평판은 그리 나쁘지 않았다. 무엇보다 여선생들 특유의 감정싸움에 휘말리거나 파벌싸움에 끼는 일이 없었기 때문에 원장들은 나와 일하는 것을 선호했다. 사람들과는 적당하게 친하고 적당하게 먼 관계를 늘 유지했다. 학원을 옮기고 난 후 전 학원 사람들과 다시 연락하며 지내는 일은 거의 없었다. 몇몇 친하게 지내던 사람도 불편한 감정이 들면 내 쪽에서 서서히 연락을 줄이거나 연락이 와도 무시하며 멀어져갔다. 사람 사이에서 갈등 상황에 놓이는 일은 내가 가장 힘들어 하는 일이었다. 상대가 잘못해서 기분 나쁜 상황이 생겨도 이유가 있었겠지 하며 상대와 나를 합리화시키면 문제될 게 없었다. K에게도 그럴 수 있을까.

N에게서 세 번째 메일이 왔다.

[사람은 두 종류야. 전갈과 개구리처럼. 전갈이 강을 건너고 싶지만 헤엄칠 줄 몰라 개구리를 찾아가 부탁했어. 개구리는 전갈이 찌를지 몰라 거절했어. 그러자 전갈은, 찌르면 둘 다 빠져 죽는데 그럴 리가 있느냐고 했어. 개구리는 건네주기로 하고 전갈을 등에 태웠어. 그러나 물결이 거칠어지자 겁이 난 전갈은 개구리를 찔러 버렸어. 결국 둘 다 죽게 되고 만 거야. 개구리는 화가 나서 물었어. 죽을 줄 뻔히 알면서 왜 찔렀냐고. 개구리랑 죽어가면서 전갈은 슬프게 대답하는 거야. '나도 어쩔 수 없었어. 이게 내 천성이야.']

영화 〈크라잉 게임〉. R. 당신이 나에게 들려준 이야기였지요.

곧 한국으로 완전히 돌아갑니다. R. 당신을 만나러 가겠습니다.

이제 답장을 보내야 할 때가 되었다. N은 왜 나에게 오겠다는 것일까. 누군가를 미워하는 감정이 생기기만 해도 그로 인해 마음이 아파 자신을 학대하던 그. 자신의 천성을 버리지 못해 아직 아프다는 것일까. 상대에게 상처를 줄 수밖에 없는 자신의 천성을 변명하고 싶은 것일까. N에게 전갈과 개구리 이야기를 해 주었을 때 나는 N과의 사랑이 아프겠지만 나도 어쩔 수 없다고, 그를 사랑하는 감정을 이제는 멈출 수가 없다고 말하고 싶었던 것 같다. 그때는 전갈의 천성이라는 점에만 공감을 했었다. 그런데 지금은 다른 의문이 생겼다. 왜 전갈은 개구리에게 부탁을 했을까. 자신의 천성을 알았다면 강을 건너는 일이 아무리 중요한 일이어도 포기했어야 하는 게 아닐까. 결국 자신까지 죽게 되는 길을 왜 가야 했을까. 개구리 또한 어리석지 않은가. 전갈의 사정이야 어찌 됐든 모른 척하면 그만이었을 것을. 끝까지 전갈을 원망하지 않을 자신도 없으면서 왜 전갈의 말을 믿었을까.

D에게도 그를 사랑한 두 번째 이유를 아직 말하지 못했다. K에게 D와의 관계가 알려진 그날 이후 만남도 전화통화도 하지 않은 채 한 달의 시간이 갔다.

K가 나에게 달려온 그날. 그는 오자마자 말없이 울기 시작했다. 나는 변명도 하지 못한 채 그를 안아주었다. 그리고 품에 안긴 그는 말했다.

─ 내가 당신을 외롭게 했을 거야. 당신은 내가 다른 사람들 일로 당신을 외롭게 했을 때, 한 번도 나에게 투정을 부리거나 화를 내지 않았어. 다른 여자들은 이런 나를 이해하지 못하고 내 사랑을 의심하며 떠나곤 했어. 그런데 당신은 나를 이해했잖아. 당신은 D형을 사랑하는 이유가 연민 때문이

라고 했지? 그래, 그건 당신이 착한 사람이라 그런 거야. 형의 아픔 때문에 연민을 느낀 거고 연민을 사랑이라고 착각했던 것, 그 뿐이지? 그렇지?

밤새 자신을 합리화하느라 K가 힘들었을 생각을 하니 가슴이 아팠다. K에게 진실을 말할 수 없었다. 어차피 진실이란……

K에게는 결혼을 일단 미루자고 했다. 나는 펄펄 뛰는 그에게 말했다. 소설을 쓰고 싶다고. 내 꿈이었다고. 그러려면 시간이 필요할 것 같다고. 결혼하고 나서도 나에게 충분히 하고 싶은 일을 하도록 배려하겠다고 K는 말했다. K는 분명 그럴 것이다. 신혼 초 챙겨야 하는 일가친척에 대한 일과, 그가 아는 많은 사람들이 집들이 하자고 졸라 댈 텐데 거절할 수 있겠냐고 물었더니, 그는 그럴 수 있다고 했다. 나는 그러고 싶지 않다고, 그들 모두 당신이 사랑하는 사람들인데 그렇게 할 수 없지 않겠냐며 그를 달랬다.

그는 언제나처럼 나를 이해해 주었고 나에게 시간을 주었다.

N에게 답장을 보냈다.

　N. 나도 〈에반게리온〉의 대사를 인용해 볼게요. 당신이 메일을 보낸 뒤 〈에반게리온〉을 다시 봤어요. 당신 메일에 대한 답이 될 거예요.

　[진실은 사람의 수만큼 존재한다. 하지만 네 진실은 하나. 좁은 세계관으로 만들어지고 자신을 지키기 위해 변경된 정보, 어긋나 있는 진실. 사람 하나가 가질 수 있는 세계관이란 건 아주 작은 거야. 그래서 사람은 그 자신의 작은 척도로밖에 사물을 재지 못해. 주어진 다른 사람의 진실로밖에 사물을 보려고 하지 않아. 맑은 날은 기분 좋게, 비가 오는 날은 우울…라고 배웠으면 그렇게 믿어버려. 비오는 날이라도 즐거운 일은 있는데……. 받아들이는 방법 하나

로 완전히 다른 것이 되어 버리는 나약한 것이야. 인간의 진실이란 말이지. 인간의 진실이란 그 정도의 것이야.]

당신을 만났던 십오 년 전의 내가 받아들인 진실과 이해. 그리고 지금의 내가 받아들이고 있는 진실과 이해는 달라졌어요. 그러니 그때의 나와 지금의 나는 달라진 나겠지요. 물론 그 둘 모두가 다 나예요.

당신이 한국에 오는 이유는 여러 가지일 거예요. 그렇지만 나를 만나겠다는 계획은 수정해야 합니다. 이제 당신이 생각하는 나는 없어요. 당신이 생각하는 나를 만날 수는 없을 거란 말이지요. 오늘에서야 당신과 제대로 헤어지는 군요. 그때는 헤어짐도 참 미숙했지요. 한국서 시작될 당신의 인생을 마음으로 응원할게요. 안녕.

P.S. 당신과 했던 약속. 소설을 쓰게 되면 당신 이야기를 꼭 써달라고 했지요? 그 약속을 지킬 수 있을 것 같아요. 그 안에 내가 이해한 만큼의 당신이 있을 거예요.

K와의 시간을 벌고 난 후, D와는 여행을 떠나기로 했다. 그와의 마지막 만남이 될 것인가. 그건 잘 모르겠다. 하지만 그와 헤어지더라도 그에게 꼭 하고 싶은 말이 있었다. D를 사랑하게 된 두 번째 이유, 연민에 대하여.

사랑과 연민은 다른 감정인가. 연민이 없다면 사랑의 감정이 생길 수 있을까? 예수의 인류에 대한 사랑도 인간에 대한 연민에서 시작되는 것이 아닌가? 에로스, 필로스, 아가페라 이름을 달리해 설명하지만 결국 모두 다 '사랑'이라 이름붙이는 이유는 무엇인가? 넓은 의미로 보면 연민도 사랑에 포함될 수 있을 것이다. 연민은 숭고한 감정이다. 사랑으로 나아갈 수 있는 씨

앗이 될 테니까. N은 학생 한 명을 혼내고 나서도 퇴근하며 그로 인해 가슴 아파하는 사람이었다. 그러나 상대방의 아픔을 알고 그 무게를 함께 나눈 다는 것은 쉬운 일이 아닐 것이다. N이 사랑이라고 불렀던 것들은 그저 연민이었을지도 모른다. 그들의 아픔을 끝까지 함께 해주지는 못했으니까. 아픔을 극복하고 행복한 모습으로 가기 위한 과정을 함께 하진 못했으니까 말이다. 이 말을 D에게 하고 싶었다.

나는 왜 연민이 느껴지는 사람들에게 사랑을 느끼는 것일까. N에게도 D에게도 K에게도 모두 연민을 느꼈다. 그러나 이제와 생각해보면 내 자신에게 연민을 느꼈던 것인지도 모르겠다. 나를 보듬고 싶은 마음으로 그들을 보듬으려 했을지도. 내가 사랑한 사람은 누구인가. 아픔뿐만이 아니라 행복을 함께 느낄 수 있는. 내가 정말로 사랑한 사람은 누구인가.

열쇠를 찾기 위해 걸어온 길을 한 번 더 되돌아 가보았다. 이른 시간이라 사람이 별로 없어서 가본 길을 둘러보는 일은 어렵지 않았다. 열쇠를 주운 사람은 연락해 달라고 방송도 해 보았다. 이리 저리 헤매며 안절부절 못하는 나에게 D가 말했다.

—우리 이제 잃어버린 열쇠는 그만 찾아요. 방법이 있을 거예요.

D는 보험회사에 전화해 보자고 했다. 안내 직원은 열쇠를 새로 만들어야 한다며 열쇠 수리 기사 전화번호를 알려 주었다.

기사는 한 시간 뒤에 도착한다고 했다. 나는 D와 수리 기사를 기다리며 핸드폰 이어폰을 나누어 끼고 음악을 들었다. 마음이 좀 가라앉았다. 이제 더는 잃어버린 열쇠를 찾느라 시간을 낭비하고 싶지 않았다. 열쇠는 다시 만들어서 열면 그뿐이다. 내가 했던 모든 것을 후회할 수는 없다.

우리 두 귀에 나뉘어 들리는 음악. D와 함께 본 영화의 OST 앨범이었다.

God, tell us the reason

Youth is wasted on the young

It's hunting season

And the lambs are on the run

Searching for meaning

but are we all lost stars

Trying to light up the dark?

Who are we?

— 영화 Begin again 삽입곡 〈Lost stars〉 중에서

신이시여, 우리에게 말해 주세요.

젊은 날엔 젊음을 낭비하게 되는 이유를요.

지금은 사냥의 계절이고

양들은 의미를 찾아 달리고 있어요.

우린 어둠을 밝히려 애쓰는

길 잃은 별들인가요?

우린 누구인가요?

    D에게 전하고 싶은 연민과 사랑에 대한 이야기를 아직 하지 못했다. 말하고 나면 여행을 계속하지 못할지도 모른다. 그래도 음악을 다 듣고 나면 말할 것이다. 연민과 사랑은 다른 것이라고. 사랑은 아프더라도 서로의 온기를 향해 다가가는 것이라고. 그 온기로 인해 아픔을 느낄 수 없게 되는 것이라고. 열쇠를 새로 만들었으니 이제 예전 열쇠는 필요 없다고.

나흘 째 미세먼지

안미아

우리는 누군가의 죽음을 뉴스로 접할 때가 있다.
생활고를 비관하고 변심한 사람을 참을 수 없어 목숨을 버리는 뉴스였다.
스스로 죽음을 택하는 사람들의 비보를 들을 때
안타까움과 삶의 그릇된 마침을 보며 서글펐다.
무엇인가를 쓴다면 당연히 희망을 말하여 보고 싶었다.
읽는 사람들에게 긍정을 느끼게 하고 싶다는 작은 바람을 이 글에서 읽기를 바랐다.
그것은 사람에 대한 믿음이나 의지에도 되고 누군가에게 아무것도 아니지만
스스로에게는 위안이 되는 끈 같은 것이다. 주인공 음호가 그런 사람이다.
자신 스스로 부족하지만 인정하면서 하루를 살아가는 사람이다.
그의 아버지가 아무런 미련이 없는 사람처럼 햇살이 좋은 날 가족을 떠났지만
음호는 미세먼지가 몰려오는 도시에서 희미한 내일을 기다리고 살아가고 있다.
여러 가지 어설픈 문장과 전개가 있다는 지적을 받고 그런 부분을 고치고 보완했다.
내가 부족했다고 생각했던 부분은 늘 지적을 받았다.
그런 부분은 나를 성장시키는 좋은 부분이었다.
문장 하나하나를 지나치거나 부족함이 없도록
생각을 했던 시간이었다.
미미한 능력만큼의 글쓰기였지만
좋은 기회와 환경을 접하게 되어 즐거운 고문이었다.

2010년 가을 『문학산책』 시 등단

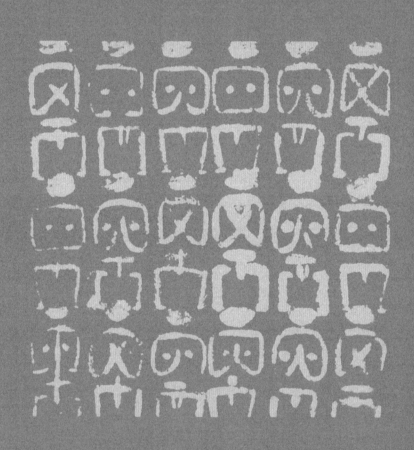

나흘 째 미세먼지

안미아

긴급 재난 문자 알림은 아침 일곱 시에 왔다. 현재 미세먼지 주의보 외출 자제. 외출 시 마스크 착용. 저장된 문자를 확인한 후 음호는 미세먼지에 대해 검색을 했다. 일급 발암물질인 미세먼지에 오랜 시간 노출될 경우, 면역력이 급격히 저하되어 호흡기는 물론이고 각종 질병의 원인이 될 수 있었다. 직경 2.5마이크로미터 초미세먼지가 폐 깊숙한 곳까지 들어가면 질환을 만들 수 있어 위험했다. 미세먼지로 지구촌 인구 중 매년 만 오천 명이 사망한다고 했다. 음호는 미세먼지로 사람들이 죽는다는 사실이 놀라웠다. 차창 밖 미세먼지가 무섭게 보였다.

택시가 대교로 진입했다. 다리 위에 자동차들은 가다 서다를 반복하고 있다. 회색의 먼지가 대교를 가득 메우고 앞을 내주지 않아 시야가 좁았다. 택시기사가 라디오에 손을 댔다. 뉴스나 날씨 정보를 원하는지 주파수를 찾고 있다. 그 순간 사람의 목소리가 들렸다. 택시기사가 시사 진행을 하는 주파수를 고정했다. 택시기사는 라디오에서 손을 뗐다. 시사 진행자는 다소 빠르지만 강약 조절을 하며 진행을 했다. 라디오 프로그램을 진행하는 솜씨가 매끄러웠다.

음호는 시사 진행자의 말에 귀를 기울였다. 시사진행자는 작년 한강다리에서 투신한 사람이 136명이라고 했다. 진행자는 우리나라가 자살 오명 국가라는 말을 듣고 있다며, 공정한 진행을 추구하듯 어디선가 발표된 근거를 예시로 들었다. 그러면서 스스로 목숨을 끊는 행위가 미치는 사회적인 파장에 대해 손님과 이야기를 나눴다. 이어 자살하려는 이들에게 다시 한 번 생각할 수 있는 대안을 여러 가지 제시했다. 그 중에 조금이나마 효과를 거두고 있는 대교 이름을 꺼내면서, 다리 난간에 적어놓은 문구를 소개했다. 이후 진행자는 그 대교에 투신하려다 돌아온 사람들의 이야기를 이끌어냈다.

택시가 가까스로 대교를 빠져나오자, 음호는 나쁜 결심을 후회하고 돌아가는 기분을 가졌다. 음호는 뒤를 돌아봤다. 먼지 탓인지 지나온 길은 아무것도 없는 듯, 대교도 보이지 않았다. 잠시 가졌던 불안한 기운이 뒤로 달아나 버렸다. 하지만 택시기사는 음호를 배려하지 않았다. 기사는 자신이 태운 승객에 관한 이야기를 서슴없이 늘어놨다. 대교 중간에 내려달라고 한 사람의 이야기였다. 기사는 그 승객이 무엇을 하려는지 짐작이 갔지만 승객을 내려 줄 수밖에 없었다는 말을 했다. 그 후에 택시기사는 아침 뉴스에 집중했고 정오뉴스를 들었다는 말에 억양을 실었다.

사무실로 들어 간 음호는 의자에 푹 눌러앉으며 벽을 바라봤다. 벽면을 차지한 하얀 칠판에 오늘의 일정이 빼곡했다. 팀장은 아침 회의를 준비하는

지 분주했다. 프로젝터를 열고, 매출 현황에 대한 그래프를 칠판 옆에 붙이고 있다. 음호는 제품의 판매 물량 프로그램 창을 열었다. 이번 달 주력 상품은 수분제품이다. 아울러 판매실적에 따라 행사 상품이 풍성했다. 팀장은 사무실에서 인간의 격을 높이는 것은 매출이라며, 인격상승을 목표로 정했다. 팀장의 말대로라면 음호의 인격은 몇 달째 바닥이다. 그는 매출 건으로 질타를 받을 때마다 달리 할 말도 없다. 물론 팀장은 팀 내 직원 모두에게 질책을 했다. 팀 내 직원에게 질책하는 것도 평등하게 팀장의 태도는 일관됐다. 하지만 이번 달은 음호에게 좀 더 강도 높고 구체적인 매출 목표를 요구했다. 음호는 이번 달 목표치를 지난달에 비해 두 배 가까이 늘렸다. 팀장은 회의 중 월별 목표치가 턱없이 부족하다며 직원들에게 목표의식을 가지라고 쪼아댔다. 회의가 끝나고 팀장이 음호를 불렀다. 팀장은 판매량이 많은 서부지역으로 주문량을 늘리라고 말했다. 이따위 물량을 가지고 주력상품이라는 말을 내걸 수 있겠냐며 비아냥거렸다. 팀장은 발로 뛰라고 발, 발을 강조했다.

음호는 서부지역으로 외근을 결정했다. 서부 지역은 굵직한 영업점이 군데군데 있어서 많은 영업점을 방문할 수 있다. 음호는 외근에 필요한 자료와 물건을 챙겨 가방에 넣었다. 사실 음호는 외근지역으로 곧바로 출근할 수 있었다. 하지만 팀장에게 눈도장이라도 찍으려고 사무실에 들렀다. 역시 음호가 듣고 본 것은 팀장의 실적을 높이라는 이야기와 찡그린 얼굴이었다. 팀장의 우울한 얼굴을 보자고 미세먼지를 뚫고 출근했나? 얼굴 도장이 뭐라고 실적이 얼굴이지. 팀장은 매출을 위해서라면 회의 참석도 필요 없다.

음호는 휴대전화를 챙기면서 가방을 들고 건물 아래로 내려갔다. 건물을 나가자 먼지 알갱이들이 기다렸다는 듯이 몰려들었다. 건물과 건물 사이를 메운 먼지는 음호를 삼켜버릴 기세였다. 이런 날은 생활의 저항이 큰 날이다. 음호는 앞길을 막고 있는 미세먼지를 손으로 저어봤다.

　음호는 마스크를 살 생각으로 길 건너 약국으로 향했다. 주머니를 뒤지면서 지갑을 챙겼다. 약국은 마스크를 사려는 사람들로 줄을 섰다. 그도 뾰족하고 높은 구두를 신은 여자 뒤로 섰다. 미세먼지를 막아주나요? 약사가 기능을 묻는 사람들에게 일일이 대꾸를 하며 목소리가 커졌다. 뒤에 있는 사람들도 알아줬으면 하는 소리였다. 음호는 듣지 못한 척 약사에게 마스크의 기능을 물었다. 약사는 또 묻느냐는 말투로 말의 높낮이를 조절했다. 그녀는 먼지를 걸러 호흡기로 들어가지 않는 마스크라는 설명을 했다. 그도 알아들었다는 뜻으로 머리를 끄덕이며 마스크를 썼다.

　음호는 입안으로 맴도는 거래관계라는 말이 신경이 쓰였다. 직장에 들어온 이후, 그는 회사에서 생산하는 물건을 팔았다. 거래라는 것이 사고파는 일이고 비용이나 이익을 내는 일이지만 그는 늘 팔기만 한 것 같다. 사고파는 것의 한 부분, 파는 일에 세팅 된 핵심부품 같았다. 물론 이익의 작은 부분을 급여로 받지만 이렇게 압박이 들어오면 부품을 빼고 싶은 심정이다.

　음호는 서부지역으로 이동했다. 그는 생각보다 지역에 일찍 도착했다. 아침 시간이 모호한 게, 지나치게 빠른 시간으로 느껴지거나 조금 늦으면 점심시간이 됐다. 일단 근처 편의점으로 들어갔다. 황사마스크를 벗으며 미네랄 성분이 풍부하게 들어갔다고 자랑하는 물을 집었다. 계산을 마치고 옆걸음으로 창가 쪽으로 이동했다. 창문 너머는 먼지의 농도를 잘 보여줬다. 편의점 앞에 있는 길은 먼지를 가득 담고 있다. 그 속을 걷는 사람들마다 저만큼 걸어가면 형체가 사라졌다. 누군가의 허락 없이 외출을 감행한 것처럼 몸이 사라져 갔다.

　음호는 계산대에서 자신을 살피는 여자를 의식하며 미네랄이 많다는 물을 마셨다. 물을 마시면서 컵라면을 먹는 이와 눈이 마주쳤고, 전자레인지에서 핫바를 꺼내던 남자와 다시 눈이 마주쳤다. 음호는 그 둘과 마주한 눈빛을 거두느라 몸을 재빨리 돌렸다. 그러다 물병이 흔들리면서 물을 쏟았다. 그는 셔츠에 흐르는 물 때문에 고개를 숙였다. 차가운 물에 놀라며 가방을 뒤졌다. 가방 안에 휴지가 없다. 셔츠의 물을 손으로 쓸어내며 계산대를 바라봤다. 옷감에 물이 베었지만 계산대에서 휴지를 얻었다. 음호는 물기를 걷어냈지만, 셔츠에 시냇물처럼 얼룩이 남았다.

그는 우선 편의점을 나갔다. 편의점에서 눈을 마주친 사람들이 신경이 쓰였기 때문이다. 영업점을 방문하기 전까지 물기가 사라져야 할 텐데. 물 얼룩이 신경 쓰여 일을 그르칠 것 같은 조바심이 났다. 휴대전화를 꺼내 시간을 보니 아직도 시간이 어정쩡했다. 하얀 셔츠에 찢어진 휴지조각이 남아 너덜거렸다. 음호가 휴지 조각을 과격하게 떼어냈다. 아차, 물을 편의점에 놓고 나왔다. 다시 들어가기도 그렇고 얼떨결에 나온 자신의 부주의한 행동이 불만스러웠다. 오백 밀리리터의 물병은 계산대 여자에 의해 물이 버려지고 분리수거함으로 들어갈 것이다.

음호는 셔츠에 남은 얼룩을 확인하고 헛기침을 하며 배에 힘을 줬다. 천천히 영업점으로 향했다. 음호가 방문한 영업점은 수분이나 화이트닝 제품의 판매가 많았다. 영업점은 아침 시간답게 조용했다. 점원 몇이 자신의 일에 열중하고 있었다. 그는 목청을 높여 인사를 했다. 점원들은 누구인지 확인도 없이 인사를 했다. 음호가 인사 한번을 더 하자 점원들이 쳐다봤다. 점장은 출근하지 않았다. 점원 하나가 점장의 출근 전 상황을 알렸다. 계속 쳐다보는 점원에게 음호가 주기적인 방문임을 강조했다. 점장에게 전화를 걸었다. 점장은 영업점으로 향하고 있다고 말했다. 음호는 점장을 기다리기로 했다. 수분제품의 물량을 권유하기에는 얼굴을 보면서 말하는 것이 확실했다. 음호는 영업점의 물건들을 정리하거나 진열상태를 확인했다.

음호가 어느 정도 믿어도 될 만한 사람은 이곳 점장이었다. 점장과의 믿음이란 게 사람과의 관계에서 오는 것이 아니라 물건을 팔고 사고의 일이지만, 음호의 영업력을 보장해주는 점장을 기다렸다. 수분제품의 추가 물량 판매가 가능할지, 음호는 문이 열릴 때마다 입구를 바라봤다. 점장은 나타나지 않았다. 전화도 받지 않았다. 이런 경우, 음호는 점장의 여러 가지 경우의 수를 생각했다. 그건 아니겠지. 음호의 머릿속에 흐르는 생각은 커져갔다. 생각을 거스르기엔 거침없이 흘러갔다. 음호는 혼자 중얼거렸다. 피할 것까지는 없는데.

　음호가 방문한 몇 곳 영업점은 제품의 추가 물량 판매를 거절했다. 이번 달 목표치를 채우려면 움직여야 하는데 더 이상의 거절을 맛보기 싫었다. 벌써 목소리도 갈라졌다. 제품 추가량을 보니 숫자가 미미했다. 팀장에게 보고를 하기도 민망한 숫자였다. 그는 별 성과 없이 사무실로 복귀했다. 한 주간을 마무리하는 저녁이라 사무실은 소란스러웠다. 먼저 복귀한 직원들이 팀장에게 일일 보고를 했다. 사무실의 시끄러운 주범은 역시 팀장이었다. 팀장의 목소리가 사무실을 가득 채웠다. 음호는 팀장 앞으로 불려갔다. 영업 보고가 끝나기도 전에 팀장의 목소리가 높아졌다. 이렇게 영업해서 먹고 살겠냐며 제발 좀 잘해 보자. 팀장의 말이 틀린 것은 없다. 음호는 무능력에 대해 수긍하는 눈빛과 행동을 보였다.

　금요일 저녁이라 그런지 지하철은 더욱 혼잡했다. 사람들 사이를 비비며 의자가 있는 쪽으로 발을 옮겼다. 의자는 여자 다섯, 남자 둘이 앉아 있다. 음호는 빨강 립스틱을 바른 여자 앞에 섰다. 시 외곽으로 나가자면 먼 거리였다. 역과 역 사이가 짧은 도심 쪽은 타고 내리는 사람들로 움직임이 많았다. 빨강 립스틱 여자 옆 남자가 자리에서 일어났다. 음호는 그 자리에 앉아 아내에게 문자 메시지를 보냈다. 어머니에게 다녀올게. 늦어질지 몰라. 아내에게 답이 왔다. 알았어. 같이 가면 좋을 텐데. 어머니 잘 보고 조심해서 와.

음호 앞으로 서 있는 사람들의 다리를 보는 일이 싫어 눈을 감았다. 옅은 잠이 들었을까. 머리가 무거웠다. 둔탁한 무게감이나 아니면 고통일까. 머리가 아니고 오른쪽 어깨였다. 음호가 고개를 돌리자, 빨강 립스틱의 머리가 어깨에 있다. 깊은 잠을 자는지 음호가 어깨를 움직였지만 반응이 없다. 여자는 자신의 어떤 것을 음호에게 잠시 떠넘긴 것처럼 보였다. 음호의 어깨는 만성피로와 여자의 머리무게가 더해졌다. 여자는 삼십여 분을 그렇게 있다. 음호는 고통이 심해졌다. 그는 저려오는 아픔을 이기지 못하고 순간 어깨를 털어버렸다. 여자의 머리가 앞으로 떨어졌다. 음호도 놀라고 여자도 고개를 들었다.

여자는 빨강 립스틱이 묻은 입술을 자신도 모르게 손으로 쓱 훔쳤다. 입술의 윤곽이 흐려지자 여자가 정신을 찾았다. 입술의 윤곽이 옆으로 밀려 입이 원래 모습과 다르게 비뚤어져 음호와 눈이 마주쳤다. 음호는 여자의 모습이 우스웠지만 그의 어깨에서 거둬간 무게가 고마웠다. 음호가 가진 삶의 무게 몇 개 쯤 건너갔을까? 한결 가벼워진 어깨를 느꼈다. 여자는 다음 정거장에서 내렸다. 여자가 내리자, 음호는 빨강 립스틱을 떠올렸다. 어머니의 붉은색 립스틱. 음호가 본 립스틱은 선명하고 밝았지만 지나치게 강렬했다. 음호는 그 일이 있은 후 어머니가 빨강 립스틱을 바른 것을 본 적이 없다.

푸른 병원은 큰 길 안쪽으로 있다. 건물은 오 층으로 삼 층부터 입원실이다. 엘리베이터를 타고 삼 층으로 갔다. 음호가 삼백사호의 문을 열자, 침대에 눕거나 앉아 있던 몇몇이 음호를 봤다. 여섯 명이 쓰는 병실에 네 명의 사람들이 있다. 환자복에 그만그만한 연령대. 어머니를 찾으려니 이미 알고 있던 어머니의 모습을 찾기가 힘들었다.

어머니가 빨대를 물고 있다가 손을 흔들었다. 음호가 다가가자 물이 든 큰 컵을 내려놨다. 음호가 물을 더 권했다. 어머니가 고개를 저었다. 어머니의 몸은 수분이 부족해 보였다. 몸의 수분은 삶의 기간에 비례해서 사라져 갔다. 쭈그러든 피부가 상태를 증명했다. 물을 마시지 않겠다던 어머니는 입술이 마른다는 말을 하면서 입술 위에 혀를 굴렸다. 혀에 남아 있던 수분으로 입술을 적시면서 말을 이어갔다. 그렇지만 어머니는 너무나 자주 입술을 따라 혀를 굴렸다. 음호는 말을 하려다 입술을 적시는 어머니와의 대화를 그만두기로 했다. 대신 어머니의 등을 보기로 했다. 앞으로 넘어지기를 잘 하는 어머니를 휠체어에 태우고 복도를 걸었다. 어머니의 등이 휠체어에 기대지 못하는 것을 보고 어찌할 수 없는 세월을 이해하려고 했다. 그러면서 어머니의 등을 휠체어 뒤쪽으로 잡아당겼다. 어머니도 등을 기대려고 움직였지만, 저만큼 가다 보면 어느새 등이 앞쪽으로 기울고 있다.

음호는 어머니에게 침묵했다. 음호와 마주보지 못한 어머니도 별말을 하지 않았다. 음호가 말을 줄인 것은 음호 자신에게 향하는 거친 감정 때문이다. 두 번째 병원 방문은 아직 낯설고 허락되지 않는 이질감이 있다. 어머니의 건강을 챙기지 못한 것에 대한 자책 때문이었다. 나이가 들면서 건강이 흔들리는 것은 이해했지만 자신의 역할이 미미하게 느껴졌다. 음호는 어머니의 어깨에다 손을 올리려다 그만 두었다. 어머니가 음호의 손이 향하던 것을 알고 있었다는 듯이 꼭 쥐고 있던 매실 음료를 건넸다. 음호는 음료 병을 어머니처럼 꼭 쥐었다. 어머니 온기가 전해졌다. 복도는 휠체어 소리만 돌고 있다. 어머니는 어지럽다고 했다. 어머니가 잠 속으로 들어가자 음호는 침대 발치에 앉아 아버지의 기억 속으로 들어갔다.

햇살이 좋은 아침, 아버지는 기차역으로 떠날 준비를 했다. 아버지의 볼일이라는 것이 기차를 타고 가야 할 수 있었는지 기차표를 예매했다. 어머니도 내용을 알지 못했는지 아버지에게 몇 번이나 어디를 가냐고 물었다. 아버지는 대답을 하지 않았다. 아버지의 관심은 기차 예매권이었다. 예매권을 확인하고, 몇 번이나 기차표가 들어있는 호주머니를 만졌다. 또한 기차 시간에 늦을까 봐 조바심도 냈다. 그럼에도 아버지는 더디게 신발을 챙겨 신고 발을 오랫동안 내려다 봤다. 어떤 의식을 치르듯, 그 이후 아버지는 하늘을 봤다. 아버지의 신발은 햇살을 받아 빛이 났다. 그리고 큰 기침을 하고 음호 어머니에게 다녀오겠다는 말을 남겼다.

기차가 아버지를 태우고 떠나던 그 시각, 완재 아버지가 삶을 중단하는 약을 먹었다. 그 일은 우편물을 싣고 온 우편배달부에 의해 발견됐다. 그 때 음호는 어머니의 투덜거림을 들었다. 아버지의 빨랫감에 푸념을 하는 식이었지만 행선지를 알리지 않은 아버지의 무뚝뚝함을 탓하고 있었다. 음호는 어머니의 잔소리를 피하려고 문 밖으로 나가려다 우편배달부가 집으로 들어서는 것을 봤다. 배달부는 정신이 없는지 음호를 지나쳐 어머니를 불렀다. 음호가 본 우편배달부는 당황했고 목소리가 떨렸다. 더듬거리는 말로 어머니와 몇 마디를 나눴다. 어머니는 비명을 질렀고, 아이고 하면서 우편배달부를 따라 음호 곁을 지나갔다. 음호는 우편배달부의 말을 알아듣지 못했다. 어머니가 신발이 벗겨지는 것도 모르고 완재네 집으로 향하던 모습만 봤다.

토요일 아침, 잠을 깬 음호는 아직 잠 속에 머문 아내의 얼굴을 보았다. 아내가 좋아하는 브런치라는 것을 만들 요량으로 주방으로 갔다. 달걀을 꺼내고 식빵 몇 장과 커피를 챙겼다. 커피 물을 끓이면서 빵을 데우고 계란으로 오믈렛을 만들었다. 시금치 몇 장을 데쳐 토마토와 아몬드를 넣고 소스를 올렸다. 슈거파우더를 빵 위에 뿌렸다. 달달한 분말을 뒤집어 쓴 빵 옆으로 커피를 놓았다. 아직 자야 할 잠이 남았다며 몸을 꼬는 아내를 식탁에 앉혔다. 아내는 커피 컵을 자신의 앞으로 놓고 냄새를 맡았다. 음호는 그런 아내의 모습이 좋다. 헝클어진 모습이다. 주말에나 볼 수 있는 아내의 흐트러진 모습에서 안도감을 가졌다.

음호는 얼마 전 셋째 아이를 얻은 완재를 떠올렸다. 아내에게 완재의 셋째 얘기를 꺼냈다. 아내는 눈을 비비며 동그랗게 떴다. 음호가 커피를 마시며 아내에게 조심스럽게 아이 이야기를 꺼냈다. 아이란 어떤 존재일까? 우리에게 아이가 생긴다면 어떨까? 음호는 아내의 눈치를 살폈다. 아내는 음, 글쎄, 우린 아이의 부모가 아니어서 어떤 느낌일지 모르겠어. 아내가 아이 가지는 문제에 열을 올리던 때가 있었다. 음호는 아이에게 반감을 가졌다. 그런 음호를 이해하지 못하는 아내와 다툼이 잦았다. 아이에 대한 것은 축복임을 강조했던 아내가 지금 시큰둥한 것이다.

아내는 무엇이든 확실했다. 자신에게 주어진 일이나 의지, 욕망을 드러내는 일을 주저하지 않았다. 그런 것에 대한 관심과 노력을 중요시했다. 그런 면에 비해 아이에 대한 욕심은 빨리 접었다고 볼 수 있다. 음호에 대한 배려일까? 음호는 가끔 아내의 속마음에 의문을 가졌다. 아내가 한 말이 생각났다. 종족번식의 목표는 인류가 가진 가장 근원적인 것이야. 우리의 본능을 거부하기는 싫어. 음호는 휴대전화를 열었다. 완재가 올려놓은 스토리사진 방에 세 아이의 사진이 올라 있다. 셋째 아이는 아주 작았다. 아이 셋이 모여 찍은 사진은 완재의 삶이 녹아 있는 모습이었다. 사진 밑에 써 놓은 글은 살아가는 힘, 그 이상의 것. 음호가 축하의 글을 썼다. 음호는 아내의 관심을 사진에 집중시켰다. 휴대전화를 보던 아내는 사진을 본 소감을 말하지 않고 커피만 홀짝 마셨다.

기차로 떠난 아버지는 돌아오지 않았다. 어머니는 그날 완재 아버지의 죽음에 놀라 다른 생각을 못했다. 늦은 밤이 되어 아버지가 돌아오지 않는 것을 한번 생각했다. 어머니는 늦거나 들어오지 않는 일이 잦은 아버지를 의심하지 않았다. 아버지가 돌아오지 않은 이튿째, 음호와 어머니는 걱정을 하기 시작했다. 완재 아버지의 장례가 끝나자. 아버지의 가출이 사람들에게 인식되기 시작했다. 완재 아버지의 죽음과 아버지의 가출 관계를 연결시켜 의문이 꼬리를 물었다.

음호에게 그 때의 일이 다가왔다 멀어졌다.

아버지는 여전히 가출 중이었다. 가출은 끝을 보여주지 않는 불안을 주면서 때로는 희망을 품게 했다. 어머니는 그게 못 견딜 일이라고 말했다. 어머니는 분노와 불안의 굴곡을 넘나들었다. 음호가 견딜 수 없던 것은 어머니의 불안이었다. 불안한 마음이 눈빛으로 나타나 음호를 봐도 보는 것이 아니었다. 음호가 본 어머니의 눈은 파도 같았다. 바람 따라 출렁이는 물의 높이나 방향은 어디로 향할지 몰랐다.

음호는 학교에 다녔고 여전히 밥도 먹었다. 동네 사람들은 궁금해 했고 이야기를 만들었다. 아버지의 이야기가 끝을 모르고 부풀려지거나 절망적이었다. 음호가 머리를 숙이고 다녀도 들리는 이야기가 많았다. 일련의 이야기들이 정리가 된 것은 편지봉투였다. 우편배달부가 전해준 우편물이 단서였다.

음호는 우편배달부가 다녀간 어느 날 어머니를 봤다. 우편배달부가 전해 준 편지 봉투를 뜯어 읽어 내려가다 앞으로 푹 고꾸라지는 것이었다. 나중에 어머니는 그때 하늘이 노랗게 보이더라는 말을 자주 했다. 음호는 넘어진 어머니 옆에서 어머니를 일으키려고 안간힘을 썼다. 음호에게 그간 일어난 일이 잡다한 이런저런 일이라면 이번 봉투의 일은 큰 사건이었다. 음호가 할 수 있는 일은 넘어진 어머니를 일으키는 일뿐이었다.

아버지는 채무자로서 많은 우편물을 받아야 했다. 하지만 그 몫은 어머니의 일이 됐다. 우편물은 모두 독촉장이었다. 돈을 빌렸으니 갚으라는 내용이었다. 사람들도 몰려들었다. 돈을 갚으라고 어머니를 다그쳤다. 모든 것은 돈에서부터 시작됐고, 그 일로 아버지 역시 다른 사람에게 당한 것이었다.

음호 아버지와 완재 아버지의 사건은 두 사람이 살아보겠다는 욕심을 돈에 기댔다는 것이 문제였다. 그날도 아버지가 떠난 날처럼 햇빛이 맑았다.

음호는 쉬고 싶다는 아내에게 대청소를 제안했다. 아내는 제발 오늘은 삼가 달라며 여러 가지 이유를 붙였다. 미세먼지도 이유였다. 여전히 미세먼지 주의보가 내려져 있다. 외출 자제. 스스로 알아서 다녀라. 아내는 차라리 미용실을 가겠다고 말했다. 대청소는 오늘 어울리지 않다고 말했다. 그럼 어떤 날에 어울리는 거야. 아내는 햇살이 빛나는 날이라고 우겼다.

제발 문 열고 청소는 하지 말라는 당부와 함께.

아내는 미용실로 떠났다. 음호는 어떡할까 서성거렸다. 기어이 청소를 할까 말까. 닫혔던 창문을 열고 묵은 때를 벗기고 싶어 안달이 났다. 음호는 창문을 열었다. 아내 말이 맞았다. 이런 날 창문을 여는 것은 상황 파악이 더딘 사람의 생각이었다. 창문 밖은 여전히 회색 먼지가 날아 다녔다. 음호는 문틈에 앉은 먼지에 손을 댔다. 쌓인 먼지에 손가락 모양이 남았다. 손끝에도 먼지가 붙었다. 손끝 먼지를 털어내며 문을 닫았다.

음호는 소파에 앉아 완재의 스토리사진 방에서 셋째 아이 사진을 열었다. 아이는 흰 천에 쌓여 눈을 감고 있다. 한참을 보고 있었는데 화면이 사라졌다. 아이가 화면에서 사라지자 다시 화면을 살렸다. 아이가 다시 화면에 나타났다. 아이는 여전히 눈을 감고 있다. 언제쯤 눈을 뜨고 세상을 보려나? 아이들의 아버지로 중심에 서 있는 완재의 사진 하나가 가족을 끌어당기는 중력처럼 보였다. 잘 살고 있구나, 완재야. 완재가 운동장 가장자리를 배회하던 모습과 철봉에 매달리던 모습이 사진 속으로 파고들었다.

음호는 학교에서 상급 학교 진학을 앞두고 체력 테스트를 했었다. 테스트의 방법은 몸이 가진 능력을 숫자로 나타내어 보이거나 증명하는 것이었다. 같은 팀에 속한 완재는 달리기에서 두각을 나타냈다. 오래달리기는 완재의 지구력을 증명했고, 완제의 체력은 턱걸이에서 발휘됐다. 해결해야 할 개수를 넘고도 끝까지 매달렸다. 음호의 문제는 턱걸이였다. 철봉을 기점으로 턱을 걸고 올라가지도 못하고 내려올 수도 없었다. 완재와 아이들은 힘을 내라고 소리를 질렀다. 학급아이들의 환호성을 듣자, 음호는 힘을 주었다. 하지만 힘을 줄수록 얼굴만 벌겋게 달아올랐다. 음호의 얼굴은 폭발할 것 같았다. 한순간 얼굴이 심하게 일그러지면서 그대로 아래로 떨어졌다. 턱걸이 개수는 턱없이 부족했다.

아내가 머리에 힘을 주고 왔다. 머리칼이 자연스럽게 떨어지다가 머리끝이 동글동글 말린 머리였다. 머리를 요리조리 흔들며 뽐냈다. 아내에게 잘 어울리는 머리였다. 안정감을 주면서도 신선함을 주는 머리였다. 아내는 대청소를 하지 않은 것은 잘한 일이라며 미세먼지의 농도가 여전하다고 말했다. 먼지가 사라지면 대청소를 하자고 제안했다.

음호가 어머니를 보고 온 일을 아내에게 전했다. 어머니의 이야기를 듣는 아내는 편해 보이지 않았다. 사실 병원 이야기가 나왔을 때 아내는 자신의 한계를 설명하며 걱정을 했다. 어머니를 간병하는 일은 자신이 감당할 수 없는 부분이라며 미안하다고 했다. 아내는 자신이 할 수 있는 일을 하겠으니 간병인에게 어머니를 맡겨 달라고 했다. 아내의 말을 인정했다. 음호가 아내보다 복잡했다. 아버지도 없이 음호를 키운 어머니에 대한 감정이 무겁게 내려앉았다. 아득하게 멀어졌던 아버지의 일까지 다가와 소란을 일으키고 있다. 어머니와 아버지를 분리할 수 없는 음호의 무게였다.

월요일 아침 출근을 하자, 김 팀장의 얼굴이 보였다. 표정 상태가 흐림이었다. 간단하게 업무보고를 하고 저녁에 회의가 소집됐다. 저녁 회의 때까지 매출 향상에 대한 계획과 거래처별 주문 현황에 관한 보고서를 제출하라고 했다. 음호에게는 한 가지 더 주문을 했다. 세 번이나 방문한 업체의 거래 성사에 책임을 지라고 했다.

열 번이고 스무 번이고 방문하는 일은 자신 있다. 다만 그들에게서 성과가 나오지 않는다면 그것이 문제였다. 팀장은 그런 것 다 필요 없고 결과를 가져오라고 했다. 머리를 짜낸다고 뾰족한 방법은 나오지 않았다. 차라리 밖으로 나가자. 음호는 사무실 문을 나섰다.

다행히 미세먼지가 약해졌다. 그래도 마스크를 착용하려고 금요일 약국에서 산 마스크를 찾았다. 가방을 열자 마스크가 없었다. 어디다 두었지? 가방정리를 하다 책상 위에 놔두었나? 전혀 기억이 나지 않았다. 요즘 이런 일이 잦아졌다. 기억이 희미해지거나 없거나 그랬다.

약국이 있는 저 건너를 노려봤다. 건너갈까 말까 고민했다. 미세먼지가 약해진 것을 보고 있다는 사실에도 망설였다. 강한 확신은 망설이게 하지 않는다. 하지만 음호는 횡단보도를 건너지 않았다. 마스크 없이 미세먼지 속으로 나가 보기로 했다. 한 주를 시작하는 날이다. 보고서도 작성해야 하고 재차 영업점 방문을 하기로 계획을 세웠다. 사각형의 가방을 들고 지하철을 타는 남자들이 모두 영업하는 이들로 보였다. 뭐 눈에는 뭐만 보인다더니 음호가 딱 그랬다.

아버지를 태운 기차는 강을 지나고 많은 지역을 거쳐 바다가 있는 곳에 다다른다. 아버지는 종착역으로 갔을까? 아니면 중간 강물이 좋은 곳이나 산이 있는 곳에서 내렸을까? 아버지는 기차역 선로에서 목격된 마지막 모습 이후 확인되지 않았다. 선로에서 서성거리는 아버지의 모습은 모든 이에게 마지막으로 남아 있다.

음호는 어머니만 바라보고 있었다. 아버지를 찾는다는 것이 어린 음호에게는 벅찬 일이었다. 시간이 지나면 아버지가 돌아올 것이라 믿었다. 그것이 당연했다. 하지만 그런 결과는 나타나지 않았다. 사람들은 아버지가 집으로 오는 것에 꾸준히 관심을 두었다. 음호를 볼 때마다 아버지의 소식을 물었다. 음호는 처음에는 고개를 숙였다. 그래도 가라앉지 않는 질문에서 벗어나기 위해서 사람들을 피했다. 어머니도 마찬가지였다. 음호가 본 어머니의 얼굴은 늘 경직돼 있었다. 웃음이 없고 우울했다. 음호는 어머니의 얼굴을 살피는 것이 습관이 됐다. 이런 일이 반복되면서 집으로 돌아가는 일이 싫었다. 저녁이 늦도록 집으로 돌아가지 않던 날, 어머니는 이런 말을 했다. 너까지 가출하고 싶은 거야.

크게 덜컹거린 전동차 때문에 음호가 옆으로 쏠렸다. 사람들 몇몇도 밀려났다 돌아왔다. 자연스럽게 제 자리로 돌아오는 사람들. 음호는 전화기를 꺼냈다. 거래처 점장들에게 전화를 걸었다. 점장들은 전화를 받지 않았다. 음호는 오랫동안 휴대전화를 들고 있었다. 이번 달도 망했다. 키를 늘리지 못하는 실적 그래프가 음호를 눌렀다. 판매왕은 어떻게 되는 걸까? 판매사례를 듣고, 행동을 따라 해도 쉽지 않았다. 언제나 능력이 없는 것으로 마무리를 하고 말았다. 음호는 흔들리는 전철에서 일말의 희망을 잡기로 했다. 대안이 없는 것이 이유가 됐다.

음호는 전철에서 내리자 일단 편의점에 들렀다. 계산대 여자와 눈이 마주쳤다. 물이라도 마시자. 오백 밀리 물을 계산하면서 힘을 내기로 했다. 팀장의 눈초리가 떠올라 주변을 돌아봤다. 팀장은 없다. 전자레인지에서 데워지는 어묵도 없고 컵라면을 먹는 사람도 없다. 유리 너머로 미세먼지가 보였다. 약해지는 먼지로 이번에는 건물 사이로 사라지는 이들이 보였다. 미세먼지가 약해졌네. 음호는 목울대가 움찔거렸다. 깔깔해진 목구멍에 물을 들이 부었다.

아내에게 문자가 왔다. 아침에 밥을 못해준 것이 미안했던 모양이다. 즐거운 하루 되길 바라며 점심에 맛있는 것 먹어. 하트가 여러 개 박혀서 왔다.

아내는 기분이 나쁘지 않은 모양이다. 문자의 느낌으로 봐서 그렇다. 하트를 여러 개 보낸 아내가 나쁘지 않다. 음호가 아내에게 답을 보냈다. 아내에게 다시 문자가 왔다.

월등하게 웃는 월요일!

저녁회의는 숙연했다. 누구도 가라앉은 분위기를 치고 나오는 사람이 없다. 팀장은 아침과 다르게 심각했다. 영업팀 모두의 모습이 음호를 대변했다. 고개를 들지 못하는 상황, 입도 벌리지 못할 정도였다. 전반적으로 가라앉은 경기침체를 말한다 해도 분위기를 바꾸지 못할 것이다. 팀장이 입을 열었다. 정말 힘든 상황을 말할 때, 팀장의 어투는 조용하게 시작해서 큰소리로 올라가는 것이다. 팀장은 그럼에도 불구하고 우리는 달려야 한다는 이야기를 나직하게 시작했다. 팀장의 분위기를 볼 때 전체 팀의 위기이자 음호의 시련이었다. 그만큼 극적인 표현을 썼다. 세상에 통용되는 단어들 중 음지에 숨어든 말이란 말은 다 동원했다. 음호는 입 밖으로 내뱉는 말로 이렇게 불행한 순간을 맞은 것은 아버지의 가출 이후 처음이라는 생각을 했다.

팀장은 음호를 가만히 노려봤다. 이음호, 넌 영업을 왜 하니? 그러려면 이 바닥 집어치워. 묵직한 분위기를 노렸다는 듯 음호의 전화가 울렸다. 팀장은 회의 중에 누구야. 열을 냈다. 전화 발신지는 간병인이다. 일단 전화를 껐지만 불안했다. 팀장은 아직 열이 내리지 않았는지 얼굴이 벌겋다. 음호도 얼굴이 달아올랐다. 간병인이 무슨 일로 전화를 했을까? 팀장의 말이 끝나지 않고 있다. 음호는 팀장의 말이 들리지 않았다. 전화기 너머 무슨 일이 기다리고 있을지 생각이 옮아갔다. 어머니에게 무슨 일이 일어났을까? 음호는 엉덩이를 들썩이며 팀장에게 그만하라고 소리칠 뻔했다.

병원으로 가는 중에 아내에게 전화를 했다. 음호는 어머니의 골절에 대해 말했다. 아내는 일이 아직 끝나지 않았단다. 어머니는 늘 골절에 대해 예감했다. 이렇게 넘어지다가 한번은 뼈가 다치겠지, 이런 표현을 했다.

음호가 목격한 어머니는 팔에 붕대를 감고 있었다. 깁스는 경과를 보며 할 것이라는 간병인의 말을 들었다. 어머니는 앞으로 쓰러지면서 재빠르게 오른쪽으로 몸을 틀었다. 오른팔이 몸 밑으로 깔리면서 소리를 한차례 지르고 몸을 과하게 움직였다. 스스로 일어나 보려고 몸을 굴리는 수고까지 더했다. 그 틈에 어머니의 팔은 더욱 벌어졌다. 휠체어에 앉은 어머니는 음호에게 침대로 옮겨달라고 했다. 어머니를 들어 침대로 옮겼다. 어머니는 무거울까 봐 걱정을 했다. 음호의 어깨는 아직 쓸 만했는지 거뜬했다. 그렇다고 믿기로 했다.

어머니는 오른팔을 몸에 붙이고 음호에게 돌아가라고 했다. 음호한테 부담을 지우고 싶지 않아서였다. 음호는 아무래도 병원에서 밤을 보내야 할 것 같아서 아내에게 문자를 보냈다. 병원에 남아야겠어. 어머니 상태를 지켜봐야겠어. 내일 집에 가서 봐.

음호는 아내의 전화를 받았다. 문자로 하기에 빈약했는지. 음호가 어머니의 상태를 알렸다. 아내는 구구한 변명 같은 이야기를 남겼다. 할 일은 넘쳐나고 당장 눈앞의 일을 끝내야 움직일 수 있다는 말을 했다. 이해한다고 말했다. 음호가 말을 끝내려고 하면 아내가 같은 말을 잇고 또 그런 상태가 반복됐다. 음호는 지쳤다. 아내의 말이 아니라 월요일 하루가 지루했다. 웃을 수 없는 월요일인데 아내는 웃으라고 하고, 자신의 처지만 늘어놨다. 음호에게 일어나는 상황은 언제나 일방적이었다. 음호가 그만해, 이해한다고. 목소리가 격양됐던지 아내가 놀라는 눈치였다. 아내는 샐쭉해진 목소리로 전화를 끊었다.

음호는 하루의 피로와 사투를 벌였다. 눈꺼풀이 내려오는 눈을 부릅떴지만, 머리는 꾸벅거렸다. 어머니의 나지막한 신음소리가 났다. 음호는 덜컹거리는 기차소리에 눈을 떴지만 다시 눈꺼풀이 내려왔다. 마스크로 얼굴을 가린 이들이 나타났다. 눈을 뜨려고 했지만 팀장의 붉은 얼굴이 나타났다. 편의점 계산대 여자가 무안할 정도로 쳐다봤다. 음호가 눈을 크게 떴다. 자신이 있는 곳이 어디였는지 가물거렸다.

음호가 몸을 소스라치게 떨었다. 어머니는 눈을 뜨고 있다. 음호를 바라보던 어머니가 음호의 내일을 걱정했다. 사십이 되어가는 아들의 내일 일상을 걱정하는 것이다. 어머니의 나직한 음성은 걱정의 무게를 짐작하게 했다. 아울러 음호는 더 듣게 될 말을 알아차렸다.

역시 틀리지 않았다. 어머니는 음호가 꺼려하는 부분을 건드렸다. 음호가 자신의 일을 어머니에게 알리지 않은 것은 잘못이었다. 어머니가 오해하는 부분을 속 시원하게 해결하지 못했다. 사실은 아이를 만들 결심을 하지 못했다는 것을. 아내의 잘못도 아니고 음호의 머릿속이 아직 거부하고 있다는 사실을 어머니에게 말하지 못했다.

음호 아버지의 소식은 가출한 지 십 개월이 되어가던 날에 왔다. 우편배달부가 상자를 전하면서 의미심장하게 쳐다봤다. 음호가 받기에 무리가 없는 크기였다. 무겁지도 않았다. 음호는 상자를 바라보던 몇 초간의 시선에서 두려움을 느꼈다. 왜 그랬는지 알 수 없었지만 한줄기의 서늘한 기운이 가슴을 훑고 내려갔다. 음호는 놀라 바로 어머니에게 주었다. 어머니는 상자 겉면을 살폈다. 보낸 이는 아버지였다.

그 순간 음호가 말을 내뱉었다. 어, 억, 아버지다. 아버지 이름이다. 서늘하게 내려갔던 기운이 올라와 목소리로 나왔다. 음호는 입을 막았다. 어머니는 상자를 뜯고 있었다. 얼마나 급하게 뜯었는지 상자가 비명을 냈다. 부우욱 소리와 상자가 열리자 신발이 보였다. 허름한 신발은 기대와 실망 두려움을 한방에 사라지게 했다. 그리고 의문을 주었다.

음호가 신발을 쳐다봤다. 어머니도 한참을 보았다. 음호가 신발을 들어 올리자, 봉투가 고이 누워 있었다. 봉투에는 아버지의 필체로 추정되는 글자들이 있었다. 편지지 한 면도 채우지 못한 글은 아버지의 소식 따윈 없었다. 아버지는 찾지 말라는 말과 함께 끝에 미안하다는 말을 썼다. 절대로 찾지 못할 거야. 쓸데없이 이 일에 힘쓰지 마. 너희는 못 찾아. 그러니까 찾지 말라는 뜻처럼 적혀 있었다.

음호가 학교에서 돌아왔을 때 마루 끝에 놓인 상자를 봤다. 상자는 음호를 불편하게 했다. 완재와 놀고 왔을 때, 밥 먹고 나왔을 때도 눈에 띄었다. 치워지기를 바랐다. 어머니는 무슨 생각인지 상자를 마루 끝에 두었다.

갑자기 음호는 상자의 행방이 궁금했다. 어머니는 상자를 어디다 두었을까? 버렸나?

음호가 화장실을 가겠다는 어머니를 휠체어에 옮겼다. 음호는 복도에 있는 화장실로 갔다. 볼일을 마친 어머니에게 상자 이야기를 꺼냈다. 어머니는 아직도 상자 이야기에 흥분을 했다. 이상하게 상자가 배달된 후 어머니의 행동에 대해서는 기억이 나지 않았다. 죽음이 아니면 살아 있다는 것의 가능성을 어머니는 어떻게 받아들였는지 알고 싶었다.

어머니는 아버지가 살아 있다는 것을 알게 된 것에 안심을 했다. 그렇지만 편지의 내용을 기억해 낼수록 증오가 커졌다. 빌어먹을, 이라는 말을 달고 살았다. 아버지의 존재가 있는 것도 아니고 없는 것도 아니고 애매한 상황에 어머니는 평생 갈피를 잡지 못하고 살았다. 미세먼지 속처럼 가까워져야 보이고 멀어지면 찾기 힘든 실체를 찾기 위해 끊임없이 헤맸다. 상자는 돌아올 주인을 여전히 기다리고 있다는 어머니의 말을 듣자, 음호는 끝나지 않았구나, 혼잣말을 했다.

어머니를 눕히고, 음호도 신발을 벗고 보호자용 간이침대에 몸을 눕혔다.

음호는 몸이 스산했다. 떨리기 시작했다. 몸이 오그라드는데 팽창하는 느낌이다. 음호에게 근육이 찢어지는 아픔을 주고 있다. 음호는 미세먼지를 가볍게 본 자신을 원망했다. 약국으로 건너가서 마스크를 살 걸. 결국 먼지가 일을 만드는군. 마스크를 쓰지 않은 것을 후회했다. 미열도 나는지 머리가 더워지고 있다. 내일도 할 일이 많은데. 영업점을 방문해서 이번 달 주력상품인 수분제품의 판매를 늘려야 하는데……. 팀장의 얼굴도 오락가락했다.

미네랄이 들어간 물이면 좀 나을까? 편의점 여자가 버렸을 물이 아쉬웠다.

아내의 따뜻한 말도 듣고 싶었다. 아내가 구구절절 말하지는 않지만 원하는 아이도 만들어야 하는데 몸이 가라앉고 있다. 병실은 코 고는 소리와 잠꼬대와 신음 소리가 몰려다녔다. 어머니가 상자를 버리지 않았다는 것 때문인지 아버지가 떠올랐다. 아버지의 얼굴은 형체가 없다. 선명하지 않지만 어린 음호의 기억에 있던 얼굴이다. 만약 아버지가 돌아온다고 해도 아버지의 얼굴을 기억하지 못할 것 같다. 이런저런 얼굴을 가진 아버지가 떠돌아다녔다. 눈꺼풀이 내려왔다. 반사적으로 음호가 벌떡 일어났다. 음호는 벗어 놓은 신발을 다시 신고 누웠다. 미세먼지가 들어온 듯 목이 컥 막혀 왔다.

사시(斜視)

양 미 경

세월이 흐릅니다. 기억속의 시간도 흐릅니다.
마음속 상처들에 새살이 차서 딱지가 떨어지고 흉터가 생겼습니다.
다른 사람들에게 보이긴 싫지만,
피가 흐르거나 다시 상처가 생기진 않게 되었습니다.
저에게 글쓰기는 그런 것입니다.
마음 속 아이가 자라서 이제는 어른이 되었으리라 짐작을 해 봅니다.
어린 시절 버림받은 상처를 가진 사람의 이야기를 쓰고 싶었습니다.
어릴 적 상처가 어른이 돼서도 어떻게 지배하는지 얘기하고 싶었습니다.
긴 시간을 머릿속에서만 쓰고 지우고, 쓰고 지우고……
마음속 이야기를 글로 나타내기란 정말 어렵습니다.
하지만. 앞으로도 마음속 이야기를 계속 쓰고 싶습니다.

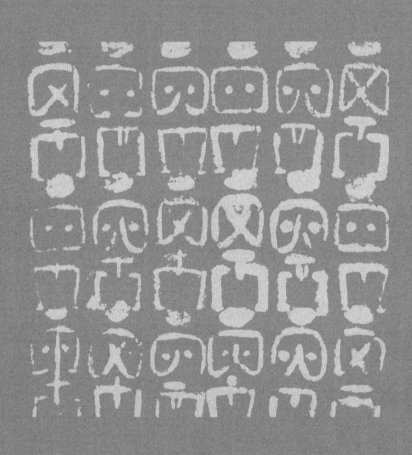

사 시 (斜 視)

양미경

4월 10일

　민준은 육 개월 전, 일 년을 공들인 프로젝트가 팀원의 배신으로 다른 회사로 넘어가는 바람에 감봉과 인사 조치를 당했다. 그는 심한 스트레스로 몸에 이상이 생겼다고 했다. 신경성 안면 마비 증세로 얼굴의 신경과 근육들이 마음대로 움직이지 않는다고 했다. 민준의 오른쪽 얼굴은 눈동자가 잘 움직이지 않았고 입꼬리도 올라가 보였다. 무리하면 더 심해진다고 해서 운전도 하지 않고 대중교통을 이용한다고 했다. 전철을 타기 시작했는데 두 달 전부터 누군가가 자기를 감시하는 것 같다고 했다. 전철 안에서도 누군가가 자기를 쳐다보고 회사에서도 점심시간이나 퇴근시간이면 누군가가 자기를 쫓아오는 것 같다고 했다. 그런 그에게 나는 회사일 때문에 예민해진 거라고, 나 말고는 아무도 민준에게 신경 쓰지 않는다고 농담처럼 말했었다. 농담이 아니었나 보다.

　백 밤이 지났어요. 이제 당신은 날 보고 웃지도, 아는 척도 하지 않는군요. 약속을 지키지 않은 사람은 벌을 받아야 된다고 했잖아요. 당신은 벌을 받은 거예요. 이제 당신은 웃을 수 없어요. 웃으면 안 돼요. 당신도 그 사람과 다를 바 없어요. 당신은 다를 줄 알았는데. 아니, 당신은 그 사람과는 달라야 했어요. 처음 본 날, 날보고 그렇게 웃었잖아요. 계속 날 보고 웃었잖아요. 그러니까 그러면 안 되는 거잖아요. 그러면 안 돼요. 그 사람은 그렇게 날 떠났지만, 날 버렸지만, 당신은 그러면 안 돼요. 당신은 백 밤이 지나기 전에 나에게 왔어야 해요. 날 보고 웃었으니까요.

4월 9일

　드레싱을 하기 위해 민준의 얼굴에서 붕대를 풀었다. 지켜보던 나는 두 손으로 내 입을 틀어막아 비명을 삼켰다. 눈을 감아버리고 싶었지만 감겨지지 않았다. 멈춰버린 동공으로 민준의 얼굴이 들어왔다. 민준의 얼굴은 퉁퉁 부어 있었고 색은 살아있는 사람의 낯빛이 아닌 드라마에서나 볼 법한 낯빛이었다. 눈은 좌우가 비뚤어져 형태만 보이고 주먹만 한 코에는 산소줄이 끼워진 채였다. 그 아래 드러난 민준의 입은 울고 있었다. 왼쪽 오른쪽이 대칭을 잘 이루고 있었다. 처음 읽었던 여자의 편지가 떠올랐다.

　난 잠들어 있었어요. 당신의 웃음이 날 깨웠어요. 봄날 아지랑이를 피우는 햇살처럼 당신의 웃음이, 그 미소가 날 깨운 거예요. 지금도 당신이 날 바라봐요. 날 보고 웃고 있어요. 그 사람이 생각나네요. 그 사람도 날보고 웃었어요. 그 사람이 떠난 뒤 아무도 날 보고 웃어주지 않았고 관심을 보이는 사람도 없었어요. 난 외톨이였어요. 그런데 당신이 날 보고 웃어 준거예요. 그러니까 난 당신을 기다리고, 당신은 백 밤이 지나기 전, 날 데리러 와야 돼요. 당신은 계속 날 바라보아요. 날 보고 웃고 있어요. 잠깐 눈을 감았다 뜰 때마다 당신은 날 보고 미소 지어요. 날 깨워준 당신을 만난 거예요. 당신이, 잠들어 있던 나의 마음을 깨운 거예요. 난 당신의 그 미소에, 웃음에 기다릴게요. 약속해요.

　－한 밤.

4월 8일

여자의 행동이 조금은 이해가 되는 듯도 하다. 그래도 용서할 수는 없을 거 같다. 이해한다고 해서 모든 것을 용서할 수는 없는 것이니까.

민준은 아직 깨어나지 못하고 있다. 일주일 전, 민준이 교통사고가 났다는 전화를 받았다. 차를 끌고 나오다가 골목의 전봇대를 들이받았다고 했다. 앞 유리가 깨지고 핸들에 머리를 부딪쳐 얼굴이 찢어져서 출혈이 심했다고 했다. 에어백은 소용이 없었는지 특히 입술부분이 많이 다쳤다는데 나는 수술이 끝난 뒤에 도착해서 민준의 다친 모습을 직접 볼 수는 없었다. 수술실에서 나오는 민준의 얼굴은 온통 붕대로 감겨 있었다. 의식이 돌아오지 않아서 중환자실에 있었다. 아직도 민준의 얼굴은 붕대에 감겨 있다.

오늘은 그 사람 얘기를 할까 봐요. 당신과 닮은 사람이 있었어요. 당신과 웃음이 꼭 닮은 사람. 오래전 얘기예요. 학교도 들어가기 전이었어요. 그는 평소와는 다르게 기차를 타고 놀러 가자고 했어요. 난 놀러간다는 것만 좋아서 다른 아무런 생각이 없었어요. 그 사람은 멀고 낯선 곳으로 날 데리고 갔어요. 낯선 사람들 앞에서 그 사람은 내 손을 꼭 잡고 약속했어요. 당신처럼 웃으면서, 백 밤 자고나면 데리러 오겠다고 말했죠. 꼭 백 밤이 지나면 데리러 오겠다고, 새끼 손가락까지 걸면서 약속했죠. 백 밤은 길지 않을 거 같았어요. 오래 기다리지 않아도 될 거라고, 금방 데리러 온다고 했으니까요. 그리고 그 사람, 당신처럼 그렇게 웃었어요. 그 웃음은 날 안심시켰어요. 내 눈을 바라보면서 환하게 미소 짓는 그가 나를 버리거나 하진 않을 거 같았어요. 그런데……, 이런, 그 사람 얘길 하다 보니 화가 나요. 약속을 지키지 않는 사람들은 벌을 받아야 해요. 아니 웃는 얼굴로 약속을 하는 사람들은 다시는 웃지 못하게 해줘야 돼요. 그래야 웃는 얼굴로 약속을 하지 않죠. 약속을 하면 꼭 지켜야 한다고도 알려줘야 돼요.

그 사람이 떠나고 며칠은 잘 지냈어요. 며칠이 지나자 사람들은 그 사람이 날 버린 거라고 했지만 난 아니라고 했어요. 백 밤이 되려면 아직 멀었다고, 그 사람은 날 데리러 꼭 올 거라고요. 그때는 백 밤의 길이를 잘 알 수 없었어요.

지금도 백 밤의 길이를 정확히 말할 순 없지만, 백 밤의 의미는 나에게 정말 중요해요. 그 날 이후 무슨 일이든지 나에겐 백 밤이 기준이 되었으니까요. 당신에게도 이제 이 말을 해야겠어요. 백 밤이 지나기 전에 날 꼭 데리러 와야 한다구요. 기다릴게요.

－아흔 여덟 밤.

4월 7일

민준과 나는 사내 커플이었다. 우리는 프로젝트를 같이 하면서 사귀게 되었다. 그는 잘생기거나 다정하진 않았지만 일을 할 때는 멋져 보였다. 한 번 일을 시작하면 다른 건 신경 쓰지 않고 일에만 푹 빠져 있었다. 그런 민준의 모습이 마음에 들었다. 난 자신의 일을 열심히 하는 남자가 정말 좋았다. 일만 알던 민준이 내게 마음을 내 준 건 내가 적극적으로 작업을 했기 때문이다. 프로젝트가 끝나 갈 때 쯤 우리는 자연스럽게 결혼 얘기도 오가게 되었다. 주말엔 혼자 지내는 민준의 집에서 같이 시간을 보내는 그런 사이가 되어 있었다. 아직 프러포즈를 받지는 않았지만 프로젝트를 마무리하면 민준이 프러포즈를 하지 않을까 나는 내심 기대하고 있었다.

오늘도 어김없이 당신을 보았어요. 난 전철을 타는 칸이 늘 정해져 있죠. 세 번째 칸 세 번째 문이 내가 타는 곳이에요. 어제는 당신이 그곳에 있었는데 오늘은 보이지 않아서 전철을 타자마자 당신을 찾으러 다녔죠. 두 칸을 뒤졌을 때 당신을 보았죠. 당신의 미소는 특별해서 많은 사람들 속에서도 표시가 나요. 아무리 멀리 있어도 난 당신을 알아볼 수 있거든요. 당신을 만나서 난 너무 행복해요. 이제 무엇이든지 다 할 수 있을 거 같아요. 당신만 내게 온다면 말이죠. 당신도 날 만나서 행복하죠. 물론 그럴 거예요. 당신의 미소를 보면 알 수 있으니까요. 기다릴게요.

　—두 밤.

4월 6일

프로젝트가 깨지자 팀도 깨졌다. 팀원들은 뿔뿔이 흩어졌지만 나는 민준과 같은 부서에 배치됐다. 처음 얼마동안은 그도 다시 제자리를 찾으려고 애를 쓰는 것처럼 보였다. 시간이 지날수록 민준은 자리에 있긴 했지만 일을 하는 것처럼 보이진 않았다. 실망이 밀려왔다. 나는 마음이 흔들리고 있었다. 인간적인 마음으로는 위로도 해주고 흔들리는 민준을 잡아줘야겠다는 생각도 들었지만 난 약한 남자는 싫었다. 어떤 상황에서도 든든하고 믿음직한 남자가 좋았다. 나는 회사에서도 될 수 있는 한 그와 마주치려 하지 않고 회사 밖에서는 만나는 일이 없어졌다. 민준의 집으로 찾아가는 일도 없어졌다. 그의 얼굴에 이상이 생긴 건 그 무렵부터였던 것 같다.

민준의 얼굴은 왼쪽 오른쪽이 따로 움직였다. 왼쪽은 아래로 쳐지고 오른쪽은 점점 위로 올라가는 그런 모양이었다. 보는 방향에 따라 다른 사람처럼 보였다.

민준은 상태가 점점 심해져서 그의 오른쪽 눈꺼풀은 시도 때도 없이 움직이고 있었다. 아무에게나 수작을 부리는 바람둥이처럼 보이기까지 했다. 민준은 회사를 그만두고 쉬기로 했다고 했다. 병원에서는 신경성으로 별다른 치료법이 없다고 해서 그는 쉬면서 방법을 생각해본다고 했다. 나는 말리지도 않았고 민준에 대한 마음을 접기로 했다. 안쓰럽기는 해도 붙잡을 마음은 생기지 않았다. 그렇다고 민준에게 이별을 말하지는 않았다. 민준에게는 건강이 먼저니까 우선 건강만 생각하라고, 아직은 젊다고 위로 아닌 위로를 건넸다. 민준은 일이 생기고 바로 회사를 그만두지 못했던 건 나 때문이었다고 자기를 한 번만 더 믿고 기다려 달라고 했다. 나는 속마음은 감춘 채 생각해 보겠다고 했다.

이제 매일 당신을 보지 않고는 견딜 수 없을 거 같아요. 전철에서 당신을 만날 수 없었어요. 당신을 만나지 못하면 난 하루 종일 불안해서 견딜 수 없어요. 다음 번 당신을 만나면 당신 뒤를 따라가야겠어요. 주말에도 당신을 만났던 시간에 전철을 탔어요. 역시 당신을 만나지 못했어요.

오늘에서야 다시 당신을 만났어요. 당신은 날 보고 다시 웃어주는군요. 이제 그만 웃지만 말고 내게 말을 해요. 내게 관심이 있다고, 날 좋아한다고, 날 알고 싶다고, 왜 웃기만 하는 건가요. 그럼 내가 당신에게 다가가는 수밖에요. 기다려요. 내가 당신에게 갈게요.

당신을 따라가 당신 회사를 확인했어요. 당신을 매일 만나려면 다른 방법을 찾아야겠어요. 그래도 당신은 날 데리러 와야 해요. 백 밤이 다 가기 전에요. 당신을 기다릴게요.

　─여섯 밤.

4월 5일

계속되는 민준의 연락에 나는 그를 만나기로 했다. 피하는 것만이 능사는 아니었다. 여러 정황상 그의 집에서 만나는 것이 좋겠다고 생각했다. 마지막 만남이라고 생각했다. 몸 상태가 어떤지 조금 걱정도 됐고 상황을 봐서 이별을 얘기해야겠다는 생각도 있었다.

민준은 집에 있었다. 생각했던 것보다 더 심각해 보였고 보는 순간 만나러 온 것을 후회했다. 그렇다고 바로 돌아서 나갈 수는 없었다. 민준의 얼굴은 패왕별희에 나오는 가면 같은 느낌이었다. 얼마 전까지 내가 결혼을 생각했던 사람이 맞나 의심이 들 정도였다. 나는 민준에게 혼자 있지 말고 요양원 같은 곳에 가보는 건 어떠냐고 말했다. 민준은 자기도 알아보고 있다고 했다. 차마 이별을 얘기할 수는 없었다.

붙잡는 민준의 손을 뿌리치고 돌아서는데 그의 발이 눈길을 사로잡았다. 발톱이 자라서 발가락 길이가 손가락 만큼 길었다. 예전에 나는 민준의 손, 발톱을 잘 깎아줬다. 나는 손톱깎이를 찾아서 민준의 손톱과 발톱을 깎았다. 마음이 가벼워졌기를 바라며 쓰레기봉투를 들고 나왔다. 봉투를 쓰레기 더미에 던지고는 뒤를 돌아보았다. 민준은 날 바라보고 웃고 있었다. 빠르게 발길을 돌리는데 누군가 나와 같이 빠른 걸음으로 곁을 스쳐 지나갔다. 왠지 낯설지 않은 느낌이었다. 뒤 돌아서 누군지 확인하고 싶었지만 민준의 얼굴을 다시 보고 싶지는 않았다.

당신은 오늘 내 기분이 어떤지 모를 거예요. 당신 집 앞에 갔었어요. 당신 집에서 여자가 나오더라구요. 그 여자는 누구예요. 그 여자에게도 웃었나요. 웃으면서 약속했나요. 아니에요. 그 여자의 등 뒤에서 당신은 날 보고 웃고 있었어요. 그래요. 날 보고 웃었으면 내게만 집중해야죠. 내게만요.

그 여자가 놓고 간 봉투를 들고 왔어요. 그 속에서 내가 뭘 발견했는지 알아요. 당신의 일부를 찾았어요. 아니, 일부였던 걸 찾았어요. 난 보물찾기를 하듯 그것들을 잘 골라서 유리병에 담았어요. 당신을 생각하면서요. 잘 보관했다가 당신이 내게 오면 보여줄게요. 내가 얼마나 당신을 기다렸는지 알려줄게요. 일부만이 아닌 당신이 통째로 와야 해요. 백 밤이 지나기 전에 날 데리러 와야 해요. 당신을 더욱 더 기다릴게요.

　─예순 여섯 밤.

4월 4일

여자를 본 적이 있는 것 같다. 회사의 청소 아주머니가 바뀌었는지 젊어 보이는 낯선 아주머니가 왔었다. 신입이어서인지 지나치다 싶을 정도로 열심히 청소를 했다. 커피를 마시다 책상 위에 올려놨는데 잠깐 한눈파는 사이에 치워 버린다든지 하는 일들이 벌어졌다. 그 아주머니가 유난히 민준의 책상 근처를 왔다 갔다 하기에 유심히 보게 됐다. 낯설지 않은 느낌의 여자가 그 여자인 것 같다. 민준도 여자의 정체를 알고 있었을까.

　오늘 당신 책상 옆의 쓰레기통을 비우던 사람이 바로 나예요. 그래요, 내가 당신 책상을 기웃거리다가 당신과 눈이 마주쳤죠. 당신은 그 때도 웃고 있었어요. 날 알아 본 건가요. 알아 봤겠죠. 그렇게 가까이에서 눈이 마주 쳤는데요.
　나는 당신과 가까이 있으려고 그동안 다니던 회사를 정리했어요. 인력회사에 등록해서 청소부로 당신이 다니는 회사에 들어갔어요. 당신 사무실에서 일하던 아주머니에게 비싼 화장품을 주고 바꿨어요. 아, 이제 매일매일 가까이에서 당신을 볼 수 있어요. 얼마나 행복한지 하늘을 날 것 같아요. 당신의 냄새까지도 생생히 맡을 수 있어요. 당신이 마시던 종이컵을 가져 왔어요. 당신 상자에 넣어 둘게요. 상자가 가득 채워질 때면 당신이 날 데리러 오겠죠. 기다릴게요.
　　－서른 밤.

4월 3일

　이날이 생각난다. 민준이 전철로 출근을 시작한 지 한 달쯤 지났을 때였다. 우연히 민준과 같은 전철을 타게 됐고 내릴 때가 다 돼서야 민준이 있는 걸 발견했다. 가까이 다가가려는데 민준이 자리에서 일어났고, 일어나자마자 웬 여자가 나를 밀치고 민준이 앉았던 자리를 차지했다. 승강장에 내려서 여자를 봤더니 여자는 의자 등받이에 얼굴을 들이대고 미소를 짓고 있었다. 민준이 내게 아는 여자냐고 물었다. 오히려 내가 민준에게 아는 여자냐고 묻고 싶었다. 민준은 여자의 존재를 몰랐었는지 아무 얘기도 없었다. 나는 무관심한 민준을 이해할 수 없었다.

　편지만 꺼낸 뒤 처박아 두었던 상자를 꺼냈다. 상자 속에는 작은 유리병, 지퍼백 등이 뒤섞여 있었다. 상자 속을 뒤적여 머리카락이 들어있는 비닐봉투를 찾았다. 온 몸에 소름이 돋았다. 비닐봉투를 멀리 던져 버렸다.

　오늘은 너무 기뻐서 잠이 올 것 같지 않아요. 이런 날이 이렇게 빨리 오다니요. 당신과 함께 있는 기분이에요. 당신은 어떤가요. 당신도 나의 존재가 느껴지지 않나요. 당신이 앉았던 전철 의자에서 당신의 머리카락을 발견했어요. 당신이 내리자마자 의자 앞에 있던 여자가 앉으려는 걸 밀치고 내가 당신이 앉았던 자리를 차지 한 거죠. 당신의 체온이 느껴졌어요. 당신의 체취도 느껴지는 듯 했어요. 고개를 돌려 당신의 머리가 기대 있던 곳을 보았죠. 머리카락이 하나 있었어요. 당신 머리카락이에요. 내 심장은 가쁘게 뛰다 다시 차분해졌어요. 난 조심스럽게 당신 머리카락을 가방 속 지퍼백에다 넣었어요. 그 속엔 당신의 것들로 채워질 거예요. 당신의 것들이 채워지면 채워질수록 당신도 내 것이 되겠죠. 오늘은 이만 안녕. 기다릴게요.

　－열 밤.

　당신은 날 데리러 올 것이 분명해요. 당신이 회사를 그만 둔 건 날 데리러 오기 위한 거니까요. 나에게 오기 위한 준비를 하려고 당신은 회사까지 그만 둔거예요. 당신은 내게 완전히 반했나 봐요. 웃으며 눈웃음까지 치고 있으니까요. 쉴 새 없이 눈을 찡긋거리고 있잖아요. 백 밤이 다 가기 전에 당신은 날 데리러 올 거예요. 기다리고 있을게요.

　－일흔 밤.

4월 2일

　상자 속에서 편지만 따로 꺼냈다. 나머지 것들은 상자에 둔 채 신발장 구석에 처박아 두었다. 편지를 손에 잡히는 대로 읽었다. 편지에 날짜는 없었다. 이 여자는 도대체 누구며 민준은 그녀와 무슨 사이인지. 나와 사귀면서도 양다리를 걸쳤던 것인지. 머릿속이 혼란스러워졌다. 내가 아는 민준은 양다리를 걸칠 그럴만한 사람은 아니었지만, 이 편지들은 뭘 말하는 것인지. 미친 여자의 미친 짓일 뿐인지. 난 보호자 대기실을 떠나지 못하고 편지를 읽고 있다.

　백 밤이 오고 있어요. 난 더 이상 기다릴 수 없어요. 당신은 내게 와야 해요. 날 보고 웃었으니까요. 날 데리러 와야 해요. 백 밤이 되기 전에요. 당신 집 앞을 서성이다 당신과 마주쳤어요. 백 밤이 오기 전에 내가 당신을 기다리고 있다고 말하고 싶어졌어요. 그래서 당신을 찾아간 거였어요. 당신의 그 표정은 뭔가요. 웃지도 울지도 못하는 그 표정. 왼쪽은 웃고 있는데 오른쪽은 울고 있는 그 얼굴 말이에요. 웃는 얼굴만 보던 때와 달리 두 눈을 다 같이 바라 본 당신 모습은 너무 낯설어요. 그 동안 보여주던 당신의 웃는 얼굴은 어디로 간 거예요. 왜 날 처음 보는 얼굴인 거예요.

당신은 급하게 차를 몰았고 골목을 벗어나기도 전에 사고가 났어요. 전봇대와 부딪쳐서 유리가 깨지고 핸들에 얼굴이 부딪쳐서 얼굴에 피가 흐르고 있어요. 난 깨진 유리 사이로 몸을 들이밀어 당신 얼굴을 봤어요. 당신은 웃고 있었어요. 난 주머니에서 칼을 꺼냈어요. 당신은 웃지 말아야 했어요. 날보고 웃지 말았어야 해요. 난 당신을 웃지 못하게 만들었어요.

　－아흔 아홉 밤.

4월 1일

수술은 잘 됐다는데 민준은 깨어나지 못하고 있다. 나는 보호자 대기실 의자에 기대어 잠깐 눈을 붙이고 있었다. 얼굴 가득 따가움에 눈을 떴다. 흐릿한 눈썹 사이로 얼굴이 보였다. 모르는 얼굴이다. 여자가 나를 빤히 내려다보고 있었다. 일어설 틈도 없이 여자는 상자를 내게 내밀었다.

"이거……."

그녀는 상자를 내 팔에 안겨 주고는 복도 끝으로 사라져 버렸다. 순식간에 일어난 일이었다. 나는 일어서지도 못한 채 상자를 안고 멍하니 멀어지는 그녀의 뒷모습만 바라볼 뿐, 돌처럼 정지해 있었다. 나는 내 팔에 안겨진 핑크색 종이상자를 바라보았다.

상자 안에는 편지로 보이는 접힌 종이와 여러 개의 작은 유리병과 비닐봉지들이 들어 있었다. 상자 안의 것들을 살펴던 나는 비명을 지르며 벌떡 일어났다. 상자는 내 무릎을 벗어나 옆으로 떨어지며 뱃속의 것들을 병원 바닥에 게워 놓았다.

술친구—그가 사는 법

엄 규 생

사람이란 주어진 여건과 환경에 맞추어 살아가기 마련인데 우리 모두가 조금씩은 보통 사람의 범위를 벗어난 행동을 할 수 도 있다. 그만큼 우리가 사는 세상과 시절이 자꾸 복잡해져 가기 때문에 앞으로 더욱 늘어날 것이다. 이 작품을 쓰는 동안 늘, 아주 오래전에 읽었던 제임스 조이스의 〈더블린 사람들〉이 머리에 맴돌고 있었다.

주인공 박 사장은 내 시각으로 보면 우리시대의 보통 사람이지만 약간은 기인 즉, 괴짜다. 오십대 중반에 농촌으로 옮겨 인생 후반부를 살지만 농사는 짓지 않고 유유 자적하며 지내는 그를 만나고, 곁에서 오랫동안 지켜본 기억에 의존해 작성한 일종의 넌 픽션이다. 사실을 바탕으로 했기에 내용을 부풀리거나 추정하지도 않았다. 그저 담담하게 기술하고 싶었지만 마음먹은 대로 되지 않아 아쉬움이 남는다.

조기 은퇴 전 그의 삶은 물어 볼 사항이 아니어서 알지 못하고, 내용상 기술할 가치도 적었다. 이야기는 제한적이지만 아직 기술되지 않은 그의 장래 삶도 건강하고 행운이 따르기를 빌어본다.

처음부터 제목을 '술친구'로 정했지만, 박 사장의 에피소드와 행위 서술이 많은 부분을 차지해서 정확히 내용을 나타낸다고 할 수 없다. 합평에서도 술친구의 소망', '술친구의 세 가지 소원' 등이 거론되기도 했다. 많은 고민 끝에 박 사장이 은퇴 후 살아가는 과정이다 생각하고 술친구'에 소제목 으로그가 사는 법'을 덧붙이기로 했다. 처음 발표 후 내용도 보완해서 분량이 늘어났으므로, 최종 원고는 퇴고를 거듭해 줄이게 되었다.

한국전자통신(주) 근무
삼성반도체통신(주) 근무
한국전력기술(주) 근무
한국나무건축학교 운영

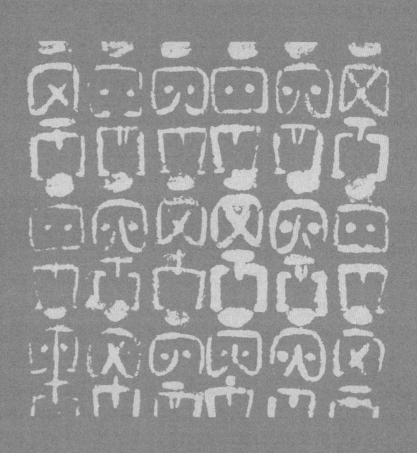

술 친 구 - 그 가   사 는   법

엄규생

박 사장은 범상치 않게 술과의 인연을 가지고 태어난 사람인 듯하다. 박카스와 같은 종씨로 술(戌)해생 개띠다. 그러니 술과의 인연은 떼려야 뗄 수가 없겠다. 그 끈의 여러 갈래 연장선 중 하나에 나도 닿아 있다.

그는 나보다 두 살 연상이다. 학연 등 어떤 연결 고리도 없이 사회생활 중에 우연히 만나 함께 술을 마시며 가깝게 지내지만 딱히 무어라 관계를 설명하기가 어렵다. 친구 간 나이 차는 다섯 살까지라고 하는데 그건 호랑이가 담배 피던 시절의 이야기다. 요즈음의 바람직한 호칭은 형, 또는 형님이겠지만, 어쩐지 젊은 애들 호칭 같아, 나이도 있고 해서 주저하고 있는데, 결정적으로 그가 내 명함을 보고 '원장님'이라고 먼저 존칭을 계속 쓰니,

나도 남들처럼 '사장님'이라 부르다 호칭이 고정돼 버렸다. 나이 지긋한 사람에 대한 배려의 산물인 호칭은 교육열풍이 있었을 때는 '선생님'이라 했는데, 경제개발에 주력한 뒤로 '사장님'으로 바꾸어 부르는 것이 시대 흐름에 따르는 것 같기는 하다. 그는 한잔 걸치고 기분이 좋을 때 사람들이 '박 사장님' 하고 부르면 '에이, 사장은 무슨, 난 실업자예요.' 하고 응대하기도 했다.

"내게는 세 가지 소원이 있는데, 하나가 전원주택에 사는 것이고, 둘은 손자와 잔디밭에서 노는 것이며, 마지막이 저녁 밥상을 받을 때 소주 한 병을 반주로 하는 것이다."

박 사장이 한 말인데, 소박하지만 깊은 성찰이 들어 있는 소원처럼 들린다. 특히, 세 번째는 역시 그답게 빠뜨릴 수 없는 내용으로 보이는데, 오랫동안 곁에서 지켜보니 첫 번째 소원이 돼야 마땅할 것 같다.

그는 마을의 한쪽 끝, 블록으로 지은 외형만 이층인 낡은 주택에 산다. 시골에서 흔히 볼 수 있는 집인데, 지붕의 절반 정도 앞쪽은 슬래브(slab)이고, 뒤쪽은 경사가 심한 박공지붕으로 함석을 씌웠다. 건물 기반공사도 엉성하고 일층 바닥이 거의 지표면에 붙어 있어 장마철에는 벽에 습기가 차는 부실 주택이다. 집 뒤편에 또 한 채의 단층집도 가지고 있다. 뒷집도 낡았지만 수리를 해서 비교적 깨끗한 편으로, 어머니를 모시려고 했단다. 독실한 불교 신자인 어머니는 이 집터가 마가 끼어 사람이 살면 안 된다고 해 모시지 못했으며, 세를 주어서도 안되고 절이나 세울 자리라고 했단다. 그래서 이 집은 비어 있다.

이 동네 집들은 경부고속도로 건설시 도로상에 있던 마을을 철거하고 집단으로 이곳으로 이주하며 건축한 것이다. 마을이 야산 정상부터 북쪽으로 경사지게 되어 있다. 그러다 보니 모든 집들이 북향으로 들판 건너 멀리 고

속도로를 바라보고 있다.

박 사장은 현재 살고 있는 집을 부수고 그 자리에 새로 전원주택을 지으려 해도 향이 부적절하다고 하면서 함께 집 지을 좋은 땅을 찾아보자고 했다. 둘이서 부근을 여러 번 돌아다녀 봤지만 싸고 좋은 택지란 없다. 좋은 곳은 돈 있는 사람들이 선점해 매물이 없고 간혹 있어도 터무니없이 높게 호가를 했다. 싼 곳은 마음에 들지 않으니 당연히 계약은 성사되지 않았다. 부자라면 마음에 드는 땅을 사려면 으레 시세보다 두 배 이상 주더라도 개의치 않을 것 같은데, 도대체 신중을 기하는 것인지, 정보를 얻고자 하는 것인지, 실행으로 옮길 기미가 보이지 않는다. 더구나 부인이 시골로 내려오는 것을 극구 반대하는데도 집 터 물색을 계속하니, 내가 보기에 실현은 꿈속에서나 가능하겠다.

박 사장은 손자하고 놀고 싶은데 손자가 없다. 손자를 자기가 만든다면 밤을 새우면서라도 노력하겠지만, 하느님이 공평하심은 한 사람에게 모든 행복을 다 몰아주지 않는다는 것이다. 하나 있는 아들은 미국에서 공부가 끝나도 귀국할 생각이 없어 그곳에 눌러 앉아 버렸다. 그건 그렇다 쳐도, 부모한테 차마 할 말은 아닌 것 같은데, 결혼할 생각이 없다고 선언했단다. 그러니 혈육에 의해 할아버지로 불릴 자격에 미달됐다. '배운 자식치고 효자 드물다.'는 말처럼, 유학까지 보낸 아들한테 효도를 받기는커녕, 소원 하나가 무참히 외면당했다. 꼭 친손자만 손자는 아니니, 외손자라도 있으면 좋겠지만 딸내미도 과년한 데다 학위취득과 귀국 후 취업에 우선 전념해야 하니 결혼은 순위가 밀린다. 그러니 당분간 외손자 보기도 어려울 것 같다. 두 번째 소원에 대한 그의 꿈은 첩첩산중이다.

그는 마지막 소원만 성취 가능해 보였다. 면 관내에 개띠들끼리 동갑 모임이 있는데 거기에 가입해 경조사 등이 있을 때마다 몰려다니며 밤이나 낮이나 술을 마신다. 일이 없으면 '심심하다는 이유'로 만나서, 때론 아침부터 얼큰하게 취해 기분 좋아 보이는 그를 볼 때마다 그의 세 번째 소원이 생각나게 했다.

유일하게 성취 가능한 소원인 하루에 소주 한 병을 마시기 위해, 그는 저녁 밥상이 아니라 아무 밥상이나 술상에 시도 때도 없이 기회만 주어지면 소주잔을 입에 털어 넣는 것이다. 그렇다고 해서 건강이 나쁜 것 같지도 않다. 산악용 바이크에 타이어를 여섯 번이나 갈아 끼웠다고 하니 운동도 꽤 열심이다.

혈색도 좋고 키가 백칠십육 센티미터 정도며 체중도 팔십 킬로미터를 넘으니 동년배에서 최상위급 풍채로 꽤나 당당하다. 딱 하나 부족한 게 있다면 머리카락이 듬성듬성하고 흑발보다 백발이 우세하다. 역시 하느님의 배려가 느껴진다. 믿기에 좀 어려운데, 겨울철에도 찬물로 샤워를 한다고 하니 역시 부잣집 장손답게 어려서부터 인삼, 녹용 등 보약을 장복해서 그 나이에도 가능한가 보다.

그는 술이 취하면, 가끔은 맨 정신에도 이런 말을 하곤 했다.

"입고 있는 빤쓰라도 팔아서⋯⋯"

마치 자신의 트레이드 마크처럼, 자신을 상대방에게 선명하게 각인시키려는 것처럼 반복해 말했기에, 그를 생각할 때면 언제나 제일 먼저 떠오르는 이미지가 되었다. 당면한 애들 학비나 생활비, 어머니의 병원비나 여행경비, 용돈 등을 마련할 때마다 그렇게 말했다. 6, 70년대의 곤궁했던 시절도 아니고 새천년도 한참 지난 지금이야말로 정말 살 만한 세상이다 싶은데, 강조하는 말치고는 좀 지나치다. 하여튼 그 말을 들을 때마다 나는 마음을 드러내지 않고 웃었다. 나무꾼이 산속 웅덩이에 도끼를 빠뜨린 것을 팬티로

빗댄 우스개가 떠올랐기 때문이다.

　박 사장은 자식 둘 중 아들은 미국으로, 딸은 소련으로 유학을 보낸 국제적 감각을 가진 사람으로, 자식 교육을 위해 모든 것을 다 바치는 열성을 갖춘 아버지다. 아들은 학부만 졸업하고 취업도 하지 않은 채 생활비를 받고 있다니 캥거루족이라 아버지의 기대에 부응하지 못하는 것 같다. 둘째인 딸은 박사과정에 있어서 학비와 생활비를 보내달라고 이메일로 또는 방학 때 집에 와서 말하면, 늘 입에 붙어 있는 그 대사 '입고 있는 빤스라도 팔아서'를 꼭 끼워 넣는 사람이다. 그런 표현을 하는 것은 최선을 다해 마련해 주겠다는 의미지만, 나는 항상 나무꾼이 떠올라 속으로 웃으면서 경청했다.

　그는 꽤 부유한 사람으로 보였는데, 허풍인지 아닌지 정확히 모르지만 은연중 부티를 내려는 것처럼 청담동 강남구청 근처 단독주택이 본집이고, 여기 저기 여러 곳에 부동산을 가지고 있다고 내비쳤기 때문이다. 거기다가 집 옆의 밭이 칠천 평이어서 마을보다도 넓다. 낙농업자에게 빌려줘 초지로 사용 중이니 세를 받는 것 같다. 마을 우측에 있는 야산도 그의 땅이라고 한다.

　마을 좌우에 큰 땅을 가지고 있으니, 이 마을도 본래 박 사장 집안의 땅이 아닐까 하는 의문이 들었다. 아마 선대의 유산일지도 모른다. 여하튼 가지고 있는 땅의 규모가 크니 땅 부자는 틀림없다. 거기에다 마석에 수천 평의 대지에 수영장 딸린 별장, 포천에 수만 평 산림이 있는 친척 등을 양념으로 이야기하기도 했다. 그러면서 강남에 산다고 모두 부자는 아니라는 말도 덧붙였다.

　"강남에도 옥탑방이나 지하실에 세 사는 사람 있어요."

　가끔은 묻지도 않는데, 가지고 있는 여러 곳의 땅에 대해 이야기를 해서, 은퇴 후 심심풀이 삼아 푸성귀라도 재배할 겸 조그만 밭뙈기를 마련해 놓은 나를 주눅 들게 한다.

　나이든 사람이 남의 개인사에 대한 질문은 삼가는 것이 당연하지만 그렇게 큰 땅에 별다른 조치를 하지 않는 것이 궁금해서 넌지시 초지에 대해 물어 본 적이 있다. 젊은 시절 안성에서 공장을 가동했는데 그 경험으로, 이곳에 작은 공장들이 많으니 땅을 분할해서 공장을 유치하거나 분양할 계획이라고 했다. 시골집도 두 채인 것은 그 땅에 원룸을 지어 공장에 다니는 사람들에게 세를 놓으려 한다는 것이다. 역시 땅 부자는 보통 사람들과 안목이 다르기도 하지만 부동산 관련 사업이 제격으로 보인다. 그러한 해박한 지식이 있어서 그런지 부근의 사람들은 그를 부동산 전문가로 대우한다.

　어느 날은 우리 술자리에 근처 마을의 젊은이가 찾아와 박 사장에게 자문을 구했다. 유산으로 받은 오천 평 정도의 야산을 매각하고 싶다는 것이다. 박 사장의 진단은 이러했다.

　그 야산이 도로에 근접하고 있으므로 연결도로를 만들고 산을 개발해 공장부지로 매각하면 상당한 부가 이익이 있다는 것이다. 더구나 현재 놀고 있는 처지이니 중장비 면허를 취득하고 중고 굴삭기를 사서, 직접 산을 깎아 평평하게 만들고 하부는 축대를 쌓으면 활용 면적도 넓어진다는 것이다. 일여 년 후에 젊은이로부터 술대접을 받으며 들은 애기로는 자기의 인건비와 모든 경비를 제외하고도 당초의 호가보다 두 배 이상 높은 가격에 팔았다고 한다.

　박 사장도 스스로 부동산 전문가로 자처해 자긍심을 가지고 있는 듯하다. 이 권위에 흠집이 나는 사건이 있었다. 어느 휴일 자주 다니던 과부 집에서 박 사장과 나는 점심 식사를 하며 김치찌개를 안주 삼아 반주를 한잔하고 있었다. 옆자리에는 부근의 모텔 여사장이 놀러와 음식점 여사장과 수다를 떨고 있다. '참새가 방앗간을 지나칠 수 없듯이' 들리는 이야기가 부동산이라, 박 사장은 주제넘은 말참견을 했다. 모텔 위치가 목이 좋은 곳이 아니어서 손님이 적어 수입도 시원찮을 것이라는 논지였다. 그것이 얼마 전 경매로 모텔을 인수한 사장의 역린을 건드린 모양이다.

"당신이 뭔데 남의 일에 참견이야, 내 일은 내가 알아서 할 것이니, 당신 일이나 잘 하셔."

하는 모멸에 가까운 심한 말을 들었다. 더구나 젊은 여자한테서 반말로. 나는 마주앉은 그에게 상 밑에서 발로 툭툭 건드리며 눈빛으로 자제할 것을 촉구했다. 그래도 박 사장은 멈추지 않고 자칭 전문가답게 상대가 원하지 않는 조언을 계속하니 분위기가 험악하게 변했다. 재빨리 계산을 치르고 그의 팔을 이끌어 밖으로 나오지 않았으면 문자 그대로 개망신을 당할 뻔 했다.

나이가 적은 상대방과 다투어봤자 연장자가 창피당하기 십상이고, 남자와 여자가 말다툼하면 남자가 언제나 지기 마련이다. 모텔 여사장은 상대가 누구인지 잘 모르고, 그러다 보니 부동산 전문가 권위를 인정하지 않아, '하룻강아지가 호랑이를 문' 격이 되었다. 권위를 인정하는 사람이 있어야 권위가 선다는 것을 모르지 않을 텐데, 박 사장은 자기도취에 빠져 예상치 못한 실수를 했다.

어느 날은 술 생각이 나서 전화를 했다. 박 사장 왈
"죽다가 살아났습니다. 말벌에 쏘여 병원에 갔었습니다. 조금 있다 과부 집에서 봅시다."

단골 음식점에서 만난 박 사장은 아직도 눈 부근에 부기가 보였다. 옆 집 근처를 지나가다 안고 가던 물건이 낮은 목재 담장 부근을 스쳤나 본데, 벌 집을 건드린 모양이다. 벌이 떼로 몰려나와 공격하는 바람에 물건은 내 팽개치고 줄행랑을 쳤지만 머리에 다섯 군데나 쏘였다고 한다. 눈이 부어 앞이 잘 보이지 않고 정신도 혼미해져 운전을 해 병원에 갈 수도 없었다. 다행스럽게 동네 사람이 보고 119 구급차를 불러, 시립 의료원에서 치료를 받고 온지 삼일 되었다고 한다. 박 사장의 그 당당한 풍채가 운동회에서 100미터 달리기하듯 하얀 머리카락 휘날리며 뛰는 모습이 그려져 웃음이 나왔지만, 위로는 못할망정 '불난 집에 부채질' 하는 것 같아 애써 참느라 혼났다.

병원에서 치료를 받는 중, 벌에 쏘인 사람을 찾아 특집으로 제작하려는 TV 방송국 제작진의 눈에 띈 모양이다. 하마터면 온 나라 사람들에게 벌에 쏘인 모습을 보일 뻔 했단다. 끈질긴 출연 부탁에도 불구하고 거절하느라 벌에 쏘인 것보다 더 힘들었다고 한다. 나는 'TV에 나올 절호의 기횐데' 하고 일부러 딴죽을 걸었다. '큰일 날 소리도 다 하십니다.' 하며 박 사장은 정색을 하고 손을 휘휘 젓는다. 왜 그런지 몰라도 다른 사람들에게 얼굴이 알려지면 안 된다는 것이다.

내가 박 사장을 만나기 삼년 전쯤 이곳에 왔다하니 오십대 중반의 나이였을 것이다. 한참 왕성히 활동할 나이에 생산성 없이 소일하는 그가 기인으로 보이기도 했다. 치열한 경쟁에서 탈락하거나 치유할 수 없는 상처를 입었는지도 모른다. 우연한 기회에 실토한 그의 은퇴의 변을 들었다.

오십대 초반에 절친한 친구가 병으로 죽었다. 장례식에서 돌아오면서 '이렇게 사는 것이 참다운 삶인가?' 하는 회의가 들었단다. 그래서 모든 것을 정리하고 이 시골로 낙향했다고.

삶의 허망함을 깨닫고 그저 조용히 살고 싶다는 마음으로. 그런 철학적인 사유가 있었으면, 깊은 산속 절로 들어가는 게 합당하지 않은가 의문이 들었지만, 그냥 있는 그대로를 인정하기로 마음먹었다.

인생 백세 시대에, 그 반을 살고서 은퇴한 그가 무슨 철학자인지, 유유자

적하는 한량인지 정체성이 모호하다. 부동산이 많다하니 세를 받겠지만, 수입이 적으면 그렇게 지내지 못 할 것 같다.

나이든 사람이 친구를 새로 사귄다는 것은 쉬운 일이 아니다. 우연이든 필연이든 각종 이해관계가 얽혀 있어 진실한 마음을 터놓을 수 없기 때문에, 그저 불가근 불가원의 어정쩡한 관계로 지내기 마련이다. 그러한 삭막한 관계에서 윤활유 구실을 하는 것은 운동이나 취미가 같은 것일 수도 있지만, 술을 함께 마시는 것이 가장 쉬운 방법이기도 하다. 술이란 혼자 마시기보단 대작이 제격이다. 함께 술을 마시기 위해 자주 만나게 되고, 취중에 본마음을 풀어 놓을 수도 있으니, 친구는 아니더라도 좀 더 인간적으로 가까워질 수 있다.

박 사장은 꽤 사교적인 인물이다. 나처럼 외지에서 온 사람이지만 마당발답게 재빨리 면내의 개띠 모임에 가입한 것만 봐도 알 수 있다. 내가 이 시골로 이전해 건축교육을 계속하려고 준비하던 때, 간판을 보고 그가 사무실에 들러 이것저것 주택에 관한 질문을 하기에 성의껏 대답했다. 외견상 내 나이도 지긋해 보이니 큰 부담 없이 의견을 주고받은 것이다.

그의 우선적인 관심은 황토 집이었고, 미국식 목조주택에도 무게를 두고 있었다. 마지막 질문은 의외로 건축과는 상관없는 '약주는 좋아하십니까?'였다. 대화 중에 호감이 갔던 모양이다. '괜찮으시다면 저녁에 제가 한 잔 사고 싶습니다.' 하는 제의를 거절하면 술꾼의 도리가 아니다. 나도 등급은 낮을지 몰라도 어엿한 주당이다. 더군다나 이곳에 와서 아직 아는 이도 없으니 대화할 상대가 반갑기도 했다. 당연한 내 대답은 '얼씨구나(why not)'였다.

도로변 내 사무실 건물에서 마을 하나를 건너뛴 다음 마을에 그가 살지만, 삼각형 구조여서 거리상 매우 가깝다. 그래서 우리는 자주 만날 수 있었고 함께 술을 마시는 자칭 술친구가 되었다.

술친구란 관계는 나이와 사회 경제적 지위를 떠나서 적당한 긴장 관계를 유지하면서 계속될 수 있고, 경제적 지위가 우월하면 일방적 지원이 가능하기도 하다. 그는 일방적으로 지원할 의사가 전혀 없는 것으로 보였다. 그래서 우리는 암묵 중에 서로 번갈아 한 번씩 초대하는 형식, 말하자면 철저한 더치페이(dutch pay) 방식으로 술친구 관계를 지속했다.

박 사장은 개띠 모임도 있고 동네의 경조사에도 부지런히 참석하나 그런 모임은 집단이며, 내가 술 상대가 되면 단 두 사람이 만난다. 그가 나와의 만남을 계속하는 데에는 술이 원인이기도 하지만 대화의 갈증 해소가 더 큰 작용을 한다고 볼 수 있다. 농촌 사람들 모임의 화제는 농사에 관련된 것이라, 비록 전원생활은 하고 있지만 실상은 관심 밖의 일이다. 이런 분위기속 생활에서 군계일학처럼 그의 첫 번째 소원인 전원주택에 대한 전문적인 이야기를 듣고 상의할 수도 있으며 지적 경험도 상당한 자기와 어울리는 수준의 대화 상대를 만난 것이다.

그는 우리시대의 모주꾼이 아니고, 진정한 애주가임이 분명하다. 모임이 빈번한데도 술친구인 내가 호출하면 거절하는 법이 없다. 간간이 불그스레한 얼굴로 나타나 전주가 있었다고 실토한다. 그러면서도 술잔을 거절하거나 내려놓지 않는다. 술을 좋아할 뿐이지 무리하게 과음하지 않는 절제심도 상당하다.

천하장사도 들어 올리지 못하는 것이 자기 눈꺼풀이고 이기지 못하는 것이 술인데, 그는 눈꺼풀은 잘 모르겠고 술은 확실히 이기는 것 같다. 술을 먹고 다른 사람에게 시비를 걸거나 다투는 망나니 같은 행동을 하거나, 넘어지고 부딪혀 부상을 입거나, 토하든지 이튿날 머리가 아프고 몸이 찌뿌드

드하다는 경우가 한 번도 없었다. 술에 관한한 정신적, 육체적으로 대단히 건강하고 정상적이다.

우리는 가끔 술잔을 들고 대화하는 중에 대한민국을 지상천국으로 칭송했다. 그의 부인은 아들이 있는 미국으로 이민 가서 살자고 하나 박 사장은 그럴 의사가 전혀 없다고 한다.

세계 어느 나라를 가도 우리나라만큼 술값도 싸고 제약 없이 마실 수 있는 나라가 없기 때문이란다. 우리나라 술꾼이라면 누구나 알다시피 천 원이면 막걸리나 소주 한 병으로 기분 좋을 만큼 취기가 오르고, 언제나 간편하게 구 할 수가 있다. 우리는 이 좋은 환경을 마음껏 즐겼다. 부근에 공장이 많아 덩달아 음식점도 성업 중이어, 삼겹살 구이를 안주로 소주를 둘이서 각 일 병 마시면 고작 이만 원도 안 돼 큰 부담이 되지 않았다.

이 지방 사람들은 유난히도 개고기를 좋아하는지 음식점 중에 보신탕집이 많다. 이름부터 보신이라지 않는가. 내가 먼저 '몸에도 좋은데 거기서 한잔하면?' 했더니, 젊은 시절 즐겨했지만 불교 신자인 어머니가 알고 먹지 말라는 엄명을 내렸다고 한다. 그는 모친 말씀을 충실히 따르는 효자이기도 하다.

가끔은 저수지에 붙어 있는 민물 매운탕 집을 가기도 했는데 내가 그다지 좋아하지 않고 가격도 삼만 원을 호가하는데다, 매운탕에 들어가는 민물고기가 이 낚시터에서 잡은 것이 아니라 평택 항에서 받아오는 중국산이라는 소문을 듣고부터 우리 안주는 오로지 삼겹살로 통일 되었다. '우리의 소원은 통일'이라는 노래도 있는데, 박 사장과 내가 힘을 합쳐 이룩한 것이라고는 오로지 안주를 통일한 것 뿐이었다.

그는 술 중에 소주가 최고라고 한다. 자식들 보러 미국이나 소련에 가더라도 양주를 마시기보단 종이팩으로 된 소주를 가져가서 마신단다. 허긴 내가 라스베이거스에 갔을 때 교포가 운영하는 음식점에서 반주 삼아 소주 한 병을 주문했더니 계산서에 삼십오 불이 적혀 있는 것을 보고 기절할 뻔 했던 기억이 난다. 술꾼이라면 청탁불문이 보통이지만, 그는 오로지 소주 만을 고집하는 소주 전용 애호가다. 외국에 다녀올 때도 그 흔한 면세로 파는 양주 한 병 사다가 우리 술자리에 내놓은 적이 없다. 그러면서 항상 변명하듯이 '양주 보다는 소주가 좋지요.' 한다. 나는 박 사장과 기호가 다르다. 양주를 사오지 못했으면 차라리 그런 말이나 하지 않았으면 좋겠다.

소주 마시러 가다가 맥주 마시자는 사람이 있으면 그쪽으로 돌아서고, 맥주 마시러 가다 양주 마시자는 사람이 있으면 다시 그편을 따르는 것이 세상인심 인데, 그는 오로지 소주만 고집하는 외골수 사나이이기도 하다.

가끔은 우리 집으로 식사 초대를 했는데, 부인이 한 달에 한두 번밖에 다녀가질 않아 홀아비처럼 사는 그가 안 돼 보였기 때문이다. 초대 받았을 때 그는 삼겹살을 한두 근 사서 들고 오기도 했다.

박 사장이 식사에 나를 초대한 경우는 딱 한 번 있었는데, 부인이 내려와 모처럼 점심을 차려준 것이다. 물론 소주잔이 당연한 듯 식탁 한쪽을 차지하고 있었다. 부인이 마련한 밥상은 부자들의 반찬처럼 풍성하지도 맛이 뛰어나지도 않은 지극히 평범한 것이었다. 부자들의 밥상은 서민들의 밥상과 다를 것이라는 내 생각은 편견인가 보다.

초지를 세주었지만 그렇게 많은 농지를 가지고 있으면서도 농사는 짓지 않는다. 오랫동안 비어 있는 뒷집 마당을 밭으로 만들어 근처 사람이 고구마를 심고 있는데, 자기는 손가락 하나 까닥하지 않고 입으로만 농사를 이야기한다.

다만, 집 옆 공터에 조그만 비닐하우스, 그것도 동네 사람들이 폐자재를 활용해 만들어준 하우스 안에 약간의 고추와 상치, 쑥갓 등을 심어 놓은 것이 전부다. 혼자 먹을 만큼, 간혹 부인이 오면 함께 먹을 만큼만 가꾼다. 그러면서도 마을 일에 꽤 열심이다. 소일거리로 농사 대신 마을 일로 대신하는 것인지 모른다.

그 동네 경로당 겸 마을회관 입구에 그의 공덕비가 세워져 있다. 몇 사람의 이름이 함께 기재된 공동 비문이다. 상당히 친밀하게 되었을 때 '박 사장님이 마을 일을 잘하니 사람들이 비석도 세워주네요' 하고 넌지시 운을 떼니 내력을 말해 주었다.

동네가 야산 위에 위치하다 보니 벼락이 쳐서 가옥 두 채와 모든 집의 가전제품이 피해를 입었다고 한다. 그래서 그가 헌 전신주를 사서 피뢰침을 달면 해결된다는 제안을 했고 전신주 구하는 임무도 맡았다. 마을 위쪽과 가운데에 피뢰침을 단 전주를 한 개씩 세웠더니 그 뒤론 낙뢰 피해가 없다고 한다. 그래서 마을의 안전과 발전에 기여한 그의 활동이 공덕비로, 그 비석이 마모될 때까지 우뚝 서 있게 되었다.

자동차로 코란도 스포츠를 가지고 있는데, 오다가다 동네 노인을 보면 버스 정류장이든지 집 앞까지 모셔다 드린다. 그뿐만이 아니라 때로는 빵을 사다가 돌아가며 어른들에게 드리니 인기 짱이다. 그래서 무슨 일이 생기면 그는 동네의 어떤 집이건 초대 일순위로 자리매김 됐다.

열심히 일하는 사람은 거기에 걸맞게 직책도 있기 마련이다. 마을에서 노인들이 그를 새마을 지도자로 적극 추천했으나 고사하고, 반 강제로 부여받은 것이 경로당 총무였다. 육십도 안 된 나이에 무슨 경로당 회원인가 미심쩍었는데 이유가 있었다. 나이 적은 회원이 칠십대이며, 상당수는 팔십대다보니 회계라든지 물품 조달, 사소한 경로당 보수 등 잡일할 젊은 피가 필요했던 것이다. 더구나 그는 스포츠카로 기동력마저 구비하고 있는 사람이 아닌가. 그 차는 화물도 웬만큼 실을 수 있게 적재함도 있다. 그래서 총무 직책 적임자였다.

하루는 술 마시는 도중에 총무의 고충을 털어놓기도 했다. 경로당 건물이 오래되어 슬래브(slab) 지붕에 얼마 전 방수공사를 했는데 또 누수가 된다는 것이다. 면사무소에서 수리비를 받아와 공사를 해야 하는데 영세업자는 구두로 총액만 이야기할 뿐 견적서 같은 서류를 제출하지도 않고, 규모가 어느 정도 큰 업체는 사소한 보수공사라서 거들떠보지도 않아 일의 진척이 없다고 한다. 다른 한편으로는 근본적인 누수 방지책에 대해 부심하고 있었다.

내가 가서 살피고 기본적인 데이터를 위해 측정해 보니 벽의 직각이 맞지도 않고, 높이도 일치하지 않으며, 단열처리도 하지 않은 불량건축물이었다. 나는 슬래브 위에 목재 지붕을 만들어 씌우면 누수도 해결되고 여름철 복사열도 줄일 수 있다고 제안했다. 거기에 따라 자재비, 인건비, 제세공과 등 규정에 맞게 산출한 견적서를 작성, 박 사장에게 주어 일이 추진되도록 도왔다. 내심으로는 그렇게 도와줬으니 혹시 나에게 보수할 기회가 오지 않을까 기대를 했다. 그 이후로 박 사장은 지붕에 대해 언급하지 않았는데, 어느 날 보니 말끔히 수리되어 있었다. 가로, 세로 3cm 크기 각목으로 지붕틀을 짜고 기와형 강판으로 덮어 씌웠는데, 시골의 영세업자가 시공한 것으로 보였다. 내가 작성한 견적서는 목재가 3.8cm×14cm(2"×6") 크기였다. 직접 시공하겠다는 의사를 제시하지 않은 잘못도 있어 아쉬움이 많았지만, 박 사장의 냉정함과 일처리 솜씨를 엿보는 기회가 되었다.

박 사장의 자동차, 코란도 스포츠를 몇 번 탈 기회가 있었는데, 그럴 때마다 그는 '미국에 가면 아들이 산 벤츠 600을 타고 다니는데……' 하는 말을 해서 내 기를 죽였다. 내 차는 일 톤 화물트럭이기 때문이다. 우리나라 사람들은 그 사람이 가지고 있는 승용차의 차종이 신분을 가늠하는 기준으로 내재되어 있다시피 하니, 우러러 보이지는 않아도 부럽긴 하다.

그런데 그 아들이 자기가 벌어서 벤츠를 산 것이 아니라 아버지 돈으로 산 것은 아닐까 하는 의문이 들었다. 아버지는 코란도, 아들은 벤츠, 뭔가 톱니가 잘 맞물리지 않아 삐꺽거리는 소리가 들리는 듯하다.

그는 영어회화에 문제가 있는 것 같다. 미국에 가서 간혹 물건을 살 때는 아들을 동반하며, 아들이 같이 가지 않으면 핸드폰으로 통화하고 판매하는 사람을 바꾸어주는 방식으로 구입했다고 한다. 우리 나이엔 대졸자라도 회화가 어려워, 외국인을 만나면 입도 뻥긋하지 못하고 얼굴만 벌겋게 변하는 사람이 대부분이다. 학교 교육의 맹점으로, 그를 탓할 게 아니라, 궁극적으로 교육에 책임이 있는 대통령에게 항의하는 촛불 시위라도 해야겠다. 여하튼 그가 이민가지 않으려는 사유도, 의사소통을 못하는 영어가 얼마간 반영되지 않았는지 모르겠다.

어느 날은 한잔하면서 심각하게 의중을 털어놨다. 가지고 있는 부동산 중 상당수를 처분하여 아틀란타에 투자를 해야겠다고 한다. 모든 계획이란 불확실성이 있고 특히 그러한 일이라면 심리적으로 많은 압박을 받고 있음이 분명해 보이니 답답해서 그랬을 것이다. 국내 상황이 종합과세 등 부동산에 대한 세금이 자꾸 늘어나니 차라리 미국에다 부동산 투자를 하고 싶다는 것이다. 더구나 교포들이 LA에서 벗어나 아틀란타로 이동이 많아진다고 한다. 아틀란타는 땅 값이 싸서 LA에서 이주하면 두 배 면적의 가게와 동일한 규모 주택을 두 채나 살 수가 있단다. 문자 그대로 반값이다. 신문에서도 그러한 기사를 읽은 기억이 난다.

나는 아틀란타에서 올림픽이 열리기 일 년 전 출장으로 가 본 적이 있었는데, 도심을 벗어나자마자 광활한 평지에 나무가 우거진 것이 떠올라 도시의 확장이 계속될 수가 있겠다 싶었지만, '남의 제사상에 밤 놔라, 대추 놔라' 할 게재가 아니니, '신중하게 처리하십시오.' 하는 말 밖에 할 일이 없었다.

그 나이에 미국에 투자한다면 자식만 좋은 일 시킬 게 틀림없을 것이라 생각된다. 그는 아들이 이제 부동산에 눈이 트이고 경영학을 했으니 잘 관리할 것이라고 부연 설명도 했다.

어차피 재산이 있어도 사회 환원이라든가 복지 재단에 기증을 할 것 같지는 않으니, 자식에게 물려줄 것이면 '윷판에서 개나 걸이나' 그게 그거지 뭐가 다르겠는가. 다만, 국부가 유출되니 애국심이 발동되어 말리고 싶긴 하다.

아들이 미국 시민권자가 되면, 죽은 뒤에 제삿날 저승에서 아틀란타로 직행하면 되겠지만, 혹시 이사라도 가면 영어도 못하는데, 주소 찾다 날 샐 수도 있겠다. 거기다 미국식은 제사도 없고 제사상을 차려줄 며느리도 없으니 잘못하면 제삿밥도 못 얻어먹을 팔자이지 싶어 안타깝기도 하다.

어느 정도 지난 후에 투자 결과를 들었다. 한 블록의 땅 전체를 매입했으며 거기에 상가를 짓고 나머지는 주차장으로 사용하는데, 아들은 비디오 가게를 하며 상가를 관리한다고 했다. 세를 놓은 상가에서 일정한 수입이 있으며 그 중 일부는 아들의 관리비로 떼어주고 나머지는 송금 받기로 했단다.

시대가 비디오에서 CD로 바뀐 지 오래 되었는데 웬 비디오 가게인가 했더니, 한국의 인기 드라마가 방송되자마자 비디오로 녹화돼 미국으로 공수되고, 비디오 가게에서는 복사를 해서 교포들에게 대여한다는 것이다. 비디오 가게가 성업 중이라고 하니, 미국도 한국에서는 거의 사라진 것을 잘도 계속하는구나 하는 생각이 들었다. 역시 전자공업은 우리나라가 세계 최고로 자부심을 느껴도 될 것 같다. 갑자기 월드 컵 구호가 생각났다.

박 사장은 가끔 며칠씩 보이지 않을 때가 있다. 거의 일 주일마다 한번 정도 만나지만 술이나 한 잔 할까 해서 전화하면 진도에 있단다. 서울에 갈 때는 기껏 하루나 이틀이면 오는데, 진도에 가면 보통 오일에서 일 주일 정도 지나야 온다. 거기 사는 토박이 고등학교 친구를 만나러 간 것이다. 나를 만나면 안주로 먹은 회, 매운탕 등등 해산물에 대해 자랑을 한다. 누군들 입맛이 다르겠는가? 그런 곳에 친한 친구가 산다는 것이 부럽다.

또, 매년 한번 정도는 미국에 사는 아들을 보러간다. 한 달 정도나 그보다 더 긴 기간에 술친구가 없으니 그럴 때는 마음 한 쪽이 허전하다.

그를 알게 된 지 오년 정도 지난 그 해 박 사장이 미국에 갔을 때, 보통사람이라도 이름을 들으면 '아! 그 목사님' 하는 그분을 현지에서 만났다고 한다. 아이러니하게도 남자들이 배설하는 장소에서 공짜로 음식을 제공해 꽤 잘 알려진 분이다. 아들끼리 유학을 함께한 친구이고 해서 그 분이 초대했는데, 조건을 걸어 관철시키고 만났다고 한다. 자기는 저녁이면 으레 소주를 한잔해야 하니 교리에 어긋나더라도 용인해 달라는 것이다. 그래서 목사와 여러 손님 앞에서 혼자 술을 마시게 되었단다. 하여튼 대단한 사람이다.

미국에 다녀온 지 얼마 지나지 않아, 둘이서 잔을 들고 우리나라가 지상 천국임을 확인하는 자리에서 그가 말했다. 아들의 추천과 목사의 권유로 남양주 산속에 있는 교회 수련원에서 일 주일간 수련을 받아야 할 것 같다는 것이다. 수련은 좋은데, 문제가 술이었다. 이번에는 조건이 무사히 통과되지 못한 것 같다. 그가 다녀온 뒤 들으니, 몰래 종이팩 소주를 한 박스 숨겨 가지고 들어가 취침 전에 혼자 홀짝홀짝 했다고 한다.

내가 관심을 갖고 들었던 것은, 수련 후에 나눠 준 백지에 교회에 기부금을 납부하겠다는 약정서를 쓰라는 것이었다. 수련원 내에 기부자 명단을 금속 명판으로 새겨 벽에 부착해 놓았는데, 뒷자리 '0'이 무려 일곱 개가 넘는 것이 대부분이었다고 한다. 간도 크다. 좋은 일에 쓰려는 것이겠지만 서

민들이 생각하기엔 '날강도가 따로 없네.' 할 것 같다. 역시 부자들은 노는 물이 다르다. 물론 그는 여러 가지 사유를 들어 기부를 거부했다고 한다. 구원파의 유병헌처럼 신도들의 헌금이 목사와 그 가족의 축재 수단과 방법이 아닌지 의구심이 들었다. 종교 지도자가 결혼해서 가정을 갖는다는 것 자체가 장삼이사의 닭살을 돋게 할 소지가 있다. '예수와 마누라가 물에 빠지면 누구를 먼저 구할까?' 하는 시중의 우스개가 떠올랐다.

함께 술을 마실 때 따분하거나 화제가 궁하면, 사소한 일들을 꺼내 보조 안주로 삼기도 한다. 내가 7년쯤 전에 사놓은 밭뙈기는 사방이 야산으로 둘러싸여 조용하고 쾌적하나, 마을에서 멀리 떨어져 있다. 박 사장은 좋은 땅으로 이전을 권유하는 부동산 전문가다운 시각으로 평하기도 했다. 이렇게 조용한 명당자리가 어디에 또 있을까 싶어 자위를 하지만, 경제적으로 여유롭다면 모를까 이것도 간신히 마련한 것이라 이전은 어렵다. 박 사장은 그러면서도 내 땅의 일부를 자기에게 매입가로 주면 전원주택을 짓겠다고 한다. 옆집에서 이웃해 같이 살자는 것이다. 사실, 세종시 건설이 본격화되면서 호가는 상당히 높아졌다. 구십구억 가진 부자가 일억 가진 가난한 사람의 돈을 탐내 백억을 마저 채우려는 심사는 아닌지 의아하다. 주택 신축에 문제는 없지만 절차가 복잡한 대관 업무라, '박 사장님이 건축 허가를 받아 주시죠. 그러면 그렇게 해 드리겠습니다.' 하는 조건을 제시했다. 그 뒤로 이 이야기는 진전이 없었다.

서울 근처로 사무실을 옮겼다. 전화로 한두 번 안부를 주고받는 동안에도 세월은 자기 혼자 멈춤 없이 굴러간다. 인사치레로 서울 집에 가는 길에 한 번 들러 가라고 했지만 그는 연락이 없었다. 그렇게 각자의 생활에 몰두했다.

밭도 궁금해서 다니러간 김에 그가 살던 집에 들렀다. 폐가처럼 현관문에 먼지가 잔뜩 쌓여 있다. 옆집 사람이 박 사장은 한참 전에 진도로 이사 갔다고 한다. 핸드폰으로 연락하니 시간나면 한 번 놀러 오라고 한다.

문득 그가 한 말이 생각났다. 우리 집에서 산수이 오디오 세트를 보더니, 만약에 처분하게 되면 스피커는 자기에게 달라는 부탁이었다. 세월이 흐르니 각종 플라스틱 버튼이 잘 작동하지 않아 수명이 다 된 것 같아 버리려고 했는데 그 말이 떠올라, 통화 후 고속버스 터미널에서 소화물로 부쳤다. 며칠 후 그로부터 전복 한 상자가 택배로 배달돼 왔다. 선물을 받고 보니 옛 술친구가 그리워지고 같이 한잔하고 싶은 생각이 간절했다. 고속버스로 목포까지 내려오면 자기 차로 마중 나오겠다고 했지만, 알려준 주소를 내비게이션에 입력해 여덟 시간 가까이 운전해 찾아갔다.

박 사장은 세방낙조 부근에서 혼자 살고 있었다. 마을과 멀리 떨어진 한적한 곳에 있는 이층집이다. 완만한 경사지에 위치한 집은 조경이 잘 되어 있다. 거실과 이층의 큰 전망 창을 통해 푸른 바다와 여기저기 작은 섬들, 언덕 밑의 바위에 부딪혀 부서지는 하얀 파도도 잘 보인다. 이층에는 대형 오디오 세트와 내가 보내준 스피커도 한쪽에 자리 잡고 있었다. 어느 영화의 한 장면 같은 이 별장은 가까운 친척이 주인이란다.

오랜만에 본 박 사장은 혈색도 변함없고 건강해 보였다. 그가 준비한 전복을 안주로 달빛어린 밤바다 파도 소리를 들으며 함께 술잔을 기울이며 이틀 밤을 지내고 헤어졌다.

술친구도 애인과 같은 것인지 멀리 떨어져 지내니 추억은 남았어도 마음은 멀어져 간다.

가끔 명절이나 특별한 일이 있을 때 전화로 안부를 묻고 답하는 사이가 되었다. 작년 말에 메시지를 보내도 응답이 없어 또 보냈지만 소식이 없다.

아들 보러 미국에 다니러 갔을 것이라 추측했다. 신년 인사 겸해서 전화를 했지만 받지 않는다. 아주 이민을 가버린 것은 아닌지 궁금하다.

봄 농사용 모종을 구입하러 오일장이 열리는 병천에 가다가 차 안에서 무심결에 멀리 있는 그의 집을 보았다. 불현듯 그가 생각나고 소식이 없어 궁금했는데 살던 집에나 한번 들러 보려고 핸들을 돌렸다. 담도 없는 집이라 현관까지 걸어가니 문 앞에 승용차가 서있고, 안으로부터 TV 소리가 들린다. 인기척을 하니 사람이 나온다.

이럴 수가! 그야말로 기계로 공산품 찍어내듯 정말로 똑같은 박 사장 얼굴인데 키만 십 센티미터 정도 작다. 그러나 성성한 머리카락의 은발, 말투까지 그대로 빼닮았다. 그는 나와 동갑으로 형보다 사교성이 적고 말도 신중히 하며 매우 여유 있게 행동한다. 주말 부부로 지내면서, 집 옆 칠천 평의 밭을 계단식으로 만들어 농사를 지으려 한단다.

형에 대한 소식을 물으니 얼마 전 진도에서 올라와 홍천에 아파트를 얻어 형수와 함께 이사를 했단다. 몇 번씩이나 형에게서 들었지만, 청담동의 집을 처분하고 뚝섬 서울 숲의 신축 아파트로 이사 갈까 고민 중이라고 했었는데 강원도 홍천이라니, 그것도 전원주택이 아닌 아파트로. 물론 동생이 그렇게 말하니 사실이겠지만. 박 사장의 사정을 짐작하기 어렵고 그의 첫 번째 소원이 떠올라 많이 헷갈린다.

밭일은 아침 일찍부터 시작해 정오가 되면 오전 작업을 마친다. 기온이 높고 햇볕이 뜨거워 세 시까지는 그늘에서 낮잠을 즐기거나 쉰다. 시원한 막걸리 한 잔이 생각나 차를 몰고 도로가의 가게에 들렀다 돌아가는데 다리 옆 공터에서 이곳 토박이 김 사장을 보았다. 그는 커다란 전선용 목제 원형 감개를 탁자삼아 비치파라솔을 꼽아 햇빛을 가리고 새빨간 플라스틱 의자에 앉아 있다.

풍문으로는 초등학교 졸업의 학력으로 복덕방 일을 하면서 땅 주인 모르게 외지인에게 웃돈을 붙여 차액을 챙기는 수법으로 거부를 축적한 사람이란다. 동네 사람들은 왜 그런지 몰라도 기피하는 인물이다. 나도 친밀감이나 호감은 없지만 안면이 있으니 오다가다 만나면 가벼운 인사만 하고 지나치는 처지다. 차창 밖으로 손을 흔들어 인사하니 잠깐 쉬어 가란다. 요즈음 부동산 거래가 거의 없어 중개인 사무실은 개점휴업 상태라, 이 자리에다 조립식 건물을 직접 지어 음식점으로 세를 놓겠다고 한다. 화제가 흐르다 보니, 동네 사람들의 요구로 마을 발전을 위해 박 사장이 소유한 야산을 개발하게 일부를 떼어내 팔도록 서울 집에 여러 차례 찾아가 설득도 했다고 한다.

"구청 근처 청담동 집이요?"

"예, 옥탑방 있는 이 층이던데, 일 층에 가게를 낸 아주머니가 떡볶이 장사 합디다. 우습게 보여도 그런 게 수입이 짭짤해요."

"에이, 잘못 아셨겠지. 박 사장이 얼마나 부잔데……"

"가보지 않아 잘 모르시는군. 박 사장이 부자가 아니라 동생이 부자지요."

" …… "

"그 땅도 동생 것입디다."

먼지

윤정임

　한때 다니던 직장을 그만 두고 소설을 쓴 적이 있었다. 글을 써서 먹고 사는 전업 작가가 되리라는 꿈을 이루기 위해서였다. 그 시절 골방에서 홀로 써낸 원고들을 여러 공모전에 보내놓고, 등단 소식이 전해오기를 초조하게 기다리는 것이 나의 일상이었다. 그런 기간이 길어지면서 어느새 나는 '소설이 무엇인지 모르겠다'는 말을 입버릇처럼 하게 되었다.

　「먼지」는 소설을 읽고 쓰는 데에 투자했던 내 시간들의 전부와 같은 소설이다. 그 시간들이 낭비가 아니었음을 어떤 공모전에서 확인하게 되었다. 서울예대 강의실에서 소설탄생 선생님들과 「먼지」에 대해 합평을 하던 중, 교수님께서 "저는 소설이 이런 모습을 지니면 진정성이 있다고 생각합니다."라는 말씀을 하셨던 기억이 문득 떠올랐다. 「먼지」는 매우 많이 고친 작품이라는 생각뿐, 소설의 진정성에 대해 나는 지금도 막연하다는 느낌이다. 「먼지」를 읽는 독자는 알까.

　나는 아직도 소설이 무엇인지 모르겠다는 말을 한다. 예전보다 그 말을 더 자주 하게 되는 것 같기도 하다. 내가 여전히 소설을 모르는 것은 글을 쓰는 데에 내 모든 열정을 바치지 않았기 때문일 것이다. 언젠가는 진실된 소설 한 편 쓰게 되기를, 그런 소설이 나를 선택해 주기를⋯⋯. 그동안 더 열심히 써야겠다는 다짐을 해 본다.

2007년 제3회 청년토지문학상 수상
2010년 제2회 목포문학상 수상

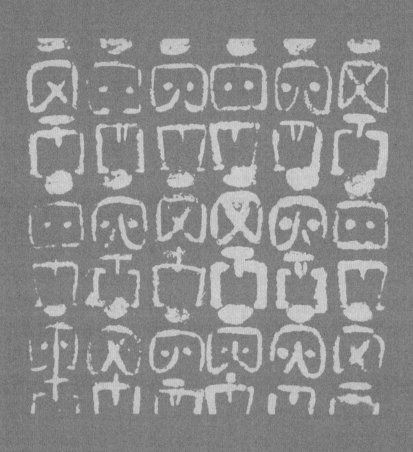

먼 지

윤정임

벌레들이 나타난 것은 아버지의 기일을 삼일 앞 둔 아침나절이었다. 놈들은 창문을 드나드는 한여름의 햇살을 야금야금 갉아먹고 있었다. 짙은 갈색 빛깔의 동그스름한 벌레들이 더딘 움직임으로 창문을 오르내릴 때, 나는 그들을 엄지손톱으로 톡톡 눌러버렸다. 봉숭아씨만 한 몸집에 도망칠 낌새도 없는 녀석들은 도무지 벌레 같지가 않았다. 나는 일곱 마리의 시체를 티슈 한 장으로 움켜쥐고 쓰레기통에 던져 넣으면서 그들의 존재도 잊어버렸다. 그런데 어느새 또 생겨난 벌레들은 창가의 햇살을 게걸스레 탐닉했고, 나는 아주 묘한 기분, 이를테면 살의 같은 것을 만났다. 이내 그들을 죽이는 일에 익숙해진 나는, 그들 또한 죽었다가 살아나는 습관이 들었음을 눈치 챘다.

놈들은 창문을 아예 흑갈색으로 점령해 버렸다. 티슈로는 어림도 없어진 벌레들을 없애기 위해 나는 살충제를 뿌렸다. 대부분의 벌레들은 창틀에 떨어져 버둥거리다간 널브러져버렸다. 제법 끈질긴 생명력을 보이는 것도 있었지만, 벌레목숨은 오 분도 채 버텨내지 못했다. 순순히 사라지지 않는 녀석들은 내 엄지손톱에서 확인 사살을 당해야 했다. 찍, 소리를 내며 바스러지는 벌레의 몸에서는 허연 액체가 튀어나오곤 했다. 나는 교수형으로 죽은 죄수의 아랫도리에서 정액이 발견된다는 속설을 떠올렸다. 목을 맨 사람이 황홀경을 만나고 숨을 거둔다는 추측은 아마도 그런 흔적에서 비롯되었을 터였다.

환자복 하의의 가랑이 사이로 드러난 아버지의 성기. 간호사는 그것에 소변줄을 연결하고 있었고 나는 얼른 커튼을 닫았다. 그러나 아버지의 그 어두컴컴한 잔영은 커튼으로도 가릴 수 없었다. 전신을 태우고 형체만 위태롭게 남겨놓은 숯처럼 그것은 그대로 잿더미였다. 침상 위에서 흐릿한 눈빛으로 천정을 바라보던 아버지는 자신의 하반신이 노출되어 있음을 의식하고 있었을까. 그런 모습으로 자주 병원 신세를 졌던 아버지는 의식이 돌아올 때면 혼수상태였던 동안의 기억을 끄집어내려 애썼다. 생기 없는 눈을 끔뻑이다가 고개를 갸웃거리고는 깊은 숨을 뱉어내던 아버지의 모습에서, 나는 현실 바깥의 숲속 같은 아득한 세상을 떠올리곤 했다. 내가 그 의식이 사라진 세계에 관하여 물으려 했을 때, 아버지는 또 죽었다가 살아났구나, 하며 먼저 입을 열었다. 나는 염세가 베인 그 흐린 음성으로 어떤 이미지를 떠올렸는데, 그것은 먼지입자처럼 곱게 해체된 빛의 세계였다.

놈들은 다시 나타났다. 분명히 다 죽였는데……. 끊임없는 그들의 출현만큼이나 살생을 반복한 나는 그간 품고 있었던 알량한 죄책감마저도 죽여버렸다. 놈들을 송두리째 전멸시킬 방법을 연구하다간 일순 고개가 기울어졌다. 창가에서만 모습을 드러내는 녀석들의 습성이 심상치 않았다. 놈들은 빛에 대한 기억을 확인이라도 하려는 것일까. 나는 세차게 도리질을 치며 창문과 커튼에 살충제를 살포했다. 이깟 벌레들보다 더 시급히 고민해야 할 문제가 있었다. 아버지의 기일이 코앞으로 다가와 있었지만 추모일을 기념할 방법을 정하지 못한 상태였다.

1년 전까지 아버지와 나의 보금자리였던 아파트는 아직도 여전한 노환에 시달리고 있었다. 균열이 생긴 자리를 땜질한 흔적과 듬성듬성 쇳물이 흘러내린 자국, 헝클어진 가지를 늘어뜨린 나무들이 변함없는 표정으로 나를 맞았다. 새집으로 이사를 떠난 2개월 만에 아버지는 영면에 들었다. 나의 꿈속에서 아버지는 늘 새집이 아닌, 이 낡은 집을 배경으로 등장했는데, 나는 아버지가 아직까지도 이곳에서 살고 있을 것 같은 기분이 들기도 했다.

아버지가 걸었던 길과 쉬어간 벤치, 자주 이용했던 슈퍼마켓 등을 둘러보았다. 군데군데 재건축 공고문이 너덜거렸다. 처음으로 우리 집이 되어준 이 아파트가 사라진다는 소식에 불쑥, 아빠 이 아파트가 없어진대, 혼잣말이 튀어나왔다. 단지를 빠져나와 가까운 전철역을 향해 터덕터덕 걸어갔다. 횡단보도까지 이어진 인도에는 노점들이 즐비하게 늘어서 있었다. 아버지는 간간이 기운이 생기면 이곳에 나와 부식거리를 사고 상인들과 담소도 나누었다. 특히 건어물을 파는 아주머니와 얘기하기를 좋아했는데, 그때만은 아버지의 창백한 얼굴에도 피가 돌았다. 나는 병든 홀아비의 벗이 되어준 아주머니에게 감사의 뜻으로 붕어빵을 선물한 적이 있었다. 실은 즐겨 먹지도 않는 건어물을 사다가 수납장 여기저기에 숨겨놓는 아버지의 행동이 수상하여 그 아주머니가 궁금하기도 했다. 그녀는 눈, 코, 입, 얼굴형과 체형까지 모두 동그랗게 생겼었다. 몸피를 작게 말고 커다란 대야물 속에 들어갈 때의 그 어릴 적 안온함을 문득 떠오르게 하는 인상이었다. 그런데 파란색 아이

새도우는 그녀의 분위기와 어울리지 않았다. 거기에 짙은 마스카라까지. 그런 치장은 어쩐지 무언가를 감추려는 위장 같았다. 늘그막에 상점 하나 마련하지 못한 신세가 부끄러웠을까. 그녀에게 어울릴 연한 분홍빛 새도우를 선물하리라 마음먹었는데, 실행하지 못하고 나는 이사를 가버렸다.

늦었지만 아버지의 부음을 전하고 싶었다. 그녀는 벌써 아버지를 잊어버렸는지도 모른다. 그러나 영 인연이 없는 사람도 죽었다는 소식을 들으면 안타까워하는 것이 인지상정이 아닌가. 오징어포, 멸치, 다시마 등이 나란히 놓인 좌판에서 그녀는 구운 김을 '훈이네 김'이라고 쓰여 있는 비닐 봉투에 넣고 있었다. 시종 가스불만 바라보는 아주머니 옆에 앉아 신나게 떠들어대던 아버지의 얼굴이 떠올랐다. 묵직한 숨이 목구멍을 콱 막아버려서 나는 마른침을 연거푸 삼켰다.

"잘 지내셨어요?"

마침 등 뒤로 지나가던 자동차가 나의 목소리를 치고서 달아났다. 연신 김만 굽고 있는 아주머니에게 나는 한 번 더 인사말을 했다. 그제야 고개를 든 사람은 그러나 그녀가 아니었다. 그녀와 닮았지만 나이가 더 들어보였달까. 아무튼 그녀가 아님이 분명한 그 여인은 애써 기억을 더듬어 나에게 알은체를 하려고 했다. 이전에 건어물을 팔던 아주머니인 줄 알고 실례를 범했다며 내가 얼굴을 붉히자, 아주머니는 그녀가 자신의 동생이고 쌍둥이처럼 닮아 많이들 착각한다면서 나의 무안을 덜어주었다. 그 동생분은 어디 가셨어요? 내가 묻자, 아주머니는 쓸쓸한 표정을 잠시 보이곤 그냥 내가 맡았어요, 했다. 나는 부고를 전할까말까 망설이다가 동생분과 저희 아버지는 친구였는데, 하고 간신히 입을 뗐다. 일순 주름진 눈꺼풀을 치켜 올리며 나를 바라보는 아주머니의 눈초리엔 경계하는 빛이 완연했다.

"아빠…… 돌아가셨어요. 일 년 전……."

말끝을 맺기도 전에 나는 굵은 눈물방울을 먼저 쏟아버렸다. 한동안 망연히 나를 바라만 보던 아주머니는 딱딱한 손바닥으로 내 볼을 쓸어주었다. 괜히 더 서러워진 나는 엉엉거리기까지 했다. 냇물 같은 눈물을 닦고 또 닦아내는 아주머니의 수고를 넉살좋게 누리고 있는데, 다 큰 아가씨가 길바닥에서 눈물이나 질질 짠다고 주위의 상인들이 장난스런 야단을 쳤다. 나는 울음을 뚝 그치고 얼른 손수건으로 얼굴을 닦아냈다. 아주머니가 구운 김 한 장을 찢어서 내게 주었다. 짭짜름한 김을 천천히 녹여먹다가 불쑥 콧마루가 맵싸해졌다. 요, 여시 같은 내 딸내미, 하며 내 어릴 적의 아버지는 곧잘 내게 박하사탕을 물려주곤 했다. 또 왈칵 터지려는 눈물을 밀어 넣으려고 아주머니에게 동생분의 거처를 물었다. 다 늙어빠져서 노망이 난 게지. 깊은 한숨을 뱉어낸 아주머니는 버너에 불을 붙였다. 내가 기억력이 좋지 않아서 이름까지 외울 수는 없고 아버지 성이라도 알려주면 소식을 전하지. 김을 살살 뒤집는 아주머니의 손놀림이 재빨랐다.

"길 씨요."

길 씨? 아주머니는 눈이 휘둥그레져서 나를 찬찬히 들여다보았다. 정말 아버지 성씨가 '길'이 맞느냐고 재차 확인하던 아주머니는 김 한 장을 검게 태워버리고 말았다. 그을음이 가늘게 피어오르는 김을 바라보며 나는 아주머니께 약간 미안하다는 생각이 들었다.

"그 애가 길 씨라는 사내와 눈이 맞아……. 애까지 생겼어. 서방 버리고 지금 안성에서 살고 있는데……."

순간 아버지와 아주머니 사이에 뭔가가 있다는 예감이 바짝 다가왔다. 길 씨는 그리 흔한 성이 아니었다. 날벼락이라도 맞은 사람처럼 멍해있던 나는, 그 길 씨라는 사람이 아버지일 수도 있다는 상상을 했다. 지난해 아버지의 임종을 지켜보았고, 사흘 동안 장사를 치러냈고, 뼛가루를 선산에 뿌려버리고도 그 길 씨가 아버지일 수 있다는, 아버지가 아직 살아있을지도 모른다는, 가망 없는 기대를 품은 것이다.

　빛과 교미라도 하는 것일까. 벌레들은 안간힘을 다 해 태양을 향하고 있었다. 그들은 창문에서 끊임없이 생멸을 반복했다. 창가에 수북한 벌레들의 시체는 내가 뿌린 살충제가 원인이었다. 그러나 싱싱한 날갯짓으로 창문과 커튼을 오가는 녀석들의 발생은 어디에서부터 시작되는지 알 길이 없었다. 아무리 창문을 살펴보아도 햇살 이외에는 발견되지 않았다.

　죽은 벌레들을 걸레로 훔쳐가며 한 곳에 모아 보았다. 비상의 습관을 잃어버린 그들이 수북하게 쌓였다. 나는 벌레의 몸 위로 엄지손톱을 갖다 댔다. 꾹꾹 누를 때마다 으스러지는 소리와 함께 허연 액체가 튀어나왔다. 이 정도면 번식력까지 뭉개졌을 테지. 가루가 된 벌레들을 걸레로 움켜쥐었다. 빨래를 하러 욕실로 가려는데 먼지가 자욱한 방바닥이 눈에 거슬렸다. 매일같이 청소를 해도 끊임없이 쌓이는 먼지가 벌레처럼 징글징글했다. 혹시 먼지와 벌레의 발원지가 동일하지 않을까. 방바닥을 걸레질하며 불현듯 스친 예감이었다. 그것이 정답이라면 먼지는 도대체 어디에서부터 생겨난 것인가. 매연, 책, 흙, 땅, 지구, 우주……. 광범위한 먼지의 발생지를 나열하고 보니 답답함이 더했다.

　걸레에 물을 뿌렸다. 벌레 조각과 머리칼과 실오라기와 살비듬 등이 샤워기 물줄기를 따라 하수구 속으로 흘러들어갔다. 벌레들의 흔적을 제외한 나머지는 아마도 내게서 비롯된 먼지일 터였다. 살아있는 나야말로 헤아릴 수 없는 먼지를 생산하고 있었다. 하수구로 회오리치며 사라지는 물줄기를 응시하던 중 등줄기에 땀이 서렸다. 거대한 중력의 힘을 이용하여 물질은 물론 빛과 에너지와 시공간까지 가두어버리는 블랙홀, 그 속으로 내 몸이 벌컥벌컥 먹혀들어가는 기분이 들었다. 나는 얼른 수도꼭지를 잠갔다. 문득 불가마 속에 들어가 납골함이 되어 나온 아버지의 육신이 떠올랐다. 아직 열기가 가시지 않은 뼈 가루에서는 희붐한 연기가 피어올랐다.

무남독녀에 어머니까지 없이 자란 나는 아버지의 주검을 어떻게 처리할 것인지 그 엄청난 과제를 감당해야 했다. 친척어른들이 둥글게 감싸들 앉고, 그 안에 고작 스물다섯 살인 내가 들어앉아 묘를 쓸 것인지, 납골당에 안치를 할 지, 아니면 화장을 할는지를 의논했다. 어른들은 당신들의 종교관에 따라 각기 다른 조언을 해주었는데 나는 화장을 택했다. 평소 육신이 있어야 부활이 가능하다던 고모가 극구 반대했지만 불교신자인 큰어머니는 잘 선택했다며 내 어깨를 토닥였다. 어설펐지만 그래도 성경책을 갖고 있었던 아버지의 신앙을 무시하고 화장을 결심한 것은, 아버지의 주검을 보고 난 후에 충동적으로 내린 결정이었다. 생(生)에 대한 기억이 전부 소멸된 아버지의 육체는, 모든 숨 탄 것들은 죽으면 그저 먼지가 되고 만다고 내게 일러주었다.

아버지의 몸이 가루가 되어 내 손 안에 쥐어졌을 때, 나는 절대 후회하지 않으리라고 다짐했다. 그러나 희뿌연 분가루가 바람에 실려 선산주변에 흩어질 때는 속수무책으로 눈물이 흘렀다. 무슨 미련이 남았는지 장례를 치르고 나서도 나는 꿈속에서 아버지를 여러 번 만났다. 아버지가 등장하는 꿈은 늘 허무하게 끝나버리곤 했는데, 말하자면 이런 식이었다. 아버지가 예수님처럼 부활하여 내게 찾아온다. 아빠, 죽은 줄 알았어. 이렇게 살아있으니 천만 다행이야. 아버지를 부둥켜안고 울지만, 그 순간 아버지는 모래가 되어 내 발 밑으로 주르륵 흘러내린다. 나는 함께 데려가 달라고 간절히 빈다. 내 몸도 아버지처럼 가루로 변한다. 그때 나는 점점이 손가락 사이를 빠져나가는 모래알의 감촉을 느꼈다. 먼지가 되는 것은 아프지도, 뜨겁지도, 슬프지도 않았다. 펼쳐본 손바닥 위에 남은 공허한 흔적처럼 서운할 만큼 아무렇지도 않은 거였다.

걸레를 털어 넣고 온 사이 벌레들은 집요하게 창문을 탐하고 있었다. 죽으려고 작정한 것은 아닐 텐데, 벌레 한 마리가 내 손 안으로 기어들어왔다. 놈들은 죽음에 대한 공포조차 없는 것일까. 두 손을 세게 마주치자 벌레는 산산조각이 되었다. 손바닥을 탈탈 털어내며 사람이나 벌레나 죽음에 대해서만큼은 공평하다고 생각했다. 그러나 죽음을 의식하는 인간은 벌레보다 훨씬 불행한 생명체였다. 나는 한숨을 길게 내어 쉬고 놈들의 유충이 있을 법한 곳을 탐색했다. 수차례 살충제를 뿌렸는데도 벌레들이 다시 나타나는 것을 보면, 그 진원지가 창문은 아닐 거였다. 그렇지만 그 주변일 확률은 높을 것이라 여긴 나는 창문 아래와 책상 여기저기로 눈동자를 들이밀었다. 죽은 벌레 몇 마리만 발견될 뿐 그들의 번식처랄 만한 곳은 쉽게 띄지 않았다. 별 기대 없이 책상 서랍을 열었는데, 아버지의 성경책이 오롯이 놓여 있었다. 일 년 동안이나 입을 벌리지 않은 성경 위에는 아버지의 손때도 남아 있었다. 조심조심 책장을 넘기자 단번에 누가복음 24장이 펼쳐졌고, 로또복권 한 장이 비죽이 튀어나왔다.

구급차에 실려 가기 전날 아버지는 당신의 지갑 속에서 복권을 꺼내어 내게 주었다. 오래전부터 복권의 숫자를 알아보기 힘들어 했으면서도 나의 수능 시험이나 취직 면접을 앞두고 있을 때면 그 결과를 복권으로 추측해 보곤 했다. 그 날 아버지가 알아보고자 했던 것이 무엇이었는지 물을 기회는 없었다. 당첨여부를 확인하고 대여섯 시간 후에 의식을 잃었던 것으로 보아 삶과 죽음에 관한 무엇을 예상해 본 것이 아닌가하고 짐작할 뿐이다. 그렇다면 아버지에게 복권당첨과 같은 요행은 무엇이었을까. 건강한 삶, 평화로운 천국, 영원한 이별……. 나는 막다른 골목의 담벼락 앞에 선 것처럼 막막했다. 예측은 무슨……. 일확천금이라도 당첨이 되면 내게 주고가려 그랬겠지. 나는 도리질 치며 생각의 꼬리를 잘라버렸다.

아버지가 준 복권은 벌써 여러 회가 지나있었다. 사나흘씩 기절한 듯 잠만 자는 통에 추첨 날짜를 놓친 탓이었다. 인터넷으로 당첨 번호를 검색해 보니 언제나처럼 꽝이었다. 나는 오랜만에 잠에서 깨어 있는 아버지의 얼굴을 바라보며 비정한 하늘에 대고 실컷 욕지거리나 했으면 싶었다. 당첨 됐니, 안 됐지. 아버지의 힘없는 미소에는 아직도 희망이라는 것이 남아있었다. 실패와 배신, 좌절을 평생 동안 되풀이 해 온 아버지인데, 당신의 숨이 다 하는 순간에도 희망을 놓지 않는 그 힘은 도대체 어디서 솟아나는 것이었을까. 우와, 오등 당첨됐네. 좋은 일 생기려나보다. 마음 같아서는 일등이라고 후한 인심을 쓰고 싶었지만, 그만한 행운이 찾아올 리 없다는 사실을 아버지는 누구보다 잘 알고 있었다. 간만에 치아를 드러내고 웃어본 아버지는 성경책 안에 복권을 끼워 넣고 다시 잠을 청했다.

어째서 성경책이었을까. 아버지는 오랫동안 교회에 나가지 않았고, 죽음의 세계에 관해서도 여러 모의 의혹과 상상을 덧붙이곤 했다. 죽으면 고통도 끝이야, 천국에서 꼭 만나자, 내가 너에게 복을 많이 내릴 거야, 후생에는 건강한 아비가 되어주마, 등등 기독교와 연관 없어 보이는 말들도 자주 했다. 그 당시 나는 아버지의 육체가 소멸하고 나면 영혼은 어떻게 되는지 생각해 볼 여유가 없었다. 육체가 없는 아버지를 상상하기도 벅찼다. 그러나 막상 그렇게 되고 보니 천국이든 지옥이든 그 어느 곳에든지 아버지가 존재하기만을 바라게 되었다.

누가복음 24장의 제목은 '부활하시다'였다. 나는 복권을 한 손에 쥐고 예수님이 삼 일만에 무덤에서 걸어 나오는 부분을 읽고 있었다. 벌레 한 마리가 내 눈 앞을 스쳐지나갔다. 고개를 이리저리 돌리며 녀석이 어딘가에 내려앉기만을 기다렸는데, 놈은 방바닥에 착륙하자마자 소파 밑으로 들어가 버렸다. 나는 녀석의 뒤를 따라 방바닥에 얼굴을 대고 소파 밑에 손을 넣었다. 먼지를 한 움큼 쥐고나와 손바닥을 펼쳐보니 먼지 속을 헤집는 벌레들이 상당했다. 그 중에는 이미 죽은 것도 있어서 혹시 이놈들이 바퀴벌레처럼 죽은 후에도 알을 낳는 것이 아닐까, 하는 의구심이 생겼다. 그들의 출현과 빛이 밀접한 관련을 맺고 있을 거라고 예상했는데, 이제 수사의 방향을 바꿀 때가 된 것이었다. 벌레들은 빛이 없는 곳에서도 생성과 소멸을 반복한다. 나는 확실한 증거 포착을 위해 소파 밑으로 손전등을 비추었다. 역시 먼지를 뚫고 기어다니는 놈들이 헤아릴 수 없었다. 책상과 장롱 등 방 안에 있는 가구 밑을 모두 다 점검해 보고 그들의 은신처는 가구 밑이라는 잠정적인 결론을 내렸다. 나는 새로 산 살충제 포장을 뜯어 분사 버튼을 눌렀다. 가구 밑은 물론 방 안 구석구석으로 살충제가 잠입하는 광경을 보며, 놈들의 전멸을 위해서는 씨를 말려야 한다고 생각했다. 이제 놈들은 천국이든 지옥이든 어디론가 떠날 차례였다. 나는 살충제가 동이 날 때에 이르러서야 가혹한 행위를 멈추었다. 그리고 녀석들이 학살의 현장을 넘어 달아나지 못하도록 방문을 굳게 달았다.

　길 씨라는 사내와 눈이 맞아 애까지 생겼어……. 나는 아주머니의 말을 몇 번이고 되뇌었다. 정말 아버지는 그 여자와 무슨 관계가 있었던 걸까. 김을 굽고 있는 그녀 곁에서 참새마냥 떠들어대던 아버지의 모습이 자꾸만 떠올랐다. 어쩌면 아버지는 내가 상상해낼 수 없는 속임수로 고인이 된 뒤에 다시 부활했는지도 모른다! 나는 죽이고 또 죽여도 다시 창궐하는 벌레들을 떠올리며 아버지의 부활에 희망을 가져보았다. 그러나 가루가 된 아버지의 육신을 내 손으로 날려 보냈던 기억까지 부인하기는 어려웠다. 그렇다면 그녀가 품고 있는 그 길 씨의 아이는 아버지의 부활이라고 할 수 있을까.
　아주머니의 말에 의하면 그녀는 안성의 칠장사라는 절 부근에 살고 있다. 그녀의 이름을 물어보았지만 아주머니는 석연치 않은 표정만 비쳤다. 하는 수 없이 사찰의 이름만으로 그녀가 있는 곳을 찾아내야 했다. 인터넷 검색 결과 칠장사는 안성시 이죽면 칠장리에 있었다. 죽산 버스터미널에서 감나무골로 가는 차가 있는데, 절은 그 감나무골이라는 마을에 있는 모양이었다. 감나무 가 등장하는 꿈은 아들 낳는 태몽이라고 들었던 기억이 번뜩 떠올랐다. 어쩌 면 내게 남동생이 생길지도 모른다는 허황한 기대를 품고 안성으로 향했다.

죽산터미널에서 택시를 타기 전에 화장품 가게에 들렀다. 그녀에게 예전 에 생각해 놓은 연분홍 아이섀도를 선물하고 싶었다. 너무 약소한가 싶어서 기초 화장품 세트를 하나 더 사서 밖을 나오니 회차별 복권 당첨번호가 덕 지덕지 붙은 가판대가 눈에 들어왔다. 길 씨라는 남자가 내 아버지일리는 만무하고, 그녀의 아이 또한 아버지의 혈육이라기엔 무리였다. 그러나 나는 헛된 희망을 붙들고 살았던 아버지처럼 그렇게 로또복권을 샀다.

남편이 있었는데 씨가 없어서 아이를 못 낳았어. 구실도 못하는 놈이 사 흘에 한 번씩 때려대고 이혼도 안 해주는 거야. 시퍼렇게 멍든 얼굴로 이십 년을 넘게 살았으니 걔의 기구한 팔자도 소설 감이지. 남자라면 덧정도 없 을 년이 길 씨랑은 자주 만난 것 같아. 좋은 사람이라고는 하던데, 살아봐 야 알지 뭐. 서너 달 전에 공중전화로 전화가 한 번 왔었어. 그게 마지막이 야. 요새는 핸드폰으로 위치 추적도 한다면서. 그 놈이 그런 짓할까봐 무서 워서 연락도 잘 안 해. 아이를 갖고 신나서 나갔으니 잘 살겠지. 이제라도 늦둥이 키우면서 알콩달콩 살게, 행여 찾아갈 생각은 말어.

택시는 칠장사 앞의 감나무 아래에 나를 내려놓았다. 도로 확장공사 관 계로 여기저기 파헤쳐진 길을 택시가 뒤뚱뒤뚱 내려갔다. 그 뒤를 따라 흙 먼지가 몸집을 늘렸다. 나는 그녀를 찾는 일이 아득하게만 느껴졌다. 흙먼 지가 엷어지며 기념품을 파는 상점이 드러났다. 그다지 소문난 절이 아니어 서인지 상점은 두 개밖에 없었다. 그것도 상품 진열대는 하나뿐이고 상점만

두 채여서 이웃간의 오붓한 정을 엿볼 수 있었다. 이토록 살갑게 지내는 마을이라면 소문만으로도 그녀를 찾아낼 수 있을 것 같았다.

상점에 들어가 생수 한 병을 사면서 주인에게 그녀에 관한 정보들을 꺼내 놓았다. 동글동글한 외모에 나이든 산모라는 이야기를 먼저 했는데, 주인은 시종 얼굴을 갸웃거리기만 했다. 최근에 이사 온 부부인데……. 그 때 주인이 손바닥을 탁, 마주쳤다. 칠장사 아래에 신대마을이 있고 그 바로 밑에 극락마을이 있는데, 지난 해 초가을쯤 극락에 도시 여자가 이사를 왔다는 거였다. 극락마을에도 구멍가게가 있으니 거기에서 그 사람의 집을 물으면 알거라기에 나는 서둘러 가게를 나섰다. 그러고 보니 택시 안에서 극락마을이라고 쓰인 커다란 입석을 보았던 것 같았다.

죽산 시내로 나가는 버스를 타고 길을 도로 내려갔다. 쿨렁쿨렁 기침을 토하며 달리는 버스 탓에 울렁증이 일었다. 그런 와중에도 아버지와 그녀, 그리고 밤톨만한 남자아이가 아담한 집에서 오순도순 살고 있는 풍경이 그려졌다. 슬며시 입가에 웃음이 번졌다. 로또복권이 당첨되면 당첨금을 은행에 넣고 이자수익을 챙기겠다던 아버지와 뚜껑이 열리는 외제차를 사달라고 조르던 내가 떠올랐다. 그때 우리 집 베란다 창문으로 뜬구름이 지나갔던가. 극락마을의 하늘에 걸린 구름이 유난히 멀게 보였다.

버스에서 내리자마자 구멍가게를 찾아 두리번거렸다. 버스가 으르렁거리다간 힘차게 내달렸다. 바퀴에 깔려있던 먼지가 부풀어 오르며 나의 시야를 가렸다. 눈꺼풀이 껍껍해지더니 눈물이 흘러내렸다. 입안은 까끌까끌했고, 텁텁한 모래냄새도 느껴졌다. 악, 나도 모르게 비명이 튀어나왔다. 순간 내가 죽였던 벌레들이 눈앞에 달려드는 환상을 보게 되었다. 지금쯤이면 방바닥에 쓰러져 있을 그들은 마지막 숨을 고르며 나를 저주하고 있는지도 몰랐다. 아니면 내가 그야말로 먼지 같은 벌레들의 죽음 앞에서 죄책감이라도 느끼고 있단 말인가.

버스 정거장으로부터 먼발치에 추레한 극락슈퍼가 서 있었다. 간판을 달고 있는 건물은 그것뿐이어서 찾는 데는 어려움이 없었다. 슈퍼마켓을 향해 걸음을 옮기다가 문득 오른쪽 어깨가 절로 움찔했다. 선명하지는 않았지만 무언가 내 오른편을 스쳐간 기운을 느꼈기 때문이었다. 사방을 둘러보며 기적을 일으킬 만한 것들을 집어보려 했으나 이거다 할 것은 없었다. 다만 찢어진 도화지 같은 대문짝이 위태롭게 달려있는 흉가 한 채가 눈에 들어왔다. 쳐다만 보아도 오싹 소름이 돋는 허물어진 폐가였다. 대문짝에 주먹만한 구멍 두 개가 있는데, 그 안으로 회색빛 바람이 쉭쉭 지나가는 듯했다. 손등으로 콧볼에 맺힌 땀을 훔쳐내고 극락슈퍼로 두세 걸음 내딛었을 때, 끈끈한 시선이 나의 뒤통수를 붙잡았다. 나는 천천히 고개를 돌렸고 흉측한 몰골의 대문짝이 눈동자 같은 구멍을 굴리며 나를 주시하고 있었다. 극락이라는 마을 이름과는 달리 으스스하고 불길한 기분만 안겨주는 집 앞에서 나는 묘한 끌림을 감지했다. 그것은 흡사 아버지의 주검 앞에서 맞닥뜨렸던 소멸을 향해가는 육체의 욕망, 그 아이러니한 기운과도 같았다.

돌 알갱이가 발밑에서 바스락거렸다. 나는 허벅지에 잔뜩 힘을 주고는 대문 안으로 들어섰다. 삐그덕. 둔중한 음성이 말로만 듣던 염라대왕의 목소리 같았다. 나는 또 몸을 웅크렸다. 그때 하필 그동안 내가 저질렀던 죄목들이 떠오른 이유는 무엇이었을까. 앞마당까지 걸어가는 동안 혹여 나에게 원한을 가질 만한 사람이 없었는지, 내가 그만한 일을 하지는 않았는지 되돌아보았다. 그러나 절대적인 단죄의 기준은 존재하지 않으며, 누구도 나를 심판하지 못하리라는 지극히 자의적인 기대로 스스로를 안심시켰다.

나는 한동안 입을 열 수가 없었다. 폐허의 광경을 목격하자마자 그대로 박제가 된 기분이었다. 어째서 목적지인 극락슈퍼를 가기도 전에 이 집에 들어선 것인지……. 분명 내 다리로 들어왔지만 무언가 나를 조종하고 있다는 생각이 멈추질 않았다. 찢어지고 박살난 창호지 문과 아무렇게나 널브러진 세간들이 흠씬 두들겨 맞은 노숙자로 보였다. 금방이라도 뚝 부러질 것 같은 대들보에는 거미집이 듬성듬성 달려있고, 부엌문은 물먹은 빨래처럼 펄럭이며 고함을 질러댔다. 방 안으로 발을 옮기는데 왕파리 한 마리가 귓가를 스쳐갔다. 나는 눈을 질끈 감았다가 떴다. 이번엔 세간의 파편들과 아기의 신발, 옷, 젖병, 딸랑이 등이 눈동자에 달라붙었다. 금방이라도 온몸의 살갗이 흘러내릴 것 같았다. 당장에 이 집을 빠져나가고 싶었지만 손가락 하나도 까딱할 용기가 없었다.

삐그덕. 문 여는 소리가 들렸다. 깜짝 놀란 나는 가슴팍에 돌덩이 하나가 투웅 떨어지는 진동을 만났다. 내 몸이 박살난 건물처럼 무너져 내렸다. 나는 어렵사리 대문으로 고개를 돌렸다. 흰 수염이 덥수룩한 할아버지가 오만 상을 하고서 나를 쏘아보았다.

"여기서 뭐하는 거야!"

우레 같은 말소리에 나는 들고 있던 가방을 놓치고 말았다. 그러나 한편으로는 저 분이 사람이구나, 안도했다. 나는 얼른 주저앉아 가방의 벌린 입으로 튀어나온 물건들을 쓸어 담고는 도망치듯 그곳을 빠져나왔다.

방안은 벌레들의 시체로 그득했다. 발을 디딜 공간을 찾아보았지만 그들이 다리 밑으로 스멀스멀 기어오르는 상상이 일어 멈칫했다. 슬리퍼와 고무장갑을 착용하고 청소도구를 들고서 방으로 들어갔다. 문이란 것은 죄다 열어놓았는데도 살충제 냄새는 가시질 않았다. 숨을 쉴 때마다 죽은 벌레들이 치아 사이사이를 파고드는 느낌이 들었다. 그래봤자 벌레 목숨이지. 나는 과장된 용기로 벌레에 대한 무섬증을 떨치려 했다.

죽은 벌레들을 한 곳에 모아놓으니 머릿속이 출렁했다. 벌레더미는 한 줌의 재로 보였던 아버지의 그것을 연상시켰다. 나는 벌레 무더기 위에 신문지를 올려놓고 간단없이 발로 밟았다. 찍. 찍. 찍. 한 집에서 같이 살 수는 없는 일이고 보기만 해도 진저리가 나는 것들인데도 가슴이 매웠다. 그리고 그들과 비교할 수 없을 정도의 지능과 생탈권을 지닌 나의 존재가 소름끼치도록 싫었다. 그것은 벌레들에게 죄스러운 마음이어서가 아니라, 나 또한 누군가에게 그들처럼 취급될 지도 모른다는 두려움 때문이었다. 신문지를 걷어내자 찐득하고 허연 액체와 부서진 벌레조각이 범벅되어 있었다.

"길 씨 할아버지."

희미하게 들렸지만 분명히, 먼발치에서 누군가가 노인을 그렇게 불렀다. 흉가에서 나온 나는 소주를 사들고 할아버지를 다시 찾아갔다. 노인은 폐가의 주인이 본인이라고 했으며, 그 집에 얽힌 이야기도 자세하게 일러주었다. 그녀가 그 집에서 살았던 것은 확실했다. 임신을 하고도 고추밭에서 삶일을 하며 근근이 살고 있었는데, 남편이라는 작자가 찾아왔나 보았다. 남편은 딴 남자의 아이를 가진 그녀에게 온갖 폭력을 휘둘렀고, 견디다 못한 그녀는 마을에서 도망을 쳤다. 노인은 그녀의 행방에 관해서도 여러 가지 정보를 갖고 있었다. 야산으로 숨어들어가 종적을 감추었다는 얘기와, 남편이 어디론가 끌고 가 살해를 했다는 소문, 지금쯤 이혼재판 중일 거라는 추측까지……. 노인은 소주를 연거푸 들이키며 장황하게 우물거렸다. 그런데 길 씨라는, 그녀와 어울릴법한 중년 남자의 이야기는 빠져있었다.

"아주머니와 가깝게 지내셨나 봐요."

"가…… 가깝긴…… 망측하게."

노인의 겸연쩍어하는 말투에서 전신이 가라앉는 피로가 몰려왔다. 혹시 그녀의 아이가 어르신과 관계되지는 않습니까, 묻고 싶었지만 나는 입을 열지 않았다. 말을 할 때마다 탁탁탁 소리가 나는 노인의 틀니와 검버섯이 핀 얼굴을 통해 스쳐가는 어지러운 영상. 나는 메스꺼움과 현기증을 참아내느라 숨이 찼다. 결국 아버지의 부활은 허망한 꿈이었음이 확인되는 순간이었다.

벌레를 싼 신문 뭉치를 쓰레기봉투에 쑤셔 넣고서 발로 힘껏 밟았다. 쓰레기봉투는 노인의 주름진 입술처럼 오그라들었다. 하필 영감쟁이가 길 씨라니……. 봉투를 부엌 쓰레기통에 꼬라박으면서 그녀와 아버지를 연관 짓지 말아야겠다고 결심했다. 결국 그녀에게 직접 들은 것은 아무것도 없었다. 그러나 내연의 대상이 될 만한 남자들이 너무 많았기에 떫은 기분은 어쩔 수가 없었다. 나의 아버지와 꽈리고추 같은 영감과 정체불명의 길 씨까지. 모두가 길……. 길이었다. 사실 나는 그녀와 아버지의 로맨스에 대해 적잖은 환상을 품고 있었다. 생의 끝에 선 남자와 그를 사랑한 여자. 남자의 자취로 남겨진 아이를 지키려는 여자의 치열한 삶. 그보다 더 가슴 저린 순애보는 없을 거였다. 하지만 그녀 옆에 노인을 세워 본 후 생각이 달라졌다. 그녀는 순식간에 별 가치 없는 존재로 변했고, 무엇보다 그런 여자를 마음에 둔 아버지가 가련해지기까지 했다. 여기저기 염문설이나 퍼뜨리며 사는 여자를 아버지와 엮었다니, 그것은 고인에 대한 모독이었다.

그러나 한 가지 함부로 매듭지을 수 없는 부분이 있었다. 그것은 나의 편견에 관한 문제였다. 두 길 씨의 연애 이미지를 그토록 다르게 인식하고 있는 이유, 도대체 병든 아버지와 영감쟁이의 그것이 뭐가 다르기에 전자는 한없이 고결해 보이고 후자는 천박하게 느껴지는 것일까. 양쪽 모두 사랑을 시작하기엔 늦어버린 사람들인데도 아버지에게는 노인과 같은 음란한 기운을 읽어낼 수 없었다. '내 아버지라서'가 맞겠다. 다소 이기적이고 공평하지 못하더라도 그것이 나의 솔직한 마음이었다.

방바닥이 벗겨질 만큼 걸레질을 하고 집안을 휘이 둘러보았다. 살충제 냄새가 다 빠지지는 않았지만 벌레들은 보이지 않았다. 아버지의 첫 기일을 맞아 큰어머니와 사촌 오빠들, 고모부 내외, 육촌 언니 오빠들이 오기로 했는데, 그 전에 벌레들을 없애버려서 다행이었다. 문제는 추모 방식이었다. 나는 아직까지도 기일을 어떻게 치러야할지 고민하고 있었다. 고모는 여러 달 전부터 아버지의 첫 기일은 기독교식 추도 예배로 당신이 주도하겠다며 그 준비를 당부했었다. 반면 큰어머니는 먼저 가신 큰아버지의 제사를 철저하게 챙겨와서인지 결연한 말투로 정식 제사상을 차려야 한다고 했다. 육촌 형제들은 아버지가 생전에 좋아하던 음식을 마련해 놓고, 아버지와 함께했던 옛 추억을 되새기며 보내길 바라는 것 같았다.

나는 아버지를 기억하는 사람이라면 그 누구도 섭섭하지 않게 하고 싶었다. 그렇다면 예배든, 제사든, 뭐든 간에 다 할 것이라 마음먹고 먼저 추도예배에 필요한 도구를 꺼냈다. 아버지의 성경책과 찬송가를 마른 수건으로 정성스레 닦았다. 죽산 터미널에서 샀던 복권이 머릿속을 스쳤다. 가방에서 꺼낸 복권을 누가복음 24장에 끼워 넣었다. 아버지와 나의 복권이 사이좋게 꽂힌 것을 보는 순간 갑작스런 설움이 목덜미를 잡았다. '삼일 만에 부활하시다' 누가복음 24장의 제목도 눈동자를 뜨겁게 했다. 그러고 보니 나의 복권 추첨일도 삼일 후였다. 그녀의 연인이 우리 아버지가 아닌 게 확실해진 마당에 혹시나, 또 다시 희망이 고개를 들었다. 나는 성경책을 덮어버렸다.

제사상에 올릴 음식을 마련하기 위해 장을 보러 나서려는 참이었다. 이젠 정말 전멸했다고 믿었던 벌레들이 부엌 천정에 지천으로 박혀있는 광경이 시선을 붙들었다. 나는 기겁을 하며 살충제를 찾았다. 황급히 집어든 살충제는 이미 동이 난 빈 깡통이었다. 지독한 것들. 오늘이 어떤 날이라고. 양팔을 걷어붙이고 빗자루를 휘둘렀다. 한바탕 참담한 죽음을 겪은 놈들은 예사롭지 않은 날갯짓으로 흩어졌다간 다시 모여들었다. 아무래도 살충제 밖에는 대응책이 없겠기에 빗자루를 내려놓은 순간, 선반식 수납장에서 벌레들이 들락날락하는 것을 포착하게 되었다. 나는 의자에 발을 딛고 올라가 수납장 문을 열었다.

나는 목청껏 비명을 질렀다. 내 얼굴로 무수한 벌레들이 달려들었다. 머리를 뒤로 젖혀 피하려다간 몸이 넘어갈 뻔했다. 손바닥을 벽에 대고 간신히 중심을 잡은 나는 수납장 속에 머리를 들이밀었다. 은신처를 들킨 벌레들이 우왕좌왕이었고, 어디선가 비릿한 바다냄새도 밀려왔다. 저만치 깊숙한 곳에 황토색 상자가 하나 있었는데, 박스테이프로 꼭꼭 입을 막은 상태였다. 귀퉁이에 뚫린 작은 구멍으로 벌레 한 마리가 기어 나왔다. 나는 박스를 식탁 위에 옮겨놓고 테이프를 뜯어냈다. 아악! 다시 한 무리의 벌레들이 순식간에 공중으로 날아올랐다. 흙먼지라도 한껏 마신듯 콜록콜록 기침이 나왔다. 그들의 뒤를 쫓아 서서히 고개를 들어올렸다. 천정은 물론이거니와 사방으로 흩어진 벌레들을 따라 머리를 휘두르기도 했다.

나는 상자 속의 물건들을 차근차근 살폈다. 누렇게 색이 바랜 멸치 한 봉지와 눅눅한 김이 다소곳이 담겨있었다. 김은 '훈이네 김'이란 글씨가 인쇄된 비닐포장지에 싸여있었는데, 그 안에는 곱게 접은 종이쪽지도 함께였다.

　　길영훈 님.

　　새집으로 이사를 가신다니 축하드립니다.

　　저와 함께한 시간을 고이 간직하며 떠나신다는 편지를 받고 얼마나 울었는지 모릅니다. 저 또한 당신의 마음을 평생 잊지 않겠습니다. 제게 남은 생은 당신과 함께한 기억을 키우고 보살피는 데에 헌신할 것입니다. 문득 우리가 처음으로 나들이 갔었던 그 절이 생각나네요. 언제고 다시 가자, 하셨지요…….

　　부디 몸조리 잘 하시고, 아프지 말고 지내시길 기도하겠습니다.

편지글이 벌레처럼 꾸물거리기 시작했다. 그리고 그것은 그녀의 목소리가 되어 내 귓속을 파고들었다. 나는 식탁 유리에 어른거리는 내 얼굴을 바라보았다. 정신을 차리려고 연신 눈을 끔뻑였지만 기면증이라도 걸린 사람처럼 졸음이 쏟아졌다. 그녀의 목소리, 아니 벌레들이 점점 아득해져 감에 따라 식탁 위의 내 얼굴도 사라져갔다. 그리고 다시금 떠오르는 얼굴⋯⋯. 아버지가 그 자리에 나타나 나와 눈을 마주했다. 아버지의 얼굴 위로 벌레들이 몰려들었다. 이내 짙은 갈색으로 변한 아버지의 얼굴은 벌레의 작은 몸집만한 크기로 쪼개지고 있었다. 나는 힘없이 팔을 휘둘렀다. 벌레들이 달아나며 아버지의 얼굴도 사라졌다.

나는 식탁에 머리를 대고 눈을 감았다. 쓰레기통에 꼬라박힌 벌레들의 시체가 다시 살아나서 나를 향해 몰려들었다. 김구이 아주머니도, 검버섯 노인도, 그녀의 갓난아이도, 벌레 틈에 끼어 내 몸을 금방이라도 뜯어먹어 버릴 듯 달려들었다. 급기야 놈들은 내 몸을 흑갈색으로 물들여 놓았고, 내 피부를 그들의 몸집과 같이 잘게 부수어 먹었다. 나는 식탁에서 머리를 떼어내려고 숨을 몰아쉬었다. 그러나 벌레들의 입 속으로 들어간 나의 육체는 먼지만한 기운으로 나뉘어져서 거동할 수 있는 힘으로는 뭉쳐지지 않았다. 그때, 어디선가 전화벨 소리가 울렸다. 음식 장만을 도와주러 오겠다던 큰어머니의 전화일 거였다. 나는 이를 악물고 번쩍 고개를 쳐들었다. 화르르. 벌레들이 내게서 달아났다. 그런데 내 몸이, 내 몸이 없었다. 천정과 벽면, 방바닥과 유리창 등을 샅샅이 살펴보아도 주둥이를 꼬물거리는 벌레들뿐이었다. 벌레 몇 마리가 창밖으로 날아갔고, 벽의 모서리로 몸을 바짝 붙이더니 사라지는 놈들도 있었다. 나는 식탁 위에 남아있는 벌레 세 마리를 손톱으로 으스러뜨리기로 했다. 그러나 나의 손톱은 그들의 입속에 들어간 지 오래였고 이제 막 식도를 넘어가는 중이었다.

나도 이렇게 먼지가 되어 사라지는 구나⋯⋯. 천정의 벌레들이 먼지가 되어 유유히 내려왔다. 허공에 둥둥 떠 있는 먼지입자를 뚫어져라 쳐다보니 속이 텅 비어있었다. 그 빈 공간이 돌아가신 내 아버지의 눈동자 같아서 나는 시선을 뗄 수가 없었다. 그때 창문으로 햇살이 날아들었다. 먼지가 게걸스레 빛을 빨아들였다. 순식간에 빛이 된 먼지는 태양의 조각인 양 눈이 부셨다. 나는 미간을 잔뜩 찌푸리며 손바닥으로 두 눈을 가렸다. 그제야 비로소 알게 되었다. 나는 육체가 없이도 사물을 감각하고, 또 그것을 인식할 수 있었다. 나는 아직 다하지 않은 기억의 덩어리였다. 저만치서 눈이 아리게 빛나고 있는 먼지입자 하나를 똑바로 응시했다. 숨을 담뿍 몰아 마셨다가 다시 힘차게 내뱉으며 먼지 속으로 돌진해 들어갔다.

조아무래, 그녀를 기억합니다

윤희웅

요 몇 년 간 내 소설의 화두는 위로였다. 모두들 최선을 다해 살며, 애써 웃고 있지만 위로가 필요한 사람들을 위해 글을 썼다. 그 속에 물론 내 자신도 있었다. 그래, 솔직해지자. 나는 소설을 쓰면서 나를 위로하고 싶었고, 내가 위로 받고 싶었다. 오직 나만을 생각하며 글을 썼다. 나만 외롭고, 나만 고독하고, 나에게 위로가 필요했고, 나에게 따뜻한 정이 필요했다. 그래서 나는 더 외롭고 고독했는지도 모른다. 그런 나의 생각들이 송두리째 뽑히는 사건이 생겼다.

2014년 4월 '세월호 참사'. 어느덧 일 년이 지났다. 보통의 사고였다면, 보통의 한국 사람이라면 벌써 잊을만한 시간이었다. 그러나 아직도 나는 세월호를 생각하면서 부채를 덜어내지 못하고 있다. 시간이 흐를수록 감정의 부채는 점점 더 늘어만 가고 있었다. 내가 할 수 있는 일이 무엇이 있을까? 세월호 희생자들과 세월호를 기억하는 모든 이들을 위로하고 싶었다. 그것이 내가 해야 할 일이라는 생각이 들었다. 그래서 소설을 썼다.

세찬 추위에 외롭게 얼어 죽어간 소설 속의 주인공은 사람들 눈을 피해가며 폐지를 줍는 할머니였다. 아무도 관심을 갖지 않지만 우리 주의에 흔히 보이는 할머니였다. 아

무렇게나 지어진 이름을 갖은 조 아무래 할머니를 기억하는 것이 활짝 펴보지도 못하고 죽어간 학생들과 선생님, 일반인 304명, 그리고 아직도 팽목항에서 기다리고 있는 9명의 실종자를 기억하는 일이라 생각하며 소설을 썼다.

27회 근로자 문화 예술제(수필) 은상 수상
28회 근로자 문화 예술제(희곡) 은상 수상
30회 근로자 문화 예술제(희곡) 은상 수상
8회 시흥 문학상(수필) 대상 수상
21회 연극 올림피아드(마지막 선물) 희곡상 수상
2011년 창작 단막 희곡집 『수요일 일곱시』 발간

사진을 찍다

- '조아무래 그녀를 기억합니다'에 붙여

김기우 詞 曲

조아무래, 그녀를 기억합니다

윤희웅

　나의 직업은 사진사다. 한 때는 사진작가라 불리기도 했다. 이왕이면 정확하게 말하는 것이 좋겠다. 나는 전국에서 꽤 이름난 사진작가로 십 년을 보냈다. 지금은 동네 사람들만 아는 사진사로 십년이 지났다. 아, 나는 사진을 찍으면서 가끔 소설을 쓰기도 한다. 사진을 찍는 소설가, 아니 소설을 쓰는 사진사가 맞는 표현일 것이다. 사진사는 내 직업이고, 소설가는 무늬일 뿐이다. 글쓰기는 손님 없는 사진관을 지키면서 시작됐다. 손님을 기다리며 라디오를 듣다 어느 순간 방송국에 짧은 사연을 올렸다. 상품권을 받았다. 조금 긴 사연을 보냈다. 세탁기를 받았다. 나도 모르는 숨겨진 재능을 찾은 것 같다. 마늘엑기스에서부터 족욕기, 도깨비 방망이 등 자질구레한 집안

살림이 하나 둘 늘어갔다. 더 이상 라디오에서 내 사연은 받아주지 않을 때쯤 나는 자연스럽게 소설을 쓰기 시작했다. 신춘문예에 몇 번 미끄러지다 이름 없는 문예지에 신인으로 당선이 되어 소설가인 듯 소설가 아닌 소설가가 되었다. 당선작 이후에 발표가 된 작품은 아직까지 한 편도 없다. 발표된 작품이 없는 이유는 아주 간단명료하다. 더 이상 소설을 쓰지 않았기 때문이다. 쓸 이유가 없었다. 단 한 명이라도 나에게 소설을 써 달라고 부탁한 사람이 있었다면 나는 소설을 썼을 것이다. 아쉽지만 아무도 나에게 소설을 써달라고 하지 않았다. 아니 솔직히 말한다면, 소설을 쓰지 않은 이유는 쓸 이야기가 없었기 때문일지도 모른다. 그래서 나는 무늬만 소설가인 채 사진사로 남기로 했다. 그런 내가 지금 노트북 앞에 앉아 소설을 쓰고 있다. 나에게 소설을 써 달라고 부탁한 사람은 없었지만 오직 한 사람, 조아무래 그녀를 기억하기 위해서 나는 소설을 쓰기로 했다.

　밖에서 보면 예술 사진관은 이제는 사라진 코닥과 후지필름 마크가 크게 붙어 있는 간판을 달고 있다. '예술'은 녹색으로 명조체이며, '사진관'은 남색으로 쓰인 고딕체다. 오른쪽 가장자리는 코닥필름 마크가, 왼쪽은 후지필름 마크가 달려 있는 삼 미터쯤 되는 간판이다. 자세히 알지 못하지만 아마 이십 년은 족히 그 자리에 걸려 있었을 것이다. 필름 카메라가 우리 주변에서 사라진 지 오래되었지만 그래도 사진관에는 코닥필름과 후지필름 마크가 박혀 있어야 '아, 이곳이 사진관이로구나!' 할 것 같다. 실은 사진관을 넘겨받았을 때 걸려 있던 간판을 그대로 둔 것뿐이다. 가게를 정면에서 바라보면 삼등분을 할 수 있다. 가운데 문을 좌우로, 좌측 진열장은 내가 사진처럼 앉아 밖을 내다보는 창이다. 나무로 만든 출입문 우측 진열장은 나도 모르는 사람들의 가족사진과 정원의 독사진, 귀여운 아이의 돌 사진, 제발 이혼 안하고 잘 살아 줬으면 하는 대머리 청년의 결혼사진이 걸려 있다. 나는 오늘도 좌측 진열장에 앉아 밖을 내다보며 하루를 보낸다. 내가 앉은 자리는 그 전 사진사 정원의 앉아 있던 자리다. 정원의 앉아 있던 의자와 책상, 사진 배경이 되는 파란 스크린부터 모든 인테리어, 사진관 구석구석 쌓여 있는 먼지까지 그대로 다 정원의 손길이 배어 있다. 아, 우측 진열장에 걸어둔 정원의 독사진은 내가 걸어 놓은 것이다. 정원은 나의 대학 동창이었다. 우리는 카메라를 들고 산으로, 강으로 같이 뛰어 다녔던 사진과 친구였다. 졸업한 지 십 년이 지나 우리가 카메라를 맡기고 외상술을 마셨던 참새방앗간에서 다시 만났다. 오랜만에 만난 정원의 약간 야윈 듯 한 얼굴은 그 전보다 더 갸름해져 오히려 샤프해 보였다. 화사한 진한 갈색 격자무늬 남방셔츠는 십 년 전의 그 옷이 분명했음에도 어제 사 입은 듯 바르게 날이 서 있었다. 단지 달라진 것은 앞머리가 조금 더 빠져 이마가 훤해졌을 뿐이다. 그렇게 정원은 십 년 전 그때처럼 환하게 웃으며 나를 바라보고 있었다. 말을 하면서 안경을 올리는 버릇도 여전했으며, 술이 취하면 옆머리를 귀 뒤로 넘기는 것도 같았다. 십년 만에 본 두꺼비 사장님은 머리에 붉은 두건을 쓰고 호빵맨 앞치마를 두른 채 빈대떡 접시를 들고 테이블 사이를 뛰어 다녔다. 그 때는 대머리까지는 아니었는데 어느새 주변머리만 남은 대머리가 되어 있었다. 십 년 만에 본 우리를 어제 본 듯 반겨주는 모습이 고마웠다. 우리가 항상 앉았던, 도망치기 좋았던 문 옆 자리는 지금도 명당인 듯 학생들이 몰려 앉아 있었다. 자연스럽게 십년 전 이야기가 꼬리에 꼬리를 물고 나왔다. 우리는 회춘이라도 한 듯 정신없이 술을 마셨다. 그래, 십년 전으로 시간을 돌리기에는 이만한 장소도 없었다. 술을 얼마나 마셨는지 흔들리는 손으로 건배를 외칠 때마다 손에 거치적거리는 것은 빈 술병뿐이었다. 술집도, 지구도 백열전구를 따라 좌우로 흔들거릴 때 정원은 하얀 이에 고춧가루를 반짝이며 말했다.

"나, 죽는다."

"그래, 축하한다. 언제 죽을 건데?"

"길면 육 개월."

오랜만에 만난 친구가 육 개월 후에 죽는단다. 암이란다. 시한부 인생. 드라마 같다. 드라마는 사랑도 있고, 갈등도 있고, 눈물도, 웃음도 있다. 그런데 이 녀석에게는 그 흔한 여자 친구도 없이, 장마철의 여우볕 같은 짝사랑도 못 해보고 육 개월 뒤에 죽는단다.

"육 개월이면 너무 길다. 오늘 죽자. 여기 있는 술 다 마시고 우리 오늘 죽자."

얼마나 마셨는지 기억이 나지 않았다. 공중전화 박스 안에 서로 구겨져서 아침을 맞았다. 우리는 출근하는 사람들을 피해가며 골목길을 돌고 돌아 허름한 해장국집으로 들어갔다.

"아직 안 죽었다. 죽을 때까지 마시자."

소주를 사발에 담아 두어 잔쯤 마셨을 때 정원은 안 피우던 담배를 하나 달라고 했다. 오랜만에 피워보는 담배 연기가 눈을 찔렀을까? 정원은 눈에 눈물을 한가득 머금고 말을 했다.

"사진관 안에서 밖을 내다보면 돌아가신 어머니가 서 있던 자리가 보여. 아침이면 화분을 내놓던 길 건너 김 약국 선생님도 보이고 어느 날 갑자기 다 사라졌지. 거짓말처럼. 그리고 나도 언젠가는 그 사람들처럼 어느 날 갑자기 사라질 거라는 생각을 했어. 그런데 나는 아주 운이 좋게 언제 사라질지 알게 됐어. 엄청난 행운아라고 말할 수 있지. 나에게 남은 시간이 육 개월이 남았을 뿐, 죽음은 아주 자연스러운 거다. 그리고 중요한 것은 나는 죽지만 너는 오래 살아야 한다는 거야."

"웃기는 녀석이네. 너는 죽고, 나는 왜 오래 살아야 하는데?"

"치매 걸린 우리 아버지, 오래 못살 거야. 그 동안만 부탁 좀 하자."

술에 취해 '아버지를 부탁한다'를 계속 되뇌는 정원의 부탁을 거절할 수 없었다. 나는 부모님을 사고로 갑자기 떠나보냈다. 언젠가는 내 곁을 떠나리라 막연하게 생각은 했지만 그렇게 빨리 떠날 줄은 몰랐다. 형제도 없는 나는 오로지 모든 상황을 혼자 감당해야 했다. 스물다섯을 먹어도 나는 아직 천둥벌거숭이 어린아이였다. 가슴 속에서 수시로 올라오는 불덩이는 뱉어내고 뱉어내도 끊임없이 올라왔다. 억울했다. 내가 왜? 왜 하필 나에게? 그런 나에게 어깨를 빌려준 놈이 정원이었다. 비행기 표를 끊어주며 사진 좀 많이 찍어 오라고 등을 떠밀어 준 놈도 정원이었다. 준비 없이 보낸 부모님의 빈자리를 받아들이는 데 나는 삼 년이 걸렸다. 부모의 죽음도 아닌, 본인의 죽음을 받아들이는 데 정원은 얼마나 걸렸을까?

십 년 전 나는 정원의 영정사진을 이곳 예술 사진관에서 찍었다. 몇 달 후 정원은 모두 잠든 밤, 침대에 누워 소리 죽인 짧은 호흡을 두어 번 뱉었을 것이다. 손에 흥건한 피를 보고 정원은 무슨 생각을 했을까? 마지막으로 아버지를 보고 싶었는지 아니면 혼자라는 것이 무서워 아버지에게 갔는지 모르겠다. 정원은 아버지가 있는 안방까지 기어간 것 같다. 침대에서 거실까지 긴 흔적을 남겨놓았다. 안방 문에 기대어 죽어있는 정원을 나는 다음 날 오후에나 발견했다. 아버지는 삼 센티 방문을 사이에 두고 아들의 마지막 모습을 보지 못했다. 정원은 방문을 사이에 두고 잠든 아버지의 코 고는 소리를 들었을까? 아버지의 코 고는 소리가 정원에게 위로가 되었을까? 그렇게 정원은 아버지를 나에게 남겨놓고 짧지도, 길지도 않은 삶을 마감했다. 정원의 죽음도 모르고 잘 지내던 아버지는 어느 날 갑자기 사라진 아들이 기억났다. 나에게 정원이 어디에 숨었는지 알려 달라고 조르기 시작했다. 정원의 아버지는 아들과 숨바꼭질을 하고 있다고 생각했나 보다. 아버지는 밤낮을 가리지 않고 정원을 찾으러 다녔다. 문만 열리면 아버지는 계절에 상관없이 맨발로 온 동네를 뛰어 다녔다. 몹시 추운 어느 날이었다. 문이 열린 틈을 타 정원을 찾으러 나간 아버지는 해가 떨어져도 들어오지 않았다. 날이 조금 풀린 며칠 후, 아버지는 추운 날씨로 공사가 멈춘 재건축 현장 구석에 죽어 있었다. 높은 곳에서 떨어진 듯 아버지는 발목이 골절되어 얼어 죽었다.

더 이상 갈 곳도, 오라는 곳도 없는 나는 그냥 사진관에 계속 앉아 정원이 닦아놓은 창문을 통해 거리를 바라보기로 했다. 봄이 오면 가로수에 새순이 올라오고, 가을이 오면 낙엽이 떨어지는 계절의 변화는 여전했다. 시간에 따라 계절이 변하듯 거리도 시간에 따라 변하고 있었다. 큰 도로를 중심으로 오른쪽으로 고층 아파트가 들어섰다. 대형 마트도 들어섰다. 영화관도 들어섰으며, 클럽도 들어섰다. 클럽 주변에는 술집과 모텔이 악어와 악어새마냥 공존했다. 사람들이 모텔로 낮에도 들어가고 밤에도 들어갔다. 어느새 이곳은 사랑이 넘치는 거리가 되었다. 가끔은 홀딱 벗고 거리를 뛰어다니는 남녀를 보기도 했다. 거리는 사랑에 굶주린 사람들의 해방구가 되었다. 동이 트면 동네 전봇대와 공중전화 박스에 주인 없는 토사물만 하늘 높은 줄 모르고 쌓여 갔다. 그렇게 세상은 돌아갔다. 그와 반대로 큰 도로 왼쪽은 십 년 전과 거의 변함이 없었다. 다닥다닥 붙은 다가구 건물들과 저 멀리 비닐하우스로 지은 집들은 여전히 보였다. 도로를 사이에 두고 오른쪽 공간만 시간이 흐르는 듯했다. 우리 사진관 아니 정원의 사진관은 큰 도로에서 왼쪽에 위치해 있다. 도로 왼쪽에 사는 사람들은 약속이나 한 듯이 아침이면 도로를 건너갔다. 해가 지면 사람들은 다시 도로를 건너왔다. 나는 아침에는 건너가는 사람들을 바라보고, 저녁이면 건너오는 사람들을 바라본다. 아침과 저녁을 제외한 시간은 거리에 다니는 사람들이 거의 없어

심심했다. 주로 게임을 하면서 자장면을 먹거나, 책을 읽으면서 자장면을 먹었다. 자장면 그릇을 가게 밖으로 내놓을 때 가게 앞에 서 있는 할머니를 봤다. 거리에서 주웠을 박스와 빈병을 할머니 키보다 더 높이 쌓은 유모차 곁에서 가게를 바라보고 있었다. 신문지를 덮은 자장면 그릇을 내려놓는 손이 부끄러워졌다. 가게 안으로 들어가 할머니를 바라봤다. 할머니는 나와 눈이 마주치자 아무 일 없다는 듯이 유모차를 끌고 도로를 건너 오른쪽 도시로 들어갔다. 그날이 처음인 줄 알았다. 자장면을 먹다 정수리가 이유 없이 따끔거리면 어김없이 할머니가 가게를 바라보고 있었다. 오늘은 자장면을 두 그릇을 주문하고 할머니를 기다렸다. 불어터진 자장면 두 그릇을 혼자 다 먹었다. 자장면을 다 먹고 따사로운 볕을 받으며 꾸벅꾸벅 졸고 있을 때, 문이 열리며 풍경소리가 들려 왔다. 졸고 있었으면서도 사실 졸지 않았다는 척, 그리고 손님이 많은 사진관처럼 굉장히 바쁜 척, 손에 사진 몇 장을 들고 분주하게 일어났다. 아직도 풍경소리의 여운이 남은 문 앞에는 할머니가 서 있었다. 박스가 가득 실려 있던 유모차도 없이 머리를 곱게 빗은 할머니의 손에는 검은 비닐봉지가 들려 있었다.

"영정사진 찍나요?"

가게 안을 조심스럽게 살피다 말끝을 흐리는 할머니에게 나는 바쁜 척하기를 그만 두었다.

"할머니, 점심은 드셨어요?"

가까이에 있던 앉은뱅이 의자를 할머니에게 슬쩍 밀었다. 굳이 괜찮다는 할머니를 의자에 앉히고, 차를 한 잔 손에 쥐어주기까지 십 분 넘게 찌룩째룩 실랑이를 했다.

"저, 할머니 알아요. 며칠 전부터 사진관을 보셨죠?"

"사진관에 걸려 있는 총각사진을 보느라……."

"정원의 사진이요?"

할머니는 정원의 사진이 영정사진이었다는 것을 어떻게 알았을까? 정말 그 나이가 되면 척 보면 알 수 있을까? 할머니는 정원의 눈이 예쁘다고 했다. 죽음을 잘 준비한 사람의 눈이라고 말했다. 자신의 사진도 정원의 사진처럼 예쁘게 나왔으면 좋겠다고 말했다. 할머니 말대로 정원은 죽음을 잘 준비했었다. 나에게 아버지를 맡기고, 사진관도 맡겼다. 치매 걸린 아버지를 위해 좋아하는 텔레비전 프로부터 음식, 목욕하는 방법 등 별 잡다한 것을 다 적어놓은 노트를 건네주었다. 물론 사진관을 운영하면서 필요한 모든 것을 적어 둔 노트 또한 나에게 주었다. 그리고 어머니가 묻힌 공원에 아버지가 묻힐 장소와 자기가 묻힐 장소까지 다 알려준 후 마지막으로 사진을 찍었다. 가장 아끼던 옷을 입고, 많은 사람들이 좋아했던 환한 웃음을 머금고, 목숨처럼 소중히 여겼던 카메라를 바라보며 사진을 찍었다. 그리고 며칠 후 정원은 즐거운 소풍을 마친 아이처럼 하늘 집으로 돌아갔다.

"할머니, 사진 찍을 때 입으실 옷은 가져오셨어요? 그러면 저기 커튼 뒤로 가셔서 갈아입으세요. 치마는 안 입으셔도 되고요, 윗옷만 입으세요."

할머니는 사진 찍을 준비를 마치고 작은 의자에 앉았다. 스크린 앞에 소박하고도 아담한 작은 꽃이 피어났다.

"할머니, 화장 안 하셨죠? 오늘 같은 날은 크림만 바르셔서는 안 되죠. 잠깐만 그대로 앉아 계세요."

서랍에서 먼지 쌓인 메이크업 세트를 들고 할머니 앞에 앉았다.

"제가 지금은 이렇게 살아도 왕년에는 꽤 이름난 사진작가였습니다. 제가 입술하고, 눈썹, 볼 터치만 조금 해 드릴게요. 아마 십 년, 아니 이십 년은 더 젊어 보일 겁니다. 사진작가가 화장도 하냐? 뭐 그렇게 생각이 드시겠만 좋은 사진 한 장을 얻을 수만 있다면 뭐든지 다 합니다. 물속에 팬티만 입고 들어가서 사진도 찍고 별짓 다해요. 모르셨죠? 자, 다 됐습니다. 어때요? 한결 좋아 보이죠?"

거울을 보던 할머니는 일곱 살 아이마냥 손뼉을 치며 좋아했다.

"할머니, 이제 찍습니다. 여기 카메라 위쪽에 불이 반짝반짝 하는 거 보이시죠? 조금만 턱을 내리시고 불빛을 보세요. 할머니, 긴장하셨어요? 얼굴이 굳어 있어요. 사람들은 보통 똑바로 앉아있다는 착각을 하고 있어요. 자세히 보면 한쪽으로 약간 기울어져서 앉아 있거든요. 왼쪽 어깨를 위로 조금만 올릴게요. 고개도 살짝 드시고……. 아, 좋아요. 여기 불빛 보시고 찍습니다."

조용한 사진관 안에 찰칵 소리만 이곳, 저곳으로 날아다녔다. 나는 할머니에게 다가가 다시 올라간 어깨를 내려주고 고개도 살짝 돌려주었다.

"할머니, 제가 영정사진을 많이 찍다보니 자연스럽게 알게 된 사실이 하나 있어요. 사진을 찍을 때 환하게 웃는 어르신이 있고요, 화가 난 듯이 얼굴이 굳어지는 어르신이 있어요. 아마 살아온 삶이 그런대로 만족스러운 어르신들은 웃으실 테고, 개같이 살아왔다 싶으면 얼굴이 굳어지는 것 같은데 할머니는 어때요? 살아온 삶이 만족스러우면 활짝 웃으시고, 에이, 엿같은 세상, 개같이 살았다 싶으면 화난 듯 찡그리셔도 되고요. 어떻게 하실래요?"

할머니는 수줍은 처녀처럼 입을 가리며 웃었다. 붉은 볼 터치가 무색하게 얼굴에 밝은 빛이 가득했다. 직업이 사진가라면 반 관상쟁이가 된다. 관상에서 제일 중요하게 보는 것이 전체적인 균형이다. 좌우대칭과 삼정의 균등한 분포가 잘 돼 있으면 오십 점은 받고 시작한다. 그리고 오십 점은 웃는 얼굴이다. 모든 이의 얼굴에는 부지불식중에 웃고 울었던 모든 기록이 얼굴에 새겨진다는 것을 사람들은 모른다. 아무리 관상이 안 좋아도 웃는 상이라면 오십 점은 받고 시작하니 할머니는 오십 점 이상의 얼굴이다. 그 외의 점수는 할머니가 마음 상하실지도 모르니 나만 아는 비밀로 해야겠다. 자세를 조금씩 만지며 몇 장을 더 찍었다. 할머니는 이렇게 많이 찍으면 돈을 더 내야 하는 것 아니냐며 불안해했지만 사진을 찍을 때마다 살짝 미소를 짓는 것은 잊지 않았다. 사진을 다 찍고 카운터 앞에 서서 지갑을 만지작거리는 할머니에게 실없는 장난을 쳤다.

"다 됐습니다. 사진은 내일 찾으러 오시면 되고, 사진 값은 백만 원입니다."

할머니는 '백만 원' 사진 값을 듣고 깜짝 놀라 들고 있던 지갑을 떨어뜨렸다. 그 모습이 얼마나 귀엽던지 나도 모르게 웃고 말았다.

"만원만 주세요. 사진 값을 싸게 받는 대신 조건이 있어요. 할머니 일하시다 아주 가끔씩 가게에 와서 저랑 같이 점심을 먹는 조건이에요. 제가 혼자서 밥 먹기가 죽기보다 싫거든요. 가끔 오셔도 돼요. 부담 갖지는 마시고요. 아주 가끔이라도 같이 밥을 먹기가 죽기보다 싫다면 사진 값으로 백만 원을 주시든지 할머니 마음대로 하세요."

그날 이후 할머니의 유모차는 점심시간이면 사진관 앞에 가끔 서 있었다. 우리는 은행잎이 노랗게 물들어 가는 모습을 바라보며 점심을 먹었다. 나는 할머니의 도시락을, 할머니는 배달된 음식을 서로 바꿔 먹기도 하며, 때로는 나눠 먹기도 했다. 점심을 먹고 난 후에 작은 의자를 들고 밖에 앉아 커피도 한 잔씩 했다. 주로 내가 이야기를 하고 할머니는 수줍게 웃으며 잘 들어 주었다. 정원과 같이 사진을 찍으며 보냈던 학창시절 이야기와 냉장고 문을 열고 오줌을 누던 치매 걸린 정원의 아버지 이야기, 젊은 시절 사고로 죽은 우리 부모 이야기, 이마 가득 여드름을 안고 시작한 수줍은 첫사랑이야기까지 나는 쉼 없이 할머니에게 떠들어댔다.

"희한하게 낮에는 화장실에서 오줌을 누다가 모두 잠든 밤에는 냉장고 문을 열고 오줌을 누는데 그 양이 얼마나 많은지 할머니가 봤으면 아마 홍수 난 줄 알았을 걸요. 그래서 제가 냉장고 앞에서 잤어요. 그랬더니 아버지가 이제 장롱 문을 열고 오줌을 누는데 차라리 냉장고 청소가 쉽겠더라고요. 그래서 어쩌긴요. 냉장고를 하나 더 사서 제 방에 숨겨놓고 이전 냉장고는 아버지가 편하게 오줌을 눌 수 있게 해드렸죠."

할머니는 작은 손으로, 작은 입을 가리며 눈이 없어지도록 웃었다. 할머니의 살아온 이야기는 몇 번을 물어도 하지 않았다.

"늙은이 이야기는 다 구질구질해서 재미가 없어, 젊은이 이야기가 재미있지."

아, 고향은 화개장터가 있는 하동이라는 것은 말해 주었다. 봄이면 매화꽃이 흐드러지게 피는 하동이야기와 섬진강에서 재첩을 잡던 이야기를 하며 죽기 전에 꼭 한 번 갈 수 있을까하며 눈시울을 붉혔다.

"할머니, 내가 누구예요? 잘생긴 사진관 손자잖아요. 걱정하지 마세요, 매화꽃 피면 하동에 가요. 어, 할머니, 안 믿는 표정인데……, 그럼 지금 날을 잡아요. 내년 사 월 오 일 식목일에 가는 겁니다. 할머니, 다른 곳 보지 마시고 여기 보세요. 달력에 하동이라고 썼어요. 이제는 믿을 수 있겠죠?"

나는 큰 소리를 치며 다가오는 봄에는 도시락 들고 하동으로 꽃구경을 가기로 약속했다. 죽기 전에 가보지 못한다 해도 하나 섭섭하지 않다고 말하던 할머니였다. 그런 할머니가 나중에 매화나무 밑에 묻히면 얼마나 좋을까라며 창문 너머 먼 산을 바라보고 중얼거렸다.

밤사이에 꽤 많은 눈이 내렸다. 오늘같이 추운 날에는 김치찌개를 먹어야 제격이다. 돼지 목살에 묵은 김장김치를 넣은 김치찌개를 할머니 오기 전에 끓여야겠다. 먼저 돼지목살을 먹기 좋게 잘라 후추 약간, 소금 약간, 맛술 약간, 된장 약간을 넣어 밑간을 해 놓는다. 냄비에 마늘을 넣고 볶는다. 달콤한 마늘향이 올라오면 밑간을 한 고기를 넣는다. 물론 들기름을 살짝 넣어야 한다. 고기가 조금 익어 갈 무렵 김치를 넣고 마저 볶는다. 물 한 컵과 김치찌개의 치명적인 맛을 내기 위한 김치 국물을 한 컵 넣으면 흔한 말로 둘이 먹다 하나 죽어도 모르는 김치찌개가 된다. 사진관이 김치찌개 냄새에 푹 절여져 스치는 것마다 김치찌개 냄새가 올라왔다. 점심시간이 한참 지났음에도 할머니는 오지 않았다. 비가 많이 오는 날이면 일을 쉬기도 했으니, 오늘같이 눈이 많이 오는 날 역시 일을 쉬나 보다 했다. 할머니는 전화도 없으니 연락을 해 볼 방법이 없다. 가끔 멀리까지 일을 나가는 날이면 점심시간을 놓치기도 했으니 혹시나 하며 조금만 더 기다려 보기로 했다. 길 건너 야쿠르트 아줌마가 우비를 입고 대차를 밀며 지나가는 모습이 보였다. 한달음에 달려가 본다. 역시 할머니를 오늘 본 적이 없다고 한다. 할머니에게 야쿠르트 배달은 어제 했다고 한다. 아줌마는 손을 호호 불며 별일 없을 것이라며 걱정하지 말라고 한다. 날도 추운데 따뜻한 차 한 잔 하시라고 아줌마 손목을 잡고 사진관 안으로 들어왔다.

"오늘이 올겨울 들어 최고로 추운 것 같아."

"김치찌개 드셨나 봐? 가게 안에 찌개 냄새가……. 문 좀 열어 놔야겠어."

"아주머니는 점심 드셨어요? 아직 식사 전이면 같이 드실래요?"

아주머니는 환한 얼굴로 '아직도 점심 전이야? 나는 먹기는 했는데 찌개 냄새가 너무 좋아서 그럼, 한 숟가락만 먹어볼까' 하며 의자를 당겨 찌개를 올려놓은 난로 앞에 앉았다.

"사장님은 보통 총각들하고는 마음 씀씀이가 너무 달라. 너무 착해. 딸

있으면 사위로 딱인데……. 내가 돌아다니면서 참한 처녀 물색하고 있으니까 조금만 기다려 봐. 그리고 참, 할머니가 눈치를 챈 것 같아. 왜 동에서 옆집 노인네들은 안 주고 자기만 주냐고 하더라고. 아마 옆집 노인네들이 동사무소에 가서 자기들도 야쿠르트 달라고 난리를 쳤나 봐. 내가 야쿠르트가 남아서 할머니에게 드리는 것인데 그냥 드리면 안 받으실 것 같아서 동에서 준다고 거짓말을 했다고 하긴 했는데 믿지 못하는 것 같아."

"그래도 끝까지 아주머니가 남아서 주는 걸로 해요. 내가 주는 걸로 하면 아마 할머니 성격상 앞으로 가게에 놀러 오지도 않을 것 같아요."

"하긴 그래, 할머니가 얼마나 자존심이 강한지, 공짜로 준다고 해도 싫다고 해서 내가 몰래 방에다 던져 놓고 오는 거야."

"할머니는 자녀가 없어요? 아무리 물어도 말을 안 해 줘요?"

"아들이 하나 있었는데 연락 끊긴지는 오래된 것 같아. 공부도 꽤 한 아들이라는데 사업 실패하고, 할머니가 모아 놓은 돈도 탈탈 털어갔지. 장가는 갔는지, 죽었는지, 살았는지 연락도 없어. 차라리 죽었으면 나라에서 이것저것 혜택이라도 받지. 주민등록상에는 아들이 살아 있으니 아무런 혜택도 못 받잖아. 그래서 내가 실종신고를 하자고 했지. 그래야 할머니가 산다고. 아이고, 이 노인네가 얼마나 고집이 쇠심줄인지 말을 듣지를 않아. 아무리 말을 해도 산 사람을 어떻게 죽이냐며, 그냥 이대로 폐지나 주우며 살 때까지만 살면 된다는 거야."

가게 문을 열어놓고 한동안 가만 앉아 있었다. 가게 안에 김치찌개 냄새가 빠졌는지 곳곳에 쓸쓸한 찬바람 냄새가 가득했다. 야쿠르트 아줌마는 아마 모를 것이다. 눈에는 보이지는 않지만 어디선가 분명 살아있다는 희망이 얼마나 큰지. 그 희망으로 혼자 밥을 먹을 수도 있고, 굳은 날씨에도 유모차를 끌고 다닐 힘이 생긴다는 것을 말이다. 나 역시 누군가를 기다리고 싶다. 아니, 누군가가 나를 기다려 줬으면 좋겠다. 집에서 기다리는 사람이 있다면 퇴근하고 집으로 향하는 발걸음이 얼마나 가벼울까? 그 맛으로 살고 싶다. 애인도 없는 노총각의 구질구질한 이야기는 그만해야겠다. 아, 혼자 사는 사람들에게는 신문구독이 필수다. 신문을 안 보는 사람이라면 야쿠르트라도 먹어야 한다. 문 앞에 신문이나 야쿠르트가 며칠 쌓이면 누군가가 그 집 문을 두드릴 것이다. 한 달 또는 몇 달 후에 사람의 시신이 발견되는 불상사는 면할 수 있다. 그래서 혼자 사는 사람들은 읽지도 않는 신문을 보거나 마시지도 않을 야쿠르트를 배달시킨다.

　동장군이 무섭게 성을 내며 거리를 빙판으로 만들고, 많은 눈이 쌓여 차도 엉금엉금 기어 다니는 날이었다. 점심을 혼자 먹으며 할머니를 생각했다. 오늘같이 눈이 많이 내리는 날은 집에 무조건 있기로 나와 약속을 했다. 아마 할머니는 지금 나처럼 혼자 밥을 먹고 있을 것이다. 아, 할머니의 이름은 조아무래였다. 이름이 아무래라니 도저히 믿기지 않아 주민증까지 확인해 봤다. 할머니가 태어났을 때 할머니의 아버지는 일단 딸이라는 점이 마음에 안 들었고, 더 마음에 안 들었던 점은 더럽게 못 생겼다는 점이었다고 한다. 화를 벌컥 내고 집을 나가 두 달 뒤에 들어왔다고 했다. 아버지는 딸을 시집보낼 때까지 한 번도 안아 준 적도 없었다고 한다. 술에 취해서 출생신고를 하러 간 아버지는 면사무소 직원에게 내 아이가 아니라며, 억울하다고 횡설수설 술주정까지 했다고 한다. 술주정에 짜증이 난 면 직원은 아이 이름과 생년월일을 대라고 난리를 쳤단다. 아버지는 짜증을 내는 직원에게 아무렇게나 하라고 오히려 큰소리 쳤다고 한다. 짜증이 난 면직원은 이름은 조아무래로, 생년월일은 바로 당일로 올렸다고 한다. 이름도, 생일도 아무렇게나 만들어졌고, 조금 커서는 친구들이 '암울해'로 부르며 놀렸다고 한다. 그래서 자기 인생이 면직원 때문에 암울해졌다며 귀엽게 눈을 흘겼다. 할머니 이름을 떠올리며 혼자 피식피식 웃고 있을 때 야쿠르트 아줌마에게 전화가 왔다.

사진관 문을 제대로 열지도 못했는데 다시 닫아야만 했다. 문을 닫으려 일어섰지만 좀처럼 발이 떨어지지 않았다. 커피를 한잔 마셔야겠다. 조아무래 할머니는 달달한 커피믹스를 좋아했다. 나는 블랙을 좋아 했지만 지금은 달달한 커피믹스를 마셔야겠다. 나는 할머니가 마시던 방법대로 손에 커피를 들고, 잔에서 전해오는 따뜻한 온기를 느끼며 가만히 앉아 있었다. 이내 입술에 살짝 커피를 묻혀 입안에 들어온 커피를 천천히 머금다 살짝 목으로 넘겼다. 따뜻하게 울대를 타고 들어가는 커피가 좋았다. 입안에 남은 커피를 넘기려다 사레가 들었다. 입안에 든 커피를 바닥에 뱉고 말았다. 커피가 머물다 지나간 울대가 타들어가 듯 아프다. 타들어가는 울대가 너무 아파서 주먹으로 가슴을 치며 한동안 펑펑 울고 말았다.

야쿠르트 아줌마가 알려준 할머니의 집은 산 밑에 자리 잡은 판자촌이었다. 여기저기 비닐을 칭칭 감은 판자촌에서도 구석진 산 밑에 자리 잡은 할머니 집은 멀리서 봐도 추워 보였다. 집 앞에는 야쿠르트 아줌마와 동네 사람들이 모여 혀를 차고 있었다. 경찰은 아직 오지 않았다. 할머니는 목도리까지 칭칭 감은 상태로 바닥에 쓰러져 있었다. 할머니 곁에는 찬이라고는 김치 하나뿐인 밥상이 엎어져 있었다. 할머니는 밥상을 들고 방에서 나오다 문지방에 걸려 넘어진 듯했다. 그동안 안 좋던 허리를 다쳐 일어서지도 못했을 것이다. 도와달라는 소리를 얼마나 질렀을까 입술이 다 부르튼 상태로 할머니는 얼어 죽었다. 할머니는 끝까지 살고자 했던 것 같다. 흙바닥인 부엌에는 기어간 흔적이 남아 있었다. 집 문을 열고 살려달라고, 도와달라고 소리를 질렀을 것이다. 도움을 청하는 목소리는 비닐을 때리는 바람소리에 묻혀 사라지고 열린 문에서 겨울 찬바람이 거침없이 들어와 얼어 죽은 것이다. 할머니는 손톱이 뭉개지도록 바닥을 긁었다. 흙범벅이 된 할머니의 손이, 할머니의 빠진 손톱이 나를 더욱더 애절하게 만들었다. 나는 두 평이나 될까 하는 할머니의 방으로 들어가 이불을 들고 나와 할머니에게 덮어드렸다. 이 추운 겨울날, 할머니 방에는 작은 전기장판만이 유일한 온기를 전해주고 있었다.

신고를 받고 온 경찰관 두 명이 문 앞에서 동네사람들에게 상황을 파악하고 있었다. 나는 손수건으로 코를 감싼 경찰관과 함께 높은 문턱을 넘어 할머니 방으로 들어갔다. 허리를 곳곳이 피면 천장에 머리가 닿을 듯 한 작은방에서 할머니는 홀로 생활을 하셨다. 방 안과 밖의 기온차가 전혀 느껴지지도 않는 작은방, 그 방에서 할머니는 무엇을 했을까? 연락이 끊긴 아들을 기다렸을까? 지나가는 누군가가 문을 열고 들여다 봐주기를 기다렸을까? 벽에 걸려있는 영정사진 속 할머니는 방안을 내려다보며 환하게 웃고 있었다. 라면박스에 테이프를 감아 만든 옷장이 서너 개, 작은 밥솥 하나, 아귀가 틀어진 서랍장, 지금은 보기 힘든 브라운관 텔레비전이 할머니와 함께 살고 있었다. 주인 잃은 방에는 남일 같지 않은 동네 사람들의 서러운 탄식만이 넘치고 있었다. 경찰관은 방안 구석구석을 사진으로 담았다. 서랍을 열어 사람의 손이 탔는지 꼼꼼하게 살폈다. 서랍장 안에서 보자기에 싸여있는 수의와 도장이 들어 있는 통장집이 발견되었다. 짧은 편지도 있었다. 편지를 읽던 경찰관이 난감한 얼굴로 나를 바라본다. 경찰관에게 할머니의 편지를 받아 읽었다. 삐뚤삐뚤 써내려간 편지는 그동안 고마웠던 동네 사람들을 모두 거명하며 따뜻한 밥 한 끼라도 꼭 대접을 했으면 좋겠다는 내용이었다. 편지 안에는 뜻 밖에 내 이름도 있었다. 내 손을 떠난 편지는 문 앞을 지키고 섰던 동네 사람들에게 전해졌다. 편지를 읽은 사람들의 흐느낌은 더욱 커졌다.

동네 사람들과 상의해서 동네 입구에 천막을 설치했다. 할머니의 영정사진을 모셔놓고 밥과 국을 준비했다. 누구라 할 것 없이 십시일반 모아 장례식을 준비했다. 나는 상주 건을 쓰고 동네 사람들에게 술을 따랐다. 비닐하우스와 판잣집이 몰려있는 동네에 연탄과 장작을 쌓아올린 화롯불이 붉게 타오르고, 쓰디쓴 소주가 돌고, 슬픈 웃음이 피어났다. 모두가 잠이든 밤, 나는 잠들지 못했다. 불이 꺼지지 않도록 수시로 장작을 넣어야 했다. 혹여나 향이 꺼지지 않도록 계속 지켜봐야 했다. 할머니 영정사진과 함께 홀로 밤을 새우고 있었다. 돼지머리고기를 앞에 두고 잔에 소주를 따르려고 병을 든 순간, 누군가 내 손을 잡았다. 할머니였다. 옛 모습 그대로 내 손을 잡고 있는 할머니. 붉게 타오르는 화롯불 앞에 할머니와 함께 불을 바라보며 앉았다. 동네사람들 모두 할머니를 기억하고 있어요. 모두들 할머니에게 잘 가시라고 배웅을 하고 있으니 덜 무섭죠? 동네 사람들 거의 다 할머니에게 인사를 하고 갔어요. 할머니 인기 좋던데요. 함께 따뜻한 밥과 국을 준비하고, 서로 대접하고 대접 받았죠. 술도 부족하지 않게 준비했어요. 와, 우리 할머니 환하게 웃으니 보기 좋네요. 할머니가 원하는 대로 했으니, 모든 걱정 다 내려놓고 이제는 편히 가세요.

장사 지내는 삼 일 동안 내가 했던 유일한 일은 밤을 새우며 술을 마시는 거와 할머니를 고향 근처 공원묘지에 묻어 드리는 것뿐이었다. 동사무소나

이웃 분들에게 혹시나 아들이 찾아오면 할머니가 묻혀 있는 공원묘지의 주소를 알려 놓은 것으로 내가 할 수 있는 일들을 모두 마쳤다. 그렇게 많은 일들을 하지 않았음에도 불구하고 나는 한동안 사진관 문을 열지 못했다. 부모님을 사고로 보냈을 때도 이렇게 힘들지 않았는데, 정원과 정원의 아버지를 보낼 때도 이렇게 힘들지 않았는데 무엇이 나를 이렇게 힘들게 하는지 모르겠다. 아무도 기억하지 않는 죽음이 무서웠다. 아무도 함께하지 않는 죽음이 무서웠다. 홀로 죽음을 맞아야만 하는 사람들이 많음이 무서웠다. 할머니처럼 고독한 죽음을 맞을 수밖에 없는 내 현실이 무서웠다. 그래, 할머니를 위해 내가 할 일이 하나 더 남았다. 할머니를 기억하는 것, 그것이 내가 해야 할 일이었다. 이름도 없이, 거리에서 휴지와 빈병을 주우며 살아왔지만 사람들은 할머니를 잊지 않고 있다는 것을 알려야 한다. 사람들에게 알리는 일이 내가 할 마지막 수고였다. 그래서 나는 오직 한 사람, 조아무래 그녀를 기억하기 위해서 소설을 썼다.

사진관 앞에서 한동안 머뭇거렸던 어르신이 문을 밀며 들어왔다. 어디선가 매화향이 들어오는 듯 풍경소리가 가볍게 울렸다. 사진관 안에 밝고, 상쾌한 기운이 감돌았다. 문을 열고 들어온 어르신은 사진관을 둘러보다 대뜸 큰소리로 말을 했다.

"사진관 유리에 영정사진을 공짜로 찍어 준다고 쓰여 있던데 정말이야? 공짜라고 써놓고, 막상 사진 찍으면 이 핑계, 저 핑계 대면서 돈 내라고 하라는 거 아니야?"

"어르신, 살살 이야기해도 잘 들려요."

"내가 귀가 어두워서 목소리가 좀 커. 아무튼 공짜가 맞아, 틀려?"

"어르신, 혹시 조아무래 할머니라고 아세요?"

"누구?"

"저기 사진 보이시죠? 저분이 조아무래 할머니예요."

"저 할머니가 왜?"

"얼마 전에 돌아가셨어요. 그분이 돌아가시면서 어르신들에게 영정사진을 공짜로 찍어드리라고 저에게 돈을 맡기고 가셨거든요. 그러니까 엄밀히 말하면 공짜는 아니고 조아무래 할머니가 사진 값을 내신 거죠."

"자세히 보니 어디서 본 듯도 한데……. 젠장, 노인네가 아주 부자였나 보군."

"돈보다 인정이 많으셨으니 마음이 부자였죠. 어르신, 지금 사진 찍으실래요?"

어르신의 목소리가 한결 부드러워졌다.

"아니, 사진 찍으려면 이발도 하고, 옷도 좀 잘 입어야지. 내일 점심 먹고 올게. 친구들이랑 같이 와도 되나?"

"얼마든지 같이 오셔도 돼요. 대신 조아무래 할머니 이야기를 꼭 친구 분들에게도 말해 주셔야 해요. 아셨죠?"

"조아무래라 이름이 재미있네. 암튼 내가 기억함세."

더블 설명서

이 경 희

연극 '프랑켄슈타인'을 봤다. 빅터 프랑켄슈타인이 만든
인간의 형상을 닮은 피조물의 절규에 전율을 느꼈다.
"날 존재하게 했으면 책임져야지. 날 버렸어."
인간에 의해 창조되었지만 인간에 의해 버려졌다.
버림받는 것에 대한 두려움의 몸짓과
사랑받고 싶은 피조물의 절절함이 느껴졌다.
한동안 귓가를 맴돌며 가슴에 앙금으로 남아 있던 말은
택배로 배달된 인형이지만 인간이 된 '더블'을 만들게 했다.
박스에 담겨 버려지는 아기들과 갓난아기를 굶겨 숨지게 한
게임 중독 부부의 실태가 가슴 아픈 현실이다.
소설을 재미있게 읽고, 다양한 생각을 할 수 있기를 희망한다.

제29회 별망성 시낭송 대회 대상 수상

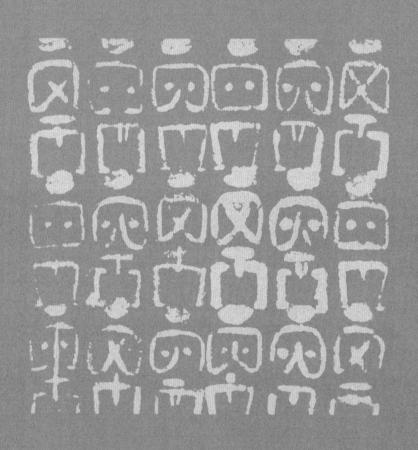

더블 설명서

이경희

눈이 부시다. 햇살이 칼날처럼 꽂힌다. 그녀는 옥상으로 오르는 계단을 재빠르게 뛰어오른다. 숨을 고르고 옥상 난간에 성큼 올라선다. 십 센티미터 남짓한 폭의 난간에 한 치의 망설임도 없이 올라서서 양팔을 벌린다. 눈을 감는다. 바람이 볼을 스치고 머리카락을 휘감고 몸을 감싼다. 그녀는 발레워킹 하듯 조심스럽게 발을 내딛는다. 한 발 한 발 옮길 때마다 마음을 덮고 있던 일상의 두께가 한 꺼풀 한 꺼풀 벗겨지는 것 같다. 숨을 깊이 들이쉬고 천천히 내쉬어 본다. 날개를 단 작은 요정이 그녀 주변을 날아다니며 은빛 가루를 뿌려주는 것 같은 기분이다. 자유, 그녀는 자유를 느낀다. 외로움을 잊은 자유다. 그러나 그것도 잠시, 눈앞에 해미가 낀 것처럼 뿌옇다. 순간 그녀는 현기증을 느끼며 몸의 균형을 잃고 아래로 떨어진다.

　아악!

　그녀는 등골이 축축했다. 다리가 뻣뻣해져 움직여지지 않았다. 머리가 지끈거렸다. 하루에도 몇 번씩 반복되는 편두통에 그녀는 약을 먹으러 일어났다.

　딩동, 하는 소리에 인터폰을 받아보니 택배 기사가 커다란 박스를 들고 있는 모습이 보였다. 문을 열어 주자, 택배 기사는 사인을 해 달라고 했다. 윤주는 요 며칠 사이에 뭘 주문했는지 기억이 나지 않았다. 인터넷 쇼핑은 그녀의 취미가 된 지 오래다. 그녀는 택배를 받고 박스를 열 때 박스테이프 뜯기는 소리에 쾌감을 느낀다. 박스 안에 있는 물건에 대한 호기심과 물건을 확인할 때의 두근거림이 그녀를 살아 있게 했다. 그녀는 매일 온라인쇼핑을 했다. 박스는 커다랗고 묵직했다. 십오 킬로그램은 족히 돼 보였다.

　택배 박스 안에는 붉은 와인 빛깔의 상자가 들어 있었다. 명품 가방이나 장미꽃 백 송이가 들어 있을 것 같은, 서프라이즈 이벤트나 알맞은 고급스러운 상자였다. 장미꽃 백 송이가 이슬이 촉촉이 묻은 상태로 고스란히 상자에 담겨 있을 것 같았다. 뚜껑을 열면 장미꽃의 진한 향기가 집안에 가득 차 취할 것 같았다. 그녀의 얼굴에 미소가 피어올랐다. 편두통은 어느새 사라졌다.

　그녀는 이브닝드레스 같은 보라색 리본을 풀었다. 이젠 이런 서프라이즈 이벤트를 해줄 그 누구도 없었지만, 짜릿한 느낌은 그녀의 솜털까지 긴장케 했다.

　뚜껑을 여는 순간, 그녀는 심장이 멎는 줄 알았다.

　상자 안에는 죽은 하준이가, 아니 준이하고 너무도 닮은 인형이 누워 있었다. 인형은 가볍고 말랑말랑한 요술 점토 클레이 같은 재질에 감싸여 있었다. 클레이가 마르기 전의 보드라운 감촉으로 인형을 안전하게 보호하고 있었다. 살짝 곱슬한 윤기 있는 머리카락, 흰색 셔츠에 분홍색 나비넥타이,

행커치프를 꽂고 검정색 재킷을 입은 인형은 예전 아들의 모습 그대로였다. 이 정장은 아이가 다섯 살 생일에 입었던 옷이다. 아이가 살아 돌아온 것만 같았다. 쌍꺼풀진 큰 눈에 한쪽 볼에 살포시 패는 보조개까지, 준이와 똑같이 생긴 인형을 보자, 그녀는 아픈 기억이 떠올랐다.

그녀는 인형을 끌어안았다. 보드랍고 따스했다. 갑자기 눈물이 핑 돌았다. 너무도 사랑스러웠던 아이의 웃는 얼굴이 떠올라서 아이 이름을 부르면서 흐느껴 울었다.

"사랑하는 내 아들 준이, 하준아! 사랑해, 보고 싶다, 보고 싶어."

그녀의 흐느낌은 이젠 헉헉 소리로 토해졌다. 가슴이 터질 듯 인형을 끌어안고 얼굴에 볼을 비벼댔다. 가슴 밑바닥에 응어리져 있던 뭉치가 눈물이 돼 하염없이 흘러내렸다. 눈물은 인형의 얼굴을 적셨다. 한참을 울다가 순간 이상한 느낌이 들었다. 뭔가 움직인 것 같았다.

그녀는 움찔 놀라서 인형을 쳐다봤다. 인형도 그녀를 쳐다보는 것 같았다. '어쩜 이렇게 살아 있는 것 같을까!' 그녀는 혼잣말을 하며 인형의 얼굴을 쓰다듬었다.

그 순간 인형의 눈동자가 흔들렸다. 인형의 입이 움직였다.

"엄마!"

그녀는 깜짝 놀라 가슴이 철렁했다. 당황한 마음을 가라앉히려 침을 삼켰다.

"……나 말이니?"

한참을 울었던 탓에 코는 맹맹하고 귀가 먹먹해져 멀리서 울리는 소리 같았다.

"그럼 여기 누가 또 있어요?"

"그야 그렇지만……."

"날 사랑한다고 했죠?"

"어? 어. 그건 우리 하준이랑 너무도 닮아서……."

"내가 하준이에요."

"……하준이, 그래 준아, 우리 준이!"

그녀는 기쁨과 슬픔이 뒤범벅이 돼 격한 소용돌이에 휩싸였다.

윤주는 바닥에 어지럽게 흩어져 있는 상자를 집어 들었다. 받는 분에는 분명히 '이윤주'라고 적혀 있었다. 보내는 분은 'Dream Communication Company'였다. 박스 안을 살펴보자 카드가 두 장 들어 있었다.

그녀는 카드를 펼쳐 보았다. 현수가 보낸 카드였다. 가슴이 두근거리고 손이 떨렸다. '사랑하는 윤주야, 선물이야. 너를 다시 찾길 바라.' 카드의 글을 읽자, 그가 했던 말이 어렴풋이 떠올랐다.

"윤주야, 하준이랑 똑같이 만들어준대. 준이 분신이네. 우리 키우자. 이 년만 있음 완성된대." 그가 컴퓨터를 보면서 말했다.

"미국에 본사가 있는데 세계적인 박사들이 모여서 공동 연구 중이래. 도스토예프스키 광팬인가 봐. 정말 대단하네. 인공지능 소프트웨어 칩을 장착해서 원하는 모습으로 만들어 준대. 사진도 보내라는데. 아주 똑똑하게 해 달라고 할까? 우리 하준인 애들한테 맞아서 매일 울고 너무 순둥이였잖아. 음악도 좋아하게 해 달래야지. 이제 좀 그만 울고 그만 싸우자. 윤주야 직장도 다시 다니고…… 살아야지."

"우리 준이랑 똑같은 애가 어디 있어. 머리 아파. 잠 좀 자게 조용히 해 줘."

그도 떠나고 없는데 그가 보낸 카드와 선물이 그녀에게 온 것이다. 다른 한 장의 카드에는 '더블 설명서'라고 쓰여 있었다. 그녀는 도스토예프스키의 작품 「분신」을 개작해 영화로 만든 「더블」이 생각났으나, 고개를 가로저었다. 가슴이 먹먹했던 기억이 떠올랐기 때문이다.

그녀는 현수가 떠나고 잠이 안 와서 혼자 영화를 보러 갔었다. 「더블」은

'달콤한 악몽'이라는 부제가 붙은 영화였다. 존재감 없는 사이먼에게 자신과 똑같은 외모에 정반대의 성격을 가진 '분신' 제임스가 나타나, 사이먼의 삶을 야금야금 빼앗아 버린다. 사이먼이 좋아하던 한나도, 직장도 모두 분신 제임스의 차지가 된다.

주인공 사이먼이 자살한 사람을 목격하고 이상형인 한나에게 말한다.

"혼자라는 건 참 끔찍한 거예요."

사이먼은 그 상황에서 벗어나려고 하지만 일은 자꾸 어긋난다.

"어차피 인생은 한 번 사는 거야. 당신의 외로움을 난 안다. 유령처럼 존재감 없이 사는 게 어떤 건지 아니까. …… 줄에 매달린 인형이 되긴 싫소."

영화를 보고 나서 집에 오는 내내 사이먼의 말이 귓가에 맴돌아 눈물이 났다.

그녀는 카드를 펼쳐 보았다.

〈Double 설명서〉

Dream Communication Company와 꿈을 공유하게 된 것을 축하드립니다.

당신에게 배달된 드림 박스는 당신의 행동과 사고 여하에 따라 당신에게 행복과 사랑을 주는 선물이 될 수도 있고, 악몽이 될 수도 있습니다. 한 생명을 받아들이고 책임진다는 것은 쉬운 일이 아닙니다. 당신에게 행운이 함께하길 바랍니다.

1. 잠들어 있는 더블을 깨우는 방법은 안고 '사랑해'라고 말하는 것입니다. 그러면 더블은 여러분이 원하는 분신이 될 것입니다.

2. 아직 임상 연구 단계에 있으므로 원하지 않으시면 깨우지 마시고 다시 반송해 주십시오.

더블로 인해 행복한 가정이 된 사례가 너무도 많습니다. 아직 명확히 규명된 것은 아니지만 더블이 사랑 받지 못한다고 생각하면 이상행동을 한다는 보고가 있으니 더블을 아끼고 사랑해 주십시오. 그로 인해 생기는 문제는 귀사가 책임지지 못함을 알려드립니다.

꼭 명심하십시오. 늘 사랑하고 행복을 줄 것!

특이사항을 읽고 그녀는 멈칫했다. '이상행동! 깨우지 말고 반송하라니. 난 이미 깨웠는데. 하지만 저렇게 예쁜 아이가……. 설마 우리 하준이가 이상행동을 한다는 건 말도 안 돼. 난 준이를 영원히 사랑할 거니까.' 하며 그녀는 별로 개의치 않았다.

하준이는 아빠는 어디 있냐고 물었다. 아빠를 보면 엄마처럼 금방 알아볼 수 있다며 아빠 모습과 성격도 저장돼 있다고 했다. 아빠는 엄마하고 싸워서 일 년 전에 미국으로 가서 돌아오지 않고 있다고 말해 주었더니, 아이는 시무룩해지면서 같이 살고 싶다고 말했다. 그녀는 가슴이 아팠다.

더블 하준이는 아이답지 않은 성숙한 면이 있었고, 똑똑하고 눈치도 빨라서 그녀가 한 번 하지 말라는 짓은 하지 않았다. 예전의 준이는 어리광도 많이 부리고 눈물도 많았지만, 지금의 하준이는 무엇이든지 스스로 알아서 하는 아이였다. 하준이는 그리스 로마 신화를 좋아해서 다른 책은 거의 읽지 않았다. 신들의 이름과 줄거리를 줄줄 말할 정도로 기억력도 좋았다. 하루는 책을 들고 와서 디오니소스가 들고 있는 악기를 사 달라고 했다. 디오니소스 그림도 갖고 싶다고 해서 복사해 줬더니 매일 쳐다보면서 피리를 불었다. 잘 때도 피리를 손에 쥐고 잠들었다. 그녀는 하준이가 왜 하필 디오니소스에 집착하는지 알 수가 없었다.

그녀는 포도주와 축제의 신으로 알고 있는 디오니소스를 인터넷에서 검색해 보았다. 디오니소스는 제우스의 넓적다리에서 키워져 두 번 태어난 신이었다. 디오니소스를 숭배하는 종교가 있었는데, 주로 여자들이 산속에 모여 피리를 불고 북을 치면서 춤추고 흥분하여 살아있는 산짐승이나 가축을 제물로 바치고 광란에 빠진 상태에서 제물을 산 채로 뜯어먹고 그 피를 마셨다는 내용도 있었다. 그녀는 하준이하고 상관은 없지만 섬뜩해서 피리를 빼앗아 보기도 하고 책을 숨겨 보기도 했다. 하지만 하준이가 왜 그 책을 보면 안 되고, 피리를 불면 왜 안 되냐고 따지는 통에 다시 돌려주었다. 사실 책과 피리를 주지 않을 명백한 이유를 찾지 못했다.

그녀는 유치원 선생님이 한 말이 자꾸 신경이 쓰였다. 하준이가 아이들을 꼼짝 못하게 하고 왕따를 시킨다는 것이었다. 선생님이 다른 아이를 칭찬하면 그 아이를 왕따 시키고 괴롭힌다고 했다. 윤주가 애들을 괴롭히지 말라고 했더니 하준이는 눈물까지 흘려 가며 그러지 않겠다고 약속했다.

그 이후에도 계속 아이들을 괴롭힌다는 얘기가 들려왔다. 하준이가 집에서 하는 행동과 밖에서 하는 행동이 다르다는 생각이 들자, 혼내는 일이 잦아졌다. 그럴 때마다 엄마는 날 사랑하지 않고 미워한다며 방으로 들어가서 문을 잠그고 소리를 지르고 울었다. 그녀는 준이를 사랑했지만, 준이에게 신경을 덜 쓰게 된 것은 사실이었다. 또 한 명의 중요한 사람이 생겼기 때문이다. 그 일이 생긴 건……, 현수의 카톡을 받은 날이었다.

드로잉 수업이 있어서 차에 시동을 거는데 카톡 소리가 들렸다. 준이 아빠였다. 더블 하준이 소식을 전했을 때, 이미 늦었다고 말했던 그였다. 가슴이 두근거렸다.

잘 지내지. 아무래도 얘기를 해야 할 것 같아서……

갑자기 불길한 예감에 엘리베이터에 갇혀 있는 것 같은 폐쇄된 공포를 느꼈다. 입술이 바짝바짝 타 들어갔다.

나 결혼해. 우리 인연은 여기까지인 것 같다…… 좋은 사람 만나 행복하게 살아…… 이혼 서류 보냈어. 미안해……

그녀는 갑자기 얼빠진 사람처럼 멍하니 핸드폰의 글자를 한참 동안 바라보았다. 온몸에 있는 수분이 다 증발해서 살가죽이 퍼석퍼석해진 기분이 들었다. 눈에 눈물이 고여 글자가 제대로 읽히지 않았다. 나 결혼해란 글자만이 그녀의 머릿속에서 반복적으로 되뇌어지고 있었다. 눈물이 주르륵 흘렀다. 그가 결혼한다. 아무 생각도 나지 않았다. 그녀는 허우룩한 마음을 달랠 길이 없었다.

그의 사슴 같은 눈망울이 떠올랐다. 그에게 준이의 죽음에 대한 잘못을 추궁했지만, 그가 미워서도 싫어서도 아니었다. 아이의 죽음을 받아들일 수 없었고 견딜 수 없었기 때문이었다. 그는 그녀의 첫사랑이었다. 대학 3학년 때, 스카프로 잔뜩 멋을 내고 동아리방에 갔던 가을 날, 군복을 입은 그를 봤다. 그는 제대를 얼마 남겨두지 않은 상태였다. 많은 말을 하지 않았지만, 그녀는 이유 없이 가슴이 활랑거리는 것을 느꼈다. 그는 다음 날, ROTC 피앙새 반지를 그녀에게 끼워 주었다. 그렇게 둘은 사랑을 하고 결혼을 했다. 과거는 절대 되돌아오지 않았다. 추억은 아련한 기억일 뿐이다.

아이가 죽던 날, 윤주네 가족은 에버랜드에 놀러 갔었다. 준이는 회전목마 타는 것을 좋아해서 세 번을 타고도 또 타고 싶어 했다. 빙글빙글 도는 회전목마 위에서 환한 얼굴로 엄마, 아빠를 불러 대던 아이의 모습에 그녀는 가슴 벅찬 행복을 느꼈다. 집에 거의 도착했을 때, 준이는 아이스크림을 사 달라고 했다. 그녀가 아이스크림을 사러 간 사이에 아이는 차에 치였다. 준이의 몸은 바닥으로 내동댕이쳐졌다. 준이가 떨어진 도로는 참혹 그 자체였다. 뻘겋게 흐르던 핏줄기를 그녀는 잊을 수가 없다. 요란한 소리를 내며 119 구급차가 와서 병원에 실어 갔지만, 이미 아이의 숨은 남아 있지 않았다. 그가 전화를 받느라 아이 손을 놓았던 잠깐 사이에 벌어진 일이었다.

어린 준이를 가슴에 묻고 그녀는 다니던 직장도 그만뒀다. 일에 마음을 쓸 기력도 없었고, 아등바등 살아온 세월이 덧없게 느껴졌기 때문이다. 그녀는 어려운 가정환경에 발레리나의 꿈을 접어야만 했던 지난날을 잊었다고 생각했는데, 한없이 서러움이 복받쳤다. 편두통이 생긴 것도 그 무렵이었다. '그때 아이스크림을 사러 가지 않았더라면…… 그때 전화가 오지 않았더라면…… 그때 준이가 죽지 않았더라면……' 그녀가 수만 번 되뇌들 변한 것은 아무것도 없었다. 그것은 그녀가 감당하기엔 너무도 큰 고통이었다. 그를 보면 아이 얼굴이 떠올랐다. 매일 싸움의 연속이었다.

그녀는 그녀대로 편두통이 심했고, 그는 회사일 때문에 스트레스를 많이 받을 때였다. 그가 몸을 못 가눌 정도로 술을 마시고 밤늦게 들어온 날이었다. 그의 눈엔 핏발이 섰고 목소리는 격앙돼서 흥분한 상태였다. 얘기 좀 하자고 소리를 지르는 그에게 그녀는 맨 정신일 때 얘기하라고 쏘아붙였다. 그 순간이었다. 그가 텔레비전 옆에 있던 제라늄 화분을 거실에 던진 것은. 화사하게 피었던 진분홍 꽃잎은 사방으로 흩어지고 꽃은 무참히 흙에 짓눌렸다. 작은 화분이었지만 깨진 화분 조각은 흙과 함께 온 사방으로 흩어져 바닥은 발 딛을 틈이 없었다. 오디오에서는 평온한 차이코프스키 피아노 협주곡 제1번이 흘러나오고 있었다. 현수는 짐을 쌌다. 그리고 미국으로 가버렸다.

그녀는 그를 용서해야 했다고 생각했다. 오랜만에 친구 전화를 받느라 아이를 챙기지 못했어도 그를 이해하고 보듬어줬어야 했다고. 그를 너무 사랑했기 때문이다. 그러나 그녀는 어렸다. 그녀는 그가 자신의 곁을 떠난다는 생각을 해 본 적이 없었다.

그녀는 현수의 톡을 받자 도저히 운전을 할 수가 없었다. 집에 들어가기도 싫었다. 침대에 엎어져 울고 있을 자신이 떠올랐다. 집 말고 어딘가로 가야만 했다. 그녀는 택시를 타고 문화센터 드로잉반에 갔다.

그녀는 20분 정도 늦었다. 그런데 강의실 문을 들어서다 깜짝 놀랐다. 실오라기 하나 걸치지 않은 모델이 포즈를 취하고 있었기 때문이다. 그녀는 그제야 이번 주에는 누드를 그린다고 했던 말이 떠올랐다. 누드모델은 도드라진 이마에 콧날이 오똑하고 턱이 갸름한 생 얼굴이었다. 모델은 가무잡잡한 피부에 스트레이트파마를 한 갈색 머리를 끈으로 묶었다. 양쪽 팔을 머리 위로 올리고 살짝 허리를 비튼 상태로 다리를 벌리고 매트 위에 서 있었다. 풍만한 가슴과 엉덩이, 잘록한 허리와 음모가 그대로 여지없이 드러나 있었다. 모델은 건강미와 관능미를 보여줬다. 그러나 에로틱하다는 생각은 연필을 잡고 크로키를 시작하자 사라져버렸다.

누드모델은 초시계로 시간을 맞춰 놓고 처음엔 십오 분마다 다양한 포즈를 취했다. 이후에는 삼 분, 일 분마다 포즈를 바꿨는데, 두 시간이 어떻게 지났는지 모를 정도로 시간이 빠르게 흘렀다. 포즈가 바뀌기 전에 그리던 그림을 완성하느라 정신을 집중해야만 했다. 그녀는 이런 높은 몰입감 때문에 그림을 그리는 것이라는 생각을 했다. 그림을 그리는 순간만큼은 모든 것을 잊을 수 있었다. 그녀는 누드모델을 직업으로 한다는 것이 그림을 그리기 전에는 쑥스러울 것 같이 여겨졌으나 편견이라는 사실을 깨달았다. 오로지 빛과 그림자를 잘 나타내 명암 대비를 효과적으로 표현하기 위해 애썼다. 그녀와 같은 삼십 대인 모델의 몸은 아름다웠다. 피부 세포 하나하나가 살아 숨 쉬고 있었다. 단 한 번의 삶인 것이다.

드로잉 수업을 마치고 나오는데, 김승남이 환하게 웃으며 다가왔다.

"윤주 씨, 차 몇 층에 세워 놨어요?"

"오늘 택시 타고 왔어요."

"잘 됐네. 내가 태워 줄게. 내 차 타요."

"아니에요."

그녀는 술이 한잔 하고 싶었지만, 기분이 울적해서 술을 마시면 취할 것 같아 황급히 거절하고 나왔다. 택시를 기다리고 있는데 갑자기 빵빵 클랙슨 소리가 나서 쳐다보니 김승남이 차를 세웠다.

"빨리 타요. 어서"

"……괜찮아요."

"차 밀리잖아요. 타요."

그가 문을 열어 주었다.

뒤 차 운전사가 노려봐서 그녀는 얼른 차에 탔다.

"커피 한 잔 할래요? 윤주 씨 좀 힘들어 보이네."

"누드모델 너무 아름답죠? 여자 몸은 정말 아름다워요."

그녀는 엉뚱한 소리로 되받았다. 지금의 슬픈 감정을 들키기 싫었다.

"윤주 씨가 더 아름다워요."

그는 그녀의 눈을 뚫어져라 쳐다보면서 말했다.

그와 드로잉 수업을 한 지는 일 년이 넘었다. 그는 전부터 여러 번 밥을 먹자고 했지만, 둘만 만나면 안 될 것 같아 그녀는 거절했다. 그는 그녀가 좋아하는 스타일이었다. 그녀는 현수가 미국으로 떠나고 외로웠기 때문에 더욱 그를 멀리했는지도 모른다.

"조개구이 좋아해요? 요즘 조개가 제철이라 맛있어요."

그녀가 머뭇거리자, 그는 음식점으로 차를 몰았다. 조개구이 집은 입구부터 짭짤하고 비릿한 해초 냄새가 물씬히 풍겼다. 둥근 탁자 한가운데에 숯불이 피워지고 석쇠 위에 싱싱한 조개가 한가득 얹혀졌다. 그는 면장갑을 끼더니 능숙한 솜씨로 조개를 구웠다. 거대한 키조개 껍질의 벌어진 한쪽에는 초고추장과 조갯살이 버무려져 있고 다른 한쪽에는 치즈와 야채에 조갯살이 휩싸여 있었다. 조개는 뜨거운 열기를 못 참겠다는 듯이 입을 쩍쩍 벌렸다. 그는 그녀 앞에 먹기 좋게 조개를 구워서 놓아주었다. 탱글탱글해 보이는 조갯살을 입에 넣자, 입 안 가득 바다 내음이 퍼지면서 사르르 녹았다. 부드러우면서 쫄깃쫄깃하기도 하고 맛이 달고 산뜻하면서도 깊은 맛이 느껴졌다.

그는 얼마 전에 사업이 부도가 났고 이혼했다고 했다. 지금은 오피스텔에 혼자 산다고 했다. 그녀는 현수가 결혼한다는 톡을 받고 슬픔을 억누르고 있었는데, 오래 전부터 좋아했었다고 말하며 온전히 그녀만을 위해 조개를 구워주고 입에 넣어주고 챙겨주는 그의 자상함에 눈물이 날 것만 같았다. 그녀는 남자에게 닫고 있었던 마음이 풀어지는 것을 느꼈다.

그는 시 쓰는 것을 좋아한다며 카카오스토리에 있는 시를 보여주었다. 시를 읽자 이상하게도 그의 외로움이 절절이 다가왔다. 그에 대해 자세히 모르고, 시가 그를 대변하는 것이 아니라고 생각하려고 해도 자꾸만 가슴이 아렸다. 그를 보듬어주고 싶다는 생각마저 들었다. 그녀는 소주를 잘 마시지 못하는데 술이 달콤하다고 느꼈다. 그와의 만남이 부담스럽지 않고 즐거웠다. 그들은 기분 좋게 술을 마셨고 잊지 못할 밤을 보냈다.

그를 만난 지 삼 개월이 지났다. 그와 만날수록 하준이의 언행이 더 거칠어지는 것 같았다. 유치원 원장선생님이 윤주와 상담하는 날이 잦았다. 하준이가 아이들을 괴롭힌다는 것이다. 어느 날은 연필로 남자 아이의 손을 찔렀다고 했고, 어느 날은 여자 아이의 뺨을 세게 때려 코피를 냈다는 것이었다. 윤주는 하준이를 불러 따끔하게 야단쳤다. 하준이는 그때마다 잘못했다고, 다시는 안 그러겠다고, 울며불며 윤주에게 용서를 빌었다.

윤주는 하준이를 김승남에게 보여줬다. 그도 하준이를 보고 싶어 했다. 셋이서 함께 놀이공원에 갔었다. 그런데, 하준이가 노골적으로 김승남을 싫어하는 것이었다. 놀이기구를 함께 타려고 애를 썼지만 하준이는 계속 피했다. 회전목마는 타고 싶어 하는 것 같았다.

하준이가 회전목마를 태워 달라고 해서 윤주가 표를 끊었는데, 줄을 서는 동안 사라져 버렸다. 반나절을 찾아 헤맸다가 겨우 찾아낸 곳은 자동차 주차장 벤치였다. 하준이는 주차장 벤치에서 자고 있었다. 윤주는 하준이를 보자 눈물이 솟구쳤다. 하준이를 끌어안고, 다시는 잃지 않겠다며, 하염없이 눈물을 흘렸다. 그 모습을 김승남이 보고는 하준이를 떼어놓고 꿀밤을 주었다.

"꼬맹이, 너 때문에 얼마나 가슴 졸였는지 알아? 또 한 번 이렇게 말없이 혼자 다니면 그땐 정말 혼날 줄 알아!"

김승남은 아이가 일부러 도망친 것으로 알았다.

그녀는 그를 생각하자 입가에 미소가 지어졌다. 그는 그녀 마음에 살포시 내려와 스며들었다. 사랑하고 사랑받는다는 기분에 가슴 가득한 행복을 느꼈다. 오랜만에 여유롭게 차를 끓였다. 쌉쌀하고 따끈한 찻물이 입 안에 들어오자 콧속에는 향긋한 차 향기가 서렸다. 금준미는 향이 독특해서 절로 기분이 개운해졌다. 핸드폰이 울려 받아보니 드로잉을 같이 배우는 언니였다. 피렌체로 여행을 가서 이주 동안 드로잉 수업에 못 나온다는 전화였다.

이런 저런 얘기를 하다가 그녀는 심장이 벌렁거리고 목소리가 떨려 더 이상 전화를 받을 수가 없었다.

　김승남이 사업을 고의로 부도를 내고 위장 이혼을 했다는 사실을 전해 주었기 때문이다. 백 퍼센트 정확한 정보라고 누차 다짐하는 언니의 말에 그녀는 머릿속이 횅뎅그렁했다. 숨이 콱콱 막혔다. 눈을 감고 크게 숨을 들이쉬었다 내쉬었다. 그가 서서히 천천히 조금씩 들어 와야 하는데 서서히 들어온다고 생각했는데 너무도 많이 그녀의 마음을 차지해 버렸다. 그녀의 마음은 답답하고 금방이라도 터질 것처럼 팽팽해지는 느낌이었다.

　그가 자기만을 사랑하고, 그 사랑이 영원하리라 생각했다. 하준이가 그와 친해지도록 노력하면 되리라 생각했다. 하준이가 걸림돌이 되지 않도록 여러 방법을 생각해 두었다.

　그녀는 차를 몰아 바닷가로 갔다. 저녁 어스름이 깔리고 있었다. 넋 빠진 사람처럼 한참을 멍하니 차에 있었다. 그리고 차에서 내려 무작정 해안가를 걷고 또 걸었다. 그녀는 생각에 잠겼다. 어쩌면 가장 친하고 소중했던 사람에게 배신당하고 그로 인해 성격과 가치관이 변하고 인생이 변하고 존재에 대해 의문을 던지는 것인지도 모르겠다고. 자신이 생각하고 판단한 것이 진실이 아닐 수도, 진리가 아닐 수도 있다고. 그녀는 그가 의심스러운 때도 있었다. 하지만 그를 원망하고 싶지 않았다. 그와 함께 한 시간은 그녀에겐 기쁨이고 행복이었으므로. 그 순간만큼은 진실이었다고 믿고 싶었다.

　그녀는 그를 사랑하지만 그를 떠나기로 결심했다. 그를 사랑하는데 그가 좋은데 왜 그를 떠나야만 하는지 그녀는 스스로에게 반문했다. 그녀는 그를 떠나고 싶지 않았다. 틀에 얽매여 진실을 외면하고 있는지도 모른다는 생각이 들었다. 한 번 뿐인 인생을 내 가슴이 원하는 대로, 내 마음의 소리에 귀를 기울이고 살고 싶었다. 하지만 그 어느 누구에게도 상처 주고 싶지 않았다. 그 어느 누구도 누군가에게 상처 줄 권리는 없다. 그에게는 아내도 있고 아이도 있다는 사실이 그녀를 힘들게 했다. 그녀는 회색 빛깔 슬픔에 온몸의 뼈가 없어지고 바닥으로 깔려 점점 땅 속으로 가라앉는 것만 같았다.

그녀는 갑자기 가슴이 찌릿했다. 요 며칠 생리하려고 가슴이 단단해졌나 생각했는데……. 그녀는 요즘 피곤하고 잠이 쏟아지는 걸 느끼고 가슴이 철렁 내려앉았다. 이런 느낌은 임신 초기 증상인데. 만약 임신이면 어떻게 하지. 설마 임신은 아니겠지. 그녀는 수첩을 꺼내 생리 시작 일자를 계산해 봤다. 그녀는 머리에 연기가 낀 것처럼 어지러웠다.

그녀는 임신했을 것 같은 예감에 어떻게 집까지 운전하고 왔는지 정신이 없었다. 한동안 편두통 약을 먹지 않아도 괜찮았는데 머리가 콕콕 쑤시고 이까지 아픈 것 같았다. 약국에서 임신 진단시약을 샀다. 그녀는 화장실에 가서 임신 진단하는 플라스틱 키트에 소변을 묻혔다. 눈을 크게 뜨고 심호흡을 했다. 점점 선명해지는 분홍색의 두 줄이 보였다. 임신이다. 그녀는 변기 물탱크에 머리를 기대고 한참을 앉아 있었다. 준이가 전화 왔다고 핸드폰을 갖다 주고는 슬금슬금 눈치를 보더니 갔다.

준이 선생님 전화였다. 내일 오후에 상담하러 오라고 했다. 오늘 준이가 어항에 있는 금붕어를 잡더니 입에 넣으려고 해서 애들이 소리를 지르고 한바탕 난리가 났다고 했다. 하준이가 금붕어를 집어 올리더니 바닥에 팽개치고 짓밟았다고 했다. 가만히 머릿속을 정리하려고 해 봤지만, 아득한 벼랑 위에 홀로 서 있는 듯이 어지러웠다.

그녀는 한동안 잊고 있었던 더블 설명서의 특이사항이 기억났다. 하준이의 이상행동이 사랑받지 못한다는 생각에서 비롯된 것일까……. 하준이는 유추 프라카치아 같이 꾸준한 사랑을 갈구하는 속성을 지녔던 것일까……. 아이가 왜 친구들을 왕따 시키고 괴롭혔는지 조금은 이해할 수 있을 것 같았다. 칭찬받고 싶고 사랑받고 싶은 마음이 너무나 컸던 것이다. 배 아파 낳은 아이는 아니지만 내가 엄마라고 생각하는 아이를 끝까지 책임지고 더 많이 사랑해주지 못한 죄책감이 밀려왔다. 아이가 마음에 안 드는 짓을 하건 안 하건 그 자체로 소중한 생명인데…… 준이가 바르게 자라주면 고맙고 행복한 일이겠지만, 그렇게 되도록 엄마로서 노력해야겠지만, 하준이는 그 자체로 존재 가치가 있는 것이다. 그것이 부모의 몫이고 나머지는 아이의 몫이다. 아이를 믿어 주고 아이와 더 많은 대화를 했어야 했다. 김승남을 만나면서 아이를 유치원에 밤늦게까지 맡겨뒀다는 생각이 들자, 준이에게 미안했다. 보살펴야 할 사람은 아이였다.

그녀는 가만히 머리를 벽에 기대고 앉았다. '울지 마라. 외로우니까 사람이다. 살아간다는 것은 외로움을 견디는 일이다. …… 종소리도 외로워서 울려 퍼진다.' 그녀는 시를 되뇌었다. 그녀는 가만히 눈을 감았다. 눈꺼풀이 부르르 떨리고 눈물이 방울방울 속눈썹에 맺히더니 볼을 타고 흘러내린다. 어느새 소리 없는 눈물은 헉헉 하는 울음으로 바뀌더니 가슴이 마구 저려온다. 가슴에 손을 얹어 가슴을 세게 눌러본다. 그래도 가슴이 저리다. 난 왜 이렇게 어리석었나. 외로움은 힘이 되기도 한다. 그녀는 자신에 대한 자책으로 한참을 울었다. 스탠드에서 나오는 불빛만이 어둠을 밝히고 있다. 모든 것이 잠든 고요한 시간, 아무 일도 일어날 것 같지 않은 시각이지만 잊고 싶은 기억들이 떠올라 고개를 세차게 젓는다. 운명이란 건 참 묘한 길을 가는 것이다.

그녀는 오이디푸스처럼 자신의 눈을 찌르고 싶었다. 나의 정체성은. 그녀는 자신에 대해 깊이 생각해본다. 덫에 걸린 것 같았다. 빠져나올 수 없는. 그와의 만남은 그녀를 살아 숨 쉬게 했다. 하지만 빠져나가야 한다. 자신을 용서하고 받아들여야만 벗어날 수 있을 것 같았다. 난 뭐지. 내 존재의 의미는. 길은 존재하지 않는다. 내가 가는 것일 뿐. 내가 원하는 것이 나의 길이다.

더블 설명서 〉 이경희

그녀는 차를 타고 인적 없는 벌판을 달리고 있었다. 그런데 갑자기 까마귀들이 떼로 몰려와서 차 앞 유리에 세차게 부딪쳤다. 급브레이크를 밟았지만, 유리에는 까마귀 모양의 구멍이 선명하게 뚫렸다. 그런데도 까마귀는 멀쩡했다. 까마귀는 앞 유리의 자디잘게 금이 간 곳을 부리로 여전히 쪼고 있었다. 그녀는 까마귀 모양대로 생긴 구멍을 보면서 어떻게 저렇게 뚫릴 수가 있을까 하고 생각하다가 자신이 죽었다고 느꼈다.

　그녀는 새벽이 돼서야 잠이 드는 바람에 늦잠을 잤다. 그런데 까마귀 꿈까지 꿔서 머리가 깨질 듯이 아팠다. 부리로 온몸을 쪼인 듯 쑤시고 아팠다. 침대 머리맡에 갖다 두었던 편두통 약을 입에 넣고 삼키려고 애썼지만, 입이 바짝바짝 말라 입천장에 붙어 떨어지지 않았다. 괴로운 여러 가지 일들이 달라붙어 떨어지지 않는 것처럼……. 약이 목구멍으로 넘어가지 않고 녹아 입 안에 쓴 맛이 퍼졌다.

　물을 마시러 부엌으로 들어서던 윤주는 “악!” 하고 소리를 질렀다. 하준이의 옷에는 피가 묻어 있었고, 입에는 피가 뚝뚝 떨어지는 쇠고기 덩어리가 물려 있었다.

　“하준아, 왜 생고기를…….”

　“엄만 날 사랑하지 않아. 날 존재하게 했으면 책임져야지. 날 버렸어.”

　그녀의 귀에 여러 사람의 목소리가 들려왔다. 합창처럼 들렸다. 대학시절 한 번 보았지만 각인돼 있던 연극 「오이디푸스 왕」의 코러스였다. ‘세상 저편에 이르기 전엔 이 세상 누구도 행복하다 부르지 말라.’ 하준이의 목소리, 김승남의 목소리가 섞여 울려 퍼졌다. 환청과 함께 더블 설명서의 글귀도 눈앞에 떠올랐다.

　‘늘 사랑하고 행복을 줄 것.’

숨은 상처

이정희

유난히 사건 사고가 많이 일어나는 안산에 살면서
자주 접하는 뉴스가 성폭력 관련 소식이었다.
세상이 변한 것인지, 자유분방한 아이들의 생활 방식이
그렇게 돼 버린 것인지 도무지 이해가 되지 않는 부분이다.
중학생인 손녀가 있는 나는 그 문제를 한 번쯤 이야기 해보고 싶었다.
가끔 이런 생각을 해봤다. 옛날과 지금 언제 더 성폭행 사건이 많을까?
자라면서 순결의 중요성을 엄마에게 귀에 딱지가 앉도록 들으면서 자란 나는
지금의 젊은 학생들이 무슨 생각을 하면서 살아가는지 이해하기 어렵다.
순결과 동정을 거추장스러운 옷처럼 이야기하는 저들을 어떻게 봐야 하는가.
성과 순결을 하나로 뭉뚱그려 써 내려가면서 저들을 이해하려고 노력했다.
저들도 어머니의 삶을 이해해 주기를 바라본다.

2004년 지구문학 시 부문 신인상 수상
2009년 시집 『하얀그리움』 출간
제14회 한국민족 문학상 시부문 최우수상 수상
제26회 허난설헌 문학상 시부문 금상 수상
한국문인협회 회원
지구문학 작가회의 이사

당신의 비밀

-'숨은 상처'에 붙여

김기우 詞 曲

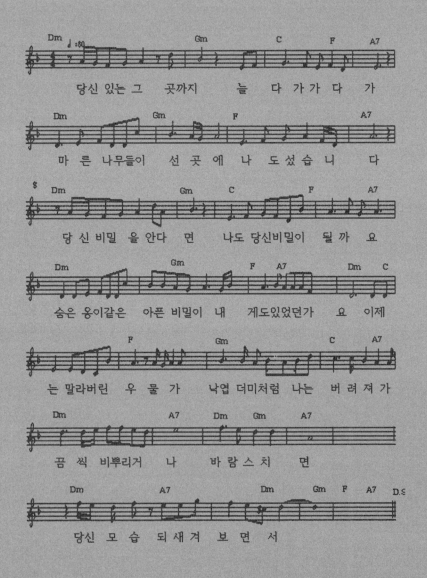

당신 있는 그 곳까지 늘 다 가 가 다 가

마 른 나무들이 선 곳 에 나 도 섰 습 니 다

당 신 비밀 을 안다 면 나도 당신비밀이 될 까 요

숨은 옹이같은 아픈 비밀이 내 게도있었던가 요 이제

는 말라버린 우 물 가 낙엽 더미처럼 나는 버 려 져 가

곰 씩 비뿌리거 나 바람스 치 면

당신 모 습 되새겨 보 면 서

숨 은 상 처

이정희

　저녁 해가 서쪽 하늘을 검붉게 물들이는 시간이다. 다원은 긴 머리에 짙은 화장을 하고 누군가에게 쫓기는 사람처럼 아파트를 빠져 나왔다. 꼭 중요한 약속시간에 늦은 듯이 허둥거렸다. 단지 앞 도로에서 다원은 달려오는 택시를 향해 손을 들었다. 택시는 급한 일이 있는지 서지 않고 그냥 그녀를 스쳐 지나갔다. 오늘은 이상하게 택시가 잡히지 않았다. 다원은 자꾸만 주변을 두리번거렸다. 몇 대의 택시를 보낸 후에야 다원은 택시에 오를 수 있었다. 다원을 태운 택시가 미끄러지듯 아파트 단지를 벗어났다.

　신우는 주차장에 차를 세우고 자신의 집 베란다를 올려다보았다. 거실에서 불빛이 새어나왔다. 신우의 입 꼬리가 올라갔다. 발걸음이 빨라졌다. 성큼성큼 걷던 발걸음이 승강기 앞에서 잠시 멈추어 섰다. 승강기는 구층에 머물러 서 있었다. 신우는 기다리는 시간이 아까웠는지 계단으로 뛰어 단숨에 칠층까지 올라갔다. 숨고를 틈도 없이 초인종을 눌렀다. 인기척이 없다. 다시 또 눌렀다. 신우는 순간 짜증이 밀려왔다. 신경질적으로 벨을 눌렀다. 아무 소리가 없다. 분명 거실에 불이 켜져 있었는데……. 짧은 순간 많은 생각이 어지럽게 스치고 지나갔다. 힘없이 번호를 눌러 현관문을 열었다. 환한 불빛에 거실이 더 휑해 보였다. 행여나 하는 마음으로 주방을 향해 큰소리로 아내를 불렀다. 아무런 답이 없다. 아내가 없다는 걸 이미 알았지만 혹시 자신을 기다리다 잠든 건 아닐까 하는 마음에 안방과 작은방 문을 차례로 열어 보았다. 그의 입에서 한숨이 새어 나왔다. 그대로 침대 위에 걸터앉았다. 엉킨 실타래처럼 머릿속이 복잡해지기 시작했다.

다원은 싸구려 창녀처럼 헤픈 웃음을 흘리며 술집 파라다이스에서 술잔을 기울이고 있었다. 몇 군데의 술집을 전전 했는지 다원의 혀는 이미 꼬부라져 있었다. 뭇 남정네들의 게슴츠레한 눈길을 받으면서 그녀의 눈길은 자꾸 손목시계에 머물렀다.

오늘도 아내는 이 시간에 어디를 간 것 일까? 신우는 아내와 결혼한 지 삼 개월이 채 되지 않았다. 아직은 신혼이다. 그렇다고 아내가 직장을 다니는 것도 아니다. 신우는 평범한 아내를 원했다. 연애할 때 아내는 얌전하고 자신의 말에 잘 따라주었다. 이 여자라면 자신의 상처를 치유해 줄 수 있을 것 같았다. 그래서 아내와 결혼을 한 것이다. 신우는 퇴근하면 아내가 자기를 맞아 주고 저녁밥을 함께 먹은 후 커피를 마시며 함께 음악도 듣고 영화 이야기도 하면서 그렇게 저녁시간을 보내고 싶었다. 주말이면 여행도 가고 부모님이 계신 고향도 가면서 그렇게 살고 싶다고 생각했었다. 나란히 누워 알콩달콩 사랑을 나누다 잠들고 싶었다. 하지만 결혼 후 한 번도 아내와 잠자리를 함께 하지 못했다. 신혼여행도 친구들이 따라와 클럽에서 새벽까지 술을 마시고 놀았다. 그리고는 친구들과 함께 밥 먹고, 일정대로 돌아다니느라 둘 만의 시간을 가질 수가 없었다.

신우가 일찍 퇴근해 집에 돌아오면 아내는 누군가의 전화를 받고, 금방 들어온다고 말하고는 급하게 나갔다. 꼭 바통 터치를 하듯이 신우가 들어오면 아내는 나가 버렸다. 그러더니 요즘은 아예 신우가 들어오기도 전에 나가서 새벽이 돼서야 돌아오는 일도 많아졌다. 신우가 물어 보면, 어떤 때는 친구들이 집 앞까지 와서 전화로 불러내 어쩔 수가 없었다고 했다. 때로는 친정집에 일이 생겨 갔다가 시간이 너무 늦어서 올 수가 없었다고 했다. 그때마다 아내는 미안한 얼굴로 신우를 빤히 쳐다보았다. 그런 아내를 처음에는 신우도 이해했다. 낯선 환경에 적응하려면 그럴 수도 있겠지 하고, 하지만 시간이 갈수록 머릿속에서 벌 소리만 윙윙거렸다.

새벽 시간, 술집 주인이 이제 문을 닫아야 한다고 말했다. 다원의 얼굴에는 야릇한 미소가 흘렀다. 동이 트려면 아직 이른 시간이다. 그래도 이제 슬슬 집으로 가야 한다. 다원은 남정네들의 손길을 뿌리치고 자리에서 일어섰다. 누군가 다원의 옷자락을 잡아당겼다. 그녀는 매몰차게 쏘아붙였다. 문을 향해 걷는 다원의 걸음걸이가 시골길의 버스처럼 흔들렸다.

다원은 낯선 사내들과 어울려 쓸데없는 농담과 함께 술잔을 기울이는 자신의 모습에 스스로 염증이 났다. 그러면서도 해가 지면 다원은 또다시 불나비가 불을 찾아가는 것처럼 미친 듯이 술집을 찾아 헤맨다. 그 남자와 한 공간 안에 있는 것이 싫어서 거리를 헤매는 것이다. 다원도 정말 돌아갈 수만 있다면 행복하게 살았던 그 시절로 돌아가고 싶었다. 철없던 그 때가 간절히 그리워 소리 없이 올 때도 많았다. 오늘도 비틀거리며 그녀는 기억 속으로 빠져 들었다.

신우는 아내의 친정집 전화번호를 누르려다 그만두었다. 아내의 전화번호를 눌렀다. 신호음만 공허하게 울릴 뿐 대답이 없었다. 반복되는 일이지만 오늘은 화가 더 치밀어 올랐다. 뭔가 알 수 없는 묘한 기분이 온몸을 감싸고 들었다. 신우는 자신이 알고 있는 아내의 친구에게 전화를 했다. 친구의 대답은 신우의 화를 더욱 부채질했다. 오늘은 아내와 만난 일이 없다고 한다. 그럼 아내는 이 늦은 시간 어디서 무엇을 하고 있는 걸까? 걱정과 궁금증이 한꺼번에 밀려왔다.

신우는 아내를 찾아 나섰다. 하지만 집을 나서니 막상 어디로 가야 할지 알 수가 없었다. 아내가 갈 만한 곳을 신우는 알지 못했다. 슈퍼에 들러 맥주를 사 가지고 다시 집으로 돌아온 신우는 식탁 위에 맥주를 놓으려다 다시 들었다. 빛바랜 사진 한 장이 눈에 띠었다. 자신의 고등학교 때 사진이었다. 친구들과 어울려 다닐 때 찍은 것이다. 오래전에 잃어버린 사진인데 왜 이곳에……

잠시 생각에 잠겨 있던 신우는 사진을 다시 식탁 위에 던져 놓고 캔맥주 하나를 들고 거실로 나갔다. 소파에 깊숙이 몸을 맡기고 텔레비전 리모컨을 눌렀다. 오늘은 아내가 들어올 때까지 기다려 보리라 생각을 하면서…….

다원은 제법 큰 지방도시에서 나고 자랐다. 대한민국에서 중산층이라고 말하는 평범한 가정, 엄마는 전업주부고, 아버지는 중소기업에 다니면서 착실하게 진급하여 인정받는 중견간부였다. 다원은 지방대학교이긴 하지만 재수를 하지 않고 대학도 들어갔다. 그 일이 있기 전까지는 맏딸이라는 신분으로 부모님의 사랑도 듬뿍 받았다. 그랬다. 그 일이 있기 전까지는 자신이 불행하다거나 슬프다는 생각을 단 한 번도 하지 않았다. 하지만 그날의 그 사건은 다원을 죽음의 문턱까지 가게 만들었다. 누구에게도 말 못하고 혼자 그 고통을 고스란히 견디어 내야 했다. 다원은 소리 내어 울지도 못했다. 누구에게도 자신의 상처를 입 밖으로 내어 말할 수가 없었다. 어쩌면 다원이 스스로 하려고 하지 않았다는 표현이 맞을지도 모른다. 그 말을 하기엔 주변의 여건이 허락되지 않았는지도 모른다. 다원의 부모는 입버릇처럼 일찍 다니라고 말했다. 그리고 늘 여자는 조신하게 몸조심하다가 시집가야 한다고 강조했다. 다원은 가능하면 그 말에 토 달지 않고 순종하는 착한 딸이었다.

그날은 축제 때문에 조금 늦은 귀가를 허락받은 날이었다.

신우의 부모님은 제법 큰 지방 도시에서 살고 있다. 처갓집도 동네만 다를 뿐 같은 도시에 산다. 아내를 처음 만난 건 신우가 직장생활을 시작하고 얼마 되지 않아서였다. 그날도 퇴근길에 동료들과 어울려 맥주나 한 잔 하고 가자며 회사 근처 호프집으로 향했다. 다른 날과 같이 간단한 안주와 생맥주를 시켰다. 생맥주가 나오기를 기다리고 있는데 누군가 쳐다보는 느낌에 뒤쪽을 바라보았다. 힐끔거리는 눈길이 신우의 몸에 뱀처럼 감겨들었다. 순간 신우는 혹시 아는 사람인가 해서 다시 고개를 돌렸다. 여자 둘이 앉아 있었다. 테이블에는 치킨과 소주병과 맥주병이 함께 놓여 있었다. 그 중 긴 생머리를 한 아가씨가 신우를 빤히 바라보고 있었다. 동료들이 아는 여자냐고 물었다. 신우는 모르는 여자라고 말했다. 혹시 몰라 기억을 더듬어도 처음 보는 여자였다. 그날 신우는 동료들과 함께 그 여자들과 합석을 했다. 그리고는 늦은 시간까지 함께 술을 마셨다. 그 기억만 있을 뿐 명함을 건넨 기억은 없었다.

다음날 퇴근 무렵 긴 생머리의 아가씨에게서 저녁 식사나 같이 하자는 전화가 왔다. 신우는 자괴감 때문에 여자를 사귀는 것을 무척 두려워했다. 죽어라 자신의 일에만 몰두하고 여자에게는 관심조차 가지려 하지 않았다. 하지만 무슨 일인지 신우는 그녀가 싫지 않았다. 그렇게 인연을 맺었고, 만남을 이어갔다. 신우는 싹싹하고 애교도 많은 그녀가 조금씩 좋아지기 시작했다. 가슴에 옹이처럼 박혀 있는 기억을 그녀를 만나면서 조금씩 잊어버렸다. 만남을 시작한지 육 개월 만에 그녀에게 신우가 먼저 결혼하자고 했다. 그녀는 신우가 청혼을 해주기 기다렸다는 듯이 조금의 망설임도 없이 바로 그러자고 대답했다. 그리고는 그녀가 더 바쁘게 혼사를 서 둘렀다. 무언가에 쫓기는 사람처럼……

학교축제가 있던 그날 밤, 다원은 동아리 친구들과 어울려 시간을 보냈다. 집에는 축제에 참석하느라 늦을 거라고 미리 전화도 해두었다. 엄마에게는 너무 늦지는 않을 거라고 이야기했었다. 모든 축제에는 술이 빠지지 않는다. 그날의 축제도 그랬다. 각 동아리마다 준비한 음식은 풍족했고 술 역시 넘쳐났다. 다원도 친구들과 어울려 축제를 즐겼다. 다른 날보다 술을 많이 마셨다. 그녀에게 다가오고 있는 불행의 그림자를 모른 채. 아주 먼 다른 사람의 이야기일 뿐, 다원과는 아무 상관없는 이야기였다. 다원은 친구들과 수다를 떠느라고 시간이 그렇게 늦은 줄 몰랐다. 시계를 본 다원은 축제의 들뜬 기분 그대로 급하게 정류장으로 뛰었다. 다원은 간신히 막차에 올라탈 수 있었다. 휴, 안도의 숨을 쉬었다. 다원은 버스에서 반은 졸고 반은 버스 안내 멘트에 귀를 맡겼다. 내려야 할 정류장을 지나치면 안 되는 시간이었다.

신우는 그녀를 데리고 부모님께 처음 인사하러 가던 날, 그녀가 같은 도시에 살았다는 걸 알았다. 그때서야 신우는 연애하면서 그녀의 고향을 물어 본 적이 없다는 걸 생각해 냈다. 그리고 보니 그녀에 대해서 아는 것이 너무 없었다. 그녀도 자신의 주변 이야기를 별로 한 적이 없었다. 그녀의 인사를 받은 신우 부모는 그녀의 고향과 부모의 직업을 물었다. 그녀는 아주 얌전하게 대답했다. 그제야 신우는 알게 된 것이다. 부모는 그저 신우가 결혼하겠다고 하는 것이 고마웠다. 그녀의 집에는 다시 날을 잡아서 인사를 가기로 했다.

그녀의 집으로 인사하러 가던 날, 신우는 그녀의 집 근처 버스정류장을 지나면서 멍한 기분이 들면서 아주 잠깐 정신을 잃을 뻔했다. 언젠가 와 본 적이 있는 것 같은 느낌이 들었기 때문이었다.

다원은 버스에서 내려 늘 다니던 익숙한 길을 하이힐 소리를 내며 걸었다. 남들이 보는 다원의 걸음걸이는 여느 날과는 다른 걸음이었다. 술에 취한 다원의 걸음걸이가 자꾸만 흔들렸다. 다른 날보다 길은 더 어두워 보였다. 사람들의 통행이 거의 끊긴 시간이다. 어쩌다 마주친 취객은 자신이 저녁시간에 먹은 음식물을 확인하거나 고래고래 소리를 지르며 지나갔다. 그때마다 다원은 취중에도 몸을 움츠렸다. 누군가 뒤에서 뛰어 오는 소리에 다원의 발걸음이 빨라졌다. 순간 불길하고 싸늘한 기분이 들었다. 차가운 바람이 그녀를 감싸고 빠져 나가는 느낌에 뒤를 돌아다보는 순간, 한 남자가 다원의 손목을 낚아챘다. 저항할 틈도 없었다. 그대로 후미진 골목까지 끌려갔다. 발버둥치고 소리치려 했다. 그러나 다원의 목에서는 아무 소리도 나오지를 않았다. 다원은 어찌해 볼 틈도 없이 고이고이 간직했던 순결을 그렇게 잃었다. 눈물이 주르륵 흘렀다. 후회가 밀려왔다. 숨이 막혔다. 순식간에 일어난 일이었다. 가물거리며 아득히 멀어져 가는 의식을 잡으려 안간힘을 썼다. 다원은 그녀만의 방식으로 그 남자를 기억해 두려고 애를 썼다. 다원에게 엎어져 있던 그 남자는 친구들이 부르는 소리에 대답을 하면서 다원에게서 몸을 일으켰다. 그 이름과 목소리, 그리고 체취를 하나도 빼놓지 않고 기억의 회로 속으로 집어넣었다. 빨리 그 자리를 벗어나고 싶다는 생각뿐이었다. 그는 옷을 추스르고 뒤도 돌아보지 않고 친구들에게 뛰어갔다. 그의 발소리가 멀어지자 다원도 정신을 가다듬고 가까스로 일어나 옷매무새를 고치고 머리를 만진 후 뛰기 시작했다.

　다원은 자신이 어떻게 집으로 돌아왔는지 기억하지 못했다. 거실로 들어선 다원이 엄마와 마주쳤다. 자신도 모르게 엄마의 눈길을 피했다. 왜 이렇게 늦었냐는 엄마의 물음에 대답할 수가 없었다. 다원은 아무 말 없이 비틀거리며 자신의 방으로 들어갔다. 그 모습을 본 엄마가 술에 취한 다원을 향해 잔소리를 했다. 계집애가 늦은 시간에 술까지 마시고 다니다 무슨 일이라도 당하면 어쩌려고 그러냐는 말이 비수가 되어 다원의 가슴에 꽂혔다. 다원은 며칠을 잠의 수렁 속에서 헤매고 있었다. 먹는 것도 잊어버린 사람 같았다. 깨어있을 때는 하루에도 몇 번씩 목욕을 했다. 그렇다고 이야기할 수 있는 건 없었다. 치욕스러운 그날의 일을 누구에게도 말할 수는 없었다. 학교도 가기 싫었다. 수 없이 많은 생각과 되풀이 되는 후회, 그날 술을 마시지 않았다면, 친구들과 조금만 더 일찍 헤어졌더라면…….

　신우는 공부를 잘하는 모범생은 아니었다. 그렇다고 문제아로 낙인찍힐 만큼도 아니다. 가끔씩 친구들과 어울려 사고도 치고 때로는 객기도 부리면서 부모 잘 둔덕을 누렸다. 신우의 아버지는 그 도시에서 행세깨나 하는 사람이었다. 그 도시에서는 알아주는 재력가였다. 신우가 사고를 칠 때마다 아버지는 경찰서로, 학교로 동분서주했다. 친구들과 어울리는 것을 막아 보려고 무던히도 애를 썼다. 하지만 늘 그때뿐이고 시간이 지나면 또 다시 그들과 어울리게 되었다.

　친구들과의 고리를 끊기란 그리 쉽지가 않았다. 하지만 엉뚱한 곳에서 그 인연의 고리가 끝나가고 있었다. 신우가 대학교를 들어간 후, 친구들과 객기로 시작한 그 내기가 신우에게 옹이가 되어 가슴에 박히게 될 줄은 아무도

숨은 상처　〉 이정희

몰랐다. 아니 그날 술에 취하지만 않았어도 그런 일은 일어나지 않았다. 그건 순전히 객기에서 시작되었다. 신우는 친구들과 낯선 동네의 버스정류장 근처에서 술을 마셨다. 그 또래들이 그러하듯이 그날 신우는 친구들과 여자에 대하여 이야기를 했었다. 친구들은 신우를 두고 '할 수 있다, 없다'로 나뉘었고, 급기야 놀림과 부추김이 이어졌다. 신우는 오기가 저 가슴밑바닥에서 스멀스멀 올라왔다. 신우는 벌떡 자리에서 일어났다. 그리고 자신은 할 수 있다는 말을 남기고 밖으로 뛰어 나왔다. 때마침 버스 정류장에서 내린 여자를 무작정 쫓아갔다. 허공을 비행하던 매가 먹잇감을 포착하자마자 땅으로 날쌔게 내려와 먹이를 채 다시 하늘로 오르듯이, 신우는 아가씨인지 학생인지도 모르는 그녀의 손목을 낚아채 순식간에 후미진 구석으로 끌고 갔다. 신우는 거친 숨을 몰아쉬었다. 그리고는 두려움에 떨고 있는 여자를 그대로 덮쳐 버렸다. 그렇게 자신의 동정을 얼굴 한 번 본 적 없는 여자에게 던져 버렸다. 멀리서 친구들이 자신의 이름을 부르는 소리가 들렸다. 그때서야 정신이 번쩍 들었다. 역겨운 술 냄새가 확 끼쳤다. 자신에게서 나는 것인지 여자에게서 나는 것인지 알 수 없었다. 몸을 일으키자 여자가 자신을 노려보는 것 같은 느낌이 들었다. 그대로 돌아섰다. 여자를 돌아볼 용기가 없었다. 신우는 친구들을 향해 뛰기 시작했다. 친구들도 덩달아 뛰었다.

한 달이 넘게 다원은 방에서 나오지 않았다. 친구들이 찾아와도 만나지 않았다. 주변 사람들의 궁금증은 더 심해져 갔다. 아무리 달래도 엄마의 눈길을 피하는 다원을 안타까운 마음으로 바라볼 뿐 어찌 할 수가 없었다. 방황의 시간이 흘러갔다. 벽에 기대앉은 그녀가 비오는 날 쓰러진 술병처럼 한쪽으로 몸이 자꾸 기울어졌다. 다원은 해가 지는 것이 두려웠고 해가 뜨는 것이 무서웠다. 친구들과 부모는 다원이 스스로 자리를 털고 나오기를 기다렸다.

어느 날 다원이 허기에 지친 사람처럼 밥을 먹기 시작했다. 그리고는 아무 일 없는 것처럼 학교생활을 다시 시작했다. 친구들도 다원의 부모도 안도의 한숨을 내쉬었다. 그러나 마음 한 구석에서 떠나지 않는 불안으로 다원을 바라보았다. 그 불안은 얼마 가지 않아 현실이 되어 돌아왔다. 다원은 그동안 모은 수면제로 자살을 기도했다. 손목도 또 다른 방법으로도……, 여러 번 자살을 시도했다. 번번이 실패로 끝났다. 사춘기에도 말썽 한 번 없이 자라 준 그녀였다. 부모는 애가 탔다. 그저 대학만 무사히 졸업하기를 바랐다. 하지만 다원의 이상한 행동은 계속 되었다. 종일 벽과 벽이 만나는 곳에서 머리를 무릎 사이에 처박고 있다가 무엇인가 생각난 듯 벌떡 일어나 뛰쳐나갔다. 어디를 얼마나 돌아다니다 왔는지 어깨를 축 늘어뜨리고 금방이라도 쓰러질 것 같은 얼굴로 돌아왔다. 말수는 점점 줄어들고 늦게 귀가하는 날들도 많아졌다. 친구들과 어울리는데도 늘 겉도는 느낌이었다. 그렇게 그녀는 변해가고 부모의 걱정과 근심은 쌓여갔다.

시간은 흘러가고 다원도 안정을 찾는 것처럼 보였다. 대학교 졸업도 했다. 졸업 후 다원의 부모는 선 자리를 주선했다. 그때마다 다원은 적당한 핑계를 대고 거절했다. 부모는 그녀가 빨리 결혼해 안정을 찾기를 원했다. 그러나 그건 부모의 생각일 뿐……. 다원은 매일 누군가를 찾아 헤매는 사람처럼 거리를 쏘다녔다. 친구들에게 이 마을 저 마을에 대하여 묻고 다녔다. 친구에게서 사진 한 장을 얻어 오던 날 다원은 그 사진을 한참 동안 노려보았다. 그리고는 소중한 물건을 챙기듯이 수첩 사이에 끼워 넣었다.

신우는 다음날 해가 머리 위로 지날 때 일어났다. 지난밤의 일이 어렴풋이 기억되면서 후회가 밀려왔다. 머리를 벽에 부딪쳐 죽고 싶은 심정이었다. 친구들의 꾐에 넘어간 자신이 부끄러웠다. 그날 이후 신우는 친구들을 멀리

숨은 상처 〉 이정희

하기 시작했다. 얼굴도 모르는 그 여자가 찾아오는 꿈을 수도 없이 꿨다. 그런 날 아침이면 밖에 나가는 것이 두려웠다. 한동안 신우는 모든 걸 포기한 사람처럼 보였다. 말 수도 없어지고, 혼자서 몸도 가누지 못할 만큼 술을 마시고 중언부언 할 때도 있었다. 부모는 속이 터졌다. 군에 입대할 것을 강하게 권했다. 신우는 부모의 말대로 도피처를 찾아 서둘러 군에 입대했다. 힘든 군 생활을 신우는 불평 한마디 없이 잘 견디었다. 제대 후 신우는 다른 사람처럼 변했다. 친하게 지내던 친구들과의 관계를 조금씩 단절해가기 시작했다. 그리고 바로 복학을 했다. 강의 시간을 빼고는 도서관에 처박혀 공부에만 매달렸다. 졸업과 동시에 대기업은 아니지만 탄탄한 중소기업에 취업했다. 직장을 다닌다는 핑계로 집에서 떨어진 대도시로 독립을 했다. 그렇게 해서라도 그 도시를 벗어나고 싶었다. 그래도 불안은 가시지 않았다. 늘 가슴 어딘가에 숨어 있던 옹이가 가끔씩 얼굴을 내밀곤 했었다.

다원이 취업을 목적으로 대도시로 나가겠다고 하자 부모는 허락할 수 없다고 버텼다. 그냥저냥 지내다 시집이나 가라고 했다. 다원의 고집은 완강했다. 부모는 더 이상 다원을 막을 방법을 찾지 못했다. 또다시 그녀가 삶을 포기할까봐 두려웠다. 다원이 하자는 대로 대도시에 방을 얻어 주었다. 여전히 다원은 미친 사람처럼 매일 술집 근처를 배회했다. 어느 날부터 다원은 한 곳에서 누군가를 기다렸다.
호프집에 남자들이 무리를 지어 들어 왔다. 구석진 자리에서 친구와 함께 술잔을 기울이던 다원의 동공이 커졌다. 먹이를 찾은 하이에나처럼 한 곳을 계속 응시했다. 다원의 얼굴에 미소가 스쳐 지나갔다. 아무도 다원의 미소를 보지 못했다. 가슴이 뛰기 시작했다. 어떻게든 그 남자를 다시 만나야 한다는 생각이 머리에서 떠나지 않았다. 그렇다고 무작정 그를 쫓아갈 수는 없었다.

다원은 친구를 시켜 그들과의 합석을 자연스럽게 만들었다. 그리고는 의도적으로 그 남자에게 접근했다. 일부러 술을 자꾸 권했다. 다원의 의도대로 명함도 얻어냈다. 다원은 기회를 놓치지 않았다. 아주 오랜 시간을 그 남자를 찾아 헤맸다. 결코 그 시간을 헛된 것으로 만들 수는 없었다. 다원은 그 남자를 손 안에 넣기 위해 최선을 다했다. 자신의 속내를 절대로 드러내지 않았다. 드디어 그 남자가 결혼하자는 이야기를 했을 때, 다원은 속으로 쾌재를 불렀다. 그리고는 다원이 더 적극적으로 서둘렀다. 다원의 부모는 결혼은 하지 않을 것처럼 하던 그녀가 어느 날 갑자기 남자를 데려와서 결혼하겠다고 하니, 한편으로는 좋기도 하고 또 한편으로는 마음이 편치 않았다. 가슴 저 밑바닥에서 오는 불안이었다. 같은 도시 사람이니 좀 더 알아보자고 했을 때 다원은 그 남자 아니면 절대 안 된다고 우겼다. 결혼은 일사천리로 진행되었다.

겉으로는 평온하고 행복해 보였다. 둘은 잘 어울리는 것도 같았다. 신혼여행을 다녀와 친정집으로 인사를 왔다. 다원의 부모는 그들의 모습을 보고 한시름 놓았다. 하지만 그건 그저 겉으로 보이는 모습일 뿐이었다.

현관 번호 키를 누르는 소리가 들렸다. 신우는 벽시계를 올려다보았다. 시계는 정확하게 새벽 5시를 가리키고 있었다. 화가 치밀어 오르는 것을 참으며 소파에 누워 잠든 척하였다. 아내는 술 냄새를 풍기며 들어왔다. 신우를 힐금 쳐다보더니 묘한 웃음을 짓고 작은방으로 들어가 버렸다. 신우는 방문을 발로 차고 들어가 아내의 멱살이라도 잡고 어딜 갔다 이제 들어오는 거냐고 따져 보고 싶었다. 머리채라도 잡아 흔들고 싶은 걸 참느라고 속으로 씩씩거렸다. 도대체 아내는 어디서 누구랑 술을 마신 걸까? 왜 소파에서 자고 있는 남편을 무시하고 그냥 방으로 들어가 버리는 걸까? 의문이 꼬리에 꼬리를 물기 시작했다. 신우는 아내가 밖에서 무엇을 하고 다니며 누구를 만나는지 알아 봐야겠다고 마음먹었다. 하지만 어디서부터 시작해야 하는지 어떻게 알아봐야 하는지 뒤죽박죽된 머릿속이 정리되지 않았다. 어찌해야 할지 궁리만 하다 잠이 들었다.

다원은 남자와 한 공간에 있는 시간을 만들지 않았다. 다원은 아침 출근 시간에 아주 잠깐 동안 착한 아내인 척 했다. 하지만 이제 그것도 슬슬 끝낼 시간이 되었다. 모든 것에 끝이 있듯이 이제 그 남자와의 악연도 끊어야 할 때가 된 것이다. 다원은 남자가 퇴근해 돌아오기 전에 서둘러 집을 나가면서 자신이 가지고 있던 남자의 사진을 테이블 위에 던져 놓았다. 다원이 새벽이 돼서야 돌아 왔을 때, 남자는 사진의 의미를 아는지 모르는지 소파에서 자는 척하고 있었다. 다원은 힐금 남자를 쳐다보고 차가운 미소를 지었다. 다원은 소리 없이 다가가 남자의 목을 조르고 싶은 걸 참으며 작은 방으로 들어가 문을 잠가 버렸다.

남자가 시위를 하듯이 틀어 놓은 물소리에 다원은 주방으로 향했다. 그녀는 남자보다 훨씬 먼저 일어났지만 그 남자가 어떻게 반응하나 보기 위해 방에서 나가지 않았었다. 거실에서 그와 마주 쳤을 때 다원은 어젯밤 아무 일 없던 것처럼 웃어 주었다. 다른 때와 똑같은 가식적인 웃음이다. 다원의 웃음은 남자를 화나게 만들기에 충분했다. 모르는 척 식탁을 차리며 속으로는 환희의 노래를 불렀다. 남자를 위해 차리는 식탁은 아니다. 그냥 보여 주기 위한 것이다. 그녀는 날마다 남자를 죽이고 싶었다. 하지만 남자에게 더 큰 고통을 주려면 다원은 마음을 들키지 않고 숨겨야만 했다. 그녀는 그 날 늦은 시간에 그의 사진을 구해 건네준 친구를 집으로 불렀다. 다원은 친구에게는 자신의 이야기를 솔직하게 털어 놓고 싶었다. 이제는 이 모든 고통에서 벗어나고 싶었다. 그리고 이제는 모든 걸 끝내고 싶었다.

햇살이 길게 거실로 들어와 눈꺼풀을 찔렀다. 신우는 화들짝 놀라서 일어나 욕실로 들어갔다. 시위하듯 일부러 물소리를 세차게 나게 했다. 신우의 출근 준비가 시작된 것이다. 아내는 언제나처럼 아무 일 없었다는 듯이 신우를 향해 환하게 웃어 주었다. 그리고는 주방으로 들어갔다. 신우는 그런 아내를 이해할 수가 없었다. 처음에는 아내가 미안해서 그러는 줄 알았었다. 신우는 그렇게 생각하며 아내를 이해하려고 애를 썼었다. 다시 머리에서 지진이 났다. 아내가 준비한 아침식사를 거들떠보지도 않았다. 아내는 신우의 마음을 아는지 모르는지, 신우에게 다가와 얼굴에 환한 웃음을 띠고 잘 다녀오라고 인사를 했다. 아내를 한 대 치고 싶은 마음을 꾹 눌러 참았다. 신우는 현관문을 꽝 소리가 나도록 닫고 집을 나섰다. 죽이고 싶도록 아내가 미워졌다. 신우는 일이 손에 잡히지 않았다. 머릿속이 다른 생각으로 꽉 차 종일 실수를 반복했다. 아내의 행동을 어떻게 이해해야 할지 머리를 쥐어짜도 실마리를 찾을 수 없었다. 도저히 이대로는 안 될 것 같았다. 신우는 생각에 생각을 거듭했다. 급기야 신우는 아내의 뒤를 밟아 봐야겠다는 생각을 했다. 생각이 미치자 흥신소에 의뢰를 해야 할지 자신이 휴가를 내어 뒤를 밟아야 할지, 어떻게 하는 것이 옳은지 갈피를 잡을 수가 없었다. 그렇게 시간은 가고 다시 퇴근시간이 되었다. 신우는 집으로 그냥 들어가고 싶지 않았다. 아내가 없을 텅 빈 집에 들어가기가 두려웠다. 결혼하기 전 신우는 자기 자신에게 약속한 것이 있었다. 그건 결혼 후 무슨 일이 있어도 저녁은 가족과 함께 먹는 것이었다. 그것이 학창시절 자신이 저지른 잘못에 대한 속죄라고 생각했기 때문이다. 결혼 전 아내의 다소곳한 태도나 밝은 성격을 미루어 볼 때 아내는 늘 집에서 퇴근하는 자신을 맞아 줄 거라는 믿음도 있었다. 그래서 퇴근 시간이 되면 동료들이 술 한 잔 하자는 것도 뿌리치고 집으로 달려가곤 했었다. 그런데 어디서부터 잘못된 것인지, 아내가 그동안 보여준 행동과 결혼 후 보여준 모습을 어떻게 이해해야 하는 건지 알 수가 없었다. 아내를 이해하려면 그 이유를 알아야하는데……, 신우의 가슴 속 옹이가 다시 꿈틀거리며 고개를 들기 시작했다.

다원은 그가 일찍 들어오지 않으리라는 걸 예측하고 있었다. 그는 회사근처 술집을 전전하다 술에 취해서 들어 올 것이다. 다원의 예상은 틀리지않았다. 늦은 시간까지 남자는 들어오지 않았다. 다원은 친구와 마주 앉아술잔을 주고받으며 그녀의 과거 이야기를 시작했다. 다원은 순결을 잃고 꿈이 무너져 내리던 그날부터 남자를 찾아 헤맸다고 했다. 신우라는 이름과남자의 목소리, 그리고 남자에게서 느껴지던 체취를 찾기 위해 친구들에게수없이 묻고 또 물었다고 했다. 어느 마을에 신우라는 이름의 사람이 있다고 하면 미친 듯이 달려가 확인하고 또 확인했다고 했다. 친구에게 사진을건네받았을 때 그 남자를 금방 찾을 수 있을 거라 생각했는데, 찾는데 육년의 세월이 흘렀다고 했다. 친구는 다원의 옆에서 어머, 어머 소리만 할 뿐어떤 말도 하지 못했다. 혼자 견디어 속으로 삭인 친구의 마음이 어떨지 감히 상상도 할 수가 없다는 표정이었다. 친구는 다원이 그 남자를 죽이고 싶어 하는 마음을 이해할 수도 있을 것 같다고 말했다. 다원의 마음이 오죽견디기 힘들었으면 자살을 기도 했냐고도 말했다.

신우는 퇴근 후 회사 근처의 호프집부터 시작해 여러 술집을 전전하며 정신이 혼미해질 정도로 술을 마셨다. 어떻게 자신의 아파트까지 왔는지 모른다. 신우는 초인종을 누른 기억이 없다. 아내는 이 시간에 당연히 들어오지않았을 거라고 생각했다. 현관을 들어서던 신우는 귀신을 본 것처럼 그 자리에 얼어붙었다. 아내가 낯선 여자와 함께 술을 마시고 있었다. 신우는 아무 말 없이 거실 소파에 쓰러졌다. 아내의 이야기가 윙윙거리며 귓가에 맴돌았다. 어느 순간 신우는 술기운이 확 깨는 것을 느꼈다.

다원은 자신의 슬픔에 취해 더 이상 이야기하지 못했다. 현관문 여는 소리에 귀를 세울 뿐 미동도 없다. 남자는 다원과 친구를 보고 멍한 표정을 짓고 우두커니 섰다가 그들을 무시하고 그대로 거실로 가버렸다. 술에 취한 남자가 소파에 눕자 다원이 그 남자에게까지 들리도록 큰소리로 말하기 시작했다. 난 저 인간이 눈치 채기를 바랐는데……, 그래서 어제 사진도 식탁에 던져 놓았는데……, 육년 전 버스정류장에서……, 그런데 알 수 없는 이 감정은 뭐니? 내 순결을 빼앗은 저 남자가 측은하게 느껴지는 이 기분은……, 남자가 용수철처럼 벌떡 일어났다.

신우는 아내를 똑바로 볼 수가 없었다. 그대로 현관문을 박차고 밖으로 뛰쳐나갔다. 가슴 깊이 응어리졌던 옹이의 정체가 확인되던 순간 술이 확 깼다. 차라리 술에 취해 잘못 들은 소리였다고 외치고 싶었지만 생생하게 머릿속에 각인되고 말았다.

머리를 쥐어뜯던 신우는 실성한 사람처럼 달려오는 자동차에 몸을 던졌다. 신우를 부르는 아내의 목소리가 아련하게 귓전에 맴돌고 있었다.

비에 붙잡히다

정 재 경

그냥 편안한 마음으로 글을 쓰다가
본격적으로 쓰려니까 곤욕입니다.
평소에 만화나 애니메이션을 좋아해서
그걸 보면서 여러 가지 소재를 생각하는 편이라
소설도 그런 느낌으로 쓰게 됩니다.
유치하긴 하지만 이건 이것대로 좋겠죠.
재미있게 읽어 주셨으면 좋겠습니다.

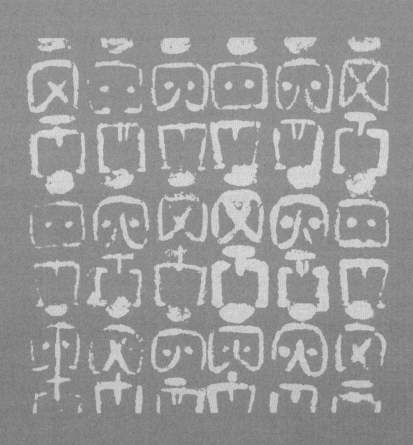

비에 붙잡히다

정재경

비가 내리기 시작한 지 어언 한 달이 다 되어간다. 하늘을 뒤덮어버린 비구름은 슬슬 태양을 꺼내놓아야 한다는 암묵적인 규칙을 잊은 듯 여전히 하늘을 제 독무대인 줄 아는 듯한 시도 쉬지 않고 정신없이 비를 토해낸다. 물이란 물은 모두 제 속에서 다 토해내야 직성이 풀리기라도 할 듯 빗방울도 굵고 실한 것이 우산 위로 퍽퍽 하소연할 것이라도 가득 쌓인 듯 매섭다. 그런데 그놈, 농작물이고 사람이고 항아리고 옆집 똥개고 가리지 않고 두들겨대고 다니는 꼬락서니를 보아하니 이게 흔히 말하는 난봉꾼인가 싶다.

어찌됐건 맹렬한 폭우 덕에 일을 손에서 놓은 지도 벌써 한 달이다. 이것은 곧 한 달을 생으로 놀아 제쳤다는 거고, 동생의 약값을 한 달을 못 벌어

동생의 몸이 한 달 치만큼 더 나빠졌다는 것을 알려준다. 그나마도 한 달 어치만 아팠으면 다행이게 나쁜 일이 설상가상으로 덮쳐 얼마 전만 해도 그나마 몸을 일으키고 말은 하던 애가 이제는 드러눕곤 눈도 제대로 못 뜨는 것이다. 하늘의 일을 탓할 곳은 없으니 동네에도 울적한 기운만 감돌았다. 달포 전 현감이 큰돈 들여 벌인 굿판도 하늘에는 씨알도 안 들어 먹힌 듯했다. 동네 어르신들은 그것을 두고 치성이 부족하네, 어쩌네, 말이 많았지만 내게는 그런 것보다는 잦아들 줄 모르는 동생의 켈룩거리는 기침소리가 더 문제였다. 아버지가 생전에 친하게 지냈던 의원 선생님도 원인을 몰라 손도 못 쓴 채 동생에게 기운을 북돋아 주는 약을 지어 주셨지만 동생의 병은 날이 갈수록 심해져만 갔고 집안 살림은 백부님이 간간이 보내주시는 돈에 내가 마을 잡일이나 농사일들을 돕는 것을 더해서 어떻게든 먹고 살았지만 그것도 이제는 힘에 부친다. 내가 해줄 수 있는 것이라고는 방이 추워지지 않게 덥혀 주는 것과 배만 안 곯게 해 주는 것인데. 그것마저도 이 육시랄 놈의 비 때문에 한 달이 다 되도록 못해 주고 있는 것이다. 어떻게든 빨리 대책을 세워야만 한다. 어떻게든 하지 않으면……

.

*

비가 추적추적 쏟아지고 있다. 빗속에서 마을은 호수나 맑게 갠 날의 너른 바다처럼 고요하고 푸르게 빛나는 것 같았다. 얕은 언덕길을 넘어 마을로 가는 그의 발길은 가벼웠다. 잽싸게 뛰어 마을 어귀 서낭당 옆의 나무 밑으로 들어갔다. 나뭇잎이 우거져 비를 피하기 좋아 보이는 곳에 자리를 잡고 빗물을 잔뜩 머금은 밀짚모자를 벗고 비에 젖어서 눅눅해진 그의 금빛 머리를 한껏 잡아서는 죽 짰다. 등에 맨 나무상자를 내려놓고는 그 위에 걸터앉는다. 주위는 한적했다. 아니, 그보다는 스산하기 그지없었다. 이맘 때요 근처에서 큰 장이 선다는 이야기를 들었던 그는 살짝 열이 받았다.

"비가 온다는 말은 없었잖아, 젠자앙 비 맞는 건 질색이라고, 머리 다 젖었잖아아."

아무도 듣는 사람 없는 자리에서 그는 그저 주절주절 혼자서 푸념을 늘어놓는다. 벌써 몇 년을 알고 지낸 사이인 그 낯짝 두꺼운 놈에게 속은 것이 아닐까 하는 걱정이 약간 들었지만 그건 아닌 것 같다. 그는 내리는 비를 잠시 쳐다보더니 작은 유리병을 하나 꺼내어 빗물을 담았다. 그리고 그것을 살랑살랑 흔들어 보았다. 그러자 빗물이 파랗게 물감을 탄 것처럼 변해갔다.

"빙고오 이거, 이거, 한 한 달간은, 밥걱정 안 해도 되겠다."

그는 싱글싱글 하늘을 바라보며 웃음을 짓고는 상자를 다시 둘러메고 모자를 눌러쓰고 마을을 향해 뛰어갔다. 그가 도착한 곳은 의원이었다. 가볍게 숨을 들이마신 그는 문을 두드렸다.

"계십니까?"

"이 늦은 밤에 뉘시오."

문을 열고 나온 것은 의원으로 보이는 이였다. 의원이 의심의 눈초리로 그를 훑어보기 시작하자 그는 의원에게 비굴해 보일 정도로 웃으며 좋은 약재 있으니 사 달라는 말을 하며 겸사겸사 안에서 비라도 피하게 해달라는 부탁을 했다. 의원은 잠시 그를 살피고는 안으로 들어오라며 손짓을 했다. 의원을 따라 들어간 그는 상자를 내려놓고 그 안에 들어있는 것들을 꺼냈다. 그런 그를 의원은 말없이 팔짱을 낀 채 조용히 지켜볼 뿐이었다.

"이게 서양에서도 잘 나가는 것들입니다. 자자, 구경해 보시죠."

의원은 말없이 그가 늘어놓은 물건들을 찬찬이 둘러보았다. 별 볼일 없는 것들뿐이라는 듯 그저 찬찬히 둘러보던 의원의 눈이 그중 하나, 마치 말린 개똥같은 것에서 멈추었다. 그런 의원을 지켜보던 그는 얼굴에서 웃음기를 거두고 게 눈 감추듯 빠르게 물건들을 치웠다.

"흠, 그거, 균묘라는 건데 발에 난 종기에 좋은 거지. 그걸 알아보다니. 혹시 이 마을에 있는 '그거'에 대해서 혹시 아는 거라도?"

"역시 '사냥꾼'이었구면."

"에……. 우리 어디서 만난 적이라도?"

사냥꾼, 출신 성분도 불명. 어디선가 홀연히 나타나 일을 벌이고 사라지는 기이한 사람들. 그들의 소문은 꽤나 유명한 이야깃거리였다. 동물인지, 식물인지도 알아볼 수 없는 것들을 가지고 팔러 다니면서 귀신이 들렸다는 소문이 도는 곳마다 나타나 소란을 일으키는 환영 받지 못하는 이들. 그런 부류의 하나가 지금 의원 앞에 나타난 것이다.

"그저, 과거에 비슷한 분위기의 남자를 만나 잠시 신세를 진 적이 있어서 말일세. 그때 본 것과 비슷하여 내 알아봤지."

"흐으응, 그럼 내가 여길 왜 왔는지는……. 두 번 물어볼 필요는 없지?"

그의 물음에 의원은 말없이 옆에 있는 곰방대에 담뱃잎을 덜어 넣었다. 그는 잽싸게 곰방대에 불을 피워 의원에게 건넸다.

"나는 아는 게 없네. 다만……."

"다마안?"

"비슷한 걸로 괴로워하는 아이를 알고 있네."

의원의 말을 들은 그는 더 할 얘기가 없다는 듯 다시 나무상자를 짊어지고는 자리에서 일어섰다. 자리에는 어느새 하얀 보자기로 싼 보따리가 놓여 있었다.

"열 냥이야. 꽤 귀한 거지만 싸게 해 줄게. 이래봬도 청에서 들여온 백삼이라고."

그는 밀짚모자를 눌러쓰고 나가려다 갑자기 무언가가 생각난 듯 의원을 돌아보았다.

"아, 혹시 나를 찾거든 내일 사 정시(아침 10시 30분)쯤에 장터로 오라고 그래."

"장은 서지 않을 텐데 거긴 왜 가나."

의원의 물음에 그는 가볍게 웃으며 대답한다.

"뭐, 어때. 어차피 세우면 장이지 뭐."

알 수 없는 말과 웃음만을 남긴 채 그는 빗속으로 조용히 사라졌다.

✻

장호는 집을 나섰다. 굉장히 막막했다. 그렇지만 조금이라도 집안에서 고생하고 있는 동생이 편해지려면 의원에게 사정하는 수밖에는 뾰족한 방법이 없었다. 마을에서도 어진 사람으로 유명한 이 의원은 장호 형제의 아버지가 살아 계시던 시절에는 아버지와 호형호제하시던 분이었는데 장호가 어느 정도 커서 밭일을 도우며 입에 풀칠이나 할 때까지 그들 형제를 도와준 은인이었다. 도저히 고칠 방법 하나 보이지 않는 동생의 병을 내치지 않고 기운 차릴 수 있도록 도와준 고마운 은인인 그에게 이 이상 손을 벌리는 것도 매우 염치없는 일이지만 장호에게도 어쩔 도리가 없었다. 그만큼 한 달 사이에 그나마 호전되었던 동생의 상태가 급격히 나빠진 것이다. 무거운 마음으로 의원을 찾아간 그는 문을 두들겼다.

"아저씨, 접니다."

"들어와라."

나지막한 의원의 목소리에서 오는 안도감 때문일까, 장호는 문을 열고 들어가기 전에 벌써 눈물이 왈칵 쏟아질 것만 같았다. 실례한다는 말과 함께 들어간 방안에는 의원과 환자로 보이는 노인, 그리고 노인과 부자지간으로 보이는 남자가 있었다. 진료를 보는 중이었던 모양이다. 장호는 조용히 벽에 기대어 섰다. 진료가 끝나자 의원을 대신해서 돌아가는 환자들에게 약을 꺼내서 전해준 그는 의원 앞에 조용히 정좌했다. 마을의 소식들이나 장호의 근황 등으로 잠시 담소를 나눈 후 그는 본격적으로 동생에 대한 이야기를 꺼낸다.

"운이는 괜찮은 게냐?"

"요즘 들어서 기침이 더 잦아졌습니다. 몸도 여전히 차다 못해서 얼음장 같고요. 피부도 새하얀 것이 투명하게도 보입니다. 거기다……."

장호는 마지막 증세에 대해 말을 꺼내기를 주저한다.

"뭐냐, 말해 보거라."

"이마에 소의 뿔 같은 것이 돋아났습니다."

기이하고도 불길한 것이었다. 처음에는 종기인 줄 알았던 그것을 짓이겨 짜내보기도 했지만 조금씩 자라는 듯하더니 어느새 두 치 정도로 자라났 다. 그것이 자라면 자랄수록 동생의 상태는 더욱 악화되어만 갔다. 장호의 말을 들은 의원은 깊은 고민에 빠진 표정이 되었다. 그도 그럴 것이다. 어찌 사람의 의술로 사람의 것이 아닌 병을 고치겠는가.

장호는 비통한 표정을 지으며 어디로 향하는지도 모를 분을 삭이고는 실례 했다고 조용히 말하고는 방을 나선다. 그런데 그런 장호를 의원이 불러 세운다.

"잠깐만 기다려 봐라."

"예?"

"내가 젊었을 때 다리에 검은 멍 같은 것이 든 사내를 진찰한 적이 있었 다. 그 병도 너희 동생 병처럼 사람이 고칠 수 있는 병이 아니었지."

"그것이 어쨌다는 겁니까?"

"나도 어찌 손쓸 도리가 없었는데 그때 마침 마을을 지나가던 한 봇짐장 수가 이상한 약을 써서 그의 다리를 낫게 했더구나."

"이상한…… 약이요?"

"그래. 돌 같기도 하고 나무 같기도 한 것을 달여 먹였더니 사흘 만에 그

멍 같은 것이 씻은 듯이 없어졌다더구나."

"그런……, 그런데 그 이야기를 왜 저에게……."

의원은 잠시 뜸을 들이더니 무겁게 입을 연다.

"어제 한 젊은 봇짐장수가 와서는 장이 서는지를 물어보더구나. 그러면서 내게 외국에서 들여온 약이라면서 몇 개를 꺼내 보였는데 그때 보았던 약들과 비슷한 것이 있더구나. 이런 빗속에 장터에 가 있겠다고는 했지만 정말 있으려나 모르겠다만……, 한번 찾아가 보려무나."

그 말을 들은 장호의 마음속에 한 조각의 희망이 깃들었다. 도움이 될지도 어떨지도 모르겠지만 그는 이 희망을 놓치고 싶지 않았다. 장호는 의원에게 큰절을 올리며 연거푸 감사를 표하고는 그길로 장터로 달려갔다.

＊

장터는 한산하다. 이른 시간이기 때문일까, 아니 이 지긋지긋한 장맛비 때문일 것이다. 예상했던 대로 사람의 모습은 보이지 않았다. 장호는 그런 장터를 보고 자신의 모습이 한심해졌다. 대체 뭘 기대한 걸까. 이런 폭우 속에 어떤 녀석이 미쳤다고 장터에 나설까. 그렇게 조용히 뒤돌아서는 장호의 눈에 낯선 차림새의 사람이 띄었다.

누런 머리를 길게 늘어뜨리고 태평하게 하품을 하고 있는 그는 계집인지 사내인지 구분할 수 없는 왜소한 체구였고, 양인들이 신는 신을 신고 구둣발로 다리를 긁적이고 있었다. 혼자만 초원에 우뚝 선 누런 깃대처럼 세상일과는 관계도 없고 관심도 없는 듯한 인상의 그는 연신 하품을 늘어지게 하면서도 물건을 사려는 사람이 없는지 주위를 두리번거리다가 장호와 눈이 딱 마주쳤다. 남자는 장호에게 신뢰감을 주려는 듯 사람 좋아 보이는 웃음을 지어 보였지만 장호는 미심쩍은 표정을 지은 채 그에게 다가갔다.

"뭔가 찾는 거라도 있으십니까?"

"혹시 여기서 이상한 걸 파는 사람 못 봤습니까?"

"이상한 거? 그런 거는 잘 모르겠지만……, 자아, 약이라면 얼마든지."

그는 하얀 천으로 덮어놨던 물건들을 자랑스럽게 내보였다. 거기에는 의원의 집에서 보던 익숙한 약들과 비슷해 보이는 것들도 있었지만 거무죽죽하고 당장이라도 살아 움직일 것만 같은 꺼림칙한 것들도 몇 가지 섞여 있었다. 그것들은 약재들 사이에 섞여서 기묘한 존재감을 발했다. 그것들을 보자 장호는 이자가 의원이 말했던 바로 그 봇짐장수라는 것을 확신했다.

"특별히 찾으시는 거라도 있으신가요? 정력에 좋은 것도 많아요."

그는 짐짓 쾌활하게 장호에게 말을 건넸지만 장호가 대꾸해 주지 않자 장호의 눈치를 살피며 따로 찾는 것이 있는지 물어왔다.

"혹시……, 사람이 못 고치는 병의 약도 파나요?"

"네?"

"의원님이 그러더라고요. 어제 사람이 못 고치는 병을 고치는 약을 파는 사람이 장터 가는 길을 묻더라고……."

장호의 말에 그는 뭔가 이상야릇한 표정을 짓고는 물건들을 재빨리 정리하더니 장호의 눈앞에서 순식간에 옆에 있던 나무상자 안에 집어넣고는 그걸 둘러메고 방금까지의 빠릿빠릿한 태도는 어디 갔는지 맥이 빠진 눈으로 장호를 보았다.

"그러니까아, 가볼까아"

"어, 어디를……"

"어디긴, 너네 집이지. 병, 안 고칠 거야아?"

장호는 갑작스런 그의 태도에 얼이 빠져 그에게 한마디 대꾸도 하지 못한 채 그와 함께 집으로 향했다.

"저기……, 뭘 하시는 분이신지……."

"'사냥꾼', 겸사겸사 약장수. 본업이, 밥 먹고 살 일은 아니라아."

그 뒤로 장호는 그에게 어디서 왔는지, 무슨 일을 하는 건지, 나이는 몇인지를 꼬치꼬치 캐물었지만 그는 대꾸도 하지 않은 채 장호를 묵묵히 따라올 뿐이었다. 그런 그의 태도에 장호는 슬슬 짜증이 올라올 지경이었다. 그런 장호를 멀뚱히 지켜보던 그가 갑자기 입을 열었다.

"나 같은 게, 어떻게 살았는지가아 그렇게 신경 쓰여어?"

"아무래도……, 장터에서랑은 너무 다르신지라……."

"아, 그건 영업용이랄까아? 그것보다아 네 이야기가 듣고 싶은데에."

"제 이야기요?"

"응. 중요하거드은, 그런 거."

그의 부탁에 장호는 천천히 입을 열었다. 장호네 집은 제법 잘 사는 농사꾼 집안이었다. 아버지는 마을에서도 인망이 두텁기로 유명했고 어머니도 인자하고 가족들은 항상 화기애애하니 행복했다. 하지만 십 년 전 그날, 그 빗속에서 모든 것이 틀어졌다. 그날도 지금처럼 몇 날이고 몇 주고 그칠 줄 모르고 폭우가 쏟아졌다. 덕분에 농사일이고 뭐고 다 망쳐버려서 장호의 아버지는 일꾼들에게 미리 약속한 석 달 치 품삯을 주고 모두 돌아가게 하고 장호의 동생인 장운을 낳고 몸이 약해진 어머니를 생각해서 형님, 그러니까 장호의 백부의 집으로 얼마간 요양을 가 있기로 했다. 그런데 그날 사단이 나고 말았다. 폭우로 인해 약해진 지반이 무너져 그만 고개를 넘던 그들 가족을 덮치고 만 것이다. 거기서 살아 돌아온 것은 장호와 동생뿐이었다. 그 뒤로 장호의 삶은 크게 바뀌었다. 백부의 집에 맡겨진 후 장호는 줄곧 일을 배우는 데만 열중을 했다. 아픈 동생과 둘만 남았다는 불안감, 언제까지고 신세만 지고 있을 수 없다는 미안함에 장호는 죽어라 일만 했다. 그 덕분일까 장호는 백부의 도움과 아버지의 친구였던 의원의 도움으로 얼마 전 동생과 함께 살 집을 얻을 수 있었다. 그러던 중 동생의 병이 악화된 것이다. 평소에도 이래저래 잔병치레가 많았던 동생이었지만 이번 비가 시작되면서 갑작스럽게 이 기괴한 병이 발작하듯 덮쳐온 것이다.

"그렇군……. 동생이 아픈 건 그날인 거야?"

"네. 하지만 이랬던 적은 처음이에요. 지금까지 비가 오면 몸 상태가 더 안 좋아지긴 했어도 이렇게까지 나빠진 것은 대체……."

"뭐어, 동생을 진찰해보면 뭐가 나와도 나오겠지이. 걱정 마아라고 해 둘까."

장호는 그의 심심한 위로의 말을 들으며 밀려오는 불안감을 떨쳐냈다. 동생이 곧 나을 수 있다는 기대, 그 실낱같은 희망 하나로 마음을 채우는 불안을 덧칠해 본다. 그런 장호의 기대를 아는지 모르는지 그는 들을 거 다 듣고 또 자기 할 말만 다하고는 다시 입을 앙 다 문채 장호의 뒤를 따라 쫓아올 뿐이었다. 얼마를 더 걸었을까, 둔덕 너머로 장호의 집이 모습을 드러냈다. 방 한 개에 부엌이 딸린 평범한 초가집이었다. 집을 보자 그는 안심했다는 듯 갑자기 한숨을 내쉬었다. 그의 반응에 장호가 무슨 문제라도 있는지 묻자 그는 지붕 있는 집이 오랜만이라며 감동이라도 느낀 듯 온 몸을 떨면서 기뻐했다. 그는 동생이 있는 방안으로 들어서자마자 장터에서 보여준 것과 같은 빠른 손놀림으로 짐을 풀었다.

장호는 그가 진찰을 하는 동안 점심밥이라도 준비하려고 부엌으로 갔다. 쌀독에 얼마 남지 않은 쌀을 긁어 가마솥에 밥을 안치고 찬장에서 반찬으로 김치나 간장 등을 꺼내면서 분주히 준비를 하는 그때, 그가 부엌문을 열고는 갑자기 고개를 들이밀었다.

"무, 무슨 일입니까?"

"뭐해?"

"시장하실까 봐 밥을 좀……."

"벌써 시간이 그렇게 됐나? 아무튼 들어와 봐아. 동생, 깨어났어어."

그의 말이 떨어지기 무섭게 장호는 방안으로 뛰어 들어갔다. 상자의 내용물로 추정되는 여러 약재 같은 것들이 방바닥에 늘어져 있었고 동생 장운이 누운 자리에서 방으로 들어온 장호를 눈을 끔뻑이며 바라보고 있었다. 장호는 아무 말도 못한 채 동생에게 다가가 껴안아 주었다. 장호의 뺨을 타고 눈물이 흘렀다. 장운은 자기에게 떨어지는 눈물이 괴로운 듯 얼굴을 약간 찡그렸지만 형을 밀어내지 않고 형의 등에 조심스럽게 손을 얹었다. 한참을 끌어안고 있던 장호는 동생을 놓아주고 소매로 눈가를 문질러 닦고 그에게 감사 인사를 연거푸 했다. 그런데 그의 얼굴은 감사 인사를 듣기에는 너무 울어 눈이 퉁퉁 부운데다 콧물까지 흘러나와 지저분한 모습이었다. 오히려 감사를 하기가 미안해질 지경의 그의 얼굴에 장호는 똑바로 쳐다보진 못하고 말없이 수건을 건넬 뿐이었다.

"패앵, 감동적이구만. 흠흠, 역시 난 대단해."

그는 애써 아무렇지 않은 척하고는 헛기침을 했다. 아무런 말없이 그저 자기가 할 일만, 할 말만 툭툭 해 버리는 그의 모습에 의심과 불안감을 느꼈던 장호는 안심이 됐다. 이 사람도 사람이었구나 라는 안도감이 들면서 동생이 살 수 있다는 생각에 온몸에 긴장이 풀린다.

"근데, 밥은 안 줘?"

장호가 그의 말에 부엌으로 허겁지겁 돌아가자 그는 부엌문 앞에 나무상자를 슬쩍 밀어 놓아 문이 열리지 않게 해놓고 장운의 옆에 가서 앉는다. 그가 다가와 앉자 장운은 어두운 얼굴로 고개를 떨어뜨린다. 그런 장운의 모습에 그는 문밖의 하늘을 보며 주머니에서 꺼낸 이파리 같은 걸 잎에 넣고 씹으면서 같은 걸 하나 더 꺼내서 장운에게 건넨다.

"형한테는 나중에 설명하겠지만, 자세한 것은 어떻게 할까아?"

장운도 그걸 받아서 입에 넣고 씹었다. 이파리에서는 달콤하면서도 쌉싸래한 맛이 났다.

✽

장운은 코를 간질이는 따뜻한 기운과 달콤한 냄새에 눈을 떴다. 몸을 녹이는 이런 기분은 장운에게는 난생 처음 있는 일이었다. 장운에게 있어서 세상은 단 두 가지의 기준으로 나뉘어 있었다. 살을 후비듯이 춥거나 아니면 불구덩이에 뛰어든 듯이 뜨거운 것들뿐이었다. 형이 다정하게 쓰다듬어 주는 손길도 인두로 후벼 파듯 살을 지져왔으며 살며시 불어와 코끝을 간질이는 봄바람도 장운에게는 겨울의 칼바람처럼 아리고 시렸다. 그런데 갑작스럽게 난생 처음으로 이런 따사로운 기운을 맛본 장운은 무심코 손을 내밀었다. 누군가의 얼굴이 만져졌다. 형의 거칠고 검은 피부와는 달리 매끈하고 뽀얗고, 따뜻하지도 차지도 않은 그저 만지고 있을 뿐인 피부가. 장운은 놀라 몸을 일으키고 눈앞에 있는 그를 보았다. 누렇고 긴 머리를 아무렇게나 흐트러뜨린 채 한 손에는 그 달콤한 향을 내는 향(香)을 들고 한 손에는 환약을 든, 형과 동년배이거나 어려 보이는 노란 머리에 호리호리하고 예쁘게 생긴 사람이 거기 있었다.

"누나……, 누구세요……."

"누나아? 응, 아, 그럴 수도 있겠지……. 일단 이거 먹어."

그가 건넨 환약을 넙죽 받아먹은 장운의 얼굴이 급격히 찡그려졌다. 입안이 마비될 만큼 강한 쓴맛에 머리가 찡하고 울리는 것만 같았다.

"꼭꼭 씹어 먹어. 먹으면 좀 기운이 날거야."

그는 들고 있던 향을 옆에 있던 모래가 담긴 접시 위에 꽂아 놓고는 장운에게 병을 건네며 마시라는 듯 손짓을 했다. 안에 든 것을 마신 장운은 머리 아픈 게 좀 가시는 것을 느꼈다.

"누나, 의원님이세요?"

"비슷한 거. 그리고 누나, 는 빼고 가자. 거북하거든."

"그럼요?"

"야, 라든가. 너, 라든가. 아님 '사냥꾼'이 좋겠다."

"사냥꾼이오?"

"아, 꽤 유능하지. 그쪽으로."

"뭘 사냥하는데요?"

장운의 물음에 그는 잠시 고민을 하고는 좋은 생각이 난 듯 설명을 하기 시작했다. 그는 '괴이'를 잡는 사냥꾼이라고 자신을 설명했다.

괴이. 그것은 산들을 뛰노는 짐승과도 흙 속의 돌멩이와도 닮아 있으나 사람의 기준으로 그것의 삶과 죽음을 구분할 수 없으며 그것의 모습조차 눈앞에 두고도 식물의 가느다란 잔가지와 쉽게 구분하지 못하고 하늘의 구름과도 구분하지 못하는 이치를 벗어난 듯한 존재들을 일컫는 말이라 했다. 또한 그것들은 사람들이 촌락을 짓고 나라를 세우고 문명을 발전해 가는 유구한 시간을 자연의 분노와도 같이 대지의 은혜와도 같이 살아온 존재들이라고 그는 덧붙여 설명했다.

"요컨대 네가 아픈 이유도, 그것들 중 하나가 들어가서 벌인 짓이라는 거지."

"그렇군요."

"그리고 전문가의 입장으로 봤을 때……, 넌 이미 늦었어."

"네?"

"내가 지금 너에게 해준 건, 일시적으로 네 안의 그것들을 잠재운 것뿐 얼마 안 돼서 넌 죽을 거야."

그는 포장하거나 돌리는 것도 없이 그대로 던져버렸다. 무거운 진실을. 그것은 장운의 마음에 얼어붙은 납덩이처럼 무겁고 단단하게 달라붙어서는 어린 마음을 짓눌렀다. 하지만 장운은 그저 받아들일 뿐이다. 결정된 것이었으니까.

"그걸, 형도, 아는 거예요?"

"아니, 몰라. 근데 의젓하구나아. 이럴 때에는 운다거나 하는 쪽이 더 마음 편한데에."

"어렴풋이는 알고 있었어요. 계속 귓가에 속삭였어요. 빨리, 가족이 되자고."

장운의 말을 들은 그는 이맛살을 찌푸렸다. 그러고는 장운에게 그것들의 모습을 보았는지 물었다. 장운은 잠시 생각을 하고 그들의 모습을 떠올렸다.

"달팽이였어요. 반짝반짝 빛나는, 밤하늘의 별보다 예쁘고 해님보다 눈부신……"

그는 장운의 대답에 알았다고 하고는 지금의 일은 나중에 형에게 알려줄 테니 장운은 아무 말 말라고 했다. 장운은 말없이 고개를 끄덕일 뿐이었다. 장운이 할 수 있는 것은 그 정도였다.

＊

한 끼를 잘 얻어먹은 그는 동생에게 먹이라면서 환약을 건네고는 터덜터덜 거리를 걸었다. 이제 그에게 이 마을에서의 볼일은 전부 끝난 터였다. 뭔가 할 일도 없고 여기에 죽치고 있어봐야 밥이 나오는 것도 떡이 나오는 것도 아니었다. 하지만 이대로 길을 떠나기에는 많이 아쉬운, 뭔가가 발길을 잡아끄는 것만 같은 무거운 마음이었다.

"이제 와서 가슴 아픈 건가? 이런 일에는 많이 익숙해졌다고 생각했는데……"

애써 잊으려 했던 형제의 일이 떠오른 것이다. 그는 결국 장호에게는 상세한 사정을 말하지 못했다. 장운이 몸을 추스르게 되어 희망에 찬 그의 얼굴에 차마 사실 그대로 말해 줄 수는 없었던 것이었다. 그는 이런 자신의 모습이 약간은 한심스럽게 느껴졌다. 이런 일에 일일이 감정을 쏟았다가는 정신이 남아나질 못할 것을 알면서도 이렇게 감정적인 자신에 실망하며 정처 없이 거리를 걷던 그의 발걸음이 갑자기 멈춰 섰다. 그가 멈춘 곳은 의원 앞이었다. 잠시 그 앞에 선 그는 망설임 없이 의원 안으로 들어갔다.

"자넨가. 장호에게 들었네. 고맙구먼."

"고맙기는……. 난 그냥 아픔을 느끼지 못하게 해준 것뿐이야. 어차피 그 녀석에게 손쓰기는 이미 늦었어."

그는 어쩔 수 없다는 듯 고개를 저으며 마루에 걸터앉았다. 의원도 다 알고 있었다는 듯 아무 말 않고 그저 그 옆에 앉았다. 그러더니 소매를 걷어붙이고는 그것을 그에게 내보였다. 의원의 팔에는 시커먼 멍 같은 것이 거멓게 퍼져 있었다.

"혈환…… 보아하니 오랫동안 들러붙어 있던 괴이네. 대체 얼마나 달고 산 거야아?"

"내가 젊었을 때 산길을 가던 중 기이한 식물 같은 것이 뱉은 가루에 당한 적이 있었지. 그때 지나가던 사냥꾼 덕에 목숨은 건졌지만……. 아마 얼마 안 남았겠지."

그는 의원의 눈을 조용히 바라보았다. 경건하고 미련 없이 떠나는 사람의 눈. 그가 먼 옛날 보았던 쓸쓸함이 한 점도 묻어 있지 않은 그런 강한 눈이었다.

"그런 눈에는 약한데 말이지……. 하지만 그렇게 바라봐도 내가 해줄 수 있는 건 거의 없어. 아저씨, 당신은 뽑아버린 무들을 다시 밭고랑에 묻는다고 다시 잘 자란다고 생각해애? 무리지 암, 설사 그게 자란다 해도오 계속

밭에서 잘 크고 있던 다른 녀석들이랑 같은 순 없지이."

"그래도 난 그 아이가 더 살았으면 좋겠네. 내가 그랬던 것처럼."

그는 뒷머리를 긁적인다. 그리고 무겁게 말을 잇는다.

"미안하지만 그 애는 당신과는 달라. 너무 오래된 데다, 그 애가 변하지 않으면 이 마을은 끝이라고."

"무슨 의미인가, 그건."

"그 아이에게 붙어 있는 그 괴이. 그건 구름달팽이라는 종이야. 하늘을 떠다니면서 공기 중의 수분을 먹고사는 달팽이마냥 뱅글뱅글 꼬인 몸을 가진 놈들이지. 그놈들은 평소에는 무해하지만 수분을 잔뜩 먹고 수가 불어나서 번식할 때가 되면 이렇게 모여서 알을 낳지. 마치 비처럼."

의원은 과거 장호와 장운이 살아남은 그때를 떠올렸다. 억수로 쏟아지던 비, 그리고 지금의 이 비. 똑같이 그칠 줄 모르던 차가운 장맛비를.

"마을 사람들에게도 감염될 수 있는 건가."

"응, 다행히 아직 이 마을에는 그런 사람은 없는 것 같더군. 하지만 언제 그 알이 사람들 안에 들어가 부화하게 될지 몰라. 그럼 큰일인데……, 어라."

"장호야!"

모두의 시선이 멈춘 곳에는 장호가 있었다. 장호의 얼굴은 절망과 고뇌로 일그러진 채 이쪽을 바라보고 있었다. 그는 곤란하다는 듯 한숨을 내쉬며 눈을 감았고 의원은 장호에게로 다가가서 그의 어깨에 손을 얹었다.

"내 동생이, 마을이 이렇게 된 원인이라는 겁니까?"

"그렇진 않지. 하지만 놈들은 사람이나 짐승 안에서 부화를 하면 동료들을 불러들이지. 빨리 자라나서 숙주로부터 벗어나기 위해서 말이야."

그는 조금도 망설이지 않고 말을 꺼낸다. 언제나 해왔던 것처럼 상대방의 마음 같은 건 배제한 채 거짓말하지 않는다.

"네 동생은 이미 늦었어. 그 증세를 보면 길어야 삼 일이면 부화할 거야. 포기해라."

"그런 말을……, 그런 말을 어떻게 그렇게 쉽게 하는 겁니까! 그러고도 사람이냐!"

장호는 붙잡는 의원의 팔도 뿌리치고는 그에게 달려들어 주먹을 휘둘렀고 뺨을 얻어맞은 그는 그대로 뒤로 넘어갔다. 하지만 비명도 없이 앓는 소리도 없이 그저 얻어맞아 줄 뿐이었다. 장호는 되는 대로 주먹을 내질렀다. 몸에서 힘이 빠져나간다. 이젠 모든 게 의미가 없어져 물 다 빠진 머리카락처럼 하얗게 새어 버린 것만 같았다.

"살려주세요, 제발……. 내겐……, 동생뿐이에요……."

"무리야. 지금 상황은 부처님이 와도 못 뒤집어."

장호는 모든 것을 잃어버린 표정으로 그를 놓은 채 왔던 길을 돌아갔다. 그런 그의 뒷모습을 뒤로 한 채 그도 마을을 떠났다. 더 이상의 행동은 아무런 의미도 없고 무엇도 해결해 주지 못한 채 시간만이 흘러갔다.

*

매미 소리만이 징징 울리는 무더운 햇살 아래 개미가 한 마리 작은 물웅덩이에 빠져 허우적대고 있다. 빠져나오지도 못한 채 계속 허우적대며 점점 개미는 물가에서 멀어져만 갔다. 개미를 바라보던 그는 막대기를 가져다가 개미의 앞에 가져다 댔다. 개미는 한참을 발발대다가 간신히 막대기로 건너올라갔다. 그 순간 그는 막대기를 그대로 웅덩이 속으로 쑤셔 넣었다.

"이여어, 오래 기다렸나? 뭔가, 기다리는 사이에 또 뭔 일을 저지른 겐가?"

"노인네 같은 말투는 집어치워. 사람을 기다리게 하다니……, 못됐네, 진짜."

그의 등 뒤에서 안경을 낀 서글서글한 인상의 남자가 모습을 드러냈다.

남자는 땀으로 흘러내린 안경코를 밀어올리고는 그의 옆에 다가가 앉는다.

"물건을 보여주실까?"

"아아, 아 질색이야. 앞으로 한동안은 아무 일도 받고 싶지가 않을 지경이야."

그가 주머니에서 꺼낸 것은 얼음처럼 차고 녹석처럼 반짝거리는 하얀 덩어리들이었다. 그것에서는 하늘하늘한 아지랑이가 피어나고 있었다.

"구름달팽이의 껍질. 놈들이 탈피하고 남기는 꽤 귀한 물건이지. 잘 넣어두는 게 좋아. 공기 중에서는 증발하거든."

"언제나 고맙구먼! 근데 표정이 안 좋은데 뭔 일이 있었어?"

"그걸 받은 아이의 형 때문이야."

"왜 그래? 뭐, 문제라도 있었어?"

생글거리면서 물어오는 남자에게 그는 말없이 그저 저 멀리 산 너머를 가리켰다. 거기에는 검은 먹구름 같은 것들이 꿈틀거리고 있었다.

"먹구름이 왜? 설마!"

"상상하는 그 이상의 일도 있을 수 있는 게 이 직업이지. 뭐, 미움 받는 건 익숙하니까."

"괴이가 성체로 자랄 때 곁에 있는 사람에게 무슨 일이 일어났다고 했더라, 자네……."

"두 번은 말 안 해준다, 만……, 미련을 버리지 못한 사람의 말로라고 해야겠지, 저건. 내가 알아서 할 테니 돈이나 줘."

잔뜩 당황한 얼굴로 돈을 건네는 남자의 손에서 돈뭉치를 건네받은 그는 매우 피곤해 보이는 얼굴로 옆에 내려 두었던 상자를 짊어진 채 다시 조용히 길을 나섰다.

사이드 미러

조 승 호

앞만 보며 바쁘게 살다 어느날 문득 뒤돌아 볼 때가 있었다.
보이지 않던 조그마한 글씨 하나가 눈에 들어왔다.
'사물이 보이는 곳보다 가까이 있음'
『잃어버린 시간을 찾아서』에서 프루스트는
"단 하나의 세계가 아니라 몇백만의 세계 인간의 눈동자와 지성과
거의 동수인 세계가 있고 그것이 아침마다 깨어난다고 했다."
우리는 어느 날부터 바쁘다는 핑계로 자아를 잃어버리고 살아가고 있다.
글을 쓰면서 나도 이젠 자신의 삶을 돌아보며 깨어있어야 된다는 생각이 들게 되었다.
인생이 멀다고 생각했을 때 이미 가까이에 있었다.
김수영이 「달나라의 장난」에서 말하듯
"영원히 나 자신을 고쳐가야 할 운명과 사명에 놓여 있는 이 밤에
나는 한사코 방심조차 하여서는 아니 될 터인데"라고 자신을 채찍질하듯
나는 이 소설을 통해 주인공이 불우한 삶을 극복하고
다른 누구도 원망하지 않고 자신의 힘으로 살아가면
아름다운 삶을 영위할 수 있다 여겼다.

2015년 29회 별망성 예술제 백일장 시부문 우수상 수상

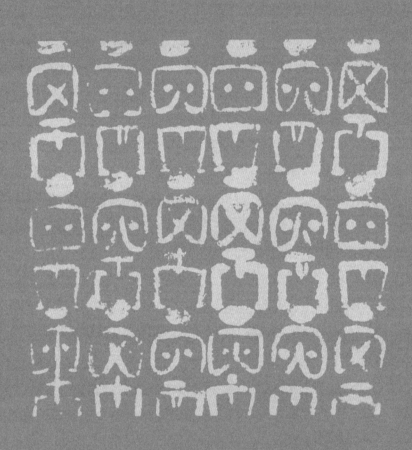

사 이 드 미 러

조승호

"아삭하고 맛있는 참외가 왔어요, 참외가, 한 보따리에 오천 원, 한 보따리에 오천 원, 밭에서 갓 따온 성주 꿀참외가 왔어요, 꿀참외, 꿀참외가 왔어요, 밭에서 갓 따온 성주 꿀참외를 오늘 하루만 엄청나게 싸게 팔고 있습니다. 달콤한 성주 꿀참외가 한 보따리에 오천 원, 오천 원 달콤하고 아삭아삭한 꿀참외를 한 보따리에 오천 원, 구경하고 맛보시고 사 가세요."

방송을 하면서 큰길에서 골목으로 접어들었다. 전깃줄이 거미줄처럼 엉킨 골목은, 아무렇게나 버려진 쓰레기봉투와 쓰레기들로 지저분하였다. 스멀스멀 악취가 풍기는 듯하였다. 시야가 미치는 범위 안의 하늘은 너무나 좁아 보였다. 오래된 집들이라서 더욱 스산했다.

큰길을 지나올 때 스쳤던 고양이 사체가 눈앞에 어른거렸다. 붉은 피와 살점은 누런 털을 짓이겨 뒤범벅이 되어 있었다. 차들이 지날 때마다 가죽은 파지처럼 널브러져 도로에 판화처럼 새겨져 있었다. 차들이 지나간 흔적만큼 고양이의 사체는 형체를 잃어갔다.

주차된 차들은 골목을 더욱 좁게 만들었다. 금방이라도 소나기가 쏟아질 듯이 하늘은 어두운 기운을 풍기고 짐승들이 사는 동굴처럼 골목은 음습해져 갔다. 골목을 지나는 동안 불안해지는 마음이 온갖 생각들로 머리를 헤집어 놓았다.

"참외가 왔어요, 참외가." 빵 빵, 뒤에서 요란하게 경적을 울렸다. 길을 비켜 달라는 것이다. 충분히 공간을 확보하고 가는데도 요란스럽게 울려댔다. 나는 바짝 주택가로 붙었고 뒤차 운전수는 얼굴을 험하게 일그러뜨리며 지나갔다. 굽어진 골목을 막 틀어 갈 때 쯤 누군가 나를 부르고 있었다. 차창으로 고개를 비죽 내밀고 사방을 둘러봤다. 건물 이 층 창문을 열어젖히고, 장승같은 모습에 불콰한 얼굴을 한 사내가 꾸부정한 자세로 쇳소리같이 갈라지는 목소리로 악다구니를 쓰고 있었다.

─아저씨, 방송 좀 꺼. 시끄러 죽겠잖아.

─네. 죄송합니다.

─야, 이 개 새끼야, 이 동네 너 혼자 사는 게 아니잖아.

나는 서둘러 자리를 빠져 나갔다. 부딪쳐 봐야 좋을 일도 없고 한두 번 당한 일도 아니고 어차피 저런 부류의 사람과 상대하게 되면 싸움만 났다. 피하는 게 상책이었다. 사내의 악다구니는 커졌다 작아졌다 반복하며 멀어져갔다. 허허벌판에 웅크린 짐승처럼 마음이 쓸쓸해졌다. 하늘은 더욱 짙어져 갔다 나는 다음 골목으로 차를 몰았다.

"아삭아삭한 꿀참외가 한 보따리에 오천 원 오천 원."

"아저씨. 아저씨 차 세워요."

언제 따라왔는지 순찰차가 차를 세우라고 방송을 했다. 나는 차를 세웠다. 경찰 한 명이 내리더니 내게로 왔다.

—실례합니다. 민원이 들어와서 그러니 면허증 좀 주세요.

—죄송합니다. 한번만 봐 주세요.

경찰은 자기도 민원이 들어와서 어쩔 수 없다며 범칙금은 부과하지 않을 테니 경고장에 사인을 하라고 하였다. 소리를 줄이고 다니라며 돌아갔다. 구십 년대 한창 유행하던 DJ. DOC의 머피의 법칙이란 노래가 나의 귓가를 관통해 가는 듯 했다.

"세상에 이렇게 이럴 수가 도대체 되는 일이 하나도 없는지 세상에 모든 게 다 내 뜻과 어긋나 힘들게 날 하여도"

—아저씨.

키가 작고 반백에 파마머리를 한 할머니가 불러 세웠다.

—참외 싱싱한가요.

—아이고. 싱싱하죠. 맛도 얼마나 기가 막힌대요.

할머니는 참외를 이리저리 만지고 냄새도 맡더니 한 봉지 사 가지고 갔다. 할머니가 가고 나는 봉지에 참외를 팔 수 있게 분리해 담았다. 요란하게 오토바이 엔진소리가 들리며 내 옆에 섰다.

—안녕하세요, 사장님.

—어 어……

예전 중국집 할 때 배달하던 김 군이었다. 우리는 반갑게 악수를 하고 서로의 안부를 물으며 이런저런 얘기를 했다. 얘기하던 중 김 군은 리칭풍이가 있는 곳을 안다고 했다. 자기 친구가 수원에서 봤다는 것이다. 갑자기 치밀어 오르는 분노에 손이 부들부들 떨렸다. 가슴이 답답했다. 김 군과 헤어진 후 차에 앉아 담배를 꺼내 물었다. 차 유리창은 빗방울에 젖어 흐려지고 빗줄기는 점점 굵어졌다. 잊고 싶었던 악몽 같은 기억이 살아났다.

　지옥 같았던 집이 싫어 중학교를 졸업하자마자 나는 도망치듯 도시에 있는 공장으로 취직했다. 그 후 마트 점원 음식점 배달원 등 닥치는 대로 내가 할 수 있는 모든 일들을 했다. 서른여덟에 중국집을 차려 종업원 여러 명을 둔 어엿한 사장이 됐다. 장사도 잘 되고 내 생활도 안정됐을 때 리칭풍이라는 주방장이 들어왔다.

　그는 둥글넓적한 얼굴과 작은 키에 볼록 나온 배가 우스꽝스런 달마상을 하고 있었다. 모습과는 달리 사근사근했다. 열심히 일하는 모습이 비록 국적은 달라도 형제같이 느껴졌다. 외롭던 내게 동생이 생긴 듯했다. 어느덧 우리는 사장과 종업원이 아닌 형 동생 사이가 돼 있었다. 어느 날 칭풍이 한국에 자기 친척 여동생이 있다며 소개해 주겠다고 했다. 나는 외롭기도 하고 이젠 결혼할 나이도 지난 것 같아 좋다고 했다. 그녀와 나는 그렇게 만났다.

　그녀의 이름은 리칭화라 했다. 작은 키에 퉁퉁한 몸매가 칭풍을 많이 닮았다. 꼭 한 마리 살찐 돼지 모양이었다. 보기와 달리 목소리는 가냘프고 애교가 묻어 나왔다. 보조개 핀 얼굴에 눈웃음치는 모습이 꼭 고사 지낼 때 상 위에 있는 돼지머리 모습을 하여 귀엽기도 하고 복스러워 보였다. 얼굴이 중요한가? 마음 맞아 잘 사는 게 최고지. 우린 얼마간 사귀다 살림을 합치기로 했다.

　외롭던 내게 칭화는 구원의 천사였다. 우리는 가게 근처에 조그마한 전셋집을 얻고, 가구며 가전이며 모두 새것으로 바꿔 신혼살림을 시작했다.

　─칭화, 우리 행복하게 잘 살자, 내가 돈 많이 벌어 칭화 많이 많이 행복

하게 해 줄게.

　―그래요, 우리 돈 많이 벌어 큰 집도 사고, 행복하게 살아요.

　―그럼 우리 애들도 많이 낳아야겠는걸.

　―하 하 하.

　―풋.

　첫날 밤 우리는 두 손을 꼭 쥐고 꿈을 이야기했다. 무지개처럼 온갖 빛깔을 띤 우리의 꿈은 펄럭이며 새처럼 날아올라 집안 가득 덮었다. 나는 눈물을 흘렸다. 이런 게 행복이고, 이 때문에 결혼을 하는가 보다. 어린 시절이 바람같이 눈앞을 스쳐갔다. 이젠 기억에서 지워 버릴 것이다. 나는 절대 부모처럼 살지 않겠다고 다짐했다. 꼭 행복할 것이다. 이 행복이 달아날까 두려웠다. 놓치지 않으리, 나는 각오를 했다. 너무나도 행복했다.

　나는 더욱 열심히 일했고 칭화도 가끔 가게에 나와 도와주었다. 동네 사람들은 내 입이 너무 헤벌어졌다고 놀리곤 했다. 장사도 잘 되고 행복한 나날이 지났다. 칭풍이 가게에서 먹고 자는 게 안타까워 월세방도 얻어주었다. 우리는 형제처럼 남부럽지 않게 살아갔다.

　우리가 행복한 생활을 보내던 서너 달이 지날 쯤 칭화는 내게 말했다. 중국에 있는 어머니가 많이 아프니 의료 시설이 좋은 한국에 와서 치료도 하고, 자기 부모를 모시고 와서 우리 결혼식을 올렸으면 좋겠다고 했다. 칭화는 부모한테 우리가 행복하게 사는 모습을 보여 주고 싶어 했다. 칭화의 눈빛에 간절함이 묻어났다. 나도 그러는 게 좋겠다고 했다. 부모를 모시고 떳떳하게 사는 모습도 보여 드리고 칭화에게 웨딩드레스도 입혀 주고 싶었다. 나는 들어가던 적금도 해약하고 마련할 수 있는 최대한 여비와 돈을 마련해 주었다. 칭화가 떠나는 날 공항까지 배웅한다고 하니 칭화는 괜찮다며 자기는 택시를 타고 가겠다고 했다. 칭풍 오빠와 가게 일이나 잘하고 있으라며 잘 다녀오겠다고 했다. 그날 밤 칭화가 없는 방안은 텅 빈 듯 허전했다. 밤늦게 칭화가 잘 도착했다고 걱정 말라며 전화가 왔다. 벌써 보고 싶었다. 옆에 누군가 있다가 없으니 빈자리가 더 커 보였다.

변함없는 일상은 시작되었고 바쁜 점심시간도 정신없이 지나갔다. 오후 늦은 시간 칭풍이 내게 다가왔다. 목소리가 잠긴 듯 약간 쳐졌다. 볼일 있어 잠깐 다녀와야 한다고 했다. 나는 다녀오라고 허락했다. 바쁜 저녁 영업시간이 되도록 칭풍은 오지 않았다. 전화 연락도 되지 않았다. 묘한 기분이 들었다. 알 수 없는 불안이 밀려왔다. 다른 종업원들도 칭풍을 보지 못했다고 했다. 영업이 끝나고 칭풍 집에 들렀다. 문이 굳게 잠겨 있었다. 집에 와 방안으로 들어서니 도둑이 들었는지 난장판이 돼 있었다. 가전이며 돈이 될 만한 물건은 남김없이 가져갔다. 나는 급히 경찰에 신고했다. 엉망진창이 된 하루가 갔다. 다음날에야 나는 모든 진실을 알게 되었다.

두 연놈들의 치밀하게 계획된 사기였다. 순식간에 일어난 일이었다. 너무도 치밀하게 계획된 일이라 전혀 눈치를 챌 수가 없었다. 내가 무슨 죄를 많이 지었기에 나의 전부를 가져갔단 말인가. 나는 통곡을 했다. 너무 억울해 피를 토할 것만 같았다. 내가 살던 살림집은 나도 모르게 전세에서 월세로 돌려놓았고, 칭풍 집의 보증금은 모두 빼갔다. 믿고 맡겼던 주방에서 거래처 사장들에게 내가 빌린 것으로 하고 돈을 가져갔다. 가져갈 수 있는 모든 방법을 다 동원해 돈을 가져가 버린 것이다. 뼈 빠지게 일해 왔던 지난날은 결국 아무 것도 남은 게 없었다. 죽고 싶은 심정이었다. 죽으려고 빌딩 옥상에 올라갔다. 아래를 내려다보니 아득하고 무서웠다. 용기가 나지 않았다. 가슴이 뻥 뚫리고 현기증이 일었다. 절망이 북받쳐 왔고, 그들에 대한 증오는 차가운 기운이 되어 골수로 스며들었다. 온몸이 심하게 떨렸다. 사는 게 왜 이런 걸까? 아주 깊은 나락으로 주저 앉아버렸다. 삶이 고통이었다. 고통스럽고 숨이 막혔다. 고통은 죽음이 아닌데, 죽으면 이 고통을 느낄 수 없을 텐데, 죽을 용기가 없어 더욱 고통스러웠다. 고통을 느낀다는 것은 결국 내가 살고 있다는 것이다. 살아가는 고통에 숨이 막힌다 해도 이 고통의 삶에 마지막 한번은 더 살아야겠다. 나는 다시 살아보려 최후의 몸부림을 쳤다.

고통을 잊기 위해 많은 날을 술에 절어 살았다. 끝없이 떨어지는 나락에서 허우적대던 나는 마지막 삶의 끝을 잡고 몸부림치며 나왔다. 살아있다는 것은 하늘이 내 인생에 베풀어 주는 마지막 친절이라 생각하며 살아야겠다고 다짐 다짐을 했다.

나는 모든 것을 정리했다. 깨끗이 정리하고 나니 수중에 삼백여만 원이 남았다. 백만 원은 지하 단칸방을 얻었다. 컴컴한 동굴 같은 집에 그래도 친구들이 많아 외롭지 않았다. 밤낮으로 들락거리는 길고양이들이며 방안을 헤집고 다니는 바퀴벌레들이 나의 친구가 되어 위로하는 것 같았다. 백만 원으로는 겨우 굴러가는 일 톤 화물차를 구입하여 과일 행상을 시작했다. 나머지 돈으로는 물건 구입과 생활비에 썼다. 이렇게 나는 다시 시작했다.

다음날 나는 김 군이 일러준 주소를 찾아갔다. 북경반점이란 낡은 간판이 눈에 들어왔다. 문을 열고 들어서니 주인인 듯한 키가 작고 둥근 얼굴을 한 사람이 인사를 했다.

―어서 오세요.

나는 주인에게 리칭풍이 여기에서 일하냐고 물었다. 그는 나를 한참 쳐다보더니 말을 했다.

―사장님도 그놈한테 당했어요?.

그는 얼굴이 벌게지면서 흥분해 침을 튀겨가며 말했다. 리칭풍이 한 달 전에 가불을 하고 물건 구입대금을 가지고 도망갔다는 것이다. 나쁜 놈이라며 두 손을 불끈 쥐고 흔들며 잡히면 가만 두지 않을 거라 했다. 나는 허탈했다. 공허함만 밀려왔다.

휴대폰 음악이 불안정하게 울렸다. 내 기분 탓인지, 차의 흔들림 때문인지 휴대폰 음악 소리는 경쾌하지 않았다. 어머니의 전화번호가 찍혔다.

─여보세요? 네, 네, 알겠습니다.

어머니의 떨리는 목소리는 밤안개처럼 가라앉아 있었고 무겁게 내 귓가를 윙윙거렸다. 아버지가 방금 돌아가셨다는 것이다. 나는 차에 둔 생수를 찾아 마셨다. 위가 한 차례 뒤틀리며 경련을 일으켰다. 그저 착잡한 마음, 아니 분노가 가슴을 뚫고 차갑게 솟아올라 전율을 느꼈다. 가슴 속에 단단히 묶여있던 아버지에 대한 애증의 뿌리가 이젠 끊어진 것 같았다.

열흘 전에 아버지가 입원한 병원에 다녀왔다. 아버지는 육 개월 전에 급성백혈병으로 입원했다. 원인도 모른다 했다. 잘 살아야 삼 개월이라 했지만 아버지는 육 개월을 버텼다.

눈뜨고 보기 힘들 정도였다. 아버지는 침대에서 수개월째 고통스러워했다. 검불처럼 삭아버린 아버지를 차마 똑바로 볼 수가 없었다. 아버지의 그르렁거리는 가래 끓는 소리가 가슴을 조여 오는 것 같아 숨이 턱턱 막혔다. 뒷덜미를 당기는 듯한 아버지의 마른기침 아버지는 마지막 삶의 끝을 잡고 끝까지 몸부림치고 있는 것만 같았다. 나는 아버지에게 다가가 메마른 어조로 아버지를 불러 보았다. 아버지는 눈동자만 설핏 움직이는 듯했고, 눈을 홉뜬 채 미세한 경련을 일으켰다. 생명을 연장시켜 간다는 것이 쉽지만은 않는 일이었다.

아버지는 피를 토하기 시작했다. 입술을 굳게 다물려 했지만 그럴수록 피는 입가로 더욱 짙게 배어 나왔다. 팔다리는 경련을 일으켰고, 맥박은 손가락 아래서 팽팽해진 기타 줄처럼 금방이라도 끊어질 듯 튕겨져 나왔다. 아버지의 신음소리는 세상을 저주하는 듯했다. 빨리 끝내 달라고 소리치는 것만 같았다. 차마 쳐다볼 수가 없었다. 의사를 찾았다

의사와 간호사들이 급히 들어와 응급조치를 취했다. 아버지를 바라보며 비탄에 빠져 있던 어머니는 의사의 가운을 잡고 매달렸다. 살려달라고 어떻게 좀 해보라고 헐떡이며 울부짖었다. 어머니는 온몸을 떨면서 흐느끼다 숨이 막히는지 컥컥거리며 한없이 울고만 있었다. 여동생은 안절부절못하였고, 나는 꼼짝하지 못하고 깊은 한숨만 내뱉고 있었다. 꺼져가는 한숨 소리와 함께 병실에 적막만 깊어갔다.

똑똑 노크소리와 동시에 문이 열리며 큰아버지가 들어왔다. 우리는 말없이 가볍게 인사를 했다. 큰아버지는 굳은 표정으로 말없이 아버지 앞에 다가갔다. 큰아버지의 붉게 충혈된 눈과 광대뼈가 튀어나오고 벌겋게 된 아버지의 눈이, 서로 마주 보고 있었다. 큰아버지를 바라보는 아버지가 할 수 있는 일은 아무 것도 없었다. 그저 눈동자를 움직이는 것뿐이었다. 큰아버지를 향해 아버지는 미소를 지으려고 안간힘을 썼다.

아버지 얼굴에 하회탈 같은 웃음이 묻어나고 있었다. 늦가을 비에 구멍이 숭숭 뚫린 낙엽 같은 얼굴로 하회탈 웃음을 짓고 있다. 아버지의 눈빛은 큰아버지를 안심시키려 하고 있었다. '형님 걱정하지 마세요. 죽은 뒤에 삶이 없다 한들 어떻겠소. 형님 아우로 만나 살다 가니 그동안 고마웠소. 부디 형님은 오래오래 사시다 오시오. 이 아우 먼저 가 기다리겠소. 그러니 아무쪼록 몸 건강히 오래오래 이 세상에 머물다 오시오.' 아버지의 눈빛은 큰아버지에게 마지막 인사를 하는 듯했다. 웃는다. 아버지가 하회탈 같이 크게 웃음 짓고 있다. 큰아버지는 넋 나간 사람처럼 닭똥 같은 눈물만 주룩주룩 흘리고 서 있었다.

옷을 갈아입고 서둘러 차를 몰아 시골로 갔다. 장례식장은 아직 조용하고 한산했다. 몇몇 동네 사람들만 있었다. 나는 아버지에게 절을 하고 상주로서 문상객을 맞이할 준비를 했다. 영정 속의 아버지는 언제나 그랬듯 무표정한 모습이다. 거칠고 핏기 없는 어머니는 한층 더 창백하고 핼쑥했다. 피곤에 지쳐 쇠약해진 모습으로 상복을 입고 있는 어머니가 쓸쓸해 보인다. 슬픈 표정을 한 여동생은 문상객 사이를 분주히 오가고 있다. 화장기 없는 얼굴은 나이에 어울리지 않게 겉늙어 보였다. 중학교를 졸업하자마자 가출하듯이 서울 가방공장으로 취업해서 고생 고생하다가 지금 신랑을 열아홉에 만나 결혼식도 못 올린 채 살고 있다. 늘 동생에게 빚지고 있는 느낌이었다.

저녁이 되자 문상객들이 몰려들었다. 아버지와 같이 어울려 이 시장 저 시장 떠돌던 상인들이었다. 모두들 삶에 눌려 푹 꺼진 얼굴이었다. 몇몇은 데면데면한 얼굴로 인사를 하고 지나갔다. 구석엔 화투를 치는 사람들이 들끓었다. 개중에 나를 아는 몇 사람은 내게 다가와 말을 걸었다. 나를 붙잡고 생전 아버지에 관한 얘기를 꺼내놓기 시작했다.

─자네 아버지는 참 좋은 분이셨네, 법 없이도 사실 분이셨지.

아버지가 얼마나 좋은 사람이었는지를 이야기했다. 어떤 사람은 손등으로 눈물을 훔쳐냈다. 왁자지껄 하던 문상객들도 새벽녘이 되어서야 조용히 돌아갔다.

모두들 가고 동생은 초췌한 모습이었다. 피로한 기색이 역력했다. 동생은 내 팔을 끌어당기며 말했다. 동생의 얼굴을 타고 내리던 눈물이 서늘해진 밤바람을 타고 수도관이 터진 것처럼 더욱 더 쏟아졌다. 동생은 아버지의 임종 순간을 내게 말했다.

그날 아버지는 심한 경련을 하며 평소보다 더 고통스럽게 신음을 했다. 늑대의 울음 같아 동생의 등줄기가 얼어붙는 듯 했다 한다. 누군가를 간절히 찾는 눈빛에 울부짖듯 신음 소리가 커졌다. 동생은 아버지의 모습이 너무나 무서웠다고 했다.

—으 으으 으 아 아.

내장을 끊는 듯한 아버지의 절규가 여기저기 헤집고 다니는 것같이 느껴졌다. 아버지는 동생도 나도 그렇다고 의사도 찾는 게 아니었다. 오로지 어머니를 찾고 있었다. 초췌한 어머니가 아버지 곁에 서자 아버지는 평온한 표정을 지었다. 하염없이 어머니를 바라보며 손을 꼭 잡았다. 마지막 그 마지막 인연의 끈을 놓기가 그리도 힘들었나 보다. 그 질기고도 모진 악연을. 아버지의 눈은 깊고 깊은 동굴처럼 어두웠다. 눈에 고여 있는 눈물은 바이칼 호보다도 더 차고 맑아 보였다. 폭풍 같은 거친 삶을 살아온 두 사람이 지금 같은 잔잔하고 깊은 호수처럼 살았다면 회한의 눈물은 흘리지 않았을 걸. 아버지는 어머니를 한없이 바라보며 어머니의 모두를 담아 가려는지, 어머니한테 용서를 빌고 싶었는지 눈을 감지 못했다. 작별 인사도 없이 한 번도 볼 수 없었던 행복한 표정으로 들릴 듯 말 듯 꺼져가는 숨소리와 함께 조용히 잠들었다고 동생이 이야기를 했다. 나는 아무 말도 하지 않았다.

나와 우리 가족 또 나와 아버지의 관계를 생각해 보았다. 결코 이해할 수 없었던 부모의 삶, 미워하고 용서할 수 없었던 일들, 이젠 아버지가 떠남으로 잊힐까? 뒤죽박죽 된 생각의 얼레를 이젠 풀었으면 좋겠다. 어린 시절 우리 가족은 무척 가난했다. 단칸방에 부모와 우리 남매가 같이 살았다. 지금도 별반 나아진 것도 없지만. 시골집은 산기슭에 쓰러져가는 슬레이트지붕에 시멘트를 덧칠한 흙집이었다. 주인은 집을 관리해 주는 조건으로 우리 가족을 살게 했다. 아버지는 시골 오일장을 다니며 장사를 했다. 일 톤 화물차로 오일장을 다니며 야채 장사를 했다. 늦은 밤 아버지는 술에 취해 들어오면 부부싸움을 시작했다. 욕설이 난무하고 아버지의 폭력과 어머니가 내지르는 비명은 아귀다툼 그 자체였다. 지옥과도 같은 밤이 시작됐다. 우리 남매는 밤새 두려움에 떨어야만 했다.

─나 죽는다, 나 죽어. 이놈아, 그래 날 죽여라.

─이년이 미쳤나. 죽어라 죽어.

옆집 사람들이 가끔 이맛살을 찌푸리며 말리곤 하였다. 그러나 그것도 가끔 올 뿐 이틀 단위로 싸우니 말리러 오지 않을 때가 더 많았다. 그런 날은 매질에 견디지 못한 어머니가 이웃으로 도망을 갔다.

아버지의 폭력은 버릇처럼 됐고, 어머니의 악다구니와 비명이 난무하는 날이 이어졌다. 갈 곳 없는 나는 이불을 뒤집어쓰고 소리 죽여 한없이 울기만 했다. 돌아서서 자는 줄만 알았던 동생도 소리 없이 울고 있었다. 그렇게 우리 남매는 수없이 많은 날을 이불을 뒤집어쓰고 울어야 했다. 울다 지쳐 잠든 다음날에는 어김없이 동생과 내 두 눈은 퉁퉁 부었다.

어머니의 검푸른 멍이 풀리기도 전 아버지의 폭력은 계속되었다. 극복할 수도 초월할 수도 없는 폭력과 욕설, 악다구니 비명이 일상이 되어버린 부부 싸움에 우리는 속수무책일 수밖에 없었다. 도저히 어떠한 방법으로도 빠져나올 수 없는 부부 싸움에 어린 우리는 체념한 채 빨리 자라서 이 지옥 같은 곳을 벗어나길 바랄 뿐이었다. 시계 바늘을 돌리듯 시간을 빨리 돌릴 수만 있다면.

한바탕 난리가 지나간 날은 우리 남매가 아침에 일어나 라면을 삶아 먹고 학교를 가야 했다. 어머니는 이불을 뒤집어 쓴 채 하루 종일 꼼짝도 하지 않았다. 그날 하루는 종일 굶어야 했다. 도시락을 싸가지 못한 나는 빨리 수업이 끝나기만 바랐다.

아버지는 평판이 좋았다. 이웃의 궂은일도 마다하지 않았다. 모두들 양반이라고, 호인이라고 했다. 어머니도 이웃 분들 모두가 좋아했다. 아버지도 어머니도 항상 어딘가에 있지만 그것은 우리에게 있는 것이 아니었다. 진정 자식을 생각하는지 이해가 되지 않았다. 벗어날 수만 있다면 빨리 벗어나고 싶었다.

어느 날인가부터 어머니는 식당 일을 했다. 한동안 부부싸움은 잦아들었다. 늦게까지 일하시다 오는 어머니는 늘 늦잠을 잤다. 우리 남매는 아침에 어머니가 밥을 해 놓으면, 둘이 같이 챙겨 먹고 학교를 갔었고, 없으면 라면을 삶아 먹고 갔다. 한동안 잠잠하던 부부싸움이 시작됐다. 아버지의 무자비한 폭력은 어머니를 가사 상태에 가깝게 빠뜨릴 정도로 계속되었다. 어머니의 절규와 통곡은 그 밤 내내 계속되었다. 다음날의 집안 분위기는 황무지처럼 황량하고 생명 없는 공동묘지처럼 적막했다. 어머니는 삼 일 동안 집에 박혀 꼼짝을 안했고 아버지는 아무 일 없다는 듯 이 시장 저 시장, 오일장 열리는 동네를 찾아 장사를 다녔다. 삼 일이 지난 아침 어머니가 사라졌다. 텅 빈 집에 우리 남매만 남겨져 있었다.

어머니 친구가 우리 남매에게 어머니의 선물을 줬다. 나에게는 새 가방, 동생에게는 예쁜 새 운동화를 줬다. 우리 남매는 마냥 좋았다. 며칠이 지나도 어머니는 오지 않았다. 일주일 후 어머니는 아버지의 손에 개 끌리듯 왔다. 아버지보다도 더 크고 뚱뚱한 어머니가 약간 마른 편인 아버지 손에 저항도 못하며 끌려 집으로 온 것이다. 끌려오자마자 무자비하게 내두르는 아버지의 손찌검에 정신없이 매질을 당하면서도 저항을 하지 못했다. 오히려 두 손을 빌며 울고만 있었다.

─이년아, 내가 네가 좋아서 끌고 온 줄 알아. 다 애들 때문이야!

아주 오랜 시간이 지난 후에 그날의 일을 알았다. 그날 밤 어머니는 함께 일하던 식당의 주방장과 야반도주하기로 했다. 주방장이 어머니 이름을 부르는 소리에 개들이 크게 짖었다. 주방장은 어머니와 멀리 가 살기로 약속하고 여인숙에서 며칠 지내는 동안 어머니가 가져온 돈과 귀금속 등을 모두 챙겨 도망가 버렸다. 어머니는 빈털터리가 되어 결국 아버지 손에 끌려 집에 오게 된 것이다. 그렇게도 아버지 곁을 떠나고 싶어 했던 어머니는 결국 떠나지 못한 채 아버지와의 질긴 인연을 이어갔다. 모진 우리 가족의 아수라 같은 삶은 계속 이어가야 했다.

이제 시간이 얼마 남지 않았다. 살아서든 죽어서든 육신을 가지고 이승에 땅을 밟아볼 수 있는 시간은 몇 시간뿐이다. 운구차는 새벽에 출발했다. 아버지가 머물던 곳들을 돌아보고 화장장으로 향했다. 뜨거운 불 속으로 아버지는 사라져 갔다. 어머니의 눈은 아버지가 품은 불꽃만큼이나 붉게 충혈되어 갔다. 아버지는 우리에게 무엇을 남겨 두고 떠난 걸까? 붉게 타오르던 불꽃도 서서히 엷어져 갔다. 꺼져가는 불꽃처럼 아버지는 가고 있었다. 한참 후 아버지는 한 줌의 재로 우리에게 돌아왔다.

한 줌의 재로 남기 위해 상처를 주고 미워하며 아수라장이 되어 불지옥 같은 삶을 살아야 했을까? 인간은 수억 겁의 시간을 지나 만나 부부의 연을 맺고, 자식의 연을 맺을 수 있다 하였는데 고작 먼지 같은 인간의 생에 서로 상처를 주며 아귀다툼을 하다 이별을 해야 했을까? 또 얼마나 수억 겁의 시간을 보낸 뒤에 만난다는 말인가? 삶은 결국 아무것도 아니고 시간을 떠돌다 잠깐 머물 뿐이었는데, 아버지는 마지막 가는 길에서 알았을까? 우리 모두는 무겁고 침울한 표정 속에 침묵만 흘렀다. 옆쪽에서 날카로운 울부짖음이 들렸다. 초등학생쯤 되어 보이는 남매와 젊은 여자가 실신할 듯 울고 있었다. 아마 내 또래의 남자가 죽은 것 같다. 수억 겁의 시간을 돌아 다시 만날지도 모르는 인연. 우리가 또 어느 시간에 다시 만나 어떤 인연으로 살아갈까? 나는 그저 답답할 뿐이었다.

아버지는 어머니가 다니는 절에 수목장을 하기로 했다. 절 뒷산 커다란 떡갈나무 아래 묻었다. 아버지는 외롭지 않을 것이다. 늘 떡갈나무가 감싸줄 것이고 산새들이 매일 노래를 들려주며, 겨울이면 떡갈나무가 낙엽을 덮어줄 것이다. 어머니는 사십구재를 지낼 동안 절에 머물 것이라 했다. 주지 스님은 아버지가 생전에 월남전에 참전했던 업을 지우기 위해 마지막을 그렇게 고통스럽게 보내다 돌아가셨다며 재를 더 정성스럽게 올려야 한다고 했다. 사십구재 동안에 정성을 다하여 죽은 이의 영혼을 위해 극락왕생을 빌면 다음 생에 좋은 곳으로 간다고 했다. 이 기간 동안은 영혼이 이승을 떠돌며 마지막 인사를 한다고 했다. 아버지는 떠나기 전에 우리에게 무슨 말을 하고 싶을까? 어머니 혼자 절에 두고 우리 남매는 각자의 생활 터전으로 흩어졌다.

— 엄마, 사십구재 때 내려올게요.

— 그래라. 조심하고.

— 오빠, 꼭 연락해……

우리 가족은 언제나 서로에 대해 어색했다. 더는 어떤 말도 없이 헤어졌다.

결혼, 동생이 말하는 결혼의 의미가 무엇일까? 사전적 의미는 '남녀가 정식으로 부부 관계를 맺음' '시집가고 장가드는 일' 결혼이란 가족이 되기 위한 시작이 아닌가. 가족의 궁극적 목표는 사랑인 것을, 모든 것이 넝쿨장미를 닮은 것 같다. 서로 조화롭게 어울리면 아름답고 든든한 울타리가 되지만 어울리지 못할 때는 서로의 가시가 상처를 줄 뿐이다.

수억 겁의 시간을 지나 만난 인연을 알지 못하고 상처만 주는 인간은 나약할 뿐. 아버지의 삶도 나의 삶도 리칭풍과 칭화의 삶도 인간이기 때문에 가질 수밖에 없다.

시간은 자신과 무관하게 흘러간다. 벌써 한 달이 지났다. 동생한테 전화가 왔다. 좋은 사람 있으니 만나보라고 했다. 차를 몰고 가는 내내 머리가 복잡했다. 동생은 사람에게서 받은 상처는 사람을 통해 치유해야 한다며 꼭 만나보라고 신신당부했다. 백미러에 보이는 나는 내가 아닌 것 같았다.

커피숍 문을 열고 들어가니 창가에 앉아있는 그녀가 보였다. 까만 원피스를 입은 모습이 한눈에 알아볼 수 있었다. 까만 단발머리에 물결처럼 웨이브 파마를 한 모습과 가냘픈 턱 선에 맑은 눈동자가 촉촉이 젖어 있었다. 나는 미소를 지으며 그녀 앞에 앉았다.

우리는 많은 대화를 나눴다. 그녀는 전남편과 사별 후 두 딸을 키우며 식당일을 하며 산다 했다. 나보다 두 살 연상이었다. 전남편은 사업을 하다 망하고 술에 절어 살다 간암으로 죽었다고 했다. 그녀의 우수에 젖은 눈빛이 마음 한편을 무거운 바위로 누르는 것 같았다. 우리는 서로에게 호감을 느꼈다. 그녀와 함께 있는 시간이 좋았다. 그저 좋았다.

우리는 다시 만날 것을 약속하고 헤어졌다. 서로의 상처를 덮어 줄 것만 같았다. 그녀와 보낸 짧은 시간이 행복했다. 삶이란 팽이 같아서 언제나 돌아야만 존재하듯 바닥에 누워 쓰러진 팽이는 존재의 의미를 잃어버리는 것이다. 다른 누구도 원망할 필요가 없다. 자신의 삶은 자신의 힘으로 살아야 한다. 스스로 돌면서 아름다운 삶을 영위해야 할 것이다.

이젠 리칭풍과 칭화를 찾아 헤매던 시간도 부모에 대한 원망도 잊어야겠다. 시간은 아픈 상처를 붕대로 감싸듯, 감싸고 덮을 것이다.

오늘은 아버지 사십구재 마지막 날이다. 시골로 내려가야 한다. 나는 아침 일찍 일어나 차로 갔다. 누가 사이드 미러를 치고 갔는가 보다. 뒤로 젖혀 있다. 나는 제자리로 돌려놓았다. 아버지가 나를 보고 있다. 사이드 미러 속에 나와 닮은 아버지가 날 바라보고 있다. 무표정한 아버지가 미소를 짓는다. 처음으로 보는 아버지의 해맑은 얼굴이다. 날 바라보고 있다. 아버지는 지금 내게 무슨 말을 하고 싶은 걸까? 이젠 아버지한테 할 말이 생겼다. 아버지 목소리가 그리워진다. 시간을 등지고 뒤돌아보니 아버지가 저 멀리서 걸어오는 것만 같다. 이제 아버지는 가고 내가 이 길을 걸어가야 한다. 영화의 마지막 자막이 올라가듯 커다란 글씨가 사이드 미러에 새겨져 있다.

사물이 보이는 곳보다 가까이 있음.

은자 씨의 구원

조 창 아

　작년에 친정어머니께서 말씀해 주신 사연을 소설로 쓰게 됐습니다. 특히 101호 할머니의 독특한 캐릭터가 뇌리에 강하게 남아 있었습니다. 그런데 막상 작품을 쓰려니 제가 직접 겪지 않은 노인들의 삶을 표현하기가 만만치 않았습니다.

　작품성이 좋아져야 한다는 강박 때문에 구성이나 문장 등의 형식적인 부분만 신경을 썼습니다. 퇴고 과정에서도 그 고민만 했습니다. 논리적으로만 고민하려다 보니 처음에 은자 씨가 했던 구수한 입말도 사라지고 재미도 없어졌습니다. 더구나 작품집으로 내야 한다고 하니 욕심은 끝이 없었습니다.

　울고 웃으며 푹 빠져서 쓴 이전 작품과 달리 인물들의 마음을 알 수가 없어 애정도 가지 않았습니다. 어느 순간 형식적인 고민만 하느라 등장인물의 마음에 공감하지 못했다는 자각이 들었습니다. 주인공인 은자 씨의 입장만 대변하려 했던 제게 101호 할머니의 마음이 이해되기 시작했습니다. 그분의 외로움과 세상에 대한 서운함이 말이죠. 이 작품을 쓰면서 처음으로 눈물이 나왔습니다. 심지어 은자 씨 남편이나 언니, 정우네, 박스 줍는 할머니, 독거노인까지 한 분 한 분 제 마음에 아프게 다가왔습니다.

　우리는 모두 미래를 모르는 나약한 존재로 세상에 태어났습니다. 그렇기에 서로 보듬고 살아야 하는 것이죠. 은자 씨에게 구원이란 그 어떤 거창한 것을 넘어 사회적 약자들끼리 돕는 것이었습니다. 은자 씨를 일으켜주고 고양이를 돌봐준 정우에게 고마웠습니다. 때로 아이들은 어른들보다 슬기롭습니다.

　제게 이야기를 들려주며 "이런 것도 소설이 되는 거야?" 하시던 제 엄마. 청년 같은 마음으로 사시는 제 아버지께 감사합니다. 소설을 쓰겠다는 며느리를 말없이 지지해 주시는 시어머니께도 감사합니다. 은자 씨의 속담은 시아버님과 큰이모의 말투를 차용했습니다.

　무엇보다 제 남편에게는 이루 말할 수 없이 고마울 뿐입니다.

　작년에 유명을 달리 하신 101호 할머니. 저세상에서는 외롭지 않으시길 바랍니다.

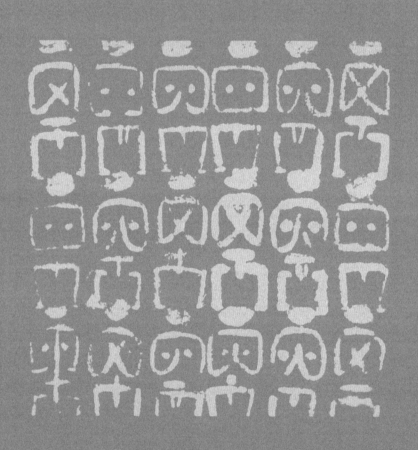

은자 씨의 구원

조창아

　청운빌라 일 동 102호로 이사했을 때 은자 씨 내외는 세상을 다 가진 것
만 같았다. 북한산 자락의 공기 좋은 곳으로 네 개 동이 오밀조밀 모여 있는
곳이다. 큰길에서 한참을 올라가야 하는 막다른 골목인 데다 빚잔치를 하
며 구입한 곳이었지만 그래도 좋았다. 바퀴벌레가 들끓고, 지워도 지워도
곰팡이가 피어오르던 의정부의 반지하를 벗어나 서울로, 그것도 지상으로,
진출한 자체가 성공이었다.

　은자 씨는 이십 년 동안 작은 식당을 운영할 때만 해도 몸이 날렵했다.
일 끝내고 빌라까지 올라가는 모습이 이 나무 저 나무로 달리는 청설모 같
았다. 그래서인지 넷이나 되는 자녀들을 키우느라 생활의 짐은 한없이 무거

웠던 그때를 새털처럼 가벼웠던 시절로 기억한다. 그녀의 나이 칠십이 넘은 데다, 구십 킬로그램의 거구다보니 몸을 버티지 못해 툭하면 넘어지고 부러졌다. 심부전증에 당뇨까지 심해 그녀의 몸에는 푸른 멍이 가실 날이 없었다. 남편은 달게 받아들이고 운동을 하라며 잔소리를 했고, 그때마다 그녀는 "그 운동이라는 것도 다 돈이 있어야 하는 거여. 내 게으름만 탓하지 말어. 내 배가 부르니 종의 배고픔을 모르고 하는 소리지."라며 툴툴거렸다.

은자 씨는 요즘 남편과 냉전 중이다. 며칠 전 그녀가 거실에서 국거리용 멸치를 다듬고 있을 때였다.

"멜치들아, 느이들 신세도 참 뭣하다. 그 좋은 바다 놔두고 여기까지 온 거 보니까."

그녀는 멸치 무더기를 보며 혼잣말을 했다. 퇴근하는 남편이 신발도 벗지 않고 딴죽을 걸었다.

"자네는 중얼중얼 그렇게 혼잣말을 하나. 그러니 사람들이 치매라고 하지."

더위에 꺼멓게 탄 남편은 핼쑥해 보였다. 그는 아내가 정말 치매가 아닐까 불안해하는 눈치였다. 그녀는 부아가 났지만 꾹 누르고 멸치 대가리를 땄다. 남편은 한 마디 덧붙였다.

"아, 저 아래 슈퍼에서 자네가 치매냐고 묻더라구. 도대체 누가 지껄이더냐고 따졌더니 빌라 사람이 그랬대잖아."

빌라 사람이라면 말 많은 앞집 101호가 틀림없었다. 두 집은 이십 년 가까이 마주 보고 살아온 사이다. 그녀는 한때 101호의 전도로 교회에 다닌 적이 있다. 그녀는 불퉁스럽게 뱉었다.

"101호 짓이지. 앞에서 꼬리치던 개가 뒤에서 발꿈치 문다더니 딱 그년을 두고 하는 말이지 뭐야. 언니, 언니, 간도 빼 줄 것처럼 그러더니, 애꿎은 나는 왜 씹고 다녀."

그녀는 왼손에 잔뜩 모은 멸치대가리를 신문지에 패대기쳤다. 남편이 그녀를 힐끗거리며 물을 들이켰다. 101호만 생각해도 숨이 벌떡거려지는 그녀는 턱을 쳐들며 뇌까렸다.

"혼자 사는 늙은이가 화장을 한 꼴이라니. 허옇게, 뻘겋게, 기생인지 무당인지 살랑거리는 치마는 또 어떻고. 하이고 꼴사나워. 제 걱정이나 할 일이지. 유난스러운 게 하늘을 찔러."

지하철택배를 하는 남편은 어깨가 빠지게 아프다며 인상을 썼다. 대여섯 살짜리 아이만한 화분을 배달했다는 것이다. 게다가 택시비까지 날렸다며 투덜거렸다. 그는 화장실로 들어가면서 꼬투리를 잡았다.

"허어 거참, 화장실 실내화 물 좀 빠지게 세워 놔. 302호가 변기 고치는 이 부르기로 했다더니, 불렀대?"

변기가 자꾸 막혀서 '뚜러뺑'이라는 것으로도 뚫어보고 약도 써봤지만 속 시원히 해결되지 않았다. 구청에서 와 보더니 정화조를 수리해야 한다고 했다. 수리 전문 업체에 알아보니 견적이 백만 원이 나왔다. 2호 라인 네 집이 비용을 분담하면 가구당 평균 삼사십만 원씩 내야 했다. 의견이 분분했다. 어떤 집은 사람 수대로 하자, 어떤 집은 직장 나가는 사람은 줄여 달라. 302호는 다른 집 변기에는 말썽이 없어서 은자 씨가 제일 많이 내야 한다는 의견도 있었다고 전했다. 은자 씨는 분담금이 정해지고 난 뒤 남편에게 알려야겠다고 생각했다.

그녀는 식탁 위에서 소주를 가져다 연속으로 두 잔을 따라 마셨다. 꽉 막힌 가슴이 뚫리는 것 같았다. 남편이 택배 일을 얼마나 할 수 있을까, 올해까지만이라도 버텨줬으면 싶었다. 남편은 당뇨병에 좋지 않다고 그녀가 술 마시는 것을 꺼렸다. 그녀는 초저녁만 되면 노곤해져서 몸이 말을 안 들었다. 술 몇 잔이 들어가야 풀리는 것 같았다. 술기운이 도니 언니가 생전에 부르던 단골 노래가 흘러나왔다. 우울려고 내가 왔던가 웃으려고 와았던가. 언니는 평생 남편에게 버림받고 자궁암과 유방암으로 십여 년을 신음했다. 그런 언니가 혼자서 소주 두 병을 들이키며 부르던 노래였다. 은자 씨는 언니의 자작술을 이해하기는커녕 기구한 팔자에 그런 노래만 부른다며 타박하곤 했다. 그녀는 안주 삼아 굵직한 멸치 하나를 입 속에 넣고 우물거리며 중얼거렸다.

"유전자는 못 속여. 집안이 다 술고래들인데 어디 가겠어."

그녀는 병원에 가서 치매 검사를 받자고 해도 서운할 판국에 동네 사람들 시선을 의식하는 남편이 야속하기만 했다.

구월의 늦더위가 기승을 떨었다. 은자 씨는 구순 된 노파의 굴 속 같은 집으로 들어갔다. 노파는 은자 씨를 잡고 끌탕을 하기 시작했다. 노파의 말은 이랬다. 노파는 기초생활수급자로 매달 급여를 받아왔다. 최근 부양가족으로 등록된 둘째 사위의 소득 인정액이 증가하는 바람에 앞으로 급여가 감소할 것이라는 연락을 받았다.

"자식 소득이 느는 것을 반기지는 못할망정 급여가 줄까 봐 잠도 못 자는 내 처지 좀 봐유. 기가 막히고 코가 막히네유. 얼른 죽어야 하는데 목숨이 이렇게도 질기네유."

노파 얼굴의 골을 따라 눈물이 흘러내렸다. 은자 씨는 노파의 숟가락에 반찬을 올리며 손을 잡아주었다. 은자 씨는 삼월부터 독거노인에게 도시락 반찬을 배달하는 자원봉사를 시작했다. 구청에서 지원해 주는 반찬을 배달하는 일이었다. 일주일에 두 번 가는데, 노파와 이야기를 나누다 보면 은자 씨의 시름은 어느새 수그러들었다.

이날 돌아오는 버스에 등산객으로 보이는 노인들이 무리지어 올라탔다.

은자 씨의 구원 〉 조창아

비싼 보이는 각종 장비들을 착용한 노인들은 건강미가 넘쳤다. 그들의 표정에서 그녀는 남편의 찌든 얼굴과는 사뭇 다른 호쾌함을 느꼈다.

아침에 남편은 파스를 찾아 허리에 붙였다. 그녀는 그런 모습을 본체만체했다. 남편은 경비 일을 하다가 새해 첫날 계약해지 통고를 받았다. 며칠이라도 푹 쉬라고 했더니 금세 지하철 택배를 시작했다. 젊은 날에 마누라를 고생시켜 죽기 직전까지 갚겠다는 그였다. 그는 십여 년의 경비 생활을 하면서 밤새 텔레비전을 켜 놓는 버릇이 생겼다. 그 뒤로 부부는 각방 생활을 하게 됐다. 다행히 택배 일을 하면서 수면 시간이 조금은 길어졌다. 그런데 그가 밤마다 길고양이 울음소리 때문에 짜증을 냈다. 밤에 자다 깨다를 반복해야 했던 것이다.

그녀는 차창 밖의 막바지 더위에 지친 사람들에게 눈길을 주며 중얼거렸다.

"그것도 복이라고, 괭이 울음소리 때문에 보약인 잠을 놓치니, 원."

손가방 안에서 부스럭거리는 소리가 났다. 노파가 준 홍삼 사탕 봉지였다. 은자 씨가 안 받는다고 해도 한사코 건넸던 것이다. 복지사가 주고 간 것이니 부담 갖지 말라면서. 손가방에는 은자 씨가 비상용으로 넣어둔 자두맛 사탕 몇 개도 들어 있었다. 노파는 정부의 급여가 많이 줄까 봐 전전긍긍했다. 노파의 골 깊은 주름살과 발 디딜 틈 없는 방을 두고 나오며 그녀는 마음이 무거웠다.

버스에서 내린 그녀는 사차선 도로 횡단보도의 중앙에서 발을 헛디뎠다. 왼쪽 발목이 겹질리며 무릎이 땅에 짓찧어졌다. 왼손에 이어 오른손을 짚으며 일어나려다 횡단보도 신호등이 빨간불로 바뀌자 더욱 허둥댔다. 양편에서 걸어가던 사람들은 누구 하나 선뜻 도와주려고 하지 않은 채 힐끔거리며 지나갔다. 세상이 핑그르르 돌았다. 차들이 일제히 달려드는 것 같았다. 온몸은 땀으로 뒤범벅이 됐다.

한 남학생이 자전거에서 뛰어내리며 그녀의 어깨를 잡아 일으켜 주었다. 그녀는 자신의 몸집이 큰 죄를 짓기나 한 것 같았다.

"어, 고양이 할머니시네요. 큰일 나실 뻔했어요. 병원에 가셔야 하는 것 아녜요?"

"아냐, 아냐. 어지러워서 그래. 내가 당뇨가 있어서, 사탕을 먹으면 되는데……."

남학생은 은자 씨가 손가방에서 꺼낸 사탕을 얼른 그녀의 입에 넣어 줬다. 사탕의 단맛을 목으로 넘기자 앞이 보이기 시작했다. 도와준 남학생은 같은 빌라에 사는 정우라는 아이였다. 고등학교 다니는 손자랑 같은 또래인 아이는 깡마른 체구에 여드름이 심했다.

아이는 은자 씨를 빌라 올라가는 골목 어귀까지 동행해 주고는 병원을 가야 하는 게 아닌지 재차 물었다. 그녀는 조심조심 올라가겠다고 약속을 했다. 손가방에서 자두 맛 사탕을 꺼내 아이에게 건네자 아이는 괜찮다며 사양했다. 그녀가 한 번 더 권하니까 그제야 밝게 웃으며 받았다. 정우는 중앙선에 놓아둔 자전거를 가지러 달려갔다.

그녀의 무릎과 손바닥, 정강이에서 피가 솟아올랐다. 넘어진 부위가 따끔 거리기 시작했다. 화장지를 꺼내서 상처를 대충 닦아냈다.

"버스에서 사탕을 물고 내릴 것을."

어지러워서 쓰러지고 난 뒤에야 생각나곤 했다. 정우가 달려간 쪽을 보았으나 이미 보이지 않았다. 고양이 할머니라고 부를 때 정우의 목소리에서 호의가 느껴졌다. 아이는 길고양이 돌보는 것을 그리 나쁘게 생각하지 않는 것 같았다. 그녀는 정우가 간 쪽을 보며 눈도 보이지 않게 웃었다.

"요즘 젊은 사람들은 제 앞가림만 할 줄 안다는데 참 잘 키웠네. 그 위험한 도로에서 나 같은 하마를 도와주느라 애를 먹고도 저렇게 곰살궂은 것 좀 봐. 게임 중독에 빠졌다고 제 엄마가 그렇게 걱정을 하더니, 애만 멀쩡하네."

집 쪽으로 올라가려다 말고 한마음 슈퍼에 들렀다. 주인은 손님의 물건값을 계산하느라 분주했다. 그러면서도 은자 씨의 모습을 보고 놀라는 눈치였다. 손님이 나가자 주인은 그녀를 걱정했다. 그녀는 주인 가족의 싹싹함을 칭찬했다. 주인은 큰길 건너편에 생긴 대형마트 바람에 힘들다며 넋두리를 했다. 그녀는 가족이 운영하는 한마음 슈퍼가 부러웠다. 게다가 그녀가 보기에는 손님이 끊이지 않는 편이었다.

"부부와 두 자녀가 한마음으로 친절하게 장사를 하니 다들 알고 오는 거라우. 굳은 땅에 물 괸다고 했잖아요."

그녀는 포장된 백숙용 닭 한 마리를 샀다. 한마음 슈퍼를 나온 그녀는 슈퍼 앞 평상에 잠시 걸터앉았다. 닭이 든 봉지와 손가방을 바투 놓았다.

"젊은 날엔 그렇게 훤하던 양반인데, 누가 보면 마누라도 없는 늙은인 줄 알겠어. 좋아하는 백숙이나 푹 삶아 줘야지."

그녀는 쓰라린 무릎을 내려다보았다. 샌들 사이사이로 발등이 튀어나올 듯이 부었다. 다친 곳 전체에 피가 엉겨 붙기 시작했다. 시큰거리는 발목과 무릎은 몇 달을 가려나.

샌들을 신은 발이 불에 덴 것 같았다. 몸 전체에서 쉰내가 났다. 이마에서 흘러내린 땀이 눈으로 들어가 따가웠다. 작은 수건을 꺼내 머리 전체의 땀을 닦고 뒷목에 그대로 걸쳤다. 자두 맛 사탕은 입안에서 달콤하게 퍼지고, 어지러움도 언제 그랬냐는 듯이 말끔히 가셨다. 그녀는 얼른 들어가 백숙을 올려야겠다고 생각하고 일어섰다.

다세대 주택에 이어 단독주택 몇 채를 지나면 네 갈림길이 나온다. 진행 방향으로 조금 걸어가 왼편에 소망의 'ㅇ'이 떨어져 '소마슈퍼'가 돼 버린 소망슈퍼가 있다. 물건이 많지 않아 큰길 가까이의 한마음 슈퍼에 손님을 뺏기지만 쉬는 날 없이 문을 연다. 그녀는 평상 앞에 나앉은 소망 슈퍼 할머니에게 눈인사를 하며 지나쳤다.

"소망한 대로 세상일이 되면 뭐가 걱정이야. 그나저나 입에 들어가는 밥술도 제가 떠 넣어야 한다고 했으니 저 할멈은 자식들한테 부끄럽지 않겠네."

그녀는 십 년 전 식당을 접은 일이 떠올라 속이 상했다. 다리를 다쳐 허벅지까지 깁스를 하는 바람에 가게 문을 열 수가 없었다. 한두 달 쉬고 다시 열 생각이었는데 무리해서 움직이다 팔까지 다치고 폐에 물이 찼다. 계속된 입·퇴원 끝에 폐업 신고를 했다. 평생 일을 쉰 적이 없는 그녀는 그 뒤로 오 년 동안 손주를 봐 줬다. 손주들이 좀 크자 그녀는 재작년까지 아파트 청소를 다녔다.

서서히 오르막길이었다. 앞쪽에서 한 여자가 내려오고 있었다. 정우네였다.

"할머니, 어디 다녀오시는 길이세요?"

"그래. 볼일이 있어서."

은자 씨는 그 집 아들 정우를 만났다는 말을 하지 않았다. 정우네는 제일교회 집사로 전도를 많이 다녀 늘 쇳소리로 말을 했다. 큰 서류가방을 들고 가까이 다가선 정우네의 입에서 약품 냄새 같은 구취가 훅 풍겼다. 은자 씨는 땀을 닦는 시늉을 하며 목에 두른 수건을 입으로 가져갔다. 얼굴을 닦는 듯 입을 막았다. 늙으면서 비위가 더욱 예민해지는 것이 고통스러울 때가 있다. 은자 씨는 정우네를 뜨악하게 쳐다봤다. 곱상한 정우네의 눈웃음과 구취가 어울리지 않았다. 정우네는 자신의 몸에서 풍기는 냄새를 모르는 게 분명했다. 은자 씨는 길가에 놓인 의자에 앉으며 빌라 쪽을 바라봤다.

"그러시구나. 근데 절뚝거리시던데, 어머머, 다치셨네요? 피 좀 봐요. 여름인데 덧나면 어떡하세요."

정우네는 호들갑스럽게 걱정했다.

"별 것 아냐. 조금 까졌을 뿐이지."

"그러니까 다시 교회에 나오세요. 자꾸 다치시는 것 보세요. 예수님 믿고 구원 받으셔야지요."

은자 씨는 예수님을 믿지 않는 것과 나쁜 일이 생기는 것이 아무 관련이 없다고 말하고 싶었지만 참았다. 정우네는 권사인 101호와 함께 은자 씨를 전도한 사람이었다. 은자 씨가 교회에 발길을 끊은 뒤에 서로 거북한 사이가 됐다. 그래도 정우네는 타고난 천성으로 은자 씨를 변함없이 살갑게 대했다. 집안일은 언제 하기에 저렇게 밤이나 낮이나 교회에 몸 바쳐 충성일까, 남편 복 없는 여자가 자식 복은 있다더니, 은자 씨는 휘청거릴 정도로 마른 그 집 아들을 떠올렸다.

정우네는 일주일 전에 101호가 입원한 것을 아느냐고 물었다. 목사님 내외가 도와줘서 101호를 입원시켰다는 것이다.

"권사님께서 다리를 다친 뒤에 한 달이 지나도 움직이지 못하셔서요."

101호 앞에 신문이 쌓이던 것을 보고 궁금하기는 했다. 바로 앞집인데도 교류가 없으니 그녀는 자세한 사정을 알지 못했다.

해거름이 되니 올라오는 지열에 온 동네가 습식 사우나 같았다. 그녀는 샌들 끈을 여유 있게 조절하려고 허리를 굽혔다. 가슴팍이 터질 것 같았다. 허리를 펴며 그녀는 한숨을 내쉬었다. 얼른 안방에 가 눕고만 싶었다.

그때 정우네 뒤편에서 옴마 옴마, 하는 소리가 들렸다. 유모차와 사람은 보이지 않고 산더미처럼 쌓아올린 종이 박스가 쏟아질 듯이 빠른 속도로 달려왔다.

"비켜요, 비켜."

유모차는 그만 정우네의 엉덩이께를 툭 치고 담벼락을 박았다. 그 바람에 박스 몇 개가 우수수 떨어졌다. 청운빌라로 박스를 주우러 다니는 노파였다. 노파의 얼굴은 새까맣게 타고 허리도 기역자로 깊숙이 굽었다. 노파는 정우네를 향해 희미하게 웃으며 말했다.

"옴마나, 미안시려서. 거기에 궁둥이가 있었네잉."

빌라 부녀회 총무를 맡고 있는 정우네는 박스를 못 가져가게 하느라 노파에게 싫은 소리를 한 적이 있었다.

"할머니, 내리막길인데 조심하시고 앞을 보셔야죠."

"미안혀. 허리가 굽으니께 아래만 보인당게. 앞은 안 보여."

정우네는 엉덩이에 이어 허리를 손으로 털었다. 새삼스레 노파의 굽은 등을 보았다. 은자 씨의 눈치가 보였는지 뒤늦게 박스를 주워 올렸다. 은자 씨는 노파의 말이 우스워 빙그레 웃으며 밝게 인사를 건넸다.

"우리 빌라에 거기 어디냐. 거기다 꽤 모아 논 거 챙겼수? 다음에도 구조 요청해요."

박스 줍는 노파는 웃으며 은자 씨에게 눈을 찡긋 했다. 이어서 째리는 눈으로 정우네를 흘겨보았다. 노파는 에고 에고 하며 유모차에 끌리듯 내려갔다.

정우네는 101호가 입원한 병원에 함께 문병을 가겠느냐고 물었다. 은자 씨는 101호에게 불청객일 것이 뻔하니 안 가겠다고 했다. 그녀는 눈이 커지며 놀라는 정우네의 얼굴을 봤다. 그녀는 그것을 못 본 체하고 걸음을 뗐다. 정우네가 입을 삐쭉거리며 은자 씨를 지나쳐갔다. 은자 씨는 친절한 사람들의 두 얼굴을 생각했다.

"망할 여자 같으니라구, 샐쭉거리는 것 좀 봐. 허참, 눈웃음이 무색하지. 구원이 다 뭐야. 제 입 냄새가 지옥이구만."

길을 내려가던 정우네가 그녀를 다시 부르더니 쪼르르 달려왔다. 고양이한테 자꾸 먹이를 주지 마시라고, 싫어하는 빌라 사람들이 많다고, 사료 값도 만만치 않을 테니 그만 하시라고, 자기는 할머니랑 그래도 정이 있어서 말씀드리는 것이라고. 그녀는 정우네를 물끄러미 쳐다봤다. 오지랖도 풍년

이여, 라는 말은 입안에 넣어뒀다.

정우네와 헤어지고 숨을 내쉬며 걸음을 재촉했지만 절룩거리는 다리 때문에 더디기만 했다. 오른편은 산의 흙이 흘러내리지 않게 담벼락이 받치고 있었다. 수십 년 된 참나무에서 스스스스, 스으 늦털매미가 울었다.

"요즘 사람들은 매미가 한여름에만 우는 줄 알지. 가을 매미인 늦털매미가 우는 줄도 모르고."

빌라 근처에 있는 월강암이라는 암자에 이르렀다. 사 미터 가량 되는 불상이 담장 밖으로 빠끔히 얼굴을 내밀고 있다. 그녀는 언니가 하던 말이 생각났다.

"은자야, 부처님이 동그라미 모양으로 '돈 좀 줘' 하면 예수님이 뭐라 하시는 줄 아냐? 두 팔 벌리고 '돈 없어.' 하신대. 돈타령만 하는 세상이라지만 그분들은 그러시면 안 되지. 예로부터 돈을 주면 배 속의 아이도 기어나온다더니. 에구, 원수 놈의 세상."

언니는 우스개라면서도 그 얘기를 하고 서럽게 울었다. 남편, 자식, 건강, 돈, 전부가 소박한 언니를 울게 만들었다. 젊은 날에 은자 씨는 언니처럼 돈에 짓눌려 살지 않겠다고 다짐했다. 이제 그녀는 언니의 눈물과 한숨이 조금 이해된다. 언니는 유쾌하게 한 세상 살 만큼 재치가 넘치는 사람이었다. 술을 마신 날이면 연극배우가 따로 없었다.

"언니, 동전 한 닢도 못 싸들고 저승 가는 것 아니우. 모쪼록 거기에서나 편케 지내시우."

월강암 다음으로 두어 집 지나면 제일교회다. 평생 밥 벌어 먹느라 교회고 어디고 다닐 시간이 없었던 그녀였다. 폐업하고서야 신앙이라는 것을 가져보게 됐다. 그즈음 그녀의 큰아들 내외는 잘못 선 빚보증 때문에 필리핀으로 도주를 했다. 101호는 그녀에게 더욱 열심히 기도해야 한다고 독려했다. 그녀는 그 말을 믿고 더 많이 기도했다. 그녀의 돈벌이가 멈춘 다음이라 한 달에 이삼만 원의 헌금도 부담됐다. 교회를 그만 두고 싶어도 전도한 사람들에게 미안했다. 그런데 소망 슈퍼에서 101호와 은자 씨의 남편이 다정하게 걸어가더라는 말을 들은 뒤, 바로 교회를 관뒀다. 앞집과도 점점 대면을 피했다. 언제는 하느님이 돌봐줘서 잘 살았나, 교회 쪽으로는 침도 뱉지 않겠다고 다짐했다.

막다른 골목에 빌라 입구와 제일교회의 주차장이 나란히 있다. 입담 좋은 목사는 십여 년 전에 교회를 개척한 뒤 동네를 마구잡이로 사들였다. 일요일이면 골목길 전체가 아랫동네에서 올라오는 교회 신자들로 꽉 차곤 했다. 차 한 대 겨우 지날 정도로 좁고 삐뚤빼뚤한데도 승용차들이 줄을 이었다. 청운빌라 주민도 반 이상이 그 교회의 신자였다.

빌라 입구에서 그녀는 효효효효 내뿜으며 차오른 숨을 골랐다. 입구 쪽의 삼 동을 지나야 그녀의 집인 일 동으로 들어간다.

이틀 전 그녀는 주민 센터에서 돌아오는 길에 여자들의 쑥덕공론을 들었다. 진원지는 삼 동의 반지하에 사는 정우네 집이었다. 지나가다 아는 목소리가 들려 그녀는 자신도 모르게 멈춰 서서 듣고 말았다. 은자 씨가 치매에 걸렸다, 집채만 한 은자 씨를 상대하기 어려워서 남편의 바람기가 심했다, 101호 아줌마의 딸은 일본에서 술집을 한다, 목소리들의 입방아는 끊이지 않았다.

정우네는 남편과 이혼한 뒤 아들 하나만 데리고 이사를 왔다. 101호는 새로 이사 온 빌라 주민에게 매우 상냥했다. 더구나 둘은 종교가 같아서 가까이 지냈다. 은자 씨는 근거 없이 늘어놓는 험담을 듣다가 혼잣말을 하면서 집으로 올라갔다.

"참 할 일들도 없어. 갈치가 갈치 꼬리 문다더니 옛말 그른 거 하나 없네. 그 집 딸은 이혼한 남자와 결혼했네요. 뭘 알고들 떠들어야지. 101호한테 언니라고 부르며 그렇게 아양을 떨더니 없는 데서 흉은 왜 봐. 101호가 남의 험담을 그렇게 하고 다니더니 저렇게 당하는 거여."

그동안 은자 씨는 동네 여자들 사이에 철저히 방외인이었다. 오로지 연락책은 101호였는데 그녀와도 틀어지자 사람들과 어울릴 일이 없었다.

그녀는 숲과 연결된 뒤쪽으로 갔다. 아이들의 웃음소리가 들렸다. 고양이가 화 낼 때의 소리로 꺄오 울었다. 고양이 사료 그릇 근처에서 아이 셋이 무엇인가를 향해 돌을 던지며 놀고 있었다. 다가가 보니 고양이에게 돌을 던지는 것이었다. 그녀의 기척에 아이들이 놀라며 주춤거렸다. 그녀는 사탕을 꺼내 아이들에게 주며 물었다.

"애들이 느이한테 피해 준 것 있냐?"

아이들은 머리를 가로저었다. 사탕을 받더니 냉큼 입에 넣고 아래쪽으로 뛰어 내려갔다. 검은 고양이가 피나무 뒤편에서 지켜보고 있었다. 그녀가 손짓을 하니 냐앙 울면서 꼬리를 바짝 세우고 다가왔다. 그녀는 엎어진 화분 안에 숨겨둔 사료를 꺼냈다. 그것을 그릇에 담아 주고 햇살 드는 바위에 걸터앉았다. 목덜미를 쓰다듬어 주자 초록 눈의 녀석은 고로롱고로롱 소리를 내며 그녀의 발을 이리저리 쓸었다. 사료를 조금 먹은 어미는 제법 큰 새끼들이 다가오자 새끼들의 털을 정성스레 핥아 주었다. 그녀는 기특하게 어미를 바라봤다.

"네가 사람보다 낫구나. 한뎃잠이 보통 일이 아니지? 새끼들 건사하느라 욕본다. 세월호 때 제 자식을 못 지켜 냈다고 얼마나 많은 어미들이 울었는데. 애들이 그렇게 구조 요청을 했다잖니? 어미들 잘못도 아니었지만, 그게 어디 그러냐? 자식 먼저 보내면 그게 다 죄지. 속수무책으로 보내면 더 죄고. 부모 맘이 다 그러니라."

먼저 하늘로 간 작은아들이 생각나 잠시 눈시울이 뜨거워졌다. 몇 년이 지나도 죄는 죄고, 나이 들수록 생채기는 시커먼 자국으로 남는다.

그녀가 고양이에게 사료를 주기 시작한 것은 올해 초부터였다. 겨울의 기운이 남은 초봄에 빌라 주민이 녀석을 남겨 두고 이사를 가버렸다.

"새끼 때야 이뻤겠지. 크면 다 말썽인 걸, 자식 키우는 사람은 다 알지. 아무리 망나니짓을 한다고 해도, 버리는 부모가 어딨나."

처음에 녀석은 몰래 사료를 먹기만 할 뿐 선뜻 다가오지는 않았다. 그래도 사람 손 탄 짐승이어서 그런지 조금씩 점점 가까이 왔다. 은자 씨를 잘 따르더니 어느 날 밤부터 아기울음소리를 내며 울었다. 은자 씨는 슈퍼에서 나무 상자를 가져다 사료 근처에 놓고 그 안에 헌옷을 두둑이 쌓았다. 얼마 뒤에 녀석은 새끼 네 마리를 낳았다.

어느 날 어미가 젖을 주는 모습을 보고 은자 씨는 놀랐다. 어미는 젖을 주고 나면 탈진을 했다. 제 몸은 기운이 없어도 틈만 나면 새끼들 털며 밑을 꼼꼼히 핥았다. 어느 날은 단단하게 뭉친 젖 때문에 아파 보였다. 사람과 다르지 않았다. 그녀는 기운 좀 내라고 사료 사이에 참치를 넣어 줬다.

고양이 새끼들까지 늘어난 뒤부터 빌라 주민들은 그녀를 차갑게 대했다. 302호나 부녀회장이 그녀에게 번갈아 항의했다. 고양이가 차 밑에서 튀어나와 놀란다. 차 밑의 고양이가 깔릴까 봐 운전을 못 하겠다. 고양이가 음식물 쓰레기봉투를 헤집어 놓는다. 아이들도 고양이 무섭다고 잘 나가 놀지 못한다. 밤에 보는 고양이 눈이 너무 무섭다. 대충 그런 항변이었다. 최근 용인에서 길고양이를 돌보는 캣맘을 살해한 사건이 뉴스에 나왔다. 범인을 찾는 내용이 연일 기사화되면서 빌라 인심이 흉흉해졌다. 밥그릇이 몇 번이나 없어졌다. 그녀는 숲의 더 구석진 곳으로 새 그릇을 갖다 놓았다. 고양이 사료 그릇 주변에 협박성 문구를 쓴 종이도 놓였다.

"고양이에게 사료를 그만 주시오. 그 손을 잘라 버리겠소."

그녀는 101호 짓일 것이라고 짐작했다. 어느 날 일 동 아래에서 그녀네 집

창문을 향해 들으라는 듯 독설을 했기 때문이다.

"아유, 무식해가지고. 도둑고양이들 살려주면 번식을 얼마나 하는 줄 알기나 하나? 고양이 소리 때문에 잠 못 자는 사람들 생각도 좀 해줘야지. 키우고 싶으면 데리고 들어가 살든지. 제 몸도 관리 못 하면서 무슨 고양이야, 고양이는."

은자 씨는 사람이 어디까지 변덕을 부릴 수 있고, 어디까지 악의적일 수 있는지 소름이 끼쳤다. 한때 자매 같았던 사이였는데 자신이 101호에게 품은 마음이 죄가 되는 것 같았다.

이제는 제법 어른이 돼 가는 노랑이 한 마리가 그녀의 상처 난 발에 자꾸 머리를 비볐다. 그녀는 녀석의 머리를 쓰다듬으며 중얼거렸다.

"먹고 자게만 해달라는데도 사람이 그걸 못 해주는구나."

그녀의 남편은 제 자식도 제대로 못 키운 죄인들이 딴 생명 거둘 자격이나 되느냐고 지청구를 했다. 그녀는 생각이 달랐지만 남편의 마음을 바꾸려고 하진 않았다.

그녀는 대여섯 계단조차 헉헉대며 집으로 올라갔다. 찜통 같은 집의 현관문을 확 열어 고정을 시켰다. 뭐라 할 101호가 없으니 가능한 일이었다. 101호는 은자 씨 집의 현관문을 밖에서 신경질적으로 닫은 적이 있었다. 은자 씨의 딸, 아들네가 모여 시끌벅적했던 날이었다. 자식과 손주들이 모이기에 빌라 십팔 평은 좁았다. 앞집의 심술에 자식들은 엄마가 힘드시겠다며 위로를 했고 그 다음부터 아무도 문을 열자고 하지 않았다.

은자 씨는 받아놓았던 물로 온몸을 적셨다. 상처 난 곳이 쓰라렸지만 끈적대는 땀과 냄새가 말끔히 씻겨 내려가니 피로가 풀렸다. 여기저기 밴드를 붙이고 소주를 가져와 선풍기 앞에 앉았다. 남편 모르게 얼른 마시고 끝낼 생각이었다. 술 몇 잔은 웬만한 진통제보다 나았다.

그녀는 굳게 닫힌 앞집 문을 보았다. 101호와 가깝게 어울리던 때가 떠올랐다.

101호는 은자 씨가 분식집을 폐업하고 집에 누워 지낼 때 살갑게 챙겨주었다. 반찬도 갖다 주고 통원 치료도 함께 가줬다. 자신의 내밀한 사정까지 털어놓은 101호와 가까워지자 은자 씨는 교회에도 다니게 됐다. 101호의 사정은 이랬다.

여고를 나와 은행에서 일하다 동료 유부남을 사랑하게 됐다. 아이를 임신하자 그 남자가 이 빌라를 구해 줬다. 야반도주하고 친구들과도 연락을 끊었다. 사고무친에 신앙을 만나 열심히 교회를 다녔다. 남자는 몇 년 뒤 거짓말처럼 위암으로 죽었다. 한참 뒤에 친정아버지가 돌아가시며 유산을 좀 남겨줬다. 천식 때문에 평생 험한 일도 안 해 봐서, 그 돈을 축내며 살아야 하는 사정이다. 하나 있는 딸이 일본남자를 만났는데 아이 둘이나 달린 가난한 이혼남이다. 딸은 온갖 고생을 하며 돈을 벌어 저도 살고 한국의 엄마한테도 보내준다. 이 모든 자기의 얘기는 비밀로 해 달라.

101호는 형제자매도 없는 처지에 은자 씨를 만나 감사하다고 했다. 게다가 은자 씨의 강한 생활력을 존경스러워했다.

둘은 십 년 가까이 자매처럼 지냈다. 그런데 작년 이 월에 두 사람은 회복할 수 없는 일을 겪고야 말았다. 그것도 '비밀'에 관한 것이었다. 은자 씨가 보건소에서 당뇨 약을 받아 귀가했을 때였다. 눈길을 걷느라 고단했던 그녀는 까무룩 잠이 들었다. 초인종 소리와 문 두드리는 소리가 번갈아 들렸다.

"문 좀 열어봐요. 엉? 문 좀 열어보라고."

101호의 새된 목소리였다. 탕탕 문을 쳐대는 소리가 금방 숨이 넘어갈 듯했다. 101호는 은자 씨가 문을 반쯤 열기도 전에 와락 열어젖히며 소리를 질렀다.

"저 혼자만 점잖지? 과묵한 척은 혼자 다 하고, 남의 얘긴 왜 지껄이고 다녀? 엉?"

눈에 핏발을 세우고 소리를 지르는 통에 은자 씨는 현관 입구에 주저앉고 말았다.

"무슨 소리야? 내가 뭘 어쨌다고 그래? 어디서 무슨 얘기를 듣고 그러냐구?"

은자 씨가 101호 자신과 딸에 대한 소문을 냈다는 것이었다. 자기가 속내 얘기한 사람이 은자 씨뿐이니 틀림없다며.

"난 그런 적 없어. 내가 그런 말을 누구한테 하겠냐구? 난 몰라. 동생이 다른 이에게 말 한 적은 없나……."

"뭐라고? 그럼 내가 내 치부를 동네방네 소문내고 다녔다는 말이야?"

101호는 멈출 기세도 없이 등 뒤에서 효자손을 빼내 휘둘렀다. 은자 씨의 등까지 탁탁 치며 흥분을 멈추지 않았다.

"어이구 이 등살 좀 봐. 살만 뒤룩뒤룩 쪄가지고는. 이게 돼지지 사람이야? 서방이 딴 데다 한눈을 팔아도 누굴 원망할 거야."

평소 욕 하는 사람들을 천박하다며 질색하던 101호였다. 은자 씨는 상냥하기만 하던 동생이 왜 그러는지 영문을 알 수 없었다. 가쁜 숨을 내뱉으며 손바닥으로 가슴을 눌렀다. 흐르는 눈물을 거친 손등으로 닦아냈다.

실컷 분풀이를 하던 101호가 언제 갔는지도 몰랐다.

나중에야 은자 씨는 아랫동네 사람에게 소문을 들었다. 지금은 이사 가버린 빌라의 어떤 남자에게 101호가 성추행을 당했다는 것이다. 그 남자는 101호에게 남의 가정을 파괴하고 온 장본인인 줄 안다며 알은체를 했다. 게다가 다 늙어서 요조숙녀인 체하지 말라며 성추행을 합리화했다. 나중에 교회 쪽 지인 중 한 사람이 101호의 비밀을 소문냈다는 것이 알려졌다. 101호와 화해를 했지만 이전의 관계로 돌아갈 수는 없었다. 은자 씨는 101호가 제일 먼저 자기를 의심했다는 것이 서운했다. 그렇게 공격한 행동이 옳지 않았다는 것은 두 번째 문제였다. 그녀는 두 사람이 친하게 지낼 때 101호가 남자들에게 끼를 흘리고 다닌다는 소문을 들었다. 그 말을 믿지 않고 감싸줬던 그녀였다. 101호와 틀어진 뒤에는 내 남편도 단속 잘 해야지 싶어 남편의 말 한 마디 행동 하나하나를 공연히 의심하고 오해했다.

101호 생각을 하다가 그녀는 선풍기 바람이 싫어서 꺼버렸다. 소주를 또 한잔 홀짝 마시고 중얼거렸다.

"그전에 나한테 억하심정이 있지 않고서야 어떻게 날 먼저 의심을 해, 하긴. 지가 사람들한테 그렇게 비밀을 만들고 소문을 옮기고 다니니까 사단이 날 일도 많았던 거지. 남자들한테 웃음은 왜 흘리고. 그러니까 남자들도 좋다고 들러붙는 거 아냐."

101호를 떠올리면 자다가도 벌떡 일어날 만큼 그 일은 새롭게 변형되고 부풀어졌다. 한잔을 더 들이키는데 발걸음 소리가 들렸다. 창밖을 보니 그새 어스름이 깔렸다. 소주는 한 병이 다 비워진 상태였다. 정화조 수리비를 받으러 온 302호였다. 302호는 빈 소주병과 다친 은자 씨를 보며 놀라는 듯했다.

"괜찮으세요? 많이 다친 거 아니세요? 수리는 내일 하러 온대요. 그런데 101호 형님, 췌장암 말기라고 들으셨어요?"

그녀는 무슨 소린가 싶어 어리둥절했다. 술기운에 환청이 들리나 했다.

"다리가 아파서 입원했다던데, 정우네가."

"그러게요. 그래서 입원하신 건데, 좀 전에 종합 검사 결과가 그렇게 나왔다네요. 저도 방금 정우네가 알려줘서 알았어요."

"무슨, 나이 칠십도 안 된 사람이."

"그러게요. 안 되셨어요. 병원비는 또 어쩌구요. 요즘은 따님 벌이가 시원

치 않은지 씀씀이도 그전 같지 않으신 것 같던데. 따님이 뭐 하는지 아세요?"

302호 역시 같은 교회를 다니며 101호를 친언니처럼 따랐는데 내밀한 사정은 잘 모르는 듯했다. 그녀를 떠보는 것처럼 묻는 대표에게 그녀는 모른다고 했다. 302호는 그녀의 기억력이 미심쩍다는 듯 갸웃거렸다.

302호가 돌아간 뒤에 그녀는 깜깜해진 창밖을 바라봤다. 새로 소주 한 병을 따서 한잔을 더 마셨다. 백숙이 끓기 시작하자 불을 줄였다. 불콰하게 술기운이 올라왔다. 잠시 거실에 대자로 누웠다. 뒤늦게 더위를 먹나 보다며 헉헉거리다가 잠이 들었다.

후다다닥 하는 소리가 들렸다. 잠에서 깬 그녀는 주변을 두리번거렸다. 남편이 가스레인지의 불을 끄고 뒤돌아섰다. 그는 거실에 놓인 신발을 현관으로 갖다 놓았다. 다급히 벗다가 거실로 던져진 듯했다. 그는 그녀의 벌건 얼굴과 여기저기 상처투성이 몸을 내려다보며 혀를 찼다. 집안은 백숙 타는 냄새로 가득 차 있었다.

"아무리 할망구라도 그렇지, 문 다 열어놓고 날 잡아 잡수 하는 거야? 온몸에 상처는 어디서 그런 거야? 다쳤으면 쉴 일이지, 음식이 다 뭐야. 또 술 마신 거야? 아프면 진통제를 먹으라구."

그녀는 아무 대꾸도 하지 않았다. 하도 질문이 많아서 뭘 답할지도 몰랐다. 방안이 빙그르르 도는 것 같았다. 최대한 비틀거리지 않으려고 눈을 부릅뜨며 주방으로 갔다. 뒤에서 남편이 말렸지만 들은 척도 하지 않았다. 바닥이 바짝 탄 냄비에서 닭을 걷어내 양푼에 담았다. 남편이 좋아하는 닭죽을 끓일 수는 없었다.

화장실에 들어간 남편이 비명을 질렀다. 변기가 오물을 토해내고 있었다. 남편은 양동이에 오물을 퍼 담았고, 그녀는 코를 막고 서 있었다.

그날 밤, 은자 씨는 다친 데가 아파서 잠을 설쳤다. 거실로 나와서 물을 한 컵 마셨다. 안방의 텔레비전에서 '매미' 다큐멘터리가 새어 나오고 있었다.

⟨……매미는 태어나는 주기가 칠 년인 것도 있고, 최장 십칠 년인 것까지 있는데요. 이는 천적을 피하고, 다른 매미와의 먹이 경쟁을 줄이기 위한 것이라고 합니다. 예를 들어 십삼 년 주기로 태어나는 매미와 십칠 년 주기로 태어나는 매미의 경우를 보면요. 이들은 이천 년에 같이 태어났습니다. 그러면 십삼과 십칠의 최소 공배수인 이백이십일 년 후에야 다시 만나게 됩니다. 눈치 채셨는지 모르겠지만 매미의 출생 주기는 모두 '소수'입니다.……⟩

"경쟁을 줄이기 위해 어긋나서 지상에 나온다고? 아귀다툼으로 살아가는 사람들보다 백 배 낫네. 그렇지, 그렇게 서로를 위해 빗겨가기도 하며 살아야지."

그녀는 땅속에서 보내는 십칠 년과 지상에서 보내는 이 주일 중에 매미의 진짜 삶은 무엇일까 생각했다. 만약 인간의 삶이 땅속 굼벵이와 같다면 죽어서 가는 저승은 매미가 온몸으로 우는 이 주일일지도 몰랐다. 101호는 평생 외로웠던 이승의 속박에서 벗어나 저승에 가서 자유롭게 울 수도 있다. 그보다 그녀와 101호가 매미처럼 서로 어긋나게 태어났더라면 아웅다웅하지 않고 삶을 누렸을 것이다.

그녀는 남편이 101호에게 눈길이라도 줄까 봐 전전긍긍했던 날들을 누구에게도 말할 수 없었다. 나이 들어서도 그런 생각을 하는 자신이 우스울 뿐이었다. 각방 생활을 하는 사이로 산 지도 오래됐으니 더욱 그랬다. 101호에게 맞았던 날 이후 그녀는 자신의 불안을 멈춰도 좋으리라는 어렴풋한 안심을 했던 것이 사실이었다.

그날 이후 은자 씨는 아무 때고 가슴을 두드리거나 쓸어내려야 할 정도로 소화를 시키지 못 했다. 남편은 그 이유를 몇 번이나 따져 물었다. 그녀가 대답을 피하니까 자식들이 보고 싶어 그런가 보다고 자기 나름대로 이해하는 것 같았다. 그녀는 계단에서 굴러 허리를 다치는 바람에 남편에게 고양이들 사료 좀 주라고 부탁을 했다. 남편은 생명 있는 모든 것은 때 되면 죽는 게 당연하고, 그것이 생태계의 법칙이라며 들은 체도 하지 않았다.

그런 며칠이 지나고 해가 설핏해질 무렵, 그녀는 허리를 움직일 만해서 고양이에게 사료를 주러 갔다. 새끼들하고 어떻게 살았을지 가슴이 아렸다. 천천히 걸어서 사료 그릇 가까이에 가니, 누군가의 등이 보였다.

"여봐요, 거 누구요?"

그녀는 혹시나 또 사료 그릇을 없애려는 사람인가 해서 다급하게 소리를 질렀다. 정우가 그녀를 돌아봤다. 정우는 얼룩 새끼고양이를 쓰다듬으며 말을 했다.

"냥이야, 너네 할머니 오셨다."

정우는 그녀에게 몸이 어떤지 묻고는 며칠 동안 사료를 대신 주었다고 했다.

정우와 그녀는 나란히 앉아 고양이들을 내려다봤다. 정우는 엄마가 고양이를 싫어하는 이유를 아빠의 고양이 사랑이 유별났기 때문이라고 했다. 다행히 빌라에 길고양이 보살피는 할머니가 있다는 얘기를 듣고 응원을 했단다.

정우는 고양이 얘기를 많이 알고 있었다. 일본의 어떤 기차역에 고양이가 역장으로 있었는데 그 고양이가 얼마 전에 죽었다는 이야기. 고양이 천국인 아이노시마 섬 이야기. 그녀는 몰랐던 이야기들이었다. 문 닫을 위기에 처했던 기차역. 단 몇 명의 사람과 고양이만 남은 섬. 고양이를 보기 위해 관광객이 모이고 다시 주민이 늘기 시작했다는 것이다.

"고양이가 사람들에게 희망을 준 경우죠. 살아갈 방법이 없어 다른 곳으로 떠났던 사람들이 고양이 덕분에 다시 돌아와 희망을 만들었으니까요. 저랑 할머니도 이렇게 만났잖아요."

고양이들의 등을 번갈아 쓸어주던 정우는 따뜻한 눈으로 은자 씨를 바라보았다.

101호의 부음을 알린 것은 정우네였다.

"글쎄, 전화도 결번이라고만 나오고 몇 번이나 댁을 찾아갔는데 기척이 없더라고요. 마지막 며칠은 입원도 거부하고 자택에서 돌아가셨대요. 며칠 지나서야 목사님 내외분이 발견하셨대요. 교회에서는 혹시 따님이 와서 다른 데 입원을 하게 해드렸나 했지요."

101호는 구조 요청을 하지 않았다. 그 누구에게도.

끝내 그녀는 101호의 장례식에 가지 않았다. 영정 사진에 대고 일방적으로 하는 화해는 공정하지 않다고 생각했다. 홀로 자신의 죽음을 마주했을 101호의 쓸쓸함을 이해한다고도 감히 말할 수 없었다. 101호의 딸은 장례식이 지나서야 왔다.

늦털매미의 울음소리를 들으며 그녀는 숲 쪽으로 걸어갔다.

라라의 세기말

최경숙

소설이라고 써 놓았지만 마음에 들지 않아
스스로의 재능 없음을 탓하면서 지냈다.
영화배우 오마샤리프의 사망소식을 듣고
이야기를 상상하기 시작했다.
그 영화배우를 닮은 주인공으로
다시 소설을 조금이나마 고칠 수가 있었다.
무언가 대가를 바라고 사는 일이 어리석은 줄 알고는 있지만
그 사실을 몸으로 받아들이기는 불가능한 일인 것 같다.
최대한 힘을 빼고 무심하게 살고 싶은 요즘이다.

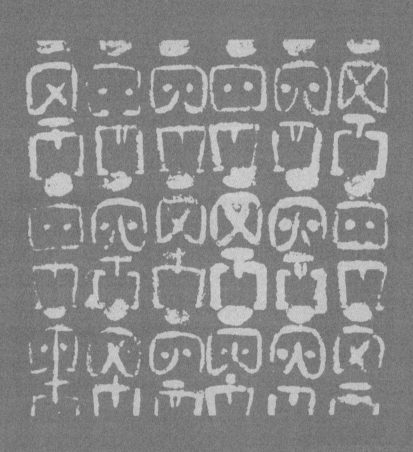

라 라 의 세 기 말

최경숙

영화배우 오마샤리프가 죽었다는 신문기사를 읽고 하영은 얼굴을 붉히며 웃었다. 누군가의 죽음을 마주하며 웃는다는 행위는 사람으로서 해야 할 썩, 마땅한 일은 아니지만 그 영화배우를 닮은 그 사람이 떠올랐고 지난날의 미숙함에 대해 웃음으로 화해하고 싶기도 해서 그렇게 했다.

오마샤리프는 이집트 배우, 중동남자로 영화 '닥터지바고'에서 러시아 사람을 그 누구보다 잘 표현했다. 그는 러시아 백인 남자로, 백인의 얼굴이 되기 위해 분장을 하는데 세 시간이 걸렸다고 한다. 백인 배우도 많은데 굳이 까무잡잡한 중동남자를 선택했다는 사실이 재미있었다. 다민족국가인 러시아에는 그 배우처럼 생긴 남자들이 꽤나 있다고 한다.

하영은 그 영화배우를 좋아한 게 아니라 그 인물 닥터지바고를 좋아했다. 시인이면서 의사였던, 사람에 대한 연민과 사랑을 향한 지바고의 허망한 눈빛이 좋았다. 고등학교 때 텔레비전에서 본 그 영화를 어린 마음에 불륜영화로 폄하했다. 다시 이십대 중반에 보면서 러시아혁명 영화로, 삼십대 후반에는 개인의 의지와는 상관없이 어떤 실체도 없는 허상에 휘둘리며 사는……, 그저 사람에 대한 영화라고 생각했다.

굳이 꺼내지 않아도 과거는 불쑥 사람 곁으로 걸어 들어와 한동안 머물다 다른 과거나 미래에 자리를 내주고 떠나간다. 하영의 대부분의 과거는 생각하고 싶지 않은 어두운 것투성이다. 다시는 떠올리기 싫은 과거는 그녀에게 집착을 하듯 붙어 다녔다. 그에 대한 기억도 마찬가지다. 그녀는 실패했다고 여기는 부분의 과거를 기억에서 지웠지만 그것은 편집되어 다르게 나타났다. 그 사람이라는 과거를 털어내는 데도 많은 시간이 걸렸다. 밥을 먹으면서도 누워서도 운전을 하면서도, 설거지를 할 때도 속절없이 휘둘렸다. 새로운 일과 시간을 통해 조금씩 지워졌을 뿐이다.

하영은 잠을 자고 있는 남편의 무의식에는 어떤 것이 들락거리고 있을까 궁금해졌다. 그녀처럼 수많은 과거를 넘나들면서 대처하고 있을까. 별다르게 행복하지도 불행하지도 않은 결혼생활이 이어진다. 결혼생활의 여러 갈등을 해결하거나 피해가면서 벌써 이만큼, 여기까지 왔구나 하는 안도가 있지만 변화가 없는 생활의 지루함을 견디는 것도 힘든 일이 돼버렸다. 언제 그 많은 날을 다 살아내지, 하는 막막함이 제일 힘든 일인 것 같다.

오후 늦게 마신 커피 때문인지 닥터지바고 때문인지 잠이 오질 않는다. 역시나 별 의미도 없는 어제의 과거가 베갯머리를 감싼다. 베개를 바로 하고 자세를 바꾸어 보아도 잠이 들 것 같지 않다. 밤 열두 시만 돼도 어김없이 잠에 빠져드는 남편이 뒤척이다 그녀를 안는다. 의식이 없는 그를 밀어내고 거실로 나왔다.

새벽, 두 시가 되었다. 하영은 아파트 베란다로 나가 달을 쳐다봤다. 초승달이 떴다. 초승달을 보니 그 사람이 또 떠올랐다. 초승달 위로 포개지는 얼굴이 있다. 하영은 흐흥 하며 웃다가 베란다 구석에서 결혼할 때 가져온 커다란 상자 하나를 끄집어냈다. 과거의 편지들과 자질구레한 물건들이 그 속에 있다. 구석에서 상자를 꺼내느라 옷에는 먼지가 묻고 어깨는 삐끗하며 통증이 왔다. 이 새벽에 무얼 하는 거지, 하면서도 오랜만에 보는 검은 상자를 보니 괜한 웃음이 새어나왔다. 그 상자는 온통 과거였다. 상자를 열자 주황색 수첩이 나왔다. 그 수첩에는 천구백구십구 년의 그녀가 고스란히 들어있었다 두터운 수첩의 지퍼를 열자 사진 몇 장이 바닥으로 떨어졌다. 그녀는 사진을 집어 달빛에 비추어 봤다.

사진은 하영이 수도권 외국인노동자 상담소 실무자들과 파키스탄에 갔을 때 찍은 것들이다. 페샤와르에서 찍은 사진이 먼저 보였다. 그곳, 아프가니스탄 난민촌에서 물동이를 이고 가던 어느 소녀의 모습이 또렷이 기억난다. 소녀는 호리병처럼 생긴 물병을 이고 걸어갔는데 그녀를 비롯한 방문객들이 길게 행렬을 이룬 채, 모두가 소녀에 대해 측은한 눈빛을 보내고 있었다. 그녀는 낯선 이방인의 행렬이 오히려 소녀를 당황하게 만드는 것 같아 그 자리를 빨리 벗어나고 싶었다. 소녀를 구하고 싶다는 연민에 그녀는 행렬에서 빠져나와 소녀에게 다가가 물병을 살짝 만졌다. 그러자 소녀는 울음을 터트리면서 천막 안으로 뛰어갔다. 그런 와중에 그 사람과 팔짱을 끼고 사진을 찍은 젊은 그녀가 웃고 있다. 여행에서 남기고 가져온 그곳의 동전과 담배 한 갑을 상자 안에서 발견할 수 있었다. 그 사람이 좋아하던 담배 오마샤리프였다.

하영, 그녀는 까무잡잡한 피부색의 남자들을 좋아했다. 스무 살에 시작한 첫사랑을 기점으로 만난 남자들이 검은 이미지로 남아있다. 남편 또한 까맣다. 하영의 피에도 중동의 검은 유전이 흐르고 있는지도 모른다. 신라 시대의, 아랍에서 이주한 처용의 후예가 있는 것임에 틀림없다.

하영이 그 사람, 칸을 만난 것은 천구백구십구 년 오월이었다. 이십일 세기, 밀레니엄을 코앞에 둔 세상은 알 수 없는 기대와 무슨 일이 생길지도 모른다는 억측에 불안했다. 이천 년이 다가오면서 세계는 'Y2K'의 공포를 설파하며 불안함을 드러냈다. 인간 사회가 별 의심 없이 현실로 인정해왔던 의문을 제기하며 영화의 한 장면처럼 지구가 멸망할지도 모른다는 불안이 들끓으면서 그 불안을 헤치고 새로운 세상의 희망에 대해 낙관을 하기도 했다. 세기말은 그녀에게 이십대 말의 힘든 시간을 주면서 지나가고 있었다.

하영은 천구백구십구 년의 회사생활이 가장 먼저 떠올랐다. 그 사람이 떠오르면 언제나 그때의 노조도 떠올랐다. 그런 일이 없었다면 그녀의 인생도 전혀 다르게 전개됐을 것이다. 알 수 없는 삶은 이미 짜여있고 그녀는 극본대로 움직이고 있음을 모르고 있을 뿐이었다.

하영은 K시의 공단에 있는 전자 부품회사에서 칠 년 동안 생산직 사원으로 일을 하고 있었다. 그녀처럼 서른을 앞에 둔 서너 명을 빼고는 대체로 그녀보다 어린 사원들이 대부분이었다. 나이 많은 동료들은 곧잘 결혼도 못하는 퇴물 취급을 받으면서 서로 회사를 때려치우겠다는 실없는 소리를 하며 회사에서 버텼다. 그러던 차에 소문으로만 떠돌던 노동조합이 만들어졌다. 그해 일월에 생긴 노동조합의 구조는 기형적이었다. 삼백 여 명의 사원 중에 사무직 사원이 더 많은 회사라 조합 가입률도 매우 저조했다. 사장과 부사장인 형제는 얼떨결에 노조를 인정했지만 한 달이 지나자 노조를 부담스러워했다. 아이엠에프를 겪고 있는 공단에서 노조를 만든 우리들 역시 부담이기도 했다.

　조합원인 우리들은 조직이 잘 된, 규모가 세 배 정도 회사의 노동조합 단체협약을 가져와 우리 조합에 적용시켰다. 회사의 규모에 맞지 않는 과분한 것들이 꽤나 많아서 조합원들도 놀랐지만 협상을 하면서 수위를 낮추기로 했다. 하지만 회사는 아예 협상테이블에 나오려 하지 않았다. 오로지 노동조합을 없애야 한다는 것에만 혈안이 돼있었다. 사장이 한 번이라도 협상테이블에 나왔다면 모든 게 달라졌을 것이다. 협상을 할 생각이 전혀 없는 회사의 태도가 우리를 분노하게 했다. 그 결과 우리는 부분파업을 시도했고 사무직 사원과 생산직 사원이 몸싸움을 하는 지경에 이르게 되었다.

　회사는 노조를 와해시키기 위해 갖은 방법을 동원했다. 그녀의 부모에게 전화를 했고 조합원들을 돈으로 매수하고 서로 헐뜯게 만들었다. 모든 것이 순식간에 일어났다. 회사의 공작과 조합원들의 불협화음으로 여성이었던 부위원장이 그만두게 되자, 그녀가 그 자리를 맡게 되면서 불안한 날들이 이어졌다. 그녀는 총무과 사무직 사원인 남자와 삼 년째 연애 중이었다. 애인은 부위원장이 된 그녀를 야유했다. 애인은 그녀로 인해 자신의 앞길이라도 막힐까봐 전전긍긍했다.

　"넌, 어떻게 내 허락도 없이 이런 엄청난 짓을 저지르니."

　회사에서는 그녀를 설득하여 노조를 탈퇴할 것을 애인에게 강요했다. 회사의 강요에 앞서 그녀는 이미 애인에게 설득을 빙자한 다양한 모욕을 당했다. 언제나 그녀보다 우위였던 애인은 아주 작은 것에도 그의 허락을 맡기를 원했다. 그가 우위라고 생각해서 벌어지는 관계는 불공정했다. 그는 대학을 나왔고 그녀보다 두 살 어렸지만 그 우위를 만회할 것을 그녀는 가지고 있었다. 그것은 오랜 회사생활을 하면서 아이엠에프 때 저가로 사둔 스무 평 아파트였다. 어렵게 대학을 졸업하고 회사에 입사한 그는 월세에, 열

악한 집안 환경에 그의 월급을 모두 바쳤다.

회사 초년생이었던 애인은 그녀를 들뜨고 설레게 했던 사람이 맞았나 싶을 정도로 변해가고 있었다. 달라진 상황에 변한 모습이었다. 애인과 잘 조합되기 위해 노력했던, 사랑받기 위해 참았던 자존감이 들썩이며 일어났다.

고등학교를 졸업하자마자 K시에 올라온 그녀는 여러 회사를 전전하다 고향 선배언니가 다니는 그 회사에 들어갔다. 규칙을 들이대는 학교생활이 싫어서 간신히 고등학교를 졸업했고 무엇을 하고 싶은지도 몰랐다. 집과 학교를 벗어나고 싶은 게 전부였다.

노동조합은 삼 개월을 버티지 못했다. 위원장과 사무장을 비롯한 그녀가 해고되면서 이십 명의 조합원만 남게 되었다. 회사에서 해고된 뒤 하영은 본의 아니게 주변에서 낯선 말들을 듣게 되었다. 업무방해 협의로 조사를 받던 노동부의 근로감독관도 이렇게 말했다.

"손하영, 당신은 앞으로 시민운동가가 되겠다. 내가 보장하지, 흐흐흐."

"그나저나 이봐요, 손하영, 너, 쟤들하고 연애라도 했냐. 넌 순진해서 이런 것 할 사람이 못되는데."

하며 구석에서 조사를 받는 노조위원장과 사무장을 가리켰다. 횡설수설 지껄이며 하영에게 수치심을 주는 그들의 말을 꾹 참아내며 이렇게 말했다.

"아니에요, 저 결혼할 사람 있어요. 오월에 결혼할 거예요."

"그래, 그럼 너는 구속시키면 안 되겠네. 좋아 넌 결혼도 해야 되니 특별히 구속은 시키지 않을게."

그녀는 그들의 성희롱을 건성으로 들으며 웨딩드레스를 입은 자신을 상상했다. 자신이 구속되는 줄 알고 있었지만 그들 두 명만 구속시키기로 회사와 모의를 한 상황이었다. 그녀는 애인과 이천 년을 넘기지 않고 결혼하기로 한 약속에 의지하며 한숨을 지었다.

그녀는 자신의 가벼운 확신과 달리 애인과 헤어지게 되었다. 변변한 변명이나 고백도 없이 일방적으로 당한 이별이었다. 애인이 그녀의 처지였다면, 그녀는 그런 짓을 저지르지 않을 것이었다. 하릴없이 고민만 쌓여가던 무기력한 시간이 이어졌다. 조금 더 쉬다가 일자리를 알아봐야지 하는 생각이었지만 쉽게 몸을 움직일 수 없었다. 그 무렵에 피었던 오월의 붉은 장미의 기억이 아직 또렷하다. 아파트 담벼락에 핀 장미는 속을 울렁거리게 했고 그 향이 역겨웠다. 무언가 그녀를 울렁거리게 하는 것은 나쁜 것만은 아니었다. 마음을 쏟아 누군가를 좋아하는 시점에도 울렁거림이 생겼고 반대로 누군가에게 거절을 당했을 때도 그런 증상이 일어났다.

그러던 차에 지인을 만났는데 외국인 노동자상담소에서 실무자로 일을 해보라는 권유를 받았다. 지금이야 이주 노동자라고 하지만 당시만 해도 외국인 노동자라고 명명되었다. 어떻게 그런 일을 자신이 할 수 있겠냐며 손사래를 쳤지만 상담소에서 일을 하고 싶은 호기심은 있었다. 하지만 영어를 못해서 망설였다. 나중에야 상담소에서 영어를 쓸 일이 많지 않다는 걸 알았지만 말이다. 영어를 싫어했지만 학교에서 시험점수는 좋았다. 다른 과목은 관심이 없었는데 영어점수는 좋았다. 그 영어 점수가 좋아봤자 아무 쓸모가 없는 것이었다. 망설이다가 하루는 상담소에 놀러갈 일이 생겼다.

상담소는 외국인 노동자들이 많이 사는 주택가에 있었다. 그 주택가는 이미 한국인보다 더 많은 외국인이 거주하고 있었고 동네는 낯선 문화가 술렁였다. 상담소 문을 열고 들어가자 시커먼 남자들이 앉아서 무언가를 먹고 있었다. 그들이 거실바닥에 앉아 손으로 뜯어 무언가에 찍어 먹던 밀가루 반죽은 로우티라는 빵이었다. 그것은 밀가루 반죽을 넓고 둥글게, 피자보다 얇게 펴서 구운 빵이었다. 빵을 먹다 일제히 그녀의 눈을 피하지 않고 그들은 그녀를 빤히 쳐다보았다. 당황해서 눈을 아래로 내리깔았다.

상담소 소장이 그녀를 사무실로 사용하는 옆방으로 데려갔다. 빵을 먹던 누군가가 파키스탄홍차 짜이를 가져왔다. 홍차가루와 우유, 거기에 설탕을 듬뿍 넣어 끓인 차였다. 처음 마시는 홍차가 너무 달고 익숙지 않아 조금 마시고 내려놓고 방을 둘러보았다.

방에는 사무장인 한국인 남자가 있었고 또 한 명, 그 외국인 남자가 있었다. 남자는 파키스탄에서 온 칸이라고 했다. 그는 상담소에서 통역을 하거나 운전을 한다고 했다. 길지도 짧지도 않은 단정한 그의 콧수염이 눈에 들어왔다. 닥터지바고가 거기에 있는 것 같은 착각에 하영은 얼굴이 붉어졌다. 닥터지바고가 하얀 와이셔츠를 입고 미소를 짓고 있는 형상이었다. 얼굴이 까무잡잡한 지바고였다. 그에게서 그녀는 따뜻한 시선을 느꼈다. 그를 만났던 그때, 가끔 화영은 영화 속 주인공 '라라'와 자신의 모습이 어딘가 닮은 구석이 있다고 믿었다. 아무튼 그가 준 첫 인상은 지적인 이미지와 고독이었고 그녀는 그렇게 상담소 일을 시작했다.

하영, 그녀의 업무는 주로 임금체불에 대한 상담이었다. 외국인노동자가 다녔던 회사를 방문하고 조율해 상담을 마무리했다. 밀린 입금을 받으러 갈 때면 상담자와 칸, 그녀가 언제나 자동차를 타고 같이 움직였다. 천구백 구십칠 년 아이엠에프가 몰아친 후라 외국인노동자들이 일하고 있던 소형 회사들은 사정이 더 나빠졌다. 그 여파로 부도를 내고 문을 닫은 회사가 있어, 잠수를 타는 사장을 찾기 위해 심부름센터 직원처럼 일을 해본 적도 있었다. 체불임금 사장들은 이렇게 말을 했다.

"당신이 외국인이야, 쟤들 편을 들게. 우리도 돈이 있으면 줬지, 우리도 형편이 나쁘다고.

도대체 뭘 알고 이런 일을 하는 거야. 이거 참, 날 죄인 취급하네."

그런 말을 자주 들으면서, 그러게 말이야, 내가 왜 여기 있는 걸까, 불편한 생각들이 이어지기도 했다. 노동조합에서 활동을 했다고 해서 갑자기 사회의식이 깊어진 것도 아니었고 그녀가 겪은 것은 단순히 하나의 사건이라고 여겼다. 그냥 그들, 외국인노동자도 사람이니까 사람의 일에 관심을 가진다는 게 당연하다는 지론이었다.

다행히도 대부분의 회사에서는 여러 가지 복잡한 소송에 휘말릴까 두려워하며 밀린 임금을 잘 주는 편이었다. 가끔씩 임금이 체불된 회사를 방문할 때 그녀도 모르게 말이 거칠어지고 사장들과 싸우기도 했다. 거친 그녀의 행동과 말투를 보고 칸과 외국인 노동자는 저희들 말로 떠들면서 킥킥거렸다. 그들의 말을 알아듣지 못하는 그녀가 이방인이 되는 순간이었다. 무슨 말인지 알아들을 수는 없지만 그들의 표정과 몸짓으로 그 자리의 모든 남자에게 희롱이라도 당하는 기분이었다. 언어가 통하지 않아 발생한 오해의 한 부분이었지만 그들과 나눌 수 없는 그 무엇에 소외감이 왔다. 밀린 임금을 받지 못하는 경우, 노동부에 진정서를 내야 했다. 노동부에 출석을 하자 근로감독관이 그녀를 손으로 가리키면서 이렇게 말했다.

"우리가 그랬잖아. 손하영이 이렇게 될 줄 알았다니까."

칸이 일이 생겨 상담소에 오지 않는 날이면 하영은 통역 걱정에 불안했다. 영어단어라도 한마디 하면 외국인 노동자들이 잘 알아들었지만 단어도 입에서 나오지 않을 때가 빈번했다. 그러면 그들이 알아서 한국어로 말을 하며 그녀를 이해시켰다. 삼 개월 정도 시간이 흐르자 떠듬거리는 회화도 가끔 하게 됐고 일이 재미있었다. 가끔 아픈 그들을 데리고 협력병원에 가면 그녀를 처음 본 간호사들은

"두 분이 진짜 잘 어울려요, 닮은 것도 같고, 언제 결혼했어요?"

하며 하영과 칸을 부부로 착각하는 일도 있었다. 그런 말들에 아무런 대꾸도 하지 않은 채 그녀가 웃으면서 칸을 쳐다보면 그는 불쾌하다는 듯 무

심한 표정을 지었다. 그런 얼굴을 보는 일은 쓸쓸했다.

칸은 첫 인상과 다르게 자주 우울해보였다. 눈빛은 먼 곳을 향해 있고, 그가 지향하는 곳을 가는 시점에 상담소 일은 어울리지 않은 옷을 억지로 입고 있는 모습이었다. 칸은 그녀가 좋아하는 것을 알게 되자 응석이라도 부리듯 그녀와 둘이 있을 때는 그런 우울을 숨기지 않고 더 드러냈다.

"난 여기서 벗어날 거야. 언젠가 영국으로 갈 거야. 그때까지 만이야."

하며 영국에 간 사촌 이야기를 했다. 파키스탄에서 잘 살던 사촌이 사업 비자로 영국을 오가는 이야기를 할 때면 언제나 자신의 일이라도 되는 것처럼 들떠 있었다. 그녀는 어리석게도 그가 금방이라도 영국으로 갈까봐 조바심을 낸 적도 있었다. 그저 그가 되는 일도 없이 힘든 현실을 마주하기 싫어 내뱉는 일종의 위안거리로 그 이야기를 꺼냈다는 걸 나중에 알게 됐다. 칸에게 영국은 너무 먼 곳이었다.

칸은 한국여자와 결혼을 했지만 오 년을 살다가 이혼을 했다. 그가 이혼 남이라는 것을 알고 크게 실망했지만 그것도 차츰 익숙한 그녀의 생활이 돼버렸다. 이해 못 할 게 없다는 듯, 한껏 너그러운 태도가 그를 대하는 그녀의 방식이었다.

칸은 파키스탄의 라호르라는 곳에서 대학을 졸업하고 한국에 연수생으로 왔다. 라호르는 부산 정도의 오래된 도시였다. 파키스탄을 방문했을 때 라호르, 칸의 집에도 갔다. 칸의 어머니는 다른 여성들도 여러 명 있었는데 유독 그녀에게 더 눈길을 주며 웃어주고 포옹도 더 해주었다. 따뜻한 그녀의 포옹이 느껴졌다.

"우리 엄마가 하영 씨가 마음에 들었나봐. 한 번 더 안아주고. 내 여자로 생각했나봐."

하며 그는 그녀를 놀렸다. 오랜만에 서로 즐거운 농담으로 받아들이면서도 그녀는 그 놀림에 피식 웃어버렸다. 그땐 이미 칸에 대한 마음이 점점 사라져가며 정리되고 있는 시간이었다. 좋아하지도 않으면서 한결 같은 짝사랑에 못 이긴다는 듯, 미안해하며 가끔 관심을 보이는 그의 시선을 보았지만 그건 사랑이 아니었다. 미안해서 나온 행동이었다.

그분, 칸의 어머니에 대한 기억은 정말 뜻밖에 튀어나온 것이다. 여행을 다녀왔을 때도 먼 먼 그 후에도 칸의 어머니를 생각한 적이 없었다. 기억의 숲, 바닥에서 잘 마른 낙엽을 만져보는 기분이 든다. 타인이 보내오는 호의는 이유를 알 수 없다 해도, 그것이 무엇이 됐을지라도 싫지는 않다. 그분은 아직 살아계실까. 그의 어머니 옆에서 수줍게 웃던 그의 딸은 지금 이십대 여성이 되었겠다.

칸은 자신의 체불임금을 해결하기 위해 상담소에 왔다가 그 인연으로 자신이 원하지 않는 상담소 일을 하게 됐다며 씁쓸한 웃음을 지었다. 그는 결혼을 하고 한국인이 되었지만 경제적인 것으로 한 나라의 개인의 등급이 매겨지는 시대에, 더 우위적인 한국을 택할 수밖에 없었다고 귀화를, 한국인이 된 것을 달가워하지 않았다. 어쩌다 한국인이 됐지만 언젠가는 귀화를 갚아주고도 남을 성공을 꿈꾸었다. 귀화에 대한 억울함이 당연하다고 그녀는 그를 위로했다. 한국 여자의 나라에 속한 것이 싫은 것이다. 그에게도 남성 우월주의가 물씬 들어있었다. 그 시절 남성 외국인노동자들 대부분이 칸의 심정을 가지고 있었다. 세상 어디서나 볼 수 있는 남자들의 특권과 여성에 대한 차별은 그 시절이 더 깊었지만 이십일 세기인 지금도 여전하다. 언제나 모든 것은 되풀이되고 변하기도 하지만 그 속도는 느려서 실체를 파악하기는 어렵다.

칸은 모든 성과 인종을 초월하여 사람들에게 인기가 많았다. 한국인, 외국인을 막론하고 그에게 관대했다. 어떻게 한국어와 영어를 그렇게 잘 하냐며 그가 언어를 습득하는 데 남다른 소질이 있다는 등의 칭찬을 퍼부었다. 특히 여자들에게 인기가 많았는데 그것은 잘 생긴 외모 때문이었다. 외모가 뛰어난 사람에게 세상은 정말 관대하다.

그저 한국 부인을 둔 모든 외국인 남자라면 누구나 그 정도로 한국말을 잘 한다. 외국어를 배우는 지름길은 그 나라말을 쓰는 사람과 같이 사는 게 가장 빠른 배움의 지름길이라고 했다. 영어 실력까지 더해서 누구와도 소통하는데 막힘이 없는 그가 가끔은 부러웠지만 하영이 흉내 낼 수 있는 영역은 아니었다. 그의 유창한 발음을 들을 때면 울렁거림을 느끼며 묘한 기분이 들었다. 학교가 싫어서 간신히 고등학교를 졸업한 그녀는 대학을 못 간 열등감이 있었다. 그 열등감은 그녀에게 걸림돌이 됐다. 그것에 대한 열등감을 깨려고 시도했지만 끝을 본 적도 없이 흐지부지 관뒀다. 그 열등감은 하영이 누려야 할, 자유를 깨트리는 거대한 구조물이었다. 그녀는 칸을 좋아하게 되면서 그가 서남아시아의 외국인이어서 대학 따위의 말을 꺼내지 않을 거 생각했지만 그것은 착각이었다.

어느 날 칸의 고향에서 왔다는 사람의 임금체불을 해결해주고 돌아오는 자동차 안이었다. 신호등이 막 초록불이 되는 순간이었다. 조수석에 앉은 그녀를 쳐다보지도 않으면서 그가 물었다.

"하영 씨, 어느 대학 나왔어요?"

평소와는 다른 그의 어투와 질문에 그녀는 당황스러웠다. 왜 이런 질문을 하는 거지, 도대체 무슨 일이람 하면서 난감해졌다. 모처럼 상담도 매끄럽게 잘 해결되고 푸근한 동료애도 서로 느낀 날이었는데, 아무 말도 하고 싶지 않았다.

"나, 칸처럼 대학 나온 사람은 아니야."

그녀의 대답이 나오자 분위기가 어색해졌다. 가끔 수도권의 상담소 실무자 모임이 있을 때 그들은 그녀에게 이렇게 물었다.

"몇 학번이세요?"

하영은 몇 학번의 의미를 모르는 사람처럼 행동했다.

"나는 스물아홉이에요."

"아니 나이 말고 언제 대학에 입학을 했는지……."

마치 그녀가 몇 학번이라는 게 무언지도 모르고 있다는 듯 물어오는 그들의 모습에 소름이 끼쳐오며 지옥은 바로 여기에 있구나 생각했다.

칸의 은근한 업신여김에도 그를 포기하지 못하고 무엇이든지 그를 좇았다. 그가 좋아하는 일을 공유하고 싶었다. 이상하리만치 한 번도 그와 결혼을 하고 싶다거나 상상을 해본 적이 없었다. 그저 사랑을 확인받고 싶은 절박함이 전부였나 보다. 그저 최선을 다해 그를 알고 싶었다. 그 최선을 다하는 것들은 일테면 이런 것들이었다.

칸은 매주 금요일이면 오전 근무만 하고 서울 이태원에 있는 이슬람사원에 갔다. 기독교인인 그녀에게 이슬람교는 너무 낯설었고 고작 아는 것은 이슬람교에 대한 막연한 편견과 의심의 눈이, 앎의 전부였다. 사랑하는 이에 대해 더 알고 싶다는 간절함으로 인해 이질감이 점차 사라지고, 타인에 대한 다름으로 해석했다. 급하게 책을 빌려서 새삼스럽게 종교에 대해 공부를 하기도 했다. 이슬람교, 유대교, 기독교 역시 같은 종교 안에서 나온 유사성을 가지고 있으니 가까운 종교로 이해하면 된다고 여겼다.

그녀는 가끔은 그의 사랑을 얻기 위해서라면 이슬람으로 개종할 수도 있지 않을까 하는 생각도 있었다. 배우 오마샤리프도 이집트 여자인, 그의 부인과 결혼하기 위해 기독교에서 이슬람교로 개종했다고 한다. 그게 뭐, 대수일까 싶었다. 무엇인지도 모르고 휘둘렸던 세기말, 천구백구십구 년의 그녀였다. 누군가를 사랑했다는 것보다는 지나친 자기애가 빚어낸 참상 같은 게 그녀 안에 너무 많았다. 나이를 먹은 이십일 세기에도 여전히 사랑이란 감정은 조절되지 않는 환상으로 남아있는데 젊은이와 다른 점이 있다면 나이가 주는 사회적, 물리적인 한계로 인해, 환상이 거세됐을 뿐이다.

그녀도 소장에게 이슬람 문화에 대해 더 잘 알아야 한다고 둘러대고 그를 따라 모스크에 갔다. 그곳은 히잡을 쓴 여인들과 각 나라의 전통 옷을 입은 남자들로 물결쳤다. 하영은 두려움으로 눈을 깜박이는 이방인이 되었다. 그곳은 어딘가로 흩어져 지내던 무수한 이슬람 인들이 순식간에 그곳으로 모일 수 있는 광장이었다. 주변은 그들을 위한 빵집과 옷가게, 마트, 음식점들이 즐비했다.

모스크 정문에 들어서면 칸의 눈빛은 달라졌다. 세속의 흔적이 말끔히 사라진 성스러운 사도가 되었다. 고민을 한껏 얼굴에 매달고 지냈던 평소의 얼굴이 사라진 모습은 아름다웠다. 누군가 아름답다고 한다면 그런 모습이었다. 짙은 눈썹에 어린아이의 맑은 눈빛을 하고 두터운 입술을 꼭 다문 그의 얼굴을 만지고 싶었다. 그에게 안기고 싶었다.

모스크의 예배실은 모두 이 층인데 일 층은 남성, 이 층은 여성으로 나뉘어 있었다. 모스크 벽면은 붓으로 흘려 쓴 것 같은 아랍문자가 가득했다. 읽을 수는 없지만 새로운 미술이라도 대하는 느낌이었고 글씨가 아랍 남성들의 콧수염처럼 보이기도 했다. 아랍어는 오른쪽에서 왼쪽으로 글씨를 쓴다. 그들이 글씨를 쓰는 것을 상담소에서 자주 봐서 그런지 익숙하기도 했다.

바지를 입은 여성은 모스크 안에 들어갈 수 없어 그곳에 있는 치마를 빌려 입고 들어갈 수 있었다. 그녀는 가방에서 분홍색 손수건을 꺼내 머리에 쓰고 이슬람 여인들과 마주칠 때 겸연쩍어하며 웃었다. 그러면서도 자신이 어쩌다 여기까지 온 걸까 서글퍼졌다. 괜한 서글픔에 모스크 밖으로 나와 주변을 서성거렸다. 하늘 높게 솟은 모스크의 탑을 보니 기도를 하고 싶었다. 하지만 아무런 기도도 나오지 않았다. 알라에게 그녀의 사랑을 이루어 달라고 하진 않았다. 막상 아무 기도문이 떠오르질 않았을 때 그를 좋아하고 있기나 한 걸까 의심이 들었다. 그녀는 오로지 자신을 위해서만 기도했다. '알라여, 저는 아무에게도 굴복하지 않을 것입니다.' 하는 엉뚱한 기도였다. 그녀는 모스크를 나오면서 인샬라라고 중얼거렸다. 인샬라, 신의 뜻이라면 무엇이든 따르겠지만 무언가를 해달라고 기도하지는 않겠다고.

아무에게도 알리지 못하고 칸을 마음에 두는 게 점점 힘이 들었다. 소득 없이 혼자 하는 짝사랑의 한계도 왔다. 누군가에게 아무 말이라도 좋으니 확인을 받고 싶었다. 비밀을 지킬 것을 친구에게 약속을 받은 뒤 어렵게 칸을 소개했다.

"내 남자친구 칸이야."

친구는 나중에 펄쩍 뛰며 정신을 차리고 당장 상담소를 그만두라고 했다.

"파키스탄은, 이슬람은, 테러나 하는 것들이야."

"그게 아니야. 모두 오해야. 이슬람국가들에게, 서방 강대국의 침략과 그로 인한 전쟁으로 인해 생긴 오해라고."

"그건 그렇다고 쳐도, 아까 보니 그 남자 네가 남자친구라고 하니 피식 웃더라. 오해는 네가 하고 있어. 미친, 외로우면 아무나 좋아해도 되니? 난 너를 절대로 이해할 수가 없어."

"그도 한국 사람이야."

친구는 정상적인 '한국남자'를 만나라고 조언을 하며 몇 명의 남자를 소개했다. 그도 한국남자가 되었는데 뭐가 어떠냐고 항변해도 친구의 말에 마음이 흔들린 것은 사실이었다. 사람들에게 내보일 수 있는, 이해받을 수 있는 사랑이 아니라고 누군가 말을 하기 전에 그녀가 먼저 편견을 가지고 있었다.

상담소에서는 시간이 빨리 지나갔다. 어느새 겨울이 왔다. 겨울이 돼도 칸은 여전히 일에 애착이 없었다. 오히려 그녀는 상담소 일에 애착을 가졌다. 언제나 그의 눈빛은 먼 곳을 향해 있었고 먼 곳에 자신의 전부를 두고 온 사람처럼 허망한 모습이었다. 상담소나 그의 동료들은 외국인 노동자들을 대변해주는 역할을 그에게 기대했지만 그는 사람들에게 자신의 목소리를 내는 것을 싫어하는 아주 개인적인 사람이었다. 그냥 자신의 의지대로 살고자 하는, 힘들면 어떤 말이나 이해를 구하지도 않고 잠수를 타듯 숨어버렸다.

그는 자신의 정체성을 갖기 위해 외롭게 지냈던 것 같다. 그런 고민으로 가득한 사람을 개인적이네 어쩌네 하며, 잘 알지도 못하면서 그를 속단했다. 한국여자와 무수한 난관을 물리치고 결혼을 했고 다시 새로운 난관이 떡 버티고 있는 복잡한 그의 사정을 그녀는 몰랐다. 자신의 나라를 떠나서 떠돌다 한국에 뿌리를 내렸지만 그 불안함과 위태로움을 파악하기에는 타인에 대해 관심이 없었던 것 같다. 외형으로만 남을 위한다며 설쳤지만 그녀는 자신에게만 관심이 있는, 타인과 잘 소통을 할 수 없는 사람이었다. 그는 오히려 귀화를 하고 나서 더 힘들어졌다고 그녀에게 말했다. 한국 사람이 됐다고 해서 달라진 게 없었다. 고작 달라진 것은 법적인 권리를 얻는 몇 가지를 빼면 말이다. 그의 피부색이 백인처럼 하얗게 되기 전에는, 닥터지바고처럼 하얗게 분장을 하기 전에는 달라질 수 없는 불가능한 변화였다.

하영은 그와 몇 번 몸을 섞기도 했지만 일방적이었다. 그녀가 먼저 시작을 했으니 응할 수밖에 없다는 듯 임하는 그의 모습에 그녀의 몸이 수치스러워했다. 몇 번의 그것이 그들을 묶어주지는 않았다. 단지 서로 다른 목적으로 그것을 했을 뿐이다. 그것은 그녀의 조급함이 불러낸 편법이었다. 그런다고 해서 그를 향한 갈증이 나아지는 것도 아니었다.

그녀의 마음에 변화가 일고 있었는데 그것은 그에 대한 여성들과의 무성한 소문이었다. 소문이 강력하게 그녀를 설득하고 그녀를 변화시켰다. 물어보지 말아야지 하면서도 참지 못하고 다른 여자를 만나고 있다는 소문이 있던데 사실이냐고 묻고 말았다.

"지금 질투하는 거네. 기분이 나쁘지는 않네."

"그게 아니고 좋아하는 여자 잘 만나라고."

"기분이 아주 나쁘네. 하영 씨가 날 진짜 좋아하는 줄 알았는데 착각이야. 그러면 그동안 내게 했던 것들은 다 동정이었어?"

"동정이라는 말이 무슨 말인지 알아?"

"날 불쌍한 외국인으로 본다는 거잖아. 난 당신에게 도대체 어떤 파트너야, 말해봐 하영!"

동정이라는 말에 어이없었지만 머리를 세게 얻어맞는 듯 깜짝 놀라고 말았다. 가슴 속으로 번쩍. 벼락이 치고 들어왔다. 벼락의 덕택으로 그녀는 덫에서 나와야 된다고 소리를 지를 수 있었다. 연민이든 동정이든 그게 무슨 상관이람. 그 모든 게 그녀의 사랑이었고 그 사랑을 이제 그만두고 싶어졌다.

십이 월 연말이었다. 거리에는 캐럴송이 울려 퍼졌고 왁자하게, 그 어느 때보다 연말의 분위기가 넘쳐났다. 이십일 세기를 앞두고 장밋빛 낙관으로 술렁거리며 사람들은 들떠있었다. 얼어붙은 경기에도 불구하고 도시는 활력이 넘쳤다. 모두가 자동차를 끌고 나온 거리는 마비가 될 듯 흥청거렸다. 그녀도 은근히 새로운 세기를 기대하며 어떻게든 어두운 현실을 벗어날 수 있으리라는 기대를 했다.

모두가 전화기를 부여잡고 사람을 불러내고 그리움과 희망을 이야기했다. 그녀에게도 한 통의 전화가 걸려왔다. 애인이었던 남자는, 다시 시작하자고 한껏 기대에 부풀어 그들이 자주 가던 장소를 기억시키고 그곳에서 만나자며 전화를 끊었다. 그녀는 연말의 분위기에 떠밀려 애인이 전화를 했을 뿐이라고 무시해버렸다. 누군가를 만나지 못하고 희망을 말하지 못하면 소외돼 낙오자가 될 것 같은 밤이었다.

그녀는 이만하면 칸을 포기해도 아쉽지 않고 더는 못할 일이라고 판단했다. 결코 혼자가 아니었다고, 사랑을 확인하고 싶은 마음도 사라졌다. 천구백구십구 년은 그녀에게 아무것도 허용하지 않았다. 그를 처음 봤던 설레는 순간은 다 지나갔다. 그를 보고 설렜던, 아무것도 바라지 않았던 유일한 사랑의 순간이어서 자유로울 수 있었다.

그가 모스크에 간 금요일에 그녀는 상담소를 그만두었다. 내일부터 이천 년이 시작된다.

그런 뒤에 칸의 전화가 걸려왔다. 새벽에 걸려온 전화를 받자, 그녀가 아무 말 없이 그만둔 것에 대해 이해할 수 없다며, 이제야 하영을 사랑할 것 같다는 말도 했다.

"어떻게 아무 말도 없이 그만 둘 수 있어. 우린 아무것도 아니었어?"

한 번이라도 그와 하나가 된 적이 있었던가. 요즘 말로 치면 칸은 썸을 타고 있었던 것 같다. 마지막으로 전화를 받은 것은 밤 열두 시가 넘은 시간이었다.

"이제부터 당신을 사랑해도 될까?"

서툰 억양으로 그가 말을 했다. 얼굴이 붉어진 채 말을 하는 그의 모습이 그려졌지만 아무것도 와 닿지 않는 시간이었다. 누군가를 외롭게, 좋아한다는 일을 그도 해보았을까?

"여자를 사랑해본 적이 있소?"

닥터지바고가 볼셰비키 군대에 끌려갔을 때 누군가에게 절실한 눈빛을 보내며 했던 말이다.

칸을 사랑했던 상처는 오래갔다. 몸과 마음에 들어있는 그를 덜어내기 힘들었다. 스스로를 비하하는, 후회로 일관된 생활을 반복하고 나서야 겨우 놓여날 수 있었다. 남자와 여자의 차이점은 확연히 다르다고 이해하면서 위안을 했다. 같은 조건에서 여자는 사랑을, 남자는 이해관계를 선택한다고. 그 상처가 서른밖에 안 된 그녀를, 늙고도 성숙하게 만들었다. 한 번도 그녀가 한국인이어서 그에게 우월감을 가진 적도 없었다. 우월감이 있었다 해도 상관없다. 모든 것은 다 지나갔다.

하영은 이천 년 삼월에 다시 직장을 잡고 야간대학을 다녔다. 삼 학년 때 남편을 만났다. 이번에도 그녀가 남편을 먼저 좋아했다. 누군가 자신을 좋아해줄 때보다 자신이 다른 사람을 먼저 좋아하는 감정일 때가 더 좋았다. 먼저 감정을 보이지 않으려 해도 그게 마음대로 잘 조절되진 않는다.

"당신이 욕심이 많은 여자인 줄은 알고 있었는데 정말 너무한다."

"내가 뭐, 나처럼 욕심이 없는 사람이 어디 있다고 내가 욕심쟁이였으면 당신하고 결혼을 하지도 않았어. 난 아주 만나기 힘든 특별한 존재인데 아무도 몰라보니 문제지."

그녀의 치부를 훤히 꿰고 있는 남편의 지적에 말이 제대로 나오지 않아 쓸데없는, 하나 마나한 변명이었다. 그녀는 현재의 삶이 길들여진 애완동물과 다르지 않다고, 결혼생활이 지속될수록 그런 걸 자주 느낀다. 어떻게 하면 주인의 사랑을 더 받을까, 꼬리를 흔들고 뛰어다니며 주인을 핥는 모습이 그녀 안에 있음을 알았다. 모든 인간관계가 이해관계가 바탕이 된다고 해서, 그것을 계속 이어가야 한다는, 이러이러해야 된다는 설득을 대하는 일은 매번 어렵다. 그것을 인정하는 생활의 반복이 지루하다. 모든 과거와 미래를 부둥켜안고 소비하듯 지루하게 살아가는 게 그녀의 전부가 되었다.

영화 속의 겨울 숲, 눈이 쌓인 러시아로 가고 싶다. 캄캄한 창밖으로 몰아치는 눈보라를 보며 늑대의 울음을 듣고 싶다. 그곳에서 영원히 길들여지지 않는 고독한 늑대가 될 때 비로소 사람의 모습을 갖출 수 있을 것 같다. 이제 그만 자신으로부터 벗어나, 먼 곳을 향해 포효하고 싶다.